新訳 建礼門院右京大夫集

島内景二

花鳥社

新訳 建礼門院右京大夫集

目次

はじめに……『建礼門院右京大夫集』への誘《いざな》い　18

I　上巻の世界　33

0　標題　33
1　序文　37
2　「雲の上」の世界に紛れ込んで　40
2―1　天皇と中宮の輝かしい姿　40
2―2　二人の女神　43
3　西園寺実宗の思い出、二つ　47

3—1　幻の琴の合奏　47
3—2　幻の恋敵《こいがたき》・平維盛　50
4　一枝と二枝　55
4—1　二枝の思い出　55
4—2　一枝の思い出　59
5　高倉天皇の横笛　63
6　題詠の和歌をまとめて　67
7　藤原公衡《きんひら》の恋人　113
8　平重盛の思い出　116
8—1　菊の栄え　116
8—2　兄弟で左大将と右大将　118
8—3　迫りくる火事の炎　119
8—4　平宗盛と、五節の櫛の思い出　122
9　平資盛との運命の契り　126
10　秋の物思い、二つ　130
10—1　いなくなった蟋蟀《きりぎりす》　130
10—2　尾花の涙　132

11 数字を詠んだ二つの歌 134
11―1 二つの月夜 134
11―2 三つの橘 136
12 春の物思い 138
12―1 御所で資盛の姿を見るにつけて 138
12―2 兄の菩提を弔《とむら》う 141
13 花の思い出 144
13―1 花見に参加できず 144
13―2 でも、花は好き 147
13―3 斎院御所の桜 148
13―4 中将の君の恋 150
14 工芸品の思い出、二つ 154
14―1 資盛から贈られた州浜 154
14―2 父が画賛を書いた絵 157
15 初夏の情景、二つ 159
15―1 山里の時鳥《ほととぎす》 159
15―2 花橘の香り 161

16 菖蒲の思い出 162
16―1 平時忠からの献上品 162
16―2 暗い気持ちの菖蒲の日 164
16―3 平維盛の妻との交流、菖蒲編 165
16―4 再び、暗い気持ちの菖蒲を 167
17 秋を惜しむ建春門院 168
18 紅葉の思い出 172
18―1 平維盛の妻との交流、紅葉《もみじ》編 172
18―2 平忠度と紅葉 174
18―3 紅葉からの連想で、「言の葉」を 176
19 月の素晴らしさ 178
19―1 平清盛の西八条殿での雅《みや》びやかな宴 178
19―2 月の歌の代作 185
19―3 涙からの連想で 187
20 別れの歌 188
20―1 平重盛の死と、資盛への弔問 188
20―2 平重盛の妻への弔問 190

20―3　藤原成親の北の方を慰める　193
21　物見ができなかったエピソード、二つ　197
21―1　賀茂の臨時祭　197
21―2　藤壺の紅葉　200
22　「六」にまつわる宮中の思い出、二つ　202
22―1　六条殿の女房　202
22―2　六個の椋《むく》の実　204
23　資盛追懐　206
23―1　平資盛の雪の日の面影　206
23―2　花よりも儚《はかな》い人の命　209
24　比叡山と賀茂神社　212
24―1　比叡山の雪　212
24―2　賀茂神社の霜　214
25　平資盛との恋の悩み　215
25―1　出会う以前に戻れたら　215
25―2　月を見て　217
25―3　色も香も褪せた縹《はなだ》の枕紙　219

26 中宮への宮仕えを辞《じ》して 221
26―1 月のような建礼門院 221
26―2 消えた琴の音 223
26―3 建礼門院の出産の噂 225
26―4 宮中の神楽の思い出 227
27 途絶えゆく人間関係 229
27―1 流されて行く人 229
27―2 出家した人の約束違反 231
27―3 月ばかりが来て、人は来ない 232
28 平資盛との関係を反芻《はんすう》する 235
28―1 愛情と友情は、どちらが強いか 235
28―2 永遠に秘密にしておきたかった 237
29 藤原隆信という男 241
29―1 隆信との出会い 241
29―2 資盛との交際を羨む隆信 246
29―3 再び、隆信の当てこすり 249
29―4 葵祭の日 251

29—5　隆信との関係、成立　252

30　隆信との苦しい恋　254

30—1　車に乗って男の家へ　254

30—2　二人で聞く時鳥《ほととぎす》、一人で聞く時鳥　257

30—3　橘の枝と色男　259

30—4　私は「しぶとく生きる女」なのか　263

31　隆信との恋の終わりは近いか　265

31—1　夢に現れる隆信　265

3—2　男の非常識さを責める　267

31—3　恋の山で道に迷う　269

31—4　いっそ、出家しようか　270

32　資盛の動向を耳にして　272

33　里の家からの眺め　275

33—1　生《お》い繁る「嘆き」の木　275

33—2　山も見えない　276

34　二人の男性の間で　278

34—1　武蔵鐙《むさしあぶみ》　278

34―2　資盛とも疎遠　283
34―3　小宰相を襲った愛の悲劇　284
34―4　七夕の星　289
35　西山での日々　291
35―1　枯れた花に寄せて　291
35―2　裏返る葛《くず》の葉に寄せて　293
35―3　月に寄せて　295
35―4　枯野の荻《おぎ》に寄せて　296
35―5　寝具に寄せて　298
36　秋の山里で湯浴《ゆあ》みする人へ　300
37　嘆く人たち　306
37―1　司召《つかさめし》に漏れた男性　306
37―2　維盛に忘れられかけた女性　309
38　重衡の思い出、二つ　314
38―1　怪談　314
38―2　資盛を出汁《だし》にして　319
39　資盛を思う　322

Ⅱ　下巻の世界

39　39—1　忘却　322
39—2　口喧嘩の思い出　324
40　亡き母を偲ぶ　325
41　高倉院、崩御——上巻の終わり　328
42　平家一門の都落ち——下巻の始まり　332
43　都落ちの直後　342
43—1　月を見ながら　342
43—2　言葉は届かない　344
43—3　夢に現れた資盛　346
43—4　病になっても死ねない　349
44　梅の花は残った　351
45　散りゆく平家の公達たち　355
45—1　一ノ谷の戦死者たち　355

45―2　生け捕りにされた重衡　357
45―3　維盛の入水　361
45―4　資盛からの手紙　366
46　資盛の最期　374
46―1　悲報来《ひほうらい》　374
46―2　他人の慰めを受け入れられず　378
47　深き絶望の淵《ふち》より　380
47―1　忘れることができたなら　380
47―2　資盛の手紙を用いて経文を書く　384
48　夏から秋へ　391
48―1　蜩《ひぐらし》に寄せて　391
48―2　神と仏に見放されて　393
48―3　資盛の別荘の跡を訪《たず》ねて　395
48―4　資盛の本邸の跡を訪ねて　401
48―5　私は、まだ生きている　403
49　建礼門院を大原に訪ねる　405
49―1　大原詣《おおはらもう》で　405

49—2 生き延びる辛《つら》さ 412

50 再生への道 414

50—1 都を離れる 414

50—2 比叡《ひえ》坂本《さかもと》にて 416

50—3 逢坂の関を越えて 418

50—4 雪の日の橘の木の思い出 420

50—5 鳴子に寄せて 424

50—6 雲に寄せて 425

51 星と雪の哀れ 427

51—1 星月夜《ほしづきよ》の哀れ 427

51—2 横雪の哀れ 430

52 雪と雲 433

52—1 雪に寄せて 433

52—2 雲に寄せて 435

53 鳴子の音と、谷川の音 436

53—1 鳴子に寄せて 436

53—2 谷川の音に寄せて 438

54 都へ戻る 440
54—1 志賀の浦にて 440
54—2 湖の幻想……水底に沈んだ人 442
55 後鳥羽天皇の女房と 444
56 とどまらぬ涙、二題 447
56—1 理由なき涙 447
56—2 法話を聞いて 449
57 もう一人の私 451
58 死を思う日々 455
58—1 時鳥《ほととぎす》の初音を聞いて 455
58—2 母の忌日に 457
58—3 資盛の命日に 459
58—4 世界は、こんなにも明るいのに 461
59 七夕《たなばた》に寄する恋、五十首 463
60 後鳥羽天皇の宮中への再出仕 505
60—1 変わらぬ「世の気色《けしき》」 505
60—2 昔通りの五節《ごせち》の淵酔《えんずい》 511

61　宮中で変わらない物と、変わる物　513
61―1　斑《まだら》な犬　513
61―2　友のいない宮中　515
61―3　菖蒲の御輿《みこし》　517
62　偶然に、資盛の名前を聞く　518
63　失意の人を弔《とむら》う　521
63―1　藤原隆房を　521
63―2　西園寺公経を　523
63―3　平親長を　526
63―4　平親長の思い出　533
63―5　源通宗追悼　536
64　俊成九十の賀　544
65　跋文《ばつぶん》　553
65―1　跋文・その一　553
65―2　跋文・その二　556
66　奥書《おくがき》　560

おわりに 562

はじめに……『建礼門院右京大夫集』への誘《いざな》い

『建礼門院右京大夫集《けんれいもんいんうきょうのだいぶしゅう》』の世界へ、ようこそ。

『建礼門院右京大夫集』の時代は、『平家物語』で語られる時代と重なっている。いわゆる「源平争乱の時代」である。源平争乱は、いわゆる「内乱」ではあるが、戦いの一方の当事者である平家が全滅している事実が示しているように、まことに苛烈で壮絶な「戦争」だった。

男たちは戦いに生きた。ただし、平家の男たちは、その全盛期には、「武士」と言うよりは、「公達《きんだち》」と呼んだ方がふさわしい、優雅な貴族文化の中を生きていた。

『建礼門院右京大夫集』の作者は、平家の公達の一人と結ばれた。平資盛《すけもり》である。彼は、源氏軍に追われて都落ちし、遂には、壇ノ浦で入水《じゅすい》して果てた。彼は、平清盛の孫であった。清盛の長男重盛《しげもり》の次男である。

なお、「平氏《へいし》」の中で、清盛たちの一族を「平家《へいけ》」と呼ぶ。本書では、清盛の血族が多数登場するので、「平家」という言い方で統一したい。

『建礼門院右京大夫集』の作者と言うか、『建礼門院右京大夫集』という作品のヒロインは、平家一門の全盛時代に、高倉天皇の中宮・建礼門院に仕える女房として、華やかな宮廷生活を目撃している。『平家物語』が、どちらかと言えば源氏側、しかも義経側から描かれているのに対して、『建礼門院右京大夫集』は平家側の視点から歴史の悲劇を描いている。

壇ノ浦での戦いは、平家の全滅という結果が示しているように、歴史の大きな転換点となった。この歴史の荒波に翻弄されたのが、ヒロインたち女性だった。

『建礼門院右京大夫集』は、第二次世界大戦（太平洋戦争）の時代に、死を覚悟して戦地に赴いた男たちや、それを見送った女たちの「心」を投影する作品として、熱く読まれた。たとえば、小説家の大原富枝は、『建礼門院右京大夫』という小説を書いている。単行本は、一九七五年、戦後三十年目の節目の年に刊行された。

その「あとがき」で、作者の大原は、『建礼門院右京大夫集』のヒロインと恋人の姿は、第二次世界大戦に出陣した学徒兵や、愛する人を戦死させた女性たちの思いと重なる、と述べている。

『建礼門院右京大夫集』には、恋人である平資盛が都落ちする際に、「もう二度と会えない。手紙も書かない。自分は、戦いで死ぬ覚悟である」と告げて去る場面がある(「42」参照)。大原富枝の恋人も、彼女に一枚の離縁状を残して去り、戦死したと言う。大原富枝は、『建礼門院右京大夫集』という作品の中に、自分自身の悲しい青春を投影したのだった。そのことは、大原の『建礼門院右京大夫』が文庫本となった際に(一九七九年)、解説を書いた大岡信が指摘している。なおかつ、大岡が旧制中学で教わった教師も、戦争から復員したばかりだったが、『建礼門院右京大夫集』を愛読していた、と証言している。

ならば、終戦から長い歳月が過ぎ、八十年近い「平和」を享受している現代において、『建礼門院右京大夫集』は日本人の心を受け止める力を失っているのだろうか。

そんなことは、ない。いつの時代でも、危機と破滅と隣り合わせの日々を、私たちは生きてきた。

人間には押し留《とど》めようもない歴史の奔流が押し寄せてきた時に、愛し合う男女には、どのような生き方が可能なのか。それを考える大きなヒントが、『建礼門院右京大夫集』という作品にはある。それゆえに「新訳」を試みたい。

『建礼門院右京大夫集』の作者は、「建礼門院」に「右京大夫」という女房名で仕えた女性である。だから、「けんれいもんいんの・うきょうのだいぶ」というのが正確である。ただし、「の」を省略して、「けんれいもんいん・うきょうのだいぶ」と呼ぶ場合も多い。本書では、単に「右京大夫」と呼ぶこともある。

建礼門院の人生については、本書の「0　標題」で紹介することにして、作者について簡単に述べておきたい。本書は、流布本《るふぼん》系統に属する「群書類従」の本文で読み進めるが、最後の「66　奥書」に、右京大夫の先祖（家系と系図）が書き記されている。

筆頭は、「一条摂政」と呼ばれた、藤原伊尹《これただ》（コレマサとも）である。その子が、夭折の天才歌人とされる藤原義孝《よしたか》。その子が、書道の名人として名高く、藤原道長の栄華を支えた文人官僚「四納言《しなごん》」の一人、藤原行成《ゆきなり》（コウゼイとも）である。

伊尹と義孝の歌は、『小倉百人一首』にも選ばれている。

哀《あは》れとも言《い》ふべき人《ひと》は思《おも》ほえで身《み》のいたづらに成《な》りぬべきかな　伊尹

君《きみ》がため惜《を》しからざりし命《いのち》さへ永《なが》くもがなと思《おも》ひけるかな　義孝

伊尹は、「謙徳公《けんとくこう》」という諡《おくりな》で入っている。

行成の歌は、『小倉百人一首』には入っていないが、清少納言の「夜《よ》を籠《こ》めて鶏《とり》の空音《そらね》は謀《はか》るともよに逢坂《あふさか》の関《せき》は許《ゆる》さじ」という歌を引き出したのは、行成だった。『枕草子』に詳しい。

この行成が、世尊寺家《せそんじけ》という、書道の名門の初代である。

その後、「行経《ゆきつね》、伊房《これふさ》、定実《さだざね》」と続き、右京大夫の祖父である「定信《さだのぶ》」になる。定信は、五千を超える、すべての仏典を自分一人で書き写す偉業を達成した。いわゆる「一筆一切経《いっぴついっさいきょう》」である。

その子の「伊行《これゆき》」が、右京大夫の父親である。書道に関する我が国で最初の書物『夜鶴《やかく》庭訓抄《ていきんしょう》』を著した。この本は、娘の右京大夫に与えたとされるので、右京大夫も達筆だったことがわかる。また、伊行は、『源氏物語』に関する最初期の注釈書である『源氏物語釈《しゃく》』を著している。『源氏物語』の夢浮橋《ゆめのうきはし》の巻の続編である『山路《やまじ》の露《つゆ》』の作者は、伊行であるとする説が、古くから存在した。近年では、娘の右京大夫の作ではないかとする説もある。

右京大夫の母親は、「夕霧《ゆうぎり》」という女性だが、音楽を職業とする大神《おおが》家に生まれ、「箏《そう》」、つまり、十三絃の琴《こと》の名手だった。夕霧は、若い頃、藤原俊成《しゅんぜい》との間に、男の子を産んだともされる。右京大夫は、藤原俊成とも、深い関係があった。

このように、右京大夫は、書道、文学、音楽という、芸術的な環境に恵まれて育った。そして、平家一門が全盛を極めている宮中で、宮仕えすることになったのである。

佐藤春夫に「法然上人別伝《べつでん》」という副題の小説『掬水譚《きくすいたん》』がある（一九三六年）。「掬水《きくすい》」は、水を手で掬《すく》うこと。この小説の中に、右京大夫が登場する。

その書き出し近くを読もう。

> ひとりの若い女房があつた。美しさの外《はか》には何もさだかにはわからぬが、年のころはまだ二十《はたち》になるやならずでもあらうか。夕月《ゆふづき》の下《した》でたゞ秋草《あきぐさ》の精かと見えるばかりであつた。彼女は建礼門院の侍女でその官名によつて建礼門院右京大夫と呼ばれてゐた女房であつた。
> 彼女は三位《さんみ》中将維盛卿《これもりきやう》のすぐ下の弟の小松の新三位《しんさんみの》中将資盛《すけもり》の愛人であつた。一門の間《あひだ》では誰《たれ》知らぬ者もない間柄は言はば公然の許婚者《いひなづけ》のやうな仲であつた。彼女の才貌は一門の公達すべてから敬愛されてゐて既に資盛との語らひがあるのを知りながら言ひ寄る向《むき》も少くなかつた程であつた。それ故、世が世で、資盛の身が身な

ら、平家一門の女王とも仰がれるべき身の彼女である。

彼女の類《たぐ》ひ稀《ま》れな才貌は一条摂政の血をうけ、世尊寺家の教養を統《つ》いでゐるもので、言はば藤原氏の文明の精華だから平家の公達が争うて血道をあげるのは無理はなかつた。

ここで、右京大夫の人間としての魅力が、文化的・芸術的な才能に裏打ちされていることを、佐藤春夫は強調している。

さて、右京大夫の作品の文芸的な価値を近代の読者に知らしめた最大の功労者は、佐佐《ささ》木信綱《きのぶつな》である。信綱は、『建礼門院右京大夫集』の注釈書を著し（一九三九年）、それまでは、本文だけの「群書類従」で読むしかなかった人々の期待に応えた。

その信綱の歌の弟子に、柳原白蓮《やなぎわらびゃくれん》（ヤナギハラとも）がいる。その柳原白蓮が、本名の柳原燁子《あきこ》名義で、『歴代女流歌人の鑑賞』という本を書いている（一九三九年）。彼女は、どんな女性歌人を取り上げているのだろうか。古代の『万葉集』と、近世の幕末は省略して、人名を列挙してみよう。

小野小町・伊勢・斎宮女御・中務《なかつかさ》・和泉式部・紫式部・清少納言・式子内親王・俊成卿

女・建礼門院右京大夫・永福門院《えいふくもんいん》
錚々《そうそう》たる顔ぶれである。この中に、「右京大夫」が入っていることが、注目される。また、森鷗外の妹で、与謝野晶子に歌を師事した小金井喜美子も、『冬柏《とうはく》』という雑誌で、右京大夫の歌を、二回にわたって鑑賞している。喜美子も、「群書類従」と「佐佐木信綱」によって、『建礼門院右京大夫集』を読んだ、と書いている（一九四一年）。

戦前の信綱・春夫・白蓮・喜美子たちの『建礼門院右京大夫集』に対する再評価の機運が、戦中・戦後の激動する世界情勢と直面した若い男女に受け継がれたのである。

戦後の八十年で、『建礼門院右京大夫集』の学問的な研究は蓄積され、深まった。それを受け、二十一世紀という、かつてない混乱の時代に、『建礼門院右京大夫集』を読み直したい。

ここに、『新訳　建礼門院右京大夫集』を刊行するゆえんである。

顧みれば、私が高校生の頃、筑摩書房の「日本詩人選」シリーズの一冊として、中村真一郎が『建礼門院右京大夫』を著した（一九七二年）。大原富枝の小説『建礼門院右京大夫』と、ほぼ同時代である。

私は中村真一郎の著作が大好きで、ほぼすべてを読んでいる。日本の自然主義文学と対極にある彼の構築的な恋愛小説を繰り返し読んだ。彼の王朝物語などに関する古典評論にも、大きな影響を受けた。江戸時代の漢詩人たちの評伝は、森鷗外の「史伝」を発展させたものとして感銘を受けた。ただし、「日本詩人選」の『建礼門院右京大夫』にだけは、なぜか、さほど心が動かなかった。まことに不思議なことだった。

今回、『新訳　建礼門院右京大夫集』を執筆しながら、中村真一郎の心が、少しずつ見えてきたように思った。

そして、満十七歳の三島由紀夫が、学習院の『輔仁会雑誌《ほじんかいざっし》』に発表した小説『玉刻春《たまきはる》』（一九四二年）の冒頭と末尾に、建礼門院右京大夫の歌が三首、刻まれていることの意味も、これまた、やっと、わかったように思った。

夕日うつる梢のいろのしぐるゝにこころもやがてかきくらすかな

哀しりてたれかたづねむつれもなき人を恋ひわび岩となるとも

恋わびてかく玉章の文字の関いつかこゆべきちぎりなるらむ

三島は、戦時中の『建礼門院右京大夫集』再評価の潮流の中で、この三首を愛誦したのだろう。

中村真一郎と三島由紀夫は、私の最も愛する現代文学者である。その二人が、なぜ建礼門院右京大夫にこだわったのか、初めて見えてきた『建礼門院右京大夫集』の真実を、私は自分なりに発見できたかと思う。

三島の『玉刻春』から、約八十年。中村の『建礼門院右京大夫』から、約五十年。現代日本において、『建礼門院右京大夫集』は、どのようなメッセージを読者に発信できるのか。そのことを考えながら、本書『新訳　建礼門院右京大夫集』を世に送り出したい。

【凡例】

一、『建礼門院右京大夫集《けんれいもんいんうきょうのだいぶしゅう》』の本文は、「流布本《るふぼん》」として、近世後期以降、近代日本で最も広く読まれてきた「群書類従《ぐんしょるいじゅう》」の収録本を用いる。この本文で意味の通らない箇所を、他の写本や版本を用いて、意味が通るように校訂することは一切しない。

本書を含む花鳥社の「新訳」シリーズでは、近世および近代の日本文化の形成に最も大きく貢献した「流布本《るふぼん》」の復権を目指している。

一、「扶桑拾葉集《ふそうしゅうようしゅう》」に収められた『建礼門院右京大夫集』は、下巻の冒頭から途中までしか存在しない。そのため、『新訳 和泉式部日記』『新訳 うたたね』『新訳 十六夜日記』とは違い、「扶桑拾葉集」の本文を『建礼門院右京大夫集』の底本としては採用できなかった。『新訳 紫式部日記』と同様に、「群書類従」を用いたゆえんである。

一、「扶桑拾葉集」の『建礼門院右京大夫集』は、他の本と違うレイアウトを採用していて、注目される。通常の『建礼門院右京大夫集』では、詞書の部分を和歌よりも一字か二字、下げて表記しているが、「扶桑拾葉集」は、詞書の部分を通常通りに印刷し、逆に、和歌を二字下げている。

　この「扶桑拾葉集」のレイアウトを、本書では採用したい。

　『建礼門院右京大夫集』を、「歌集＝家集」としてよりも、「日記」、あるいは「物語的な散文」として読み直したいからである。

一、『建礼門院右京大夫集』の本文については、「群書類従」を含む写本や版本との異同を幅広く収録した井狩正司編『建礼門院右京大夫集　校本及び総索引』（笠間書院）を、絶えず参看した。「群書類従」と他本とで重要な相違がある場合には、［評］で言及した。

一、「群書類従」は、国立公文書館デジタルアーカイブで公開されている画像を絶えず参看した。

一、本文には、漢字を多く宛《あ》てた。

一、本文を、二つの章と六十六の節に分け、通し番号と小題を付けた。この章立ては、他書では試みられていない。作者の「意識の流れ」を、私が明らかにしたものであり、本書の新機軸であると自負する。

一、本文の仮名づかいは、通行の「歴史的仮名づかい」とした。本文中のルビも「歴史的仮名づかい」とした。

一、［訳］と［評］のルビは「現代仮名づかい」としたが、古文の引用部分については「歴史的仮名づかい」とした。

一、本文で、撥音の「ん」は、「ン」と表記した。
　例　なめり・なんめり　→　なンめり　　びな（便無）し　→　びンなし

一、［注］は設けず、［訳］や［評］の中に盛り込むことを原則とした。

一、［訳］は、逐語訳ではなく、大胆な意訳である。『建礼門院右京大夫集』の魅力溢れる文語文を、現代の口語文に置き換えたかったからである。

一、［評］は、［訳］に盛り込めなかった作者の執筆心理に言及した。また、日本文学史の中で占める『建礼門院右京大夫集』の位置を、具体的に解説しようとした。

一、本文は総ルビとし、読みが確定できない「御」や数字にも、仮のルビを振った。

一、和歌の掛詞は、本文の左横に明記した。

一、熟慮した結果、文体は、「本文」を常体（だ・である調）で訳した。和歌は、他者を意識した贈答歌は敬体（です・ます調）で、自分の心を見つめた独詠歌は常体で訳した。

新訳 建礼門院右京大夫集

I　上巻の世界

0　標題

群書類従 巻第二百八十上
検校保己一集
和歌部百三十五　家集五十三
建禮門院右京太夫集

［訳］　塙保己一《はなわほきいち》が編集した「群書類従」の第二百八十巻の上《じょう》は、和歌部の第百三十五巻でもある。

歌人が詠んだ和歌を集めた家集《かしゅう》の五十三番目として、『建禮門院右京大夫集』を収める。

【評】　現代人は、『建礼門院右京大夫集』という表記（新漢字）を見慣れているが、漢字の旧字体で『建禮門院右京大夫集』という表記を目にすると、格調の高さと荘厳さを感じる。

私が学部学生の頃に購入した本位田重美『標註　建禮門院右京大夫集全釈』（武蔵野書院）は、表紙カバーは「建礼門院右京大夫集」という新漢字だったが、カバーをはずした本体の背表紙や、本文はすべて「旧字旧仮名」で、「建禮門院」と印刷されていた。私は「建禮門院」という表記に憧憬と愛着を感じるが、この一文字だけを旧字体にはできないので、本書では残念ではあるが、「建礼門院」という表記を用いることにする。

「建礼門院」（一一五五～一二一三）は、徳子。「とくこ」と読まれることが多い。平清盛と時子《ときこ》（二位の尼）の間に生まれた次女。承安《じょうあん》（ショウアン、とも）元年（一一七一）、高倉天皇の女御として入内《じゅだい》し、翌年、中宮となった。治承二年（一一七八）、後の安徳天皇を生む。平家の全盛期を、中宮として体験した。

寿永二年（一一八三）、平家一門は木曾義仲に追われて「都落ち」する。建礼門院は、安徳天皇と共に、「三種の神器」を携え、一門に同行した。元暦二年（一一八五）、一門は壇ノ浦で敗北し、安徳天皇も入水《じゅすい》した。

建礼門院も入水したが、救出され、大原の寂光院で、平家一門と我が子の菩提を弔いながら、余生を過ごした。逝去は、壇ノ浦の二十八年後だった。彼女が生きざるを得なかった二十八年間の苦しみは、いかばかりであったか。

与謝野晶子の『恋衣《こいごろも》』の歌は哀切である。

ほととぎす治承寿永《ちしょうじゅえい》のおん国母《こくも》三十にして入りませる寺

第五句は、「経《きやう》よます寺」とするほうが有名である。建礼門院が寂光院に移ったのは、正確には、数えの三十一歳だった。

この建礼門院に女房として仕えたのが「右京大夫」である。「群書類従」では「右京太夫」とあるが、これは「右京大夫」が正しいので、本書もこれからは「右京大夫」を用いる。

「右京職《うきょうしき》の長官」が「右京大夫」である。『建礼門院右京大夫集』の作者は、「三蹟《さんせき》」の一人である藤原行成の子孫で、「世尊寺《せそんじ》」家を称する書道の家柄に生まれた。父の藤原伊行《これゆき》は、書家としてだけでなく『源氏物語』の研究でも知られる。伊行の書道論である『夜鶴庭訓抄《やかくていきんしょう》』は、娘の右京大夫に与えられている。伊行の娘が、女房として宮中で宮仕えするようになったのは、徳子が中宮になった頃だろうと推定される。ところが、父の伊行は「右京大夫」になっていないので、彼女の女房名の由来は不明である。

平家一門の全盛時代を、宮廷女房として、身近に体験した。平清盛の長男である重盛《しげもり》(小松殿《こまつどの》)の次男である資盛《すけもり》と結ばれた。その一方で、色好みとして名高い藤原隆信《たかのぶ》とも交際した。隆信は、藤原定家の異母兄であり、肖像画の名手でもある。

都落ちした資盛は、壇ノ浦で海に沈んだ。その報《しら》せを聞いた作者の心が、『建礼門院右京大夫集』の最大の読みどころである。平家滅亡が始まる部分から、「群書類従」が「下巻」としているのは、まさに卓見である。「扶桑拾葉集」は、『建礼門院右京大夫集』の一部分しか含んでいないのだが、「群書類従」の下巻冒頭に該当する部分から始まっているのも、見識を示している。

1 序文

家《いへ》の集《しふ》など言《い》ひて、歌詠《うたよ》む人《ひと》こそ書《か》き留《とど》むる事《こと》なれ、此《これ》は、ゆめゆめ、然《さ》には有《あ》らず。唯《ただ》、哀《あは》れにも、悲《かな》しくも、何《なに》と無《な》く、忘《わす》れ難《がた》く覚《おぼ》ゆる事《こと》どもの、其《そ》の折々《をりをり》、ふと心《こころ》に覚《おぼ》えしを、思《おも》ひ出《い》でらるるままに、「我《わ》が目《め》一《ひと》つに、見《み》む」とて、書《か》き置《お》くなり。

（右京大夫）我《われ》ならで誰《たれ》か哀《あは》れと見水茎《みづくき》の跡《あと》もし末《すゑ》の世《よ》に残《のこ》るとも

［訳］私はこれまでの人生で、さまざまな機会に、和歌を詠《よ》んできた。世の中には、凡庸な「ただごと歌」しか詠めない私とは違って、歌人として高く評価されている人たちがいる。そんな人たちが詠んだ、目が覚めるような歌は、一冊に纏《まと》まっていることが多い。歌の道に志す人たちのお手本となるように、自分自身で歌集を纏めることがある。また、本人ではなくて、誰か別の人が替わって編纂してくれることもある。そういう、「自撰《じせん》」と「他撰《たせん》」の違いはあるものの、優れた歌人の歌集は、これまでたくさん存在している。それらは、一人の歌人の歌を集めたものなので、「家集《かしゅう》」「家《いえ》の集《しゅう》」などと呼ばれている。

これから、私が纏めようとしているのは、他人様《ひとさま》の参考になるような「家集」では、さらさらない。読者をまったく想定していないと言ったら、言い過ぎかも知れないが、私が詠んだ歌は、胸に迫る強い思いがあふれてきたり、哀しみがこみあげてきたり、いくら忘れようとしても、不思議なほどに忘れられないことが、何かの折《おり》に、心に浮かんできたりする、そういう時に、私にとっての「歌」が生まれる。

そんな歌だから、「私という人間が、これまで生きてきたことの証《あか》しとして、これからも自分一人で読み返しては、それらの歌が生まれた時の哀しみや寂しさを思い出すよすがとしよう」と思って、これから書き記したい。

そういう今の思いを、「五七五七七」に乗せて、歌にしてみよう。

(右京大夫)我《われ》ならで誰《たれ》か哀《あは》れと水茎《みづくき》《見》の跡《あと》もし末《すゑ》の世《よ》に残《のこ》るとも

(私は、これから紙の上に筆を走らせて、これまで折に触れて詠んできた歌の数々を書き綴ってゆくことにしよう。この歌の束《たば》が、仮に後世まで残ったとしても、私以外の誰が、私以上に、これらの歌に共鳴・共感するというのだろう。そういう人は、おそらくいないと思われる。私が体験してきたことの意味は、私一人にしかわからないのだから。そういうわけで、他人の目には、目を驚かす巧みな表現のない歌ではあるが、この私にとっては、一首一首に掛け替えのない思い出が籠《こ》もっている。私が生きてきた時間、私が大切な人と共有してきた時間。それらの時間が、はかなく失われた今となっては、何よりも愛《いと》おしい。)

[評] 作者は、この作品を、必ずしも「歌集＝家集」と規定していない。自分という人間が、この世に生きた証しを、執筆を通して発見しようとしている。だから、「日記」あるいは「物語」としても、『建礼門院右京大夫集』は読むことができる。そのような読みを、本書では極限まで試みたい。作者も、それを望んでいる。

なお、冒頭の、「家《いへ》の集《しふ》など言《い》ひて、歌詠《うたよ》む人《ひと》こそ書《か》き留《とど》むる事《こと》なれ」を、「家《いへ》の集《しふ》など言《い》ひて、歌詠《うたよ》む人《ひと》こそ書《か》き留《とど》むる事《こと》こそ無《な》けれ」とする写本があるが、それでは意味が通じない。

2 「雲の上」の世界に紛れ込んで

2―1 天皇と中宮の輝かしい姿

高倉《たかくら》の院《ゐん》の御位《おほんくらゐ》の頃《ころ》、承安四年《じようあんよねん》など言《い》ひし年《とし》にや、正月一日《むつきついたち》、中宮《ちゆうぐう》の御方《おんかた》へ、内裏《うち》の主上《うへ》、渡《わた》らせ給《たま》へりし。

御引直衣《おほんひきなほし》の御姿《おほんすがた》、中宮《みや》の御物《おんもの》の具《ぐ》召《め》したりし御様《おんさま》などの、何時《いつ》と申《まう》しながら、目《め》も彩《あや》に見《み》えさせ給《たま》ひしを、物《もの》の通《とほ》りより見参《みまゐ》らせて、心《こころ》に思《おも》ひし事《こと》。

（右京大夫）雲《くも》の上《うへ》に懸《か》かる《斯かる》月日《つきひ》の光《ひかり》見《み》る身《み》の契《ちぎ》りさへ嬉《うれ》しとぞ思《おも》ふ

[訳] 私は、暫《しば》し瞑目《めいもく》して、これまでの私の人生を思い出そうとした。すると、最初に瞼《まぶた》の裏に思い浮かんだのは、私がお仕えした建礼門院《けんれいもんいん》様の美しいお姿だった。その横には、お優しかった高倉天皇様のお姿も見える。私が宮中で女房として出仕したのは、高倉天皇様の御代《みよ》で、建礼門院様は中宮《ちゅうぐう》でおありだった。

そう、あれは、承安四年（一一七四）の、おめでたい一月一日だった。私は十八歳。主上《うえ》様《さま》は、即位してから七年目の十四歳。中宮様《みやさま》は、入内《じゅだい》して三年目の二十歳でいらっしゃった。

元日の宮廷行事が終わった後で、主上様《うえさま》が中宮様《みやさま》のお部屋にお越しになった。お二人が並んだ姿は、お日様とお月様のように素晴らしかった。主上様《うえさま》は、普段服の引直衣《ひきのうし》にお召し替えになっていたが、中宮様《みやさま》はまだ唐衣《からぎぬ》などの盛装をしておられた。このお二人は、いつ見ても、「素晴らしい」という称賛の気持ちが湧いてくるのだが、この時は、格別に輝かしく思えた。私は、それを渡り廊下の物陰から、仰《あお》ぎ見るような思いで、呼吸するのも忘れて、見つめ続けていた。そんな思いを詠んだ歌がある。

（右京大夫）雲《くも》の上《うへ》に懸《か》かる月日《つきひ》の光見《ひかりみ》る身《み》の契《ちぎ》りさへ嬉《うれ》しとぞ思《おも》ふ
斯かる

（宮中という「雲の上」の世界で宮仕えをするようになった私は、「雲の上」を照らす太陽と月を、間近《まぢか》に拝見する機会に恵まれた。太陽は昼間、月は夜に、世界を明るく照らすものだが、私が紛《まぎ》れ込んだ「雲の上」では、太陽と月が同時に同じ場所で並ぶ奇蹟が起きていた。こんな素晴らしい体験ができる私は、どんな素晴らしい運命のもとに生まれてきたのだろうかと、嬉しくてたまらなかった。）

［評］　ここでは、高倉天皇が太陽（日）で、中宮が月である。『源氏物語』では、明石の入道が見た霊夢の中で、太陽と月が登場している。明石の入道の娘が光源氏の妻となり、その間に生まれた娘が中宮となり、次期天皇を出産した。平清盛は、自分の娘（建礼門院）を高倉天皇の中宮とし、その間に生まれた安徳天皇を即位させた。清盛は、明石の入道よりも早く、子孫が天皇に即位している。その点で、清盛は、明石の入道よりも、光源氏に近い。

『建礼門院右京大夫集』における建礼門院の造型は、『枕草子』における中宮（皇后）定子の造型とも類似している。定子を称賛する清少納言は、建礼門院を称賛する右京大夫と対応している。ならば、建礼門院の父である清盛には、定子の父である「中《なか》の関白」藤原道隆《みちたか》のイメージがあることになる。

『建礼門院右京大夫集』における平家の貴公子たちと、『枕草子』における定子の兄弟たちも、対応している。『建礼門院右京大夫集』は、『枕草子』の再現なのでもあった。

2―2　二人の女神

同《おな》じ春《はる》なりしにや、建春門院《けんしゆんもんゐん》、内裏《だいり》に、暫《しば》し候《さぶら》はせ御座《おは》しまししが、此《こ》の御方《おんかた》へ入《い》らせ御座《おは》しまして、八条《はちでう》の二位殿《にゐどの》、御参《おんまゐ》り有《あ》りしも、御所《ごしよ》に候《さぶら》はせ給《たま》ひしを、御匣殿《みくしげどの》の御《おん》後《うし》ろより、怖《お》づ怖《お》づ、ちと、見参《みまゐ》らせしかば、女院《にようゐん》、紫《むらさき》の匂《にほ》ひの御衣《おんぞ》、山吹《やまぶき》の御表着《おんうはぎ》、桜《さくら》の御小袿《おんこうちき》、青色《あをいろ》の御唐衣《おんからぎぬ》、蝶《てふ》を色々《いろいろ》に織《お》りたりしを、召《め》したりしかば、言《い》ふ方《かた》無《な》くめでたく、若《わか》くも御座《おは》します。

中宮《みや》は、蕾《つぼ》める色《いろ》の紅梅《こうばい》の御衣《おんぞ》、樺桜《かばざくら》の御表着《おんうはぎ》、柳《やなぎ》の御小袿《おんこうちき》、赤色《あかいろ》の御唐衣《おんからぎぬ》、皆《みな》、桜《さくら》を織《お》りたる、召《め》したりし。

匂《にほ》ひ合《あ》ひて、今更《いまさら》、珍《めづら》しく、言《い》ふ方《かた》無《な》く見《み》えさせ給《たま》ひしに、大方《おほかた》の御所《ごしよ》の御設《おんしつら》ひ、人々《ひとびと》の姿《すがた》、殊《こと》に、輝《かかや》く許《ばか》り見《み》えし折《をり》、心《こころ》に、斯《か》く覚《おぼ》えし。

（右京大夫）春《はる》の花秋《はなあき》の月夜《つきよ》を同《おな》じ折《をり》見《み》る心地《ここち》する雲《くも》の上《うへ》かな

【訳】 それと同じ承安四年（一一七四）の春のことだったと記憶しているが、もう一つ、宮仕えを初めたばかりの私にとって、忘れられない思い出がある。

高倉天皇様の御生母である建春門院《けんしゅんもんいん》様が、暫く御所《ごしょ》に滞在されていた。建春門院様は平時信《ときのぶ》様の娘で、名は滋子《しげこ》（一一四二〜七六）。後白河法皇様の女御。この時、三十三歳だった。

中宮様《みやさま》の母君である時子《ときこ》様（一一二六〜八五）は、建春門院様の姉君に当たっておられる。世に言う「二位《にい》の尼君《あまぎみ》」である。時子様も、この時、御所に来ていらっしゃった。この時、四十九歳。

高貴な姉妹のお二人の姿を、御匣殿《みくしげどの》という女房の後《うし》ろから、私は恐る恐る、ほんの少しばかり拝見させていただいた。

建春門院様は後白河法皇様の寵姫《ちょうき》と称えられるだけあって、美貌のお方である。濃い紫と、薄い紫とを重ねて着ておられる。表着《うわぎ》は山吹《やまぶき》（表が朽葉《くちば》、裏が黄）、小袿は桜（表が白、裏が二藍《ふたあい》）、唐衣《からぎぬ》は青色で、さまざまな色の蝶々が紋様として織り込まれている。この着こなしが、まことに素晴らしく、言葉では説明できないくらいである。三十三歳とは思えないほどの若々しさを発散していらっしゃる。

中宮の徳子様は、二十歳。打衣《うちぎぬ》は、蕾《つぼ》み紅梅《こうばい》（表が紅梅、裏が蘇芳《すおう》）、表着《うわぎ》は樺桜《かばざくら》（表が蘇芳、裏が赤花《あかばな》）、小袿《こうちき》は柳（表が白、裏が青）、唐衣《からぎぬ》は禁色《きんじき》である赤。これらにはすべて、桜の紋様が色糸で織り込まれている。

中宮様《みやさま》の素晴らしい衣裳が、これまた素晴らしい建春門院様の衣裳と互いに映じ合って、この世のものとは思えない陶酔感を漂わせていらっしゃった。

お二人の女院のお召し物の素晴らしさと、お二人がいらっしゃる御所のお部屋のインテリアの素晴らしさ、さらには建春門院様の姉君として、中宮様《みやさま》の母君として、お二人を見守っていらっしゃる二位の尼君のお姿。この高貴な三人の女性の周囲を取り巻いている、それぞれの女房たちのお正月の晴れ姿。それらが輝かしい時間として、私の心に深く刻印されている。ああ、あの時、もしも時間が止まっていたならば、どんなにか良かったことだろう。

（右京大夫）春《はる》の花秋《はなあき》の月夜《つきよ》を同《おな》じ折見《をりみ》る心地《ここち》する雲《くも》の上《うへ》かな

（太陽と月を同時に眺めることは、普通にはできないことだが、私が宮仕えをしていた頃の宮中では、その奇蹟が起きていた。太陽のような主上様《うえさま》と、月のような中宮様《みやさま》が、並び立っておられたのである。同じように、人間の世界では、春の桜と、秋の名月を同時に愛《め》でることはできない。けれども、私が紛れ込んだ「雲の上」の別世界では、春の花のように美しい中宮《みや》様と、秋の名月のように美しい建春門院様とを、同時に賞美することができたのだった。）

［評］　春と秋が、同時に並び立っている。これは、光源氏が造営した六条院で、春を司る紫の上と、秋を司る秋好《あきこのむ》中宮が並び立っているのと、同じ構造である。

建春門院については、彼女に仕えた藤原俊成の女《むすめ》（建春門院中納言）が書いた日記『たまきはる《ワ》』（『建春門院中納言日記』『建寿御前日記』とも）に詳しい。

女房仲間の御匣殿《みくしげどの》については、左大臣・源有仁《ありひと》の娘とする説と、太政大臣・藤原伊通《これみち》の娘とする説がある。

3　西園寺実宗の思い出、二つ

3―1　幻の琴の合奏

頭《とう》の中将実宗《ちゆうじやうさねむね》、常《つね》に中宮《ちゆうぐう》の御方《おんかた》へ参《まゐ》りて、琵琶《びは》弾《ひ》き、歌謡《うたうた》ひ遊《あそ》びて、時々《ときどき》、(実宗)「琴《こと》弾《ひ》け」など言《い》はれしを、(右京大夫)「事《こと》《琴》覚《ざ》ましにこそ」とのみ申《まう》して過《す》ぎしに、或《あ》る折《をり》、文《ふみ》の様《やう》にて、唯《ただ》、斯《か》く、書《か》きて、致《おこ》せたり。

(実宗)松風《まつかぜ》の響《ひび》きも添《そ》へぬ独《ひと》り《独り言》琴《ごと》は然《さ》のみつれなき音《ね》をや尽《つ》くさむ

返《かへ》し。

(右京大夫)世《よ》の常《つね》の松風《まつかぜ》ならば如何《いか》許《ばか》り飽《あ》かぬ調《しら》べに音《ね》も交《か》はさまし

[訳]　西園寺実宗《さいおんじさねむね》様は、琵琶の名手として知られていた。その実宗様が頭《とう》の中将《ちゆうじやう》でいらっしゃった頃(一一七〇~七六)、職務の関係で、何度も中宮様《みやさま》のお部屋に顔を出してお

られた。そのついでに、琵琶を爪弾《つまび》かれ、それに合わせて歌を謡うのが常だった。そういう管絃の遊びに熱中して、心を入れておられる時、私の姿が目に入ると、何度も、命令口調でおっしゃられたものだ。「おお、右京大夫がいるな。そなたの母の夕霧《ゆうぎり》殿は、秘曲の数々を伝授された楽人《がくにん》の大神基政《おおがのもとまさ》殿の女《むすめ》であられる。基政殿は笛の名人と言われるが、夕霧殿は箏の名手として知られておる。ならば、その血を引くそなたにも、管絃の心得があろう。私の琵琶に合わせて、そなたは箏《そう》の琴《こと》を弾《ひ》くがよい」。

私は謙遜《けんそん》して、「私などの演奏は、さぞかし『事覚《ことざ》まし』、いや『琴覚《ことざ》まし』で、興醒《きょうさ》めでございましょう」と返事して、辞退し続けた。この言葉は、「事覚《ことざ》まし」の「事《こと》」に、「琴《こと》」を掛《か》けたもので、自分としてはうまく返事できたと思っている。

そんなある時、実宗様から、手紙が届いた。いかにも、恋文のような雰囲気が漂っている。中には、言葉は書いてなくて、ただ、歌一首だけが記されていた。

（実宗）松風《まつかぜ》の響《ひび》きも添《そ》へぬ独《ひと》り琴《ごと》《独り言》は然《さ》のみつれなき音《ね》をや尽《つ》くさむ

（斎宮《さいくう》の女御《にょうご》と呼ばれる徽子女王《きしじょおう》に、「琴《こと》の音《ね》に峰《みね》の松風《まつかぜ》通《かよ》ふらし何《いづ》れの緒《を》《尾》より調《しら》べ初《そ》めけむ」という名歌があります。琴の音《ね》と、松風が響き合って、えも言われぬハーモニーを醸し出している、という意味です。私は、いつも一人で琵琶を弾いているのみで、それを引き立ててくれるはずの「松風＝あなたの箏《そう》の琴《こと》」がありません。一人で弾く琵琶は、独り言を誰にも聞いてもらえないように、聞き手がなくて寂しい限りです。あなたの冷淡なお心のせいで、私は心の中で声を上げて泣いていますが、私の琵琶からは、いかにも寂しげな音色しか出ていないのが残念でなりません。）

「一緒に弾《ひ》き合わせましょうよ」という誘いだった。私は、次のようにお返事した。

（右京大夫）世《よ》の常《つね》の松風《まつかぜ》ならば如何許《いかばか》り飽《あ》かぬ調《しら》べに音《ね》も交《か》はさまし

（私は、意地悪さから合奏をお断りしているのではありません。あまりにも拙い技倆ですので、お聞き苦しいだけだと恥じているからなのです。もしも、私の琴の技倆が人並みであるのならば、心適《こころゆ》くまであなた様と合奏したいものです。四絃の琵琶と、十三絃の箏の琴の合奏は、どんなにか心適《ゆ》く響きを奏《かな》でてくれることでしょう。）

【評】　斎宮の女御の和歌は、白楽天の「五絃弾《ごげんだん》」と共に、『和漢朗詠集』の「管絃」の部に入っている。「五絃弾」には、「第一第二の絃は索索《さくさく》たり。秋の風松を払つて疎韻《そいん》落つ」とある。

3—2　幻の恋敵《こいがたき》・平維盛

同《おな》じ人《ひと》の、四月《うづき》、御生《みあれ》の頃《ころ》、藤壺《ふぢつぼ》に参《まゐ》りて物語《ものがたり》せし折《をり》、権《ごん》の亮維盛《すけこれもり》の通《とほ》りしを、呼《よ》び留《とど》めて、（実宗）「此《こ》の程《ほど》に、何処《いづく》にてまれ、心解《こころと》けて、遊《あそ》ばむと思《おも》ふを、必《かなら》ず申《まう》さむ」など言《い》ひ契《ちぎ》りて、少将《せうしやう》は、疾《と》く立《た》たれにしが、少《すこ》し立《た》ち退《の》きて、見遣《みや》らるる程《ほど》に、立《た》たれたりし。二藍《ふたあゐ》の色濃《いろこ》き直衣《なほし》、指貫《さしぬき》、若楓《わかかへで》の衣《きぬ》、其《そ》の頃《ころ》の単衣《ひとへ》、常《つね》の事《こと》なれど、色《いろ》、殊《こと》に見《み》えて、警固《けいご》の姿《すがた》、真《まこと》に、絵物語《ゑものがたり》に言《い》ひ立《た》てたる様《やう》に、美《うつく》しく見《み》えしを、中将《ちゆうじやう》の、（実宗）「彼《あれ》が様《やう》なる見様《みざま》と、身《み》を思《おも》はば、如何《いか》に命《いのち》も惜《を》しくて、却々《なかなか》、由無《よしな》からむ」など言《い》ひて。

（実宗）羨《うらや》まし見《み》と見《み》る人《ひと》の如何許《いかばか》り並《な》べて葵《あふひ》《逢ふ日》を心懸《こころか》くらむ

（実宗）「唯今《ただいま》の御心《みこころ》の中《うち》も、然《さ》ぞ有《あ》らむかし」と言《い》はるれば、物《もの》の端《はし》に書《か》きて、差《さ》し出《い》づ。

（右京大夫）却々《なかなか》に花《はな》の姿《すがた》は余所《よそ》に見《み》て葵《あふひ》《逢ふ日》とまでは懸《か》けじとぞ思《おも》ふ

と言《い》ひたれば、（実宗）「思《おぼ》し召《め》し放《はな》つしも、深《ふか》き方《かた》にて、心清《こころぎよ》くや有《あ》る」と、笑《わら》はれしも、（右京大夫）「然《さ》る事《こと》」と、をかしくぞ有《あ》りし。

［訳］　西園寺実宗《さいおんじさねむね》様には、もう一つ、忘れられない思い出がある。四月に、葵祭に先だって上賀茂神社で行われる「御生《みあれ》」（御形《みあれ》）の神事の頃だった。

実宗様は、いつものように、主上《うえさま》様の御用件を中宮《みやさま》様にお伝えするために、中宮《みやさま》様が住んでおられる藤壺《ふじつぼ》まで参上していた。用事が終わると、そのついでに、女房たちと楽しい会話に時間をつぶしておられたが、そこに、ちょうど平維盛《たいらのこれもり》様が通りかかられた。維盛様は、小松殿《こまつどの》（平重盛《しげもり》）の長男である。宮中の警備を司る右近衛府《うこんえふ》の権の少将《ごんしょうしょう》のかたわらで、中宮《みやさま》様のお世話をする中宮職《ちゅうぐうしき》という役所の「権の亮《ごんすけ》」も兼任しておられた。

実宗様は、維盛様を呼び止めて、「近いうちに、どこへ行くか、場所はまだ決めていないのですが、気を許した者だけで楽しく遊ぼうと思っているのですよ。その時には、お誘いしますから、ぜひともご一緒しましょう」などと話しかけ、強引に維盛様の承諾を得たようなかたちになった。維盛様は、急ぎの用事があったようで、その場をすぐにお立ちになった。そして、ほんの少し歩いたところで、お立ち止まりになったが、そこが偶然にも、私たち女房からお姿がよく観察できる場所だったのである。

むろん、私にも、維盛様のお姿がよく見えた。二藍《ふたあい》（藍色がかった赤）の直衣《のうし》と指貫《さしぬき》（袴）、初夏に着るものとしては普通のものではあるけれども、若楓《わかかえで》の単衣《ひとえ》を着ていらっしゃった。今、この季節としては当たり前の色合いと言ったけれども、着る人次第で、こんなにも色が映《は》えるのかと驚くほど、維盛様のお姿は素晴らしい。御生《みあれ》の神事の前後には、宮中では特別の警固体制が取られる。右近衛府《うこんえふ》の権《ごん》の少将である維盛様の警固のお姿の、何と凛々《りり》しく、何と華麗であることか。まるで、絵の付いた物語に、絶世の貴公子が描かれているのを見ているかのようだった。

女房たちが維盛様をうっとりと見惚れている様子を、御覧になった実宗殿が、口にされた言葉が振るっていた。「ああ、確かに、維盛殿のお姿は素晴らしいですね。あなたがたが心をときめかせておられるのは、しごく尤《もっと》もですな。この私も、ああいう容姿や雰囲気を持って生まれてきたかったと言いたいのは、やまやまですが、正直なところ、私はまっぴら御免蒙りたいですな。ああいう風《ふう》に生まれてしまったら、自分の命を大切にしなくてはという気持ちが強くなりすぎて、かえって、いろいろと差し障《さわ》りが生じてしまいますからね。私は、今のままの容姿や雰囲気で、十分です。私は、今の自分に満足しています」。

そして、実宗様は歌を詠まれた。

（実宗）羨《うらや》まし見《み》と見《み》る人《ひと》の如何許《いかばか》り並《な》べて葵《あふひ》《逢ふ日》を心懸《こころか》くらむ

（ああ、でも、本音を言えば、やっぱり、私は維盛殿が羨ましい。今日は、賀茂の御生《みあれ》の神事が行われていますが、賀茂の祭と言えば、葵（あおい＝あふひ）が付き物。維盛殿に見蕩《みと》れているたくさんの女性たちは、さぞかし彼と「逢《あ》う日《ひ》＝あふひ」を心待ちにしていることでしょうな。）

その実宗様の目線が私と合ったので、私に向かって、「おお、右京大夫か。あなたも、さぞかし、心の中では、維盛殿のような殿方との『逢ふ日』を願っているのでしょうな」とおっしゃった。

その時、近くに良い紙もなかったし、実宗様には気取ることもないので、そのあたりにあった手頃な紙に歌を書いて、「これが、私の気持ちです」と言って、差し出した。

（右京大夫）却々《なかなか》に花《はな》の姿《すがた》は余所《よそ》に見《み》て葵《あふひ》逢ふ日とまでは懸《か》けじとぞ思《おも》ふ

（あなたは、美男子に生まれなくて、かえってよかったと言わんばかりですが、私もまた、あなたと同じで、「かえって」、ですのよ。あまりにも美しすぎる維盛様には、感嘆するばかりで、恋人として逢うとなったら、かえって、うまくゆかないこともあるでしょう。ですから、私は、ほかの大勢の女房たちとは違って、維盛様とお逢いしたいなどとは、これっぽっちも願っておりません。）

このように言ってやったところ、実宗様は、「それそれ。そのように、維盛殿への好意を、極端なまでに否定しようとして、懸命になっておられるようですな。かえって、あなたの維盛殿への深い愛情が、窺《うかが》えますな。あなたは、口で言うほどには、維盛殿に関して、潔く思い諦めてはいらっしゃらないようだ」と、お笑いになった。

私も、「なるほど、そういうものかもしれない」などと、自分にもわからない自分の心を、実宗様に見抜かれたようで、何ともおかしかった。

［評］　後に、作者は、維盛の弟の資盛《すけもり》と恋仲になる。維盛の素晴らしさを、作者が「花の姿」に喩えているのは、『源氏物語』花宴《はなのえん》の巻で、光源氏の素晴らしさが、「大方《おほかた》に花《はな》の姿を見《み》ましかば露《つゆ》も心の置《お》かれましやは」と、「花の姿」に喩えられていることと関係しているだろう。平家の貴公子たちは、光源氏にも匹敵する理想性を、『建礼門院右京大夫集』の作者から与えられている。

4　一枝と二枝

4―1　二枝の思い出

故建春門院《こけんしゆんもんゐん》の御為《おんため》に、御手《おほんて》づから、御経《みきやう》書《か》かせ御座《おは》しまして、内裏《だいり》にて、御八講《みはつこう》行《おこな》はれし五巻《ごくわん》の日《ひ》、女院達《にようゐんたち》、后《きさき》の宮々《みやみや》、三条《さんでう》の女御殿《にようごどの》、白河殿《しらかはどの》など、皆《みな》、御捧物《おんほうもつ》奉《たてまつ》らせ給《たま》ひし。其方《そなた》に縁《えん》有《あ》る殿上人《てんじやうびと》、持《も》ちて参《まゐ》りし気色《けしき》、面白《おもしろ》くも、哀《あは》れにも有《あ》りしに、中宮《ちゆうぐう》の御《おん》捧物《ほうもつ》は、二枝《ふたえだ》を、中宮《みや》の亮重衡《すけしげひら》、権《ごん》の亮維盛《すけこれもり》など、持《も》たれたりしと覚《おぼ》ゆ。

故女院《こにようゐん》、入《い》らせ給《たま》ひて、御座《おは》しましし御方《おんかた》を、取《と》り払《はら》ひて、道場《だうぢやう》に設《しつら》はれたりしも、哀《あは》れにて。

（右京大夫）九重《ここのへ》に御法《みのり》三（み）の花《はな》の匂《にほ》二（に）ふ今日《けふ》や消《き》えにし露《つゆ》も光添《ひかりそ》ふらむ

［訳］　主上様《うへさま》（高倉天皇）のご生母である建春門院（滋子）様がお亡くなりになったのは、

安元二年（一一七六）七月八日だった。時に、三十五歳だった。その翌年、一周忌の法要のために、法華八講《ほっけはっこう》が催されることになった。主上様《うえさま》は、自ら染筆《せんぴつ》なさってお経を書かれ、母君である建春門院様の菩提《ぼだい》を弔われた。

法華八講は、『法華経』全八巻を、一日に二巻ずつ読誦《どくじゅ》するので、四日間かかる。その四日目が、亡き建春門院様の一周忌の当日となるように日程が組まれていた。七月五日から八日まで、里内裏《さとだいり》である閑院《かんいん》の御所《ごしょ》で、執《と》り行われた。三日目には、『法華経』の「提婆《だいば》達多品《だったぼん》」が講じられる。「提婆達多品」には「女人成仏《にょにんじょうぶつ》」の尊い教えが説かれているので、古来、特に重視されてきた。

この日の朝、参会者や僧侶たちは、行基《ぎょうき》菩薩が詠んだと伝えられる、「法華経《ほけきやう》を我《わ》が得《え》し事《こと》は薪樵《たきぎこ》り菜摘《なつ》み水汲《みづく》み仕《つか》へてぞ得《え》し」という歌を唱えながら、捧げ物などを持って、道場の周《まわ》りを右回りに行道《ぎょうどう》する。

多くの女性たちが、参列された。女院や院号を朝廷から与えられた方々からは、皇嘉門院《こうかもんいん》・上西門院《じょうさいもんいん》・八条院の三人。歴代の天皇の后の方々からは、近衛天皇皇后・後白河天皇皇后・高倉天皇中宮の三人。この中の「高倉天皇中宮」が、私のお仕えしている建礼門院様である。そのほかにも、後白河法皇様の女御である三条の女御や、中宮建礼門院様の妹の白河殿などが、参列された。

それらの高貴な方々は、御自分では行道に加わることができないので、自分と縁《ゆかり》のある殿方に、ご自分の用意した建春門院様への捧物《ほうもつ》（捧げ物）を持たせて行道させておられた。男性貴族たちが、女院や后の方々から依頼されて、袈裟《けさ》や水晶の念珠などを持って行道していらっしゃる姿は、珍しくもあり、感動的でもあった。

中宮様《みやさま》から亡き建春門院様への捧物《ほうもつ》は、二本の豪華な作《つく》り枝《えだ》に付けて、中宮職《ちゅうぐうしき》の亮《すけ》である平重衡《しげひら》様と、同じく中宮職の権《ごん》の亮《すけ》である平維盛《これもり》様たちが、お持ちになったと記憶している。

亡《な》き建春門院様が、お子様である主上様《うえさま》とお会いになるために宮中にお越しになることが、生前にはたびたびあった。その時に、建春門院様が使っておられた部屋の建具や調度品などが、取り払われて、この供養のための道場に移されていたことに、私は気づいた。そのことが、むしょうに感動的に思われて、次のような歌になった。


（右京大夫）九重《ここのへ》に御法《みのり》《三(み)》の花《はな》の匂《にほ》《二(に)》ふ今日《けふ》や消《き》えにし露《つゆ》も光添《ひかりそ》ふらむ

（宮中では、今、盛大な法華八講が執り行われている。仏様の教えの象徴である美しい蓮の花が、今まさに開花して、馥郁《ふくいく》とした匂いを漂わせている。この世に生を受けた人間の宿命として、はかない露のように消えてしまわれた亡き建春門院様のお命も、今頃はきっと仏《ほとけ》の御国《みくに》に生まれ変わりになっておられ、すべての存在を救済するという極楽浄土の光を浴びていらっしゃることでしょう。）

［評］　史実では、捧げ物は「二枝」ではなく、「三枝」だったらしい。ここでは、重衡と維盛のみが記されている。もう一枝は、平時実《ときざね》が捧げ持っていた。

作者の歌の上の句、「九重《ここのへ》に御法《みのり》の花《はな》の匂《にほ》ふ今日《けふ》や」には、「九」のほかにも、「三」（み）と、「二（に）」という数字が隠されている。『小倉百人一首』の「古《いにしへ》の奈良《なら》の都《みやこ》の八重桜《やへざくら》今日《けふ》九重《ここのへ》に匂《にほ》ひぬるかな」（伊勢大輔）が、「い（一）にし（四）へ」「な（七）ら」「み（三）やこ」「や（八）へざくら」「ここ（九）のへ」「に（二）ほひ」と、最大で、七つの数字が隠されているほどではないが、意識して数字を織り込んだのだろう。

作者の歌の下の句、「消《き》えにし露《つゆ》も光添《ひかりそ》ふらむ」は、言葉続きとして、『源氏物語』夕顔の巻の、「心当《こころあ》てに其《そ》れかとぞ見《み》る白露《しらつゆ》の光添《ひかりそ》へたる夕顔《ゆふがほ》の花《はな》」と似ている。

法華八講と「女人成仏」については、『源氏物語』などの王朝文学で何度も触れられている。

4—2　一枝の思い出

近衛殿《このゑどの》、二位《にゐ》の中将《ちゆうじやう》と申《まう》す頃《ころ》、隆房《たかふさ》、重衡《しげひら》、維盛《これもり》、資盛《すけもり》などの殿上人《てんじやうびと》なりしを、引《ひ》き具《ぐ》せさせ給《たま》ひて、白河殿《しらかはどの》の女房達《にようばうたち》誘《さそ》ひて、所々《ところどころ》の花《はな》御覧《ごらん》じけるとて、又《また》の日《ひ》、花《はな》の枝《えだ》の並《な》べてならぬを、「花見《はなみ》ける人々《ひとびと》の中《なか》より」とて、中宮《ちゆうぐう》の御方《おんかた》へ参《まゐ》らせられたりしかば。

（右京大夫）誘《さそ》はれぬ憂《う》さも忘《わす》れて一枝《ひとえだ》の花《はな》にぞ愛《め》づる雲《くも》の上人《うへびと》

返《かへ》し。隆房《たかふさ》の中将《ちゆうじやう》。

（隆房）雲《くも》の上《うへ》に色添《いろそ》へよとて一枝《ひとえだ》を折《を》りつる花《はな》の甲斐《かひ》も有《あ》るかな

資盛《すけもり》の少将《せうしやう》。

（資盛）諸共《もろとも》に尋《たづ》ねても見《み》よ一枝《ひとえだ》の花《はな》に心《こころ》の実《げ》にも移《うつ》らば

【訳】今、「二枝」の捧げ物の思い出を書き記した。そのついでに、「一枝」の思い出も、記しておきたい。

近衛基通《このえもとみち》様は、摂関家のお生まれで、平清盛様の娘（寛子）を妻とするなど、朝廷で重きをなしておられた。その基通様が、まだ二位の中将であった頃だから、亡き建春門院様の一周忌法要があった頃のことである。

基通様が、気心の知れた殿上人たちを引き連れて、一緒に出かけ、花の名所として知られている場所を何か所か、巡られたことがあった。基通様に誘われたのは、従兄弟の藤原隆房《たかふさ》様（やはり清盛様の娘を妻としていらっしゃった）、清盛様の五男である平重衡《しげひら》様、重盛様（小松殿）の長男である平維盛《これもり》様、それと次男の資盛《すけもり》様などであったらしい。なお、この資盛様と、後々《のちのち》、私が深く関わることになろうとは、この時には思いも寄らなかった。

主上様《うえさま》（高倉天皇）の「准母《じゅんぼ》」である白河殿は、基通様の妻である寛子様の母君でもある。それで、この花見には、白河殿に仕える女房たちも誘われて、加わっていた。

この花見があった翌日、「花見をした者たち一同より、中宮様《みやさま》に献上いたします」という口上と共に、桜の花の付いている見事な枝が届けられた。中宮様《みやさま》の意を体して、私がお礼の和歌を詠むことになった。

（右京大夫）誘《さそ》はれぬ憂《う》さも忘《わす》れて一枝《ひとえだ》の花《はな》にぞ愛《め》づる雲《くも》の上人《うへびと》

（昨日の花見は、白河殿の女房たちとご一緒なさったそうですが、私たちには一言の誘いもありませんでしたね。あなたたちから見捨てられた辛《つら》さを、昨日から話し合っていましたが、今日、お届けくださった見事な花の一枝を見て、中宮様《みやさま》にお仕えする女房たち一同は、辛さなどすっかり忘れて、ひたすら喜びの声を上げております。もちろん、中宮様《みやさま》も、御満足でいらっしゃいます。）

それに対する返歌は、隆房様と資盛様からあった。まず、隆房様の歌。

（隆房）雲《くも》の上《うへ》に色添《いろそ》へよとて一枝《ひとえだ》を折《を》りつる花《はな》の甲斐《かひ》も有《あ》るかな

（宮中におられる中宮様《みやさま》は、花のようにお美しくていらしゃいますし、その周りには才華《さいか》あふれる女房がたがたくさん犇《ひし》めいておられます。その中に、さらに花の色を加えたいと思いまして、桜の花の一枝《ひとえだ》を差し上げました。喜んでいただいて、苦労して枝を折った甲斐がありました。）

次に、資盛様の歌。

（資盛）諸共《もろとも》に尋《たづ》ねても見《み》よ一枝《ひとえだ》の花《はな》に心《こころ》の実《げ》にも移《うつ》らば

（昨日、折り取った花の枝を喜んでいただいたそうですが、まさか、心の中ではそう思っていないのに、社交辞令で誉めているだけではありませんか。もし、あなたが本心から花の枝を美しいと思っているのでしたら、どうでしょう、これから二人でご一緒して花見に出かけ、本物の桜の木に花が咲いている枝を、心適《こころゆ》くまで鑑賞しませんか。）

【評】作者の運命の恋人となった平資盛《すけもり》が初めて登場している。「花《はな》にぞ愛《め》づる」と校訂した箇所は、「花《はな》に染《そ》めつる」とも解釈できる。「隆房《たかふさ》の中将《ちゆうじやう》」とあるが、正しくは、「隆房《たかふさ》の少将《せうしやう》」である。「雲《くも》の上人《うへびと》」という言葉は、『源氏物語』桐壺の巻にも見られる。「花の一枝を折る」という趣向は、『和漢朗詠集』の、「君に請《こ》ふ、一枝《いつし》の春を折らむことを許せ」（紀斉名《きのただな》）を連想させる。

5　高倉天皇の横笛

何時《いつ》の年《とし》にか、月明《つきあ》かかりし夜《よ》、主上《うへ》の、御笛《おほんふえ》吹《ふ》かせ御座《おは》しましが、殊《こと》に、面白《おもしろ》く聞《き》こえしを、愛《め》で参《まゐ》らすれば、（中宮）「頑《かたく》なはしき程《ほど》なる」と、此《こ》の御方《おんかた》に渡《わた》らせ御座《おは》しまして後《のち》に、語《かた》り参《まゐ》らせさせ給《たま》ひたりけるを、「（主上）『其《そ》れは、空事《そらごと》を申《まう》すぞ』と仰《おほ》せ言《ごと》有《あ》る」とて有《あ》りしかば。

（右京大夫）然《さ》もこそは数《かず》ならざらめ一筋《ひとすぢ》に心《こころ》をさへも無《な》きに成《な》すかな

と呟《つぶや》くを、大納言《だいなごん》の君《きみ》と申《まう》すは、三条《さんでう》の内大臣《ないだいじん》の御女《みむすめ》とぞ聞《き》こえし、其《そ》の人《ひと》、「斯《か》く申《まう》す」と申《まう》させ給《たま》へば、笑《わら》はせ御座《おは》しまして、御扇《おほんあふぎ》の端《はし》に、書《か》き付《つ》けさせ給《たま》ひたりし。

（主上）笛竹《ふえたけ》の憂《う》き音《ね》《浮き根》をこそは思《おも》ひ知《し》れ人《ひと》の心《こころ》を無《な》きにやは成《な》す

［訳］あれはいつの年だったたか、正確には覚えていないけれども、月が明るく空に懸かっていたので、季節は秋だったのではないか。主上様《うえさま》（高倉天皇）が、一心に横笛を吹き

澄まされていたことがあった。

私の母方の祖父は、大神基政《おおがのもとまさ》と言って、笛を専門とする楽人《がくにん》だった。『龍鳴抄《りゅうめいしょう》』という笛の専門書も残している。そういう環境で育ったので、私にも演奏の優劣を聞き分ける耳はあると思っている。その耳に、主上様《うえさま》のお吹きになる横笛の音色は、格別に素晴らしく、澄みきった空の上《うえ》までも、澄み上《のぼ》ってゆくかと思われるほどだった。

思わず、「主上様《うえさま》の笛は素晴らしい」と口にしてしまった。それも、何度も繰り返し。笛を吹き終わった主上様《うえさま》が、中宮様《みやさま》のお部屋にお出ましになった時に、中宮様《みやさま》は遠くに控えている私のほうをちらっと御覧になって、「あちらに控えている右京大夫は、自分には笛の技倆を聞き分ける耳がある、と言い張っているのですよ。先ほども、主上様《うえさま》のお吹きあそばす横笛を、感に堪《た》えたように聞いていましたが、こちらがうるさいと感じるくらいに、褒《ほ》めちぎっておりましたのよ」と、おっしゃられたそうである。

突然の事の成り行きに、私がびっくりしていると、主上様《うえさま》は、「右京大夫は、本心にない、お世辞を口にしたのだろう。私には、楽人の家に生まれた者が感心するほどの技倆は備わっていない」とおっしゃった、と漏れ聞いた。

私は、お二人の遠くにいたのだが、そのことを教えられて、思わず呟《つぶや》いた。ただし、小声で。

（右京大夫）然《さ》もこそは数《かず》ならざらめ一筋《ひとすぢ》に心《こころ》をさへも無《な》きに成《な》すかな

（いえ、私の褒め言葉は、決して嘘偽《うそいつわ》りではありません。私の本心でございます。むろん、私など、取るに足らない身分の者でございますが、ひたすら、主上様《うえさま》と中宮様《みやさま》をお慕いしている気持ちにも、嘘偽《うそいつわ》りはございません。私の純粋な真心を、嘘だと決めつけられるのは心外でございます。）

私は、自分が口にした和歌が、主上様《うえさま》の耳に入ることはないと安心していたのだが、大納言の君という女房仲間がいた。内大臣まで昇られた藤原公教《きんのり》様のご息女とか聞いている。その大納言の君が、私の呟きを聞きとがめて、主上様《うえさま》に、「右京大夫は、このように申しております」と、ご注進に及んだ。

主上様《うえさま》は、ほがらかにお笑いになった。そして、手にしておられた扇の端《はし》に、すらすらとお書きになって、それを私に賜《たまわ》った。見ると、畏《おそ》れ多くも、私の歌への返歌が記されていた。

（主上）笛竹《ふえたけ》の憂《う》き音《ね》《浮き根》をこそは思《おも》ひ知《し》れ人《ひと》の心《こころ》を無《な》きにやは成《な》す

（私はね、自分の吹く笛が、いかに情けない音色を立てているか、わかっているのだよ。

笛は、竹から作られるが、竹には根っこがある。人には、性根《しょうね》というものがある。私にも性根があるし、そなたにも性根があろう。私はそれを、決して否定しているのではないのだよ。安心しなさい。）

［評］　作者の父親は、書道の名門に生まれ、『源氏物語』を研究していた。母親は、音楽を職業とする家の出身だった。資盛のほかに、作者は藤原隆信《たかのぶ》とも関係するが、隆信は肖像画の名手として知られる。右京大夫は、書道・文学・音楽・美術と深く関わる人生を生きた。

高倉天皇の笛の師は、藤原（滋野井《しげのい》）実国《さねくに》だったとされる。なお、『枕草子』にも、一条天皇が藤原高遠《たかとお》から、笛の吹き方を学ぶ場面がある。

6　題詠の和歌をまとめて

6—0　題詠のはじめに

何《なに》と無《な》く詠《よ》みし歌《うた》の中《なか》に。

［訳］　この『建礼門院右京大夫集』は、序文に書いたように、「家集《かしゅう》＝個人歌集」ではない。まずは、私が宮仕えを始めた当初の忘れ難《がた》い思い出を書き綴ったところである。ただし、思い出ばかりを書いていると、自分の詠んだ歌までも忘れてしまいそうになるので、ここで、歌合《うたあわせ》などの場で、題（テーマ）を与えられて詠んだ和歌を、四十首ばかり、書き集めておきたい。

これらの歌は、私の宮仕えの思い出ではないので、興味がない読者は、ここを飛ばして、次の「7」に進んでほしい。

［評］『建礼門院右京大夫集』の冒頭部は、作者が宮仕えを始めた当初の、華麗な宮廷絵巻を回想することに、力点があった。そのあと、四十首近い「題詠の歌」が列挙されている。この作品を初めて読む読者には、退屈に思えるかもしれないが、『建礼門院右京大夫集』下巻の末尾近くの「七夕」の歌五十首と並んで、作者の「歌人」としての力量を窺わせる。

三島由紀夫は、この題詠の中から二首を小説『玉刻春《たまきはる》』に引用している。

6—1　春立《はるた》つ日《ひ》

何時《いつ》しかと氷解《こほりと》けゆく御溝水《みかはみづ》行《ゆ》く末遠《すゑとほ》き今朝《けさ》の初春《はつはる》
春来《はるき》ぬと誰《たれ》鶯《うぐひす》憂(う)に告《つ》げつらむ竹《たけ》の古巣《ふるす》は春《はる》も知《し》らじを

［訳］立春の日に、春の訪れを言祝《ことほ》いで詠んだ歌。

何時《いつ》しかと氷解《こほりと》けゆく御溝水《みかはみづ》行く末遠《すゑとほ》き今朝《けさ》の初春《はつはる》

（永かった冬も、やっと終わって、今日からは春。早くも、あちこちの氷が解《と》けて水となり、気持ちよさそうに流れ始めている。ここ、宮中の清涼殿《せいりょうでん》でも、東庭《とうてい》を流れている溝《みぞ》の水が、さやさやと音を立てている。この水は、これから鴨川に注ぎ、淀川を下り、海へと注ぎ、さらに遠くへと流れてゆく。主上様《うえさま》の千代《ちよ》も八千代《やちよ》も続くであろう弥栄《いやさか》を、言祝《ことほ》ぐような、今朝の水の流れであることよ。）

春来《はるき》ぬと誰鶯《たれうぐひす》〔憂（う）〕に告《つ》げつらむ竹《たけ》の古巣《ふるす》は春《はる》も知《し》らじを

（立春の今日、早速、鶯《うぐいす》が、いかにも嬉しそうに鳴いているのが聞こえる。昨日までは、まだ春にならないのかと、いかにも生きるのが辛《つら》そうに、竹の中の巣に閉じこもっていたのに。鶯は、暦の上で春になったことなど気づくはずがないだろうから、誰が鶯に今日が立春だと教えてあげたのだろうか。）

［評］「立春」から始まるのは、和歌の基本である。

6―2　鶯《うぐひす》、慶《よろこ》びの音《こゑ》有《あ》り

長閑《のどか》なる春《はる》に逢《あ》ふ世《よ》の嬉《うれ》しさは竹《たけ》の中《うち》なる声《こゑ》の色《いろ》にも

［訳］　鶯の鳴き声には、喜びの気持ちが溢《あふ》れている、という心を。

長閑《のどか》なる春《はる》に逢《あ》ふ世《よ》の嬉《うれ》しさは竹《たけ》の中《うち》なる声《こゑ》の色《いろ》にも

（天下泰平の楽しい世の中に生まれた喜びを、私たち人間だけでなく、竹の中に棲《す》んでいる鶯も実感しているようだ。その声の、何と艶《つや》やかで、輝かしいことか。）

［評］　後に右京大夫と恋人関係になる藤原隆信《たかのぶ》にも、鶯を詠んだ歌がある。屏風歌で、鶯と花を取り合わせている。「鶯《うぐひす》の声《こゑ》の色《いろ》さへ身《み》に沁《し》むは花《はな》の便《たよ》りに聞《き》けばなりけり」。

6―3　月《つき》に対《たい》して、花《はな》を待《ま》つ

早《は》や匂《にほ》へ心《こころ》を分《わ》けて夜《よ》もすがら月《つき》を見《み》るにも花《はな》をしぞ思《おも》ふ

［訳］春の朧月《おぼろづき》を眺めながら、桜の花の開花を待つ、という心を。
早《は》や匂《にほ》へ心《こころ》を分《わ》けて夜《よ》もすがら月《つき》を見《み》るにも花《はな》をしぞ思《おも》ふ
（桜の花よ、早く咲いてほしい。お前が蕾《つぼみ》のまま、一向に開花しないので、夜通し、朧月を眺めて、春の情緒にひたるしかない。私は、空の月を眺めていても、心は二つに裂けてしまい、半分の心は月を愛《め》でているが、もう半分の心は、咲いてくれない花のことを思っているのだよ。）

［評］この「月」は、早春の月だろう。「秋の月」を見ながら「春の花」を思うという解釈もあるが、いささか苦しい。

6—4　往事《わうじ》の恋《こひ》

哀《あは》れ知《し》りて誰《たれ》か尋《たづ》ねむ　つれもなき人《ひと》を恋《こ》ひ侘《わ》び岩《いは》と成《な》るとも

［訳］　終わってしまった、遥か昔の恋、という心を。

哀《あは》れ知《し》りて誰《たれ》か尋《たづ》ねむ　つれもなき人《ひと》を恋《こ》ひ侘《わ》び岩《いは》と成《な》るとも

（あの人との熱烈な恋も、今では、遠い昔の思い出となった。私は、冷淡なあの人の訪れを一日待ち、一月《ひとつき》待ち、一年待ち、さらに時間が積もってゆき、とうとう命が尽きようとしている。あの人は、たとえ私が死にそうだとか、石になったとか、誰かから伝え聞いたとしても、「自分の捨てた女が、今、どうなっているだろうか」という好奇心を確認するために、足を運んで見に来てくれることもないだろう。）

［評］　中国の「望夫石《ぼうふせき》」の伝説は、十二世紀後半に成立した『唐《から》物語』などで有名である。我が国の『万葉集』由来の「松浦佐用姫《まつらさよひめ》」も、室町時代以後には、

石になったとする伝承が発生した。女が男を待ち侘びて、人間以外に変身するのは、『伊勢物語』の「深草の鶉《うずら》」（第百二十三段）の話と同一パターンである。題の「往事」という言葉からは、『和漢朗詠集』収録の漢詩も連想される。「往事眇茫、都《すべ》て夢に似たり。旧遊、零落して半ば泉《せん》に帰《き》す」。

なお、この歌を三島由紀夫は十七歳で書いた小説『玉刻春《たまきはる》』に引用している。

6―5 仙家《せんか》の卯《う》の花《はな》

露深《つゆふか》き山路《やまぢ》の菊《きく》を友《とも》として卯《う》の花《はな》さへや千代《ちよ》も咲《さ》くべき

［訳］ 不老不死の理想郷《ユートピア》に、卯の花が咲いていていたら、という心を。

露深《つゆふか》き山路《やまぢ》の菊《きく》を友《とも》として卯《う》の花《はな》さへや千代《ちよ》も咲《さ》くべき

（理想郷に咲いている花と言えば「菊」。「卯の花」は聞いたことがない。「卯《う》」は「憂《う》」に通じるからである。けれども、菊の花に置いた露を口に含めば、不老長寿を得ると言われている。だから、もし仮に、そこに卯の花が咲いているとしたら、菊の花の友だちになって、不老不死のおこぼれにあずかり、人生の「憂《うれ》い」から解放されて、千代も八千代も咲き続けることができるだろう。）

［評］　この歌を提出した歌合は、仙洞《せんとう》御所で、卯《う》の花の季節に催されたのだろうか。それにしても、不思議な題である。仙人の世界に「卯の花」が咲いているという設定が、珍しい。作者も苦慮したようだが、仙家に付き物の「菊」を持ち出して、和歌らしく仕上げた、ということだろうか。

6―6　片思《かたおも》ひを恥《は》づる恋《こひ》

沖《おき》つ波岩《なみいは》打《う》つ磯《いそ》の鮑貝《あはびがひ》拾《ひろ》ひ侘《わ》びぬる名《な》こそ惜《を》しけれ

［訳］ 自分の片思いを恥ずかしく思う恋、という心を。

沖《おき》つ波《なみ》岩《いは》打《う》つ磯《いそ》の鮑貝《あはびがひ》拾《ひろ》ひ侘《わ》びぬる名《な》こそ惜《を》しけれ

（「片思い」と言えば「鮑《あわび》」。鮑は、一枚貝だから、二つが一つになる相思相愛の対極にある。けれども、波が激しく岩に打ち当たる磯では、その鮑すら拾うことができない。「片思い」も、簡単にはできないのだ。片思いの相手すら見付けられない私には、「片思い」もできない女だ、という噂が立てられるに違いない。ああ、恥ずかしい。）

［評］ 「片思い」のスタート地点にすら立てない屈辱を詠んでいる。

6―7 曇《くも》る夜《よ》の月《つき》

曇《くも》る夜《よ》を眺《なが》め明《あ》かして今宵《こよひ》こそ千里《ちさと》に冴《さ》ゆる月《つき》を眺《なが》むれ

［訳］ 曇り空の夜の月、という心を。

曇《くも》る夜《よ》を眺《なが》め明《あ》かして今宵《こよひ》こそ千里《ちさと》に冴《さ》ゆる月《つき》を眺《なが》むれ

（今夜は、仲秋の名月。照り輝く月を眺めたいのに、生憎《あいにく》の曇り空。それでも、諦めずに、いつまでも雲が切れるのを待っていると、明け方近くになって、やっと名月を拝むことができた。それを見ていると、「三五夜中《さんごやちゅう》、新月《しんげつ》の色《いろ》　二千里《じせんり》の外《ほか》、故人《こじん》の心《こころ》」という漢詩を思い出した。）

［評］ 「三五夜中《さんごやちゅう》、新月《しんげつ》の色《いろ》　二千里《じせんり》の外《ほか》、故人《こじん》の心《こころ》」という漢詩は、『源氏物語』須磨の巻で、光源氏が都を偲んで口ずさんでいる。藤原俊成にも、「月《つき》を見《み》て千里《ちさと》の外《ほか》を思《おも》ふかな心《こころ》ぞ通《かよ》ふ白河《しらかは》の関《せき》」という歌がある。

6―8　夕《ゆふ》べに過《す》ぐる野《の》の花《はな》

心《こころ》をば尾花《をばな》が袖《そで》に留《とど》め置《お》きて駒《こま》に任《まか》する野辺《のべ》の夕暮《ゆふぐれ》

［訳］　夕暮に花を見ながら、秋の野を通り過ぎる、という心を。
心《こころ》をば尾花《をばな》が袖《そで》に留《とど》め置《お》きて駒《こま》に任《まか》する野辺《のべ》の夕暮《ゆふぐれ》
（男の立場で詠むことにする。私は馬に乗って、秋の野に差しかかった。ふと気づくと夕暮が迫っていて、妖艶な尾花《おばな》（薄《すすき》）の穂が、風に靡いて、いかにも私を手招きしているようにも見えた。だが、ここは、女性の誘惑に負けてはならじと、そこで宿泊することを諦め、心は引かれながらも、そのまま馬を先へと進めたことだった。）

［評］　女性の誘惑に負けなかった男性、という設定だろう。誘惑に負けると、「馬から落ちる」ことになる。僧正遍昭の、「名《な》に愛《め》でて折《を》れるばかりぞ女郎花《をみなへし》我落《われお》ちにきと人《ひと》に語るな」（『古今和歌集』）の「女郎花」を「尾花」に変えたので

ある。

6―9　互《たが》ひに、常《つね》に聞《き》く恋《こひ》

有《あ》りと聞《き》かれ我《われ》も聞《き》くしも辛《つら》きかな唯一筋《ただひとすぢ》に無《な》きに成《な》しなで

［訳］　相手の存在をお互いに意識しているだけで、一向に進展しない恋、という心を。
有《あ》りと聞《き》かれ我《われ》も聞《き》くしも辛《つら》きかな唯一筋《ただひとすぢ》に無《な》きに成《な》しなで
（私はあの人が気になり、あの人も私が気になっている。けれども、二人とも相手に何も働きかけないので、恋が始まらない。それが、苦しくてたまらない。こんなことなら、いっそ、相手の存在を私の心の中から完全に消し去ってしまいたいのだが、それもできない、ときている。）

［評］「無《な》きに成《な》しなで」という言葉は、「5」でも用いられていた。

6―10　谷《たに》の辺《ほと》りの鹿《しか》

谷深《たにふか》み杉《すぎ》の梢《こずゑ》を吹《ふ》く風《かぜ》に秋《あき》の牡鹿《をじか》ぞ声交《こゑか》はすなる

［訳］谷のあたりで鳴いている鹿、という心を。
谷深《たにふか》み杉《すぎ》の梢《こずゑ》を吹《ふ》く風《かぜ》に秋《あき》の牡鹿《をじか》ぞ声交《こゑか》はすなる
（深い谷なので、谷底から吹き上《のぼ》ってくる秋風は、杉の梢を激しく揺るがせる。まことに凄愴《せいそう》な響きである。その秋風には、何頭もの牡鹿《おじか》たちが、牝鹿《めじか》を求めて鳴き合っている哀切な声も含まれているようだ。その声を聞く私の心は、いっそう寂寥を極めた。）

［評］「谷《たに》の辺《へん》の鹿《しか》」とする写本もある。『蜻蛉《かげろう》日記』の石山詣《もう》でにも、石山

寺の谷間から鹿の鳴き声が聞こえた、とある。

6—11　寝覚《ねざめ》の擣衣《たうい》

打《う》つ音《おと》に寝覚《ねざめ》の袖《そで》ぞ濡《ぬ》れ増《ま》さる衣《ころも》は何《なに》の故《ゆゑ》と知《し》らねど

［訳］秋の夜、砧《きぬた》を打つ音《おと》で目が覚める、という心を。
打《う》つ音《おと》に寝覚《ねざめ》の袖《そで》ぞ濡《ぬ》れ増《ま》さる衣《ころも》は何《なに》の故《ゆゑ》と知《し》らねど
（秋の長い夜を、一度も目覚めることなく、朝まで眠り続けることなど、誰にもできない。私は、今夜もまた、深夜に目が覚めた。遠くで、トントンという音が、どこかからかすかに聞こえている。あの音で、自分は目を覚ましたのだ。その音には、女が夫の不在を嘆きながら砧《きぬた》を打ち続ける恨みが籠《こ》もっている。それを聞いているうちに、私の目から涙があふれてきて、袖をびっしょりと濡らしてゆく。砧を打つ女が叩《たた》いている衣のほうでも、自分を叩く女の人が、どうして恨みをぶつけるように叩くのかがわからないように、私の袖も、どうして自分がこんなに濡れてしまうのかわからずに困っていることだろう。）

［評］作者も、なぜ、自分が泣いてしまうのか、わからない。哀しみの連鎖は、世界の不条理の連鎖でもある。

6—12　名《な》を変《か》へて逢《あ》ふ恋《こひ》

厭《いと》はれし憂《う》き名《な》《浮き名》を更《さら》に改《あらた》めて逢《あ》ひ見《み》るしもぞ辛《つら》さ添《そ》ひける

［訳］女への求愛を厳しく拒否された男が、別人になりすまして、その女と結ばれる、という心を。

厭《いと》はれし憂《う》き名《な》《浮き名》を更《さら》に改《あらた》めて逢《あ》ひ見《み》るしもぞ辛《つら》さ添《そ》ひける

（男の立場で詠むことにする。あなたから、「好色な男は嫌いだ」と手厳しく拒否される辛《つら》い体験をした私は、名前を偽って別人の振りをして、あなたと結ばれました。あなたと結ばれたことは嬉しいのですが、自分でない男に生まれ変わらなければあなたに認めてもらえなかった自分が、情けなくてたまりません。）

【評】別人に成りすまして女と契る話は、『落窪物語』の「面白《おもしろ》の駒《こま》」が有名である。『源氏物語』宇治十帖の匂宮も、最初は、薫を装って浮舟と契った。

6—13 野亭《やてい》の夕《ゆふ》べの夏草《なつくさ》

夕《ゆふ》されば夏野《なつの》の草《くさ》の片靡《かたなび》き涼《すず》みがてらに休《やす》む旅人《たびびと》

［訳］　野原にある東屋《あずまや》から眺める夏草、という心を。
夕《ゆふ》されば夏野《なつの》の草《くさ》の片靡《かたなび》き涼《すず》みがてらに休《やす》む旅人《たびびと》
（暑かった夏の一日も、ようやく夕方になった。昼間、風一つ無かった野原に、涼しい風が渡り始めた。それに伴って、夏草は風に靡くのだが、すべての草が同じ向きに、同じ角度で靡いている。その風を受けて涼みながら、旅人は東屋《あずまや》でしばしの休息を取っている。）

［評］　「野亭」は、「茶店」のような休憩所なのだろう。ただし、夕方なので、旅人はそろそろ宿泊するための宿を捜さなくてはならない。いつまでも、休憩している時間はない。

6―14―1　連夜《れんや》の水鶏《くひな》

荒《あ》れ果《は》てて鎖《さ》す事《こと》も無《な》き真木《まき》の戸《と》を何《なに》と夜離《よが》れず叩《たた》く水鶏《くひな》ぞ

［訳］ 毎晩、鳴き続ける迷惑な水鶏《くいな》、という心を。

荒《あ》れ果《は》てて鎖《さ》す事《こと》も無《な》き真《ま》木《き》の戸《と》を何《なに》と夜《よ》離《が》れず叩《たた》く水鶏《くひな》ぞ

（私は、恋人から忘れられた女。あの人が私の家を訪ねてきて、戸を叩いて合図をすることなど、考えられない絶望的な状況である。屋敷も庭も、荒れ放題。誰も来るはずがないので、槙《まき》の戸に鍵を掛ける必要もない。ところが、何としたことか、ここのところ、明けやすい夏の夜中《じゅう》、家の戸を叩き続ける音がする。寝ぼけ眼《まなこ》の私は、「あっ、あの人が来たのか」と錯覚する始末。水鶏《くいな》よ、お前はどうして、そんな意地悪をするのか。絶対に止《や》めてほしい。）

［評］ 「水鶏《くいな》」は、夏に鳴く。私は、水鶏の鳴き声を聞いたことがあるが、そうと言われなければ、戸を叩く音には聞こえなかった。

6―15　夜深《よぶか》き春雨《はるさめ》

更《ふ》くる夜《よ》の寝覚寂《ねざめさび》しき袖《そで》の上《うへ》を音《おと》にも濡《ぬ》らす春《はる》の雨《あめ》かな

［訳］　深夜に目覚めて春雨《はるさめ》の降る音を聞く、という心を。
更《ふ》くる夜《よ》の寝覚寂《ねざめさび》しき袖《そで》の上《うへ》を音《おと》にも濡《ぬ》らす春《はる》の雨《あめ》かな
（あの人の訪れを待っているうちに、いつの間《ま》にか眠っていたらしい。夜遅く、目が覚めると、私の袖の上は、涙で濡れていた。外では、春雨の降る、しめやかな音がしている。その寂しい雨音を聞いていると、また私の袖の上に涙が加わるのだった。）

［評］　「音《おと》にも濡《ぬ》らす」という表現が面白い。「寝覚《ねざめ》する床《とこ》に時雨《しぐれ》は漏《も》り来《こ》ねど音《おと》にも袖《そで》の濡《ぬ》れにけるかな」（「久安百首《きゅうあん》」、花園左大臣家小大進《こだいしん》）という類歌がある。

6―16 遠《とほ》き沢《さは》の春駒《はるこま》

遥《はる》かなる野沢《のざは》に荒《あ》るる放《はな》れ駒帰《ごまかへ》さや道《みち》の程《ほど》も知《し》るらむ

［訳］遠くに見える水辺の野原で、春駒たちが遊んでいる、という心を。
遥《はる》かなる野沢《のざは》に荒《あ》るる放《はな》れ駒帰《ごまかへ》さや道《みち》の程《ほど》も知《し》るらむ
（小川の流域には、広大な野原が広がっている。そこを、放し飼いされているたくさんの馬たちが、元気に走り回っている。自分がどこから来て、どこへ行こうとしているのか、何もわからずに、縦横無尽に駆けているようにしか見えない。あの馬たちは、日が暮れて、馬小屋に帰る時間帯になったら、帰り道がわかるのだろうか。）

［評］馬は、道を知るとされる。「老いたる馬は路《みち》を忘れず」（『韓非子《かんぴし》』）。なお、『蜻蛉日記』で語られる石山詣でには、石山寺から遠望される牧場の駒の姿が描かれている（「6―10」と同じ箇所）。

6—17 暗《くら》き空《そら》の帰《かへ》る雁《かり》

花《はな》をこそ思《おも》ひも捨《す》てめ有明《ありあけ》の月《つき》をも待《ま》たで帰《かへ》る雁《かり》がね

［訳］ 春、暗い空を飛んで、北へ帰ってゆく雁《かり》、という心を。

花《はな》をこそ思《おも》ひも捨《す》てめ有明《ありあけ》の月《つき》をも待《ま》たで帰《かへ》る雁《かり》がね

（『古今和歌集』に、「春霞《はるがすみ》立《た》つを見捨《みす》てて行《ゆ》く雁《かり》は花無《はなな》き里《さと》に住《す》みや慣《な》らへる」（伊勢）という歌がある。雁は、秋に北の国から飛来して、早春に戻ってゆく。彼らは、満開の桜や落花の風情《ふぜい》を知らない。これは、美意識の問題だから、雁に文句は言うまい。けれども、有明の月が上《のぼ》れば空が明るくなり、飛行しやすくなると思うし、これは実用の問題である。「帰心、矢の如し」なのだろうが、月の無い空を帰ってゆくのは腑《ふ》に落ちないことだ。）

［評］ 「花月《かげつ》」は風流な物の代名詞。それを二つとも見捨てて帰る雁を、非

難した歌である。

6—18　暁《あかつき》の呼子鳥《よぶこどり》

夜《よ》を残《のこ》す寝覚《ねざめ》に誰《たれ》を呼子鳥《よぶこどり》人《ひと》も答《こた》へぬ東雲《しののめ》の空《そら》

［訳］　まだ暗いうちに呼子鳥《よぶこどり》が鳴くのを聞く、という心を。

夜《よ》を残《のこ》す寝覚《ねざめ》に誰《たれ》を呼子鳥《よぶこどり》人《ひと》も答《こた》へぬ東雲《しののめ》の空《そら》

（夜が明けてあたりが明るくなるまでには、まだだいぶ時間がある。それなのに、私は目が覚めてしまった。深い眠りの底で、誰かが私を呼んでいる声を聞いたような気がしたからだ。意識が戻ってくると、東雲《しののめ》の空で、鳥が鳴いているのが聞こえた。あっ、呼子《よぶこ》鳥《どり》だ。あの鳥が、私を呼んでいたのだ。ほかの人が返事する声は聞こえないが、少なくとも私は鳥の呼びかけに応じて、目を覚ました。私を、どこへ連れて行こうとしているのだろうか。)

〔評〕『徒然草』第二百十段に、呼子鳥が鳴く時には「招魂の法」を行う、と書いた「真言書《しんごんしょ》」があると言う。

6―19 山田《やまだ》の苗代《なはしろ》

山里《やまざと》は門田《かどた》の小田《をだ》の苗代《なはしろ》にやがて懸樋《かけひ》の水引《みづまか》せつつ

〔訳〕山の中にある水田の苗代、という心を。

山里《やまざと》は門田《かどた》の小田《をだ》の苗代《なはしろ》にやがて懸樋《かけひ》の水引《みづまか》せつつ

(水が乏しい山里の田園風景は、都の近郊に広がる水田の光景とはかなり違っている。水源から家までは「懸樋《かけひ》」(筧)を用いて水を引き、生活用に使っているのだが、その懸樋の水を、そのまま、家の門の前に作ってある小さな田の苗代にも落として、苗を育てている。）

【評】「かけひ」は、「樋《ひ》」を「掛《か》け（懸《か》け）」たものだから、語源的には「カケヒ」と発音する。ただし、慣用的に「カケイ」とも発音する。人名（苗字）の「筧」にも、「かけい」「かけひ」の両方がある。

6—20　古《ふる》き池《いけ》の杜若《かきつばた》

浅《あ》せにける菅田《すがた》《姿》の池《いけ》の杜若《かきつばた》《垣》幾昔《いくむかし》をか隔《へだ》て来《き》ぬらむ

【訳】古びた池で咲いている杜若《かきつばた》の花、という心を。
浅《あ》せにける菅田《すがた》《姿》の池《いけ》の杜若《かきつばた》《垣》幾昔《いくむかし》をか隔《へだ》て来《き》ぬらむ

（大和の国の菅田《すがた》の池は、古い歌枕であり、和歌では「姿《すがた》」との掛詞で詠まれることが多い。杜若《かきつばた》（燕子花）の名所としても知られている。古い池なので、堆積物や枯葉などが積もって、水がほとんどなくなっている。それでも、杜若の花は、今も変わらずに咲き続け、美しい姿を池に映している。掛詞といえば、「かきつばた」の「かき」も、「垣根」という言葉を連想させる。垣根は、内部と外部を隔てる役割を果たす。「隔つ」には、永い時間を過ごすという意味もある。杜若の花は、どれくらいの年月を、この古い池で閲《けみ》してきたのだろうか。）

【評】「すがたの池」を詠んだ歌は、多い。後鳥羽院も、「老《お》いにける姿《すがた》の池《いけ》の浮蓴《うきぬなは》苦《くる》《繰(く)る》しき世《よ》をぞ思《おも》ひ侘《わ》びぬる」と詠んでいる。この歌は『拾遺和歌集』の「根蓴菜《ねぬなは》の苦《くる》《繰(く)る》しかるらむ人《ひと》よりも我《われ》ぞ益田《ますだ》の生《い》《池》ける甲斐無《かひな》き」をも本歌取りしている。

6—21　名所《めいしょ》の菫《すみれ》

覚束無《おぼつかな》双《ならび》《並び》の丘《をか》は名《な》のみして独《ひと》り《住み》菫《すみれ》の花《はな》ぞ露《つゆ》けき

［訳］　名所で咲いている菫《すみれ》、という心を。
覚束無《おぼつかな》双《ならび》《並び》の丘《をか》は名《な》のみして独《ひと》り《住み》菫《すみれ》の花《はな》ぞ露《つゆ》けき
（我が国に無数に存在する「名所」の中から、私は仁和寺《にんなじ》の近くにある「双《ならび》の丘《おか》」（双《ならび》が丘《おか》）を連想した。双の丘には、一の丘から三の丘まで、丘が三つ並んでいるが、菫の花は、一輪だけが寂しく咲いている。その姿は、都の人間関係に疲れ、独《ひと》り住《ず》みしている人の姿に似ている。それにしても、「双《ならび》」という地名なのに「独《ひと》り」とは不思議なことがあるものだ。）

［評］　「並《なら》び」と「独《ひと》り」の対比が面白い。「双《ならび》の丘《おか》」（双《ならび》が丘《おか》）は、『徒然草』の著者兼好が隠棲した場所でもある。

6—22　所々《ところどころ》の山吹《やまぶき》

我《わ》が宿《やど》の八重《やへ》山吹《やまぶき》の夕映《ゆふば》えに井出《ゐで》の辺《わた》りも見《み》る心地《ここち》して

［訳］　ここでも、あそこでも、咲いている山吹の花、という心を。
我《わ》が宿《やど》の八重《やへ》山吹《やまぶき》の夕映《ゆふば》えに井出《ゐで》の辺《わた》りも見《み》る心地《ここち》して
（我が家の庭では、今、八重の山吹の花が絢爛《けんらん》と咲き誇っている。この季節には、あちらこちらで山吹の花を見かける。これほど山吹の花が氾濫《はんらん》しているからには、山吹の名所として名高い井出のあたりは、どんなにか山吹で埋め尽くされていることだろう。その姿を、私は我が家の八重の山吹の花を見ながら、思い浮かべては楽しんでいる。）

［評］　『源氏物語』野分《のわき》の巻では、光源氏が玉鬘《たまかずら》に、「思《おも》はずに井出《ゐで》の中道《なかみち》隔《へだ》つとも言《い》はでぞ恋《こ》ふる山吹《やまぶき》の花《はな》」という歌を贈っている。玉鬘の艶《あで》やかさが、山吹の花に喩えられているのである。

6—23 海《うみ》の路《みち》の春《はる》の暮《くれ》

錨《いかり》下《お》ろす波間《なみま》に沈《しづ》む入日《いりひ》こそ暮《く》れ行《ゆ》く春《はる》の姿《すがた》なりけれ

［訳］ 晩春、舟旅をして日暮れに碇泊《ていはく》する、という心を。
錨《いかり》下《お》ろす波間《なみま》に沈《しづ》む入日《いりひ》こそ暮《く》れ行《ゆ》く春《はる》の姿《すがた》なりけれ
（まもなく春が終わり、夏になろうかという季節に、舟で旅をするのは独特の情緒がある。日が暮れかかると、港に碇泊するために錨《いかり》を下《お》ろさなくてはならない。海に沈んでゆく錨を見ていると、西の水平線に夕日が沈んでゆくのも見える。ああ、今日という掛け替えのない一日が終わる。たくさんの思い出を作った、今年の春が終わる。私と、あの人との青春も終わる。）

［評］ この歌は、『建礼門院右京大夫集』を最後まで読んだ読者には、資盛が海に沈んだ壇ノ浦を連想させるだろう。

6—24　滝《たき》の辺《へん》の残《のこ》りの雪《ゆき》

氷《こほり》こそ春《はる》を知《し》りけれ滝《たき》つ瀬《せ》の辺《あた》りの雪《ゆき》は猶《なほ》ぞ残《のこ》れる

［訳］　春なのに、滝のあたりに消え残っている雪、という心を。

氷《こほり》こそ春《はる》を知《し》りけれ滝《たき》つ瀬《せ》の辺《あた》りの雪《ゆき》は猶《なほ》ぞ残《のこ》れる

（私は、氷と雪に、こんなに大きな違いがあるとは、これまで知らなかった。氷はお利口さんなのに、雪は何とお馬鹿さんなのだろう。氷は、春になったことを敏感に感じ取って解《と》けた。だから、滝からは水が勢いよく流れ落ちている。けれども、その滝の周辺に積もっている雪は、春になっても鈍感で、今でもまだ消えずに残っている。）

［評］　人間にも、季節の変化に敏感な人と鈍感な人とがいる、という寓意だろうか。

6―25　早蕨《さわらび》

紫《むらさき》の塵許《ちりばか》りして自《おの》づから所々《ところどころ》に萌《も》ゆる《燃ゆる》早蕨《さわらび》《火》

［訳］　早蕨《さわらび》、という心を。

紫《むらさき》の塵許《ちりばか》りして自《おの》づから所々《ところどころ》に萌《も》ゆる《燃ゆる》早蕨《さわらび》《火》

（『和漢朗詠集』に、「紫塵《しちん》の嫩《わか》き蕨《わらび》は、人《ひと》、手《て》を拳《にぎ》る」という、小野篁《たかむら》の漢詩がある。蕨の若葉は、紫の塵のようでもあり、人が拳《こぶし》を握ったようでもある、という意味である。春の野原には、まさに紫色の塵のような早蕨が、ここにもかしこにも顔を出しているので、野焼きの火があちこちで燃え燻《くすぶ》っているようにも見える。）

［評］　俊成の御子左家《みこひだりけ》と対立した六条家の藤原顕季《あきすえ》に、「蕨」を詠んだ、「紫《むらさき》の塵打《ちりう》ち払《はら》ひ春《はる》の野《の》に漁《あさ》る蕨《わらび》の物憂気《ものうげ》にして」という歌がある。

6―26 舟《ふね》の泊《と》まりの花《はな》

高砂《たかさご》の尾上《をのへ》の春《はる》を眺《なが》むれば花《はな》こそ舟《ふね》の泊《と》まりなりけれ《止まり》

［訳］舟が碇泊する港で咲いている桜の花、という心を。
高砂《たかさご》の尾上《をのへ》の春《はる》を眺《なが》むれば花《はな》こそ舟《ふね》の泊《と》まりなりけれ《止まり》
（舟人の立場で、詠むことにする。一心に舟を漕いでいるうちに、高砂の近くまで来た。ここは桜の名所だから、どうしても「高砂《たかさご》の尾上《をのへ》の桜《さくら》」を見上げ、しばらくは、楫《かじ》を漕ぐ手を止《と》めざるをえない。そうしてみると、あの花が、舟が「止《と》まる＝泊《と》まる」港だ、というわけだ。）

［評］類想歌に、「暮《く》れ行《ゆ》けど泊《と》まり定《さだ》めぬ釣舟《つりぶね》の花《はな》にぞ宿《やど》る志賀《しが》の唐崎《からさき》」（丹後）がある。

6―27　題知《だいし》らず

友舟《ともぶね》も漕《こ》ぎ離《はな》れ行《ゆ》く声《こゑ》すなり霞吹《かすみふ》き解《と》け余呉《よご》の浦風《うらかぜ》

［訳］　この歌の題は、忘れてしまった。「湖上の霞」だったかもしれない。

友舟《ともぶね》も漕《こ》ぎ離《はな》れ行《ゆ》く声《こゑ》すなり霞吹《かすみふ》き解《と》け余呉《よご》の浦風《うらかぜ》

（琵琶湖の北に、余呉《よご》の湖《うみ》がある。春、何艘かと並走していると、霞が濃くなってきた。視界が遮《さえぎ》られるので、隣を漕いでいるはずの「友舟《ともぶね》」の楫《かじ》を漕ぐ音が遠離《とおざか》ってゆく音だけが聞こえる。少しずつ離れていっているようだ。このままでは、離れ離れになってしまう。一緒に並んで走らせたいものだ。浦風よ、激しく吹いて、立ちこめている春霞を一挙に吹き分けてほしい。）

［評］　一つ前の「船の泊まりの花」の続きではなく、「題」が欠落したのだろう。

6―28　花《はな》、衣《ころも》に落《お》つ

誘《さそ》ひつる風《かぜ》は梢《こずゑ》を過《す》ぎぬなり花《はな》は袂《たもと》に散《ち》り掛《か》かりつつ

［訳］　風で散った桜の花びらが、衣の上に落ちる、という心を。

誘《さそ》ひつる風《かぜ》は梢《こずゑ》を過《す》ぎぬなり花《はな》は袂《たもと》に散《ち》り掛《か》かりつつ

（風は、何と好色で、何と暴力的で、何と移り気なことだろう。ついさっきまで枝に付いていた桜の花は、「さあ、私と一緒に、遠くへ行きましょう」と誘う風に騙《だま》されて、枝から離れる決心をした。けれども、風はすぐに花びらを捨てて、別の花を散らせようと、別の梢へと向かってゆく。風に散らされた花びらは、風と別れ、花を見上げていた私の袂に、一枚、二枚、三枚と、悲しげに散りかかるのだった。）

［評］　風は花びらを散らせるが、すぐに花びらを見捨てる。見捨てられた花びらは、男に見捨てられた女の袖に、涙のように降《ふ》り掛《か》かる。

6—29 老人《らうじん》を恋《こ》ふ

九十九髪《つくもがみ》恋《こ》ひぬ人《ひと》にも古《いにしへ》は面影《おもかげ》にさへ見《み》えけるものを

［訳］ 年老いた女性にも優しく接することができる男、という心を。
九十九髪《つくもがみ》恋ひぬ人《ひと》にも古《いにしへ》は面影《おもかげ》にさへ見《み》えけるものを
（『伊勢物語』第六十三段には、「九十九髪《つくもがみ》」のエピソードが載る。真の「色好み《いろごの》」だった在《あり》原《わらのなりひら》業平は、自分自身がその女性を好きではない場合でも、自分に好意を持つ高齢の女性に対しては優しく接し、昼間でも彼女の面影が瞼に浮かぶほどだったという。ところが、私の恋人ときたら、私はまだ若くて、「九十九髪《つくもがみ》」の生《は》えている老女ではないのに、こちらの好意を無視して、まったく優しい振る舞いをしてくれない。ひどいではないか。そんな男には、在原業平の爪の垢《あか》でも煎じて飲ませてやりたい。）

［評］ 「老人を恋ふ」というよりも、自分を恋うる老人に、どう接するか、

という内容である。業平のような「真の色好み」ではない男に、鉄槌を下している。

6―30　雨中《うちゅう》の草花《くさばな》

過《す》ぎて行《ゆ》く人《ひと》は辛《つら》しな花薄招《はなすすきまね》く真袖《まそで》に雨《あめ》は降《ふ》り来《き》て

［訳］　強い雨に打たれる草花、という心を。
過《す》ぎて行《ゆ》く人《ひと》は辛《つら》しな花薄招《はなすすきまね》く真袖《まそで》に雨《あめ》は降《ふ》り来《き》て
（秋の野に咲く花薄《はなすすき》が、風に靡いて、男を招いているように見える。けれども、男は、花薄の真心を知ってか知らずか、無情にも、素知らぬ顔をして通り過ぎてゆく。あっ、雨が降ってきた。雨が花薄の上に降りかかる。まるで、男を待つ女の目から溢れてきた涙が、彼女の両袖を濡らすかのように。）

［評］　江戸時代の琳派《りんぱ》の画家、酒井抱一《さかいほういつ》の「夏秋草図屏風《なつあきくさずびょうぶ》」の絵柄を連想させる。

6—31　月《つき》、所《ところ》に依《よ》りて明《あ》かし

名《な》に高《たか》き姨捨山《をばすてやま》の峡《かひ》なれや月《つき》の光《ひかり》の殊《こと》に見《み》ゆらむ
効(かひ)

［訳］　月が特に美しく見える場所がある、という心を。
名《な》に高《たか》き姨捨山《をばすてやま》の峡《かひ》なれや月《つき》の光《ひかり》の殊《こと》に見《み》ゆらむ
効(かひ)
（月は、世界中《じゅう》に同じ光を降り注ぐ。けれども、月を見ている人の心は、千差万別である。悲しい心の人には、月の光は悲しく見え、喜んでいる人の目には、温かく見える。『古今和歌集』の「我《わ》が心慰《こころなぐさ》めかねつ更級《さらしな》や姨捨山《をばすてやま》に照《て》る月《つき》を見《み》て」という歌にあるように、信濃の国の姥捨山《おばすてやま》には、人の世で生きることの切なさや悲しさを心に湛《たた》えた老女が、住んでいる。山の峡《かい》で、そのような心を抱いて空を見上げる人の目には、これまで耐えながら生きてきた効《かい》があって、殊《こと》のほか、月が美しく見えるに違いないと思われる。）

［評］「姨捨山の月」と言えば、『更級日記』の末尾が思い合わされる。右京大夫は、『更級日記』を読んだことがあっただろうか。

6―32　関《せき》を隔《へだ》てたる恋《こひ》

恋《こ》ひ侘《わ》びて書《か》く玉章《たまづさ》の文字《もじ》《門司》の関《せき》何時《いつ》か越《こ》ゆべき契《ちぎ》りなるらむ

［訳］関所に隔てられて、逢《あ》うことが困難な恋、という心を。

恋《こ》ひ侘《わ》びて書《か》く玉章《たまづさ》の文字《もじ》《門司》の関《せき》何時《いつ》か越《こ》ゆべき契《ちぎ》りなるらむ

（男の立場で詠むことにする。私はこんなに強く、そしてこんなにずっと、あの人を恋し続けているのに、どうして、あの人と逢えないのだろう。二人の間には、どんなに大きな関所が立ち塞《ふさ》がっているのか。もしも、それが豊前《ぶぜん》の国にある「門司《もじ》の関《せき》」であるのならば、私は心を込めて手紙に「文字《もじ》」を書き記し、自分の心のすべてを、あの人に伝えよう。私は、いつ、この関所を越えて、あの人と逢えるのだろうか。）

［評］「門司の関」は、作者の恋人である資盛が入水した壇ノ浦の近くである。右京大夫と資盛は、生と死の「関」を隔ててしまった。これが、『建礼門院右京大夫集』を貫く大きなテーマである。

また、「手紙」を重要なモチーフとする三島由紀夫の小説『玉刻春《たまきはる》』にもこの歌が引用されている。

6—33　山家《さんか》の初雪《はつゆき》

春《はる》の花秋《はなあき》の月《つき》にも劣《おと》らぬは深山《みやま》の里《さと》の雪《ゆき》の曙《あけぼの》

［訳］　山の中にある寓居《ぐうきょ》で、初雪に遇《あ》う、という心を。
春《はる》の花秋《はなあき》の月《つき》にも劣《おと》らぬは深山《みやま》の里《さと》の雪《ゆき》の曙《あけぼの》
（世間では、美しい季節は、花の咲く春か、月の照る秋か、ということになっているようだ。古来、春秋優劣論が盛んに戦わされているが、決着はまだ付いていない。だが、「雪《せっ》月花《げっか》」という言葉があるように、雪の降る冬もまた、美しい季節である。世を遁《のが》れて山深く隠遁し、夜明け近く初雪が空から降ってくる様《さま》を見ていると、言葉にはならないほど胸が締めつけられる。それもまた、深い美意識ではないだろうか。）

［評］　藤原良経《りょうけい》に、「春《はる》の花秋《はなあき》の月《つき》にも残《のこ》りける心《こころ》の果《は》ては雪《ゆき》の夕暮《ゆふぐれ》」という歌がある。良経は「雪の夕暮」を、右京大夫は「雪の曙」を歌っている。花も

紅葉も無い冬に、「美」を見出すのは、『源氏物語』などで「十二月《しはす》の月夜《つきよ》」が称賛されていることと関連するか。

6―34　催馬楽《さいばら》に寄する恋《こひ》

見《み》し人《ひと》は離《か》れ離《が》れ《枯れ枯れ》になる東屋《あづまや》に繁《しげ》りのみする忘《わす》れ草《ぐさ》かな

［訳］催馬楽《さいばら》という古代歌謡をモチーフとして、恋心を詠むように、と言われて。
見《み》し人《ひと》は離《か》れ離《が》れ《枯れ枯れ》になる東屋《あづまや》に繁《しげ》りのみする忘《わす》れ草《ぐさ》かな
（催馬楽の曲に「東屋《あずまや》」がある。「東屋」と聞いて連想するのは、荒れ果てた寂しい古里《ふるさと》に、女が住んでいて、男が通ってきている、という状況である。ところが、男の足は次第に遠のき、ほとんど訪れなくなってしまう。恋人の存在を忘れるという「忘れ草」が、この女の住んでいる東屋の軒に生《お》い茂り、その一方で、庭の草は枯れ果ててしまう。女は、どうやって、忘れられた苦しみを忘れようかと、苦しんでいる。こういう状況も「恋」と言えるのだろうか。）

［評］『源氏物語』東屋《あずまや》の巻などに、催馬楽の「東屋」は引用されている。ただし、右京大夫の歌は、催馬楽の歌詞と、ほとんど関連していない。

6―35　山家《さんか》、花《はな》を待《ま》つ

山里《やまざと》の花遅気《はなおそげ》なる梢《こずゑ》より待《ま》たぬ嵐《あらし》の音《おと》ぞ物憂《ものう》き

［訳］山の中にある寓居《ぐうきょ》で、桜の開花を待つ、という心を。
山里《やまざと》の花遅気《はなおそげ》なる梢《こずゑ》より待《ま》たぬ嵐《あらし》の音《おと》ぞ物憂《ものう》き
（山里は、都よりも寒く、高度も高いので、春の訪れが遅い。だから、花が咲くのも遅い。

開花を、いつか、いつかと待ち望んでいる気持ちを逆撫《さかな》でするかのように、桜の蕾が付いた梢を、意地悪な山風が強く吹きつけ、「咲いたら、すぐに散らすぞ」と威圧しているのが、私の心を憂鬱にさせる。)

［評］　なお、「群書類従」では、この題詠歌の一覧の中に、他の写本では記載されている次の四首が欠落している。場所は、「6―14―1」と「6―15」の間である。参考のために、掲げておく。

6―14―2　我《われ》に契《ちぎ》り、人《ひと》に契《ちぎ》る恋《こひ》

頼《たの》め置《お》きし今宵《こよひ》は如何《いか》に待《ま》たれまし所違《ところたが》への文見《ふみみ》ざりせば

［訳］私に求婚している男が、別の女にも求婚している、こんがらがった恋の心を。

頼《たの》め置《お》きし今宵《こよひ》は如何《いか》に待《ま》たれまし所違《ところたが》への文見《ふみみ》ざりせば

（今宵は訪れるという、あなたの手紙が、先ほど届きました。いつもなら、私はあなたが来るのを、まだかまだかと楽しみに待ち望んでいたことでしょう。でも、私は、あなたを待ってなど、いません。なぜか、ですって。あなたが、私以外の女性に書いた懸想文《けそうぶみ》が、届け先を間違って、私のところに届いたことがあったからですよ。）

［評］恋文を誤って別の女性に届けてしまうという趣向は、物語的である。

6―14―3　稲荷《いなり》の社《やしろ》の歌合《うたあはせ》。社頭《しやとう》の朝《あした》の鶯《うぐひす》

丸寝《まろね》して帰《かへ》る朝《あした》の標《しめ》の中《うち》に心《こころ》を染《そ》むる鶯《うぐひす》の声《こゑ》

［訳］　伏見稲荷大社で催された歌合で、詠んだ歌。社殿の前で、朝早く鳴いている鶯、という心を。
丸寝《まろね》して帰《かへ》る朝《あした》の標《しめ》の中《うち》に心《こころ》を染《そ》むる鶯《うぐひす》の声《こゑ》
（昨夜は、社殿でお籠《こ》もりをして、着物を着たまま横になり、ほかの参籠客《さんろうきゃく》たちと一緒に、朝を迎えた。清々《すがすが》しい気持ちで目を覚ますと、神域で鶯の鳴き声が聞こえてきた。その声の、何と心に沁《し》みることよ。）

［評］　「心《こころ》を染《そ》むる」を「心《こころ》を留《と》むる」とする本文もある。なお、「稲荷《いなり》の社《やしろ》の歌合《うたあはせ》」という詞書は、この歌だけに掛かると思われるが、『夫木和歌抄《ふぼくわかしょう》』では、これより後の歌を、「稲荷《いなり》の社《やしろ》の歌合《うたあはせ》」として収録している。

6―14―4　松《まつ》の間《あひだ》の夕《ゆふ》べの花《はな》

入日《いりひ》差《さ》す峰《みね》の桜《さくら》や咲《さ》きぬらむ松《まつ》の絶《た》え間《ま》に絶《た》えぬ白雲《しらくも》

［訳］　松と桜が入り交《ま》じっている山の、春の夕暮、という心を。
入日差《いりひさ》す峰《みね》の桜《さくら》や咲《さ》きぬらむ松《まつ》の絶《た》え間《ま》に絶《た》えぬ白雲《しらくも》
（夕陽が照らしている遠くの山では、桜の花が満開に近いようだ。緑色をした松の木の間々《あいだあいだ》には、白雲がずっと棚引いている。風で吹き飛ばされたり、自然にどこかへ流れてゆくことはなく、いつも同じ場所に留まっているから、あの白く見える物は雲ではなく、桜の花なのだろう。）

［評］　「霞の絶え間から、松が見える」という趣向は普通だが、ここでは、「松の絶え間から、桜の花が白雲のように見える」という趣向。「住吉《すみよし》の浜松《はままつ》が枝《え》の絶《た》え間《ま》より仄《ほの》かに見《み》ゆる花《はな》の木綿垂《ゆふしで》」（『続拾遺和歌集』、徳大寺実定《とくだいじさねさだ》）などの類歌がある。

6―14―5　日中《につちゆう》の恋《こひ》

契《ちぎ》り置《お》きし程《ほど》は近《ちか》くや成《な》りぬらむ萎《しを》れにけりな朝顔《あさがほ》の花《はな》

［訳］　昼間の恋、という心を。

契《ちぎ》り置《お》きし程《ほど》は近《ちか》くや成《な》りぬらむ萎《しを》れにけりな朝顔《あさがほ》の花《はな》

（女の心は、朝、目が覚めた時は、喜びで満たされていた。今宵は、男が来てくれるはずの日だから。午前中が正午になり、やがて午後になる。男が来るはずの時刻が、少しずつ近づいてくる。それにつれて、女の心は不安が大きくなる。今宵は、来てくれるだろうか、もしかしたら、急用ができたりして、来られなくなってしまうのではないか。そんなことを考えながら、女が庭に目をやると、朝は美しく咲いていた朝顔の花が、午後になるとしょんぼりと萎《しお》れているのが見えた。女は、朝顔の姿に、今の自分を見た。）

［評］「6―14―2」からここまで、「群書類従」に存在しない題詠歌を補足

した。

7　藤原公衡《きんひら》の恋人

中宮《ちゆうぐう》の御方《おんかた》に候《さぶら》ふ人《ひと》を、公衡《きんひら》の中将《ちゆうじやう》の、切《せち》に言《い》ひし頃《ころ》、物《もの》をのみ思《おも》ふ由《よし》を、返《かへ》す返《がへ》す憂《うれ》へられしに、秋《あき》の初《はじ》め、遣《つか》はしし。

（右京大夫）秋来《あきき》て〔飽《あ》き〕てはいとど如何《いか》にか時雨《しぐ》るらむ色深気《いろふかげ》なる人《ひと》の言《こと》の葉《は》

返《かへ》し。

（女房）時分《ときわ》かぬ袖《そで》の時雨《しぐれ》に秋添《あきそ》〔飽《あ》き〕ひて如何許《いかばか》りなる色《いろ》とかは知《し》る

［訳］　これまで、折に触れて、私が詠んできた題詠の歌を紹介し終えた。それ以前には、

天皇・中宮・女院《にょういん》などの「雲の上」の方々の思い出を書き記した。これからは、天皇・中宮・女院にお仕えした貴族たちの思い出を、思い付くままに記してゆこう。

まずは、藤原公衡《きんひら》様。彼が中将であった頃、中宮様《みやさま》にお仕えしている女房の一人に、しきりに言い寄ったことがあった。その女房は、私と同僚だったので、何度も私に相談しては、「公衡様との関係に悩んでいます。苦しいです」と、率直に訴えていた。

二人が、いつ結ばれたのか、そして、いつ、別れが近づいたのか、恋愛の当事者でない私には知る由《よし》もなかった。秋になったばかりの頃、彼女の悩みがさらに強くなったように思われたので、歌を贈って、慰めることにした。

(右京大夫)秋《あき》来《き》てはいとど如何《いか》にか時雨《しぐ》るらむ色深気《いろふかげ》なる人《ひと》の言《こと》の葉《は》

(秋になりましたね。物悲しい季節ですし、男の人の心も飽きっぽくなるかもしれません。時雨《しぐれ》に染められて、紅葉《もみじ》の葉は、緑から深い赤に変わります。人間も涙が尽きると、赤い血の涙がこぼれると聞いています。あなたが深く嘆いておられる言葉を聞くと、もともと涙で濡れていたあなたの袖が、男心の変化を嘆く紅涙によって、深い緋色《ひいろ》に染まっているのではないかと、心配せずにはいられません。)

その女房からは、次のような返事があった。

（女房）時分《ときわ》かぬ袖《そで》の時雨《しぐれ》に秋添《あきそ》ひて如何許《いかばか》りなる色《いろ》とかは知《し》る

（ご心配、痛み入ります。あの人とのお付き合いが始まってからというもの、春も夏も、私の袖は時雨に遭《あ》ったかのように濡れていて、乾く暇《いとま》もありませんでした。そして、本物の時雨の降る秋になりました。私に飽《あ》きたことを隠さないあの人のつれなさによって、私の袖がどんなに濡れ、どんな色になっているかは、ご想像にお任せします。）

［評］　題詠歌群が終わった。公衡は、徳大寺実定《とくだいじさねさだ》や、多子《たし》（近衛天皇と二条天皇の「二代の后」である）と兄弟である。母親は、藤原俊成の妹に当たる。「色深気《いろふかげ》なる人《ひと》の言《こと》の葉《は》」を、悩みが深まった同僚の言葉と取る説と、好色な男の言葉と取る説がある。また、右京大夫の歌の「秋」に「飽き」の掛詞を読まない説もある。ここでは、「飽き」の掛詞を読み取ることから、好色な男に飽きられた女の嘆きの言葉と解釈した。

8　平重盛の思い出

8―1　菊の栄え

小松《こまつ》の大臣《おとど》の、菊合《きくあはせ》をし給《たま》ひしに、人《ひと》に代《か》はりて。
（右京大夫）移《うつ》し植《う》うる宿《やど》の主《あるじ》も此《こ》の花《はな》も共《とも》に老《お》いせぬ秋《あき》ぞ重《かさ》ねむ

［訳］「小松殿《こまつどの》」あるいは「小松の大臣《おとど》」と呼ばれた平重盛《しげもり》様についても、忘れられない思い出がある。ある時、重盛様が「菊合《きくあわせ》」を催された。人々が、左と右の二つのグループに分かれ、それぞれ、州浜《すはま》などに菊を植えて提出し、その美しさの優劣を競う遊びである。菊の花には、おめでたい歌を紙に書いて結び付ける。その歌を作ってほしいと依頼されたので、私が、ある参加者の代わりに読んで差し上げた歌がある。
（右京大夫）移《うつ》し植《う》うる宿《やど》の主《あるじ》も此《こ》の花《はな》も共《とも》に老《お》いせぬ秋《あき》ぞ重《かさ》ねむ
（この素晴らしい菊は、菊合が終わった後も、このお屋敷の庭に、移し植えてください。

菊の花は不老長寿のシンボルですが、お屋敷のご主人の重盛様も、菊の持つ力で永遠にお栄えになりますように。）

［評］ 後の時代だが、『新拾遺和歌集』に、「移《うつ》し植《う》ゑば千世《ちよ》まで匂《にほ》へ菊《きく》の花《はな》君《きみ》が老《お》いせぬ秋《あき》を重《かさ》ねて」（法眼行済）という類歌がある。

菊を「此《こ》の花《はな》」と詠んでいるのは、『和漢朗詠集』の、「是《これ》、花《はな》の中《なか》に偏《ひと》へに菊《きく》を愛《あい》するのみにあらず、此《こ》の花《はなひら》開けて後《のち》、更《さら》に花《はな》無《な》ければなり」を、意識しているのだろう。

ただし、平重盛をめぐる人々を襲った歴史は、残酷だった。重盛（一一三八〜一一七九）は、数えの四十二歳で没した。重盛の長男・維盛《これもり》の没年は、推定二十七歳。那智の沖で入水した。次男・資盛の没年は、二十五歳。壇ノ浦で入水した。三男の清経は、柳ヶ浦で入水した。没年は、二十一歳。維盛の長男・六代《ろくだい》（高清《たかきよ》）も、斬《き》られた。

8―2　兄弟で左大将と右大将

同《おな》じ大臣《おとど》の、大臣《だいじん》の大将《だいしやう》にて、慶《よろこ》び申《まう》し給《たま》ひしに、弟《おとうと》の右大将《うだいしやう》、御供《おんとも》し給《たま》へりし。勢《いきほ》ひ、由々《ゆゆ》しく見《み》えしかば。

（右京大夫）いとどしく咲《さ》き添《そ》ふ花《はな》の梢《こずゑ》かな三笠《みかさ》《御蓋(みかさ)》の山《やま》に枝《えだ》を連《つら》ねて

【訳】その重盛様であるが、安元三年（一一七七）一月に左大将、三月に内大臣に昇進された。大臣で大将を兼任する、「大臣の大将」になられたのである。その昇進に感謝する拝礼を、宮中でなさった時に、十歳年下の弟である宗盛《むねもり》様が、当時は右大将だったのだが、兄の重盛様のお供をなさった。

兄弟で、左大将と右大将を占めた平家一門の栄華は、まことに素晴らしく思われた。

（右京大夫）いとどしく咲《さ》き添《そ》ふ花《はな》の梢《こずゑ》かな三笠《みかさ》《御蓋(みかさ)》の山《やま》に枝《えだ》を連《つら》ねて

（大和の国の三笠山は、主上様《うえさま》の「御蓋《みかさ》」となってお守り申し上げる近衛府《このえふ》の職《しょく》の別名となっている。また、身分の高い方々の兄弟を「連枝《れんし》」と言う。近衛の左大将と右大将である重盛様と宗盛様は、さしずめ、三笠山に枝を連ねる桜の花に喩えられるだろう。しかも、満開の桜は、これからもさらに咲き続け、末永く繁栄し続けることだろう。）

［評］宗盛は、これから八年後の一一八五年、壇ノ浦で捕らえられ、鎌倉に護送された。都へ戻る途中、近江の国で、息子の清宗《きよむね》と共に斬られた。『建礼門院右京大夫集』は、平家全盛期の輝かしい姿を具体的に書いているので、「都落ち」以後の苛酷な運命が、きわやかに浮かび上がってくる。作者は、平家一門の「光と影」を対比させることで、人間の心の「光と影」の根源に迫っている。

8―3　迫りくる火事の炎

何《いづ》れの年《とし》やらむ、五節《ごせち》の程《ほど》、内裏《だいり》に近《ちか》き火《ひ》の事《こと》有《あ》りて、既《すで》に危《あぶ》なかりしかば、南殿《なでん》に腰輿《えうよ》設《まう》けて、大将《だいしやう》を始《はじ》め、衛府《ゑふ》の司《つかさ》の気色《けしき》ども、心々《こころごころ》に、面白《おもしろ》く見《み》えしに、「大方《おほかた》の世《よ》の騒《さわ》ぎも、他《ほか》には、斯《か》かる事《こと》有《あ》らじ」と、覚《おぼ》えしも、忘《わす》れ難《がた》し。「中宮《みや》は、御輦車《おんてぐるま》にて、行啓《ぎやうけい》有《あ》るべし」とぞ聞《き》こえし。小松《こまつ》の大臣《おとど》、大将《だいしやう》にて、直衣《なほし》に矢《や》負《お》ひて、中宮《ちゆうぐう》の御方《おんかた》へ参《まゐ》り給《たま》へりし事柄《ことがら》など、いみじく覚《おぼ》えき。

（右京大夫）雲《くも》の上《うへ》は燃《も》ゆる煙《けぶり》に立《た》ち騒《さわ》ぐ人《ひと》の気色《けしき》も目《め》に留《と》まるかな

［訳］重盛様には、火事の思い出もある。あれは、いつの年だったか、重盛様が左大将に任命される二年ほど前、右大将でいらっしゃった時のことである。十一月の新嘗祭《にいなめさい》が行われる「五節《ごせち》」の頃だった。内裏に近い所で、火事が発生した。燃え広がった火が近づいてきたので、内裏は大いなる緊張感に包まれた。南殿《なでん》（紫宸殿《ししんでん》）には、いざという時に、主上様《うえさま》がお乗りになって避難されるための「腰輿《ようよ》」（手輿《たごし》）も用意された。

内裏の警備に当たる六衛府《ろくえふ》（左近衛・右近衛・左衛門・右衛門・左兵衛・右兵衛）の役人たちが、総出《そうで》で、突然の火事に対応していた。その最高責任者である大将を筆頭として、六衛府の役人たちのそれぞれの表情は緊迫感で引き締まり、職務を全《まっと》うしようとしているさまが、私の目にはとても立派に思えた。

この時に、私は、「世の中で、今後、何が起ころうとも、この火事ほどの命に関わる緊急事態はないだろう」と思ったことが、忘れられない。実際には、それから、この火事騒ぎどころではない、大きな混乱が立て続けに起きたのだった。

「中宮様《みやさま》は、輦車《てぐるま》にお乗りになって、内裏からお出ましになられるようだ」という情報が、もたらされた。中宮様《みやさま》の兄君である重盛様が、当時は「小松の大臣」ではなくて、右大将だったのだが、直衣《のうし》の上に、武官にふさわしく弓矢を背負って、中宮様《みやさま》の御座所までお見えになった。その時の重盛様の凛々《りり》しいお姿を、私はとても素晴らしいと思い、それを記憶に刻印したことだった。

（右京大夫）雲《くも》の上《うへ》は燃《も》ゆる煙《けぶり》に立《た》ち騒《さわ》ぐ人《ひと》の気色《けしき》も目に留《と》まるかな

（内裏近くで発生した火事の炎が、雲の上まで立ち上っている。「雲の上」と言われる内裏もまた、近づいてくる火事の炎に対処するために、六衛府の武官たちが総動員されて、きびきびと動き回っている。統率の取れた彼らの行動も、てきぱきと指示している大将たちの素晴らしさも、目に焼き付けられたことだ。）

［評］ ここには、鴨長明『方丈記』の「安元の大火」（一一七七年）の描写とは異なる写実性が見られる。『方丈記』では、ルポルタージュを思わせる筆致で、災害の凄まじさを描写する。右京大夫は、火事そのものではなく、迫り来る火事に備え、避難の準備をする様子を、具体的に描いている。

平家一門には、これから数々の大動乱が襲来してくる。一門の人々は適切に対処できるだろうか。

8―4 平宗盛と、五節の櫛の思い出

屋島《やしま》の大臣《おとど》とかや、此《こ》の頃《ごろ》、人《ひと》は聞《き》こゆめる、其《そ》の人《ひと》の、中納言《ちゆうなごん》と聞《き》こえし頃《ころ》、五節《ごせち》に櫛《くし》乞《こ》ひ聞《き》こえたりしを、（宗盛）「賜《た》ぶ」とて、紅《くれなゐ》の薄様《うすやう》に、葦《あし》分《わ》け小舟《をぶね》を結《むす》びたる櫛《くし》挿《さ》したるが、斜《なの》めならぬに、書《か》きて、押《お》し付《つ》けられたりし。

（宗盛）葦《あし》分《わ》けの障《さは》る小舟《をぶね》に紅《くれなゐ》の深《ふか》き心《こころ》を寄《よ》するとを知《し》れ

返《かへ》し。白薄様《しろうすやう》にて。

（右京大夫）葦分《あしわ》けて心寄《こころよ》せける小舟《をぶね》とも紅深《くれなゐふか》き色《いろ》にてぞ知《し》る

［訳］　重盛様が左大将におなりなった時に、宗盛様が右大将としてお供《とも》をされた、という思い出を、先ほど書いた。その連想で、宗盛様にまつわる思い出を、ここで書いておきたい。

最近、というのは、平家一門の方々が、都を離れて西の国に向かわれた頃なのだが、讃岐の国の屋島《やしま》（八島）に一門は本拠を構えておられる。そこで、世間の人々は、内大臣の宗盛様のことを、「屋島《やしま》の大臣《おとど》」と呼んでいるらしい。その宗盛様が、まだ都で栄えておられ、中納言だった時期の思い出である。

内裏の近くで火事があったのも五節《ごせち》の近くだったが、これから書くのは別の年の五節の頃である。五節は、十一月に、のべ四日間にわたって行われる。その二日目に、舞姫たちが主上様《うえさま》の御前《ごぜん》で舞を披露する「御前《ごぜん》の試《こころ》み」がある。この日、舞姫は紙にくるんだ櫛《くし》を、主上様《うえさま》に献上する。それにあやかって、人々も、櫛の贈答をする習慣があった。

私は軽い気持ちで、宗盛様に、「櫛をくださいな」とお願いしていた。宗盛様は、そのお願いを覚えておられ、「ほら、差し上げますよ」と言って、櫛を贈ってこられた。ところが、その櫛は、私の予想をはるかに上回る、豪華な造りだった。小舟が葦《あし》に妨げられて進みあぐねている「葦《あし》分《わ》け小舟《おぶね》」のデザインである。何とも精巧に、櫛に彫られているので、貰ってよいものか、躊躇《ちゅうちょ》するほどの素晴らしさだった。

宗盛様は、この櫛と、和歌を記した紅《くれない》の薄様《うすよう》を、受け取りをためらう私に、押し付けてしまわれた。その歌には、紙の色と同じく、「紅《くれない》」という言葉が使われていた。

（宗盛）葦《あし》分《わ》けの障《さは》る小舟《をぶね》に紅《くれなゐ》の深《ふか》き心《こころ》を寄《よ》すると知《し》れ

（右京大夫殿。私は、そなたに好意を抱いておりますぞ。恋人の関係になりたいほどです。けれども、葦分け小舟が、生《お》い繁る葦に邪魔されてなかなか前へ進めないように、私どもの仲も、さまざまな障害があって、結ばれないのでおるのが、残念です。私のそなたへの深い恋心は、この紅《くれない》の薄様《うすよう》の色の深さで、わかっていただきたい。）

この歌は、『拾遺和歌集』の、「湊《みなと》入《い》りの葦《あし》分《わ》け小舟《をぶね》障《さは》り多《おほ》み我《わ》が思《おも》ふ人《ひと》に逢《あ》はぬ頃《ころ》かな」（柿本人麻呂）を踏まえている。

私は、見事な櫛を頂戴した引け目があるので、言葉のうえでは、宗盛様に感謝の気持ちを表明した。

（右京大夫）葦分《あしわ》けて心寄《こころよ》せける小舟《をぶね》とも紅深《くれなゐふか》き色《いろ》にてぞ知《し》る

（なるほど、この櫛には、苦労して葦間《あしま》を分けて、湊へと進んでいる小舟が、見事に彫れていますね。心から感動しています。また、この櫛を下さった宗盛様が、私のような者に対して、好意をお寄せくださっていることも、紅《くれない》の薄様《うすよう》の紙の色で理解いたしました。）

ただし、この返事の歌を、私は、白い薄様の紙に書いて贈ったのだった。あなたの好意は理解しましたが、私の心は、真っ白ですということを、白い紙の色で示したのである。

［評］　右京大夫は宗盛の「好き心」から、巧みに身を躱《かわ》した。むろん、宗盛のほうでも、演技・演出で、右京大夫を恋の相手に仕立てて、からかったのだろう。

9 平資盛との運命の契り

何《なに》と無《な》く、見聞《みき》く事《こと》に、心《こころ》打《う》ち遣《や》りて過《す》ぐしつつ、（右京大夫）「並《な》べての人《ひと》の様《やう》には有《あ》らじ」と思《おも》ひしを、朝夕《あさゆふ》、女同士《をんなどち》の様《やう》に交《ま》じり居《ゐ》て、見交《みか》はす人《ひと》も数多《あまた》有《あ》りし中《なか》に、取《と》り分《わ》き、とかく言《い》ひしを、（右京大夫）「有《あ》るまじの事《こと》や」と、人《ひと》の事《こと》を見聞《みき》きても思《おも》ひしかども、契《ちぎ》りとかやは逃《のが》れ難《がた》くてや、思《おも》ひの外《ほか》に、物思《ものおも》はしき事《こと》添《そ》ひて、様々《さまざま》思《おも》ひ乱《みだ》れし頃《ころ》、里《さと》にて、遥《はる》かに、西《にし》の方《かた》を眺《なが》め遣《や》る。

梢《こずゑ》は、夕日《ゆふひ》の色《いろ》沈《しづ》みて、哀《あは》れなるに、又《また》、掻《か》き暗《くら》し時雨《しぐ》るるを、見《み》るにも。

（右京大夫）夕日映《ゆふひうつ》る梢《こずゑ》の色《いろ》の時雨《しぐ》るるに心《こころ》もやがて掻《か》き暗《くら》すかな

【訳】少し前に、藤原公衡《きんひら》様と交際していた同僚女房の話を書いた。実際に、宮仕えをしていると、主上様《うえさま》と中宮様《みやさま》の周りには、身分的にも教養的にも最高の男性貴族たちが犇《ひしめ》いている。彼らとは、顔を合わせて話をしなければならない場面も多い。そこで、どうしても、彼らと関係を持つ女房たちが出現するのは、やむをえない成り行きである。

だが、宮廷女房と関係を持つ男性貴族たちには、既に正室がいる場合が多い。良くて「愛人＝妾《しょう》」という扱いである。男の興味が失われたら、女房たちは、いともやすやすと捨てられる。そういう女房たちを、身近に何人も見てきたので、私は、こういう色恋沙汰には勤めて無関心を装うことにしていた。

私は、心を硬く、冷たく保って、男性貴族たちの誘いを無視し続けていた。「私は、普通の女たちとは違う。普通に恋をして、普通に捨てられるのは、まっぴらだ」と思っていた。例えば、『源氏物語』の朝顔の斎院が、六条御息所《ろくじょうのみやすどころ》のみじめな人生を見るに付けて、「自分だけは、光る君と関係したくない」と決心して、それを貫き通したように。

ところが、中宮様《みやさま》にお仕えしていると、中宮様《みやさま》のご兄弟やご一族の方たちが、頻繁に顔をお見せになるので、朝に、昼に、夕に、夜に、女性の女房たちと変わらぬくらいの頻度で、しかも、こちらが、注意しなければならない異性という警戒感を持つことなく、対面し、会話する貴公子たちが、何人もいた。

その中に、一人、取りわけ、熱心に私をお気に召したようで、事あるごとに、親しくなりたいという意向を洩らす人がいた。私は、その人と関係することを、「あってはならないことだ。きっぱりと、お断りしなくてはならない」と、強く思い切っていた。くどいけれども、簡単に捨てられる女房たちを、何人も見聞きしてきたからである。

ところが、人間の運命とは、どうにも逃れる術《すべ》がないもののようだ。思ってもみない成り行きで、私は、ある平家の公達《きんだち》と関係してしまった。その人は、平資盛《すけもり》様。これまで、既にこの文章に名前を出したこともある。平清盛公の長男である「小松の大臣《おとど》」重盛様の次男である。

結ばれた後では、自分の心を苦しめることや、他人の思惑を心配しなくてはならないことが、どっと押し寄せてきた。心が混乱した私は、しばらく宮仕えを休ませてもらい、里の家に戻って、静かに暮らすことにした。

そんな、ある日、ふと西の方角を、ぼんやりと眺めていた。私の目に映ったのは、木々の梢が夕日を受けて、落ちついた色調に染まっている光景だった。それを見ていると、切ない気持ちになった。今は時雨《しぐれ》の季節なので、晴れていた空が急に暗くなり、冷たい雨が降ってくるのを、私は見るともなしに見ていた。

(右京大夫)夕日《ゆふひ》映《うつ》る梢《こずゑ》の色《いろ》の時雨《しぐ》るるに心《こころ》もやがて掻《か》き暗《くら》すかな
(夕陽を浴びて、寂しい色ながらも光っていた木々の梢が、あっという間に降ってきた時雨に濡れている。その変化を見ていた私は、資盛様に愛される自分が、すぐに捨てられて泣いている未来を幻視したかのように思い、心が真っ暗になるのだった。）

［評］　古文では「濁点」を打たないので、冒頭近くの「見聞《みき》く事《こと》に」は、「見《み》聞《き》く毎《ごと》に」と校訂することもできる。その場合には、「何度も、男の人から求愛されたが、そのつど、お断りしてきた」という意味になる。

ともあれ、女房として宮中で宮仕えしていても、男性貴族と恋愛関係にはなるまいと固く決意していた作者であったが、資盛と運命的な結ばれ方をしたのだった。資盛の正室とされるのは、藤原（持明院《じみょういん》）基家《もといえ》の娘である。

なお、作者が資盛と結ばれた直後のこの歌を、三島由紀夫は小説『玉刻春《たまきはる》』の巻頭に掲げている。この小説は、結ばれなかった恋がモチーフである。

10 秋の物思い、二つ

10—1 いなくなった蟋蟀《きりぎりす》

秋《あき》の暮《くれ》、御座《おまし》の辺《あた》りに鳴《な》きし蟋蟀《きりぎりす》の、声無《こゑな》くなりて、他《ほか》には聞《き》こゆるに。

（右京大夫）床馴《とこな》るる枕《まくら》の下《した》を振《ふ》り捨《す》てて秋《あき》〔飽《あ》き〕をば慕《した》ふ蟋蟀《きりぎりす》かな

［訳］　資盛様と結ばれた私は、忘れられ、捨てられる恐怖と、日々、向かい合わなければならなくなった。

晩秋に近づいた頃、私は宮仕えに戻っていた。ここ暫く、中宮様《みやさま》の御座所のあたりで、蟋蟀《きりぎりす》が鳴いていた。古代中国の『詩経《しきょう》』に、「十月、蟋蟀《しっしゅつ》、我が牀《とこ》の下《した》に入《い》る」とあることや、『礼記《らいき》』に、「季夏、蟋蟀《しっしゅつ》、壁《かべ》に居《お》る」とあることを、『源氏物語』の読書体験を通して、私は知っていた。

その蟋蟀が、ふと気づくと、中宮様の御座所からは、いなくなっている。どこか、別の部屋で鳴いているようだった。私は、ふと、この蟋蟀は、資盛様に似ていると直感した。資盛様は、最も心が落ちつくはずの中宮様《みやさま》のお部屋ではなく、別のところに出入りしては、新しい恋の相手を捜しているのだろうか。

（右京大夫）床馴《とこな》る枕《まくら》の下《した》を振《ふ》り捨《す》てて秋《あき》をば慕《した》ふ蟋蟀《きりぎりす》かな

（蟋蟀《きりぎりす》よ、住み馴れた部屋の枕の下に、ずっと留まっていればよいものを。なぜ、お前は、そこを離れて別の枕の下に移動し、秋の終わりを惜しんで鳴いているのかい。資盛様には、私の部屋にずっと居続けてほしいのに、あちらこちら、別の女性の部屋に入りびたっておられる。私に飽《あ》きたからなのだろうか。）

【評】『源氏物語』夕顔の巻や総角《あげまき》の巻に、「壁《かべ》の中《なか》の蟋蟀《きりぎりす》」という言葉がある。

10―2　尾花の涙

常《つね》よりも思《おも》ふ事《こと》有《あ》る頃《ころ》、尾花《をばな》が袖《そで》の露《つゆ》けきを、眺《なが》め出《い》だして。

（右京大夫）露《つゆ》の居《ゐ》る尾花《をばな》が末《すゑ》を眺《なが》むれば類《たぐ》ふ涙《なみだ》ぞやがて零《こぼ》るる

（右京大夫）物思《ものおも》へ嘆《なげ》けと成《な》れる眺《なが》めかな頼《たの》めぬ秋《あき》《飽き》の夕暮《ゆふぐれ》の空《そら》

［訳］　資盛様と深い仲になってからというもの、私の心からは安らぎが消え失せた。その中でも、特に、私の心が乱れている時期があった。そんなある日の夕暮時《ゆうぐれどき》に、部屋の中から庭を眺めると、そこには尾花《おばな》（薄《すすき》）が立っているのが見えた。尾花には、秋の露がびっしり置いている。まるで、女の人が袖を涙で濡らして泣いているかのようだ。それが、自分自身の姿であるかのように思われて、歌を詠んだ。

（右京大夫）露《つゆ》の居《ゐ》る尾花《をばな》が末《すゑ》を眺《なが》むれば類《たぐ》ふ涙《なみだ》ぞやがて零《こぼ》るる

（尾花（薄《すすき》）の穂先には、露が結んでいる。袖を振って男を招いても、来てくれなかったのが悲しいのだろう。それは、今の私とそっくり。私もまた、尾花の仲間入りをして、露ならぬ涙を袖に零《こぼ》している。）

私は庭のあちこちを見回したり、空を見上げたりした。すべてが、人を不安にさせるような雰囲気を漂わせていた。

（右京大夫）物思《ものおも》へ嘆《なげ》けと成《な》れる眺《なが》めかな頼《たの》めぬ秋《あき》《飽き》の夕暮《ゆふぐれ》の空《そら》

（今宵も、あの人は尋ねてきてはくれないだろう。結ばれてすぐに、私に飽きかけているあの人は、まったく当てにならない。そんな寂しい秋の夕暮に、一人で物を思い続けていると、私が生きている世界のあらゆるものが、私に向かって、「さあ苦しめ」「もっと嘆け」「大声で泣け」と強要してくる敵であるかのように思われた。）

［評］　一首目の歌の二句目の「尾花《をばな》が末《すゑ》を」を、「尾花《をばな》が袖《そで》を」とする本文がある。『新編国歌大観』で検索すると、「尾花が袖」と「尾花が末」は、ほぼ同じくらいの用例が存在している。

二首目の歌の二句目の「嘆《なげ》けと成《な》れる」は、大胆な言葉続きである。時代は後だが、「正応三年（一二九〇）九月十三夜歌会歌」に、「さらでだに言《い》はれぬ夜半《よは》の寂《さび》しきに嘆《なげ》けと成《な》れる風《かぜ》の音《おと》かな」（藤原家親）という歌がある。珍しい表現なので、『建礼門院右京大夫集』に影響を受けた可能性があるか。

11　数字を詠んだ二つの歌

11―1　二つの月夜

秋《あき》の、月《つき》明《あ》かき夜《よ》。

（右京大夫）名《な》に高《たか》き二夜《ふたよ》の他《ほか》も秋《あき》は唯何時《ただいつ》も磨《みが》ける月《つき》の色《いろ》かな

［訳］この年の秋は、いつも月を眺めて過ごしていたような記憶がある。資盛様と結ばれたものの、その訪れがない日などは、悲しい思いで月を見上げていた。すると、三日月も、半月も、むろん満月も、有明の月も、私の心の中の思いを吸い上げてくれる美しさに満ちていることに気づいた。

ある晩、とても明るい月を、私は見上げていた。その時、歌が口をついて出てきた。
（右京大夫）名《な》に高《たか》き二夜《ふたよ》の他《ほか》も秋《あき》は唯何時《ただいつ》も磨《みが》ける月《つき》の色《いろ》かな
（秋の月と言えば、世間の人は直ちに、八月十五夜と九月十三夜の二つを、連想することだろう。確かに、この二夜《ふたよ》の名月は美しい。けれども、悲しい心を胸に湛《たた》えて、秋の月を見上げる女にとっては、その二夜以外のどの夜の月でも、心に沁みるほど美しいのだ。）
資盛様の訪れの途絶えは、月の美しさを、私に発見させてくれた。

［評］「八月十五夜」の「仲秋の名月」を愛でる風習は、古い。だが、「九月十三夜」を愛《め》でるようになったのは、それほど古いことではない。『源氏物語』では、明石の巻、夕霧の巻、東屋《あずまや》の巻などで、十三日の月の記述がある。江戸時代の本居宣長は、『玉の小櫛』で、九月十三夜を愛でる風習の起源は、『中右《ちゅうゆう》記《き》』の記事を引用しながら、我が国では「寛平法皇＝宇多天皇」の時代から始まった、と述べている。宣長は、『玉勝間《たまかつま》』でも、九月十三日の名月の由来を書き記している。宇多天皇は、八六七〜九三一。在位は、八八七〜八九七。

11―2　三つの橘

橘《たちばな》を三《み》つ、人《ひと》の、「見《み》よ」とて、遣《つか》はしし。

返《かへ》しに。

（右京大夫）心《こころ》有《あ》りて見《み》つ《三つ》とは無《な》しに橘《たちばな》の匂《にほ》《二》ひを文無袖《あやなそで》に染《し》めつる

［訳］今、私は「二」という数字を用いた。数字と言えば、忘れられない思い出がある。あれは、資盛様だったか、橘の実を、三つ、「これを見なさい」と言って、贈ってくれたことがあった。

その時、私は、『蒙求《もうぎゅう》』にある「陸績懐橘《りくせきかいきつ》」という故事を連想した。六歳の少年だった陸績は、自分に出された橘を三つ、懐に入れて家に持ち帰ろうとした。それを見咎められると、「母親に食べさせたかった」と答え、その親孝行の心が称賛された。

あの人は、「私も、さる所で橘を出されたのだが、あなたに食べてもらいたくて、譲り受けたのです」という心で、贈ってくれたのだろう。その心はわかったが、歌の返事は、相手の行為を切り返すのが決まりなので、反発して詠むことにした。

（右京大夫）心有《こころあ》りて見《み》つ《三つ》とは無《な》しに橘《たちばな》の匂《にほ》ひ《二》を文無袖《あやなそで》に染《し》めつる

（あなたは陸績の故事をほのめかして、「親孝行」ならぬ「恋人孝行」だと言いたいのでしょう。私は、三つの橘の実を見ながら、この実がまだ花だった頃のことを思い浮かべました。『古今和歌集』の「五月待《さつきま》つ花橘《はなたちばな》の香《か》を嗅《か》げば昔《むかし》の人《ひと》の袖《そで》の香《か》ぞする」という歌にもあるように、橘の花の香りは、恋人が袖に薫《た》きしめていた香りを連想させます。あなたが衣服に薫《た》きしめていた匂いが、私の袖に移るようになるまで、どうして私はあなたと親しい仲になったのでしょうか。今となっては、私たちの愛に意味があったのか、わからなくなりました。）

［評］　陸績は、『二十四孝』にも入っている。歌の中の「無《な》し」には、果物《くだもの》つながりで「梨《なし》」も響かせてあるか。匂《にほ》いの「に」にも数字の「二」が響いていよう。

12　春の物思い

12—1　御所で資盛の姿を見るにつけて

掛《か》け離《はな》れ、言《い》へば、強《あなが》ちに、辛《つら》き限《かぎ》りにしも有《あ》らねど、却々《なかなか》、目《め》に近《ちか》きは、又《また》、悔《くや》しうも、恨《うら》めしくも、様々《さまざま》思《おも》ふ事《こと》多《おほ》くて。

年《とし》も返《かへ》りて、何時《いつ》しか、春《はる》の気色《けしき》も羨《うらや》ましく、鶯《うぐひす》の訪《おとづ》るるにも。

(右京大夫)物思《ものおも》へば心《こころ》の春《はる》も知《し》らぬ身《み》に何鶯《なにうぐひす》憂(う)の告《つ》げに来《き》つらむ

(右京大夫)とにかくに心《こころ》を去《さ》らず思《おも》ふかな然《さ》てもと思《おも》へば更《さら》にこそ思《おも》へ

[訳]　私は、少しは冷静になって、資盛様との関係を振り返ってみた。意外なことではあるが、客観的に見れば、あの人が私に注ぐ愛情は、それほど悪いものではない、という結論になるようだ。まったく私のもとを訪れないということはなく、それなりの間隔で、私に逢いに来てくれる。

ただし、資盛様は中宮様《みやさま》のご一門であり、私は中宮様《みやさま》にお仕えする女房なので、内裏で、何度も顔を合わせることになる。それが、かえって、私の苦しみを増大させる。人目があるので、プライベートな会話は、できない。しかも、しばらく資盛様の訪れが途絶えている時期であれば、どうして私の心は平静でいられよう。私は、なぜ、この人と結ばれてしまったのだろうと、遠くから資盛様を眺めながら、自分の持って生まれた運命を、残念に思ったり、あの人を恨めしく思ったりするのだった。

それは、ちょうど、『伊勢物語』第十九段の世界と重なっている。昔、男がいて、天皇の女御《にょうご》か更衣《こうい》だったかした高貴な女性に宮仕えしている女房と恋仲になった。ところが、その後で二人は別れた。それでも、男は貴族なので、宮中に出入りする。女は、宮仕えしている。だから、二人は顔を合わせるのだが、男は素知らぬふりをする。女は苦しい気持ちを歌に詠んだ。

　天雲《あまぐも》の余所《よそ》にも人《ひと》の成《な》り行《ゆ》くかさすがに目《め》には見《み》ゆるものから

私と資盛様の関係に、ぴったりではないか。『伊勢物語』第十九段の男は、女の哀切な歌を見ても、冷淡な態度を変えなかった。それは、女に自分以外の男が通っていると邪推していたからだった。私には、そんな男は、いない。だから、資盛様が恨めしい。

このように、さまざまに思い悩んでいるうちに、年が暮れ、新しい年になった。早くも、周りの気色は春めいてきた。鶯も、鳴き声で、春が来たことを教えている。

（右京大夫）物思《ものおも》へば心《こころ》の春《はる》も知《し》らぬ身《み》に何《なに》鶯《うぐひす》《憂(う)》の告《つ》げに来《き》つらむ

（資盛様との恋愛で悩み続けている私の心は、鉛《なまり》のように重苦しい。それは、年が改まっても、変わらない。自然界には春が来ても、私の心の中では、季節はまだ冬のままなのだ。鶯よ、お前は明るい鳴き声で、「春です。皆さん、大いに楽しみましょう」と告げているようだが、私に、そんなことを教えてくれる必要はないのだよ。）

また、こんなことも考えていた。

（右京大夫）とにかくに心《こころ》を去《さ》らず思《おも》ふかな然《さ》てもと思《おも》へば更《さら》にこそ思《おも》へ

（あれこれと、苦しいこと、悲しいことばかりが、私の心の中で渦巻き、どこかへ去ってゆく気配はない。「これでは、いけない。もう、いくら悩んでも仕方のないことは、考えないことにしよう」と思っても、気づいてみたら、また、苦しみと嘆きの大渦の中に、私は巻き込まれているのだった。）

【評】「掛《か》け離《はな》れ、言《い》へば」は、いささか文脈がわかりにくいので、「掛《か》け離《はな》れ行《い》くは」と、意味が通る本文となっている写本もある。

［訳］に書いたように、この箇所には、『伊勢物語』第十九段が意識されているのではないか。「天雲《あまぐも》の余所《よそ》にも人《ひと》の成《な》り行《ゆ》くか」の歌は、新古今歌人たちにしばしば本歌取りされた。飛鳥井雅経《あすかいまさつね》にも、「思《おも》ふより涙降《なみだふ》り添《そ》ふ天雲《あまぐも》の余所《よ》にも人《ひと》は見《み》えぬものから」（「雲に寄する恋」）という歌がある。「見ゆる」を「見えぬ」に変えた点が、面白い。

12―2 兄の菩提を弔《とむら》う

失《う》せにし兄人《せうと》の為《ため》に、『阿弥陀経《あみだきやう》』書《か》くにも。

（右京大夫）迷《まよ》ふべき闇《やみ》もやかねて晴《は》れぬらむ書《か》き置《お》く文字《もじ》の法《のり》の光《ひかり》に

［訳］そんな頃、兄が亡《な》くなった。悲しいことは、連鎖して起きるようだ。私は、兄の

極楽往生を願って、『仏説阿弥陀経《ぶっせつあみだきょう》』を書き写した。「浄土三部作」の一つである。すると、お経の言葉が私の心に、ずしんと響き、少しは迷いが晴れてゆくようにも感じられた。

（右京大夫）迷《まよ》ふべき闇《やみ》もやかねて晴《は》れぬらむ書《か》き置《お》く文字《もじ》の法《のり》の光《ひかり》に

（亡くなった兄は、この『阿弥陀経』のありがたい教えの功徳《くどく》によって、闇路に迷うことなく成仏してほしい。私たち世尊寺家は、藤原行成卿以来、書道を家の道としてきた。心のこもった筆が書き記す言葉が光となって、あの世の闇を切り裂いてくれることだろう。さて、この私であるが、資盛様との苦しい恋でこれほど苦しんでいるからには、来世でも闇路に迷い続けることだろう。その時、今、私が書き記しているこの『阿弥陀経』の文字が松明《たいまつ》となって、極楽への道筋を、あらかじめ、今から明るく照らし出してくれますように、と願わずにはいられない。）

［評］　この兄は「行家《ゆきいえ》」か、とされる。『尊卑分脈』によれば、右京大夫の父・伊行《これゆき》の男児は、伊経《これつね》・行家・尊円《そんえん》の三人がいたという。このうち、「伊経」と「尊円」は、その後まで生存していたので、消去法で「行家」かとされるのである。

なお、「尊円」の実の父親は、「藤原俊成」ではないか、とする説がある。『建礼門院右京大夫集』には、俊成本人だけでなく、俊成の周辺人物が何人も登場する。たとえば、右京大夫と恋愛関係になった隆信は、俊成の妻（美福門院加賀）の連れ子である。

そう考えると、俊成との間に「尊円」を生んだ「夕霧」が、藤原伊行と結婚して、右京大夫を生んだ、ということになる。作者の女房名である「右京大夫」も、俊成の官職に由来するのではないか、とする説もある。私たちは、作者と俊成との深い結びつきを念頭に置いて、この作品を読み進めたほうがよいだろう。「64　俊成九十の賀」の背景は深いものがある。

13　花の思い出

13—1　花見に参加できず

内裏《うち》の御方《おほんかた》の女房《にようばう》、中宮《みや》の御方《おんかた》の女房《にようばう》、車《くるま》数多《あまた》にて、近習《きんじゆ》の上達部《かんだちめ》・殿上人《てんじやうびと》具《ぐ》して、花見合《はなみあ》はれしに、悩《なや》む事《こと》有《あ》りて、交《ま》じらざりしを、花《はな》の枝《えだ》に、紅《くれなゐ》の薄様《うすやう》に書《か》きて、付《つ》けて。小侍従《こじじゆう》の、とぞ。

（小侍従）誘《さそ》はれぬ心《こころ》の程《ほど》は辛《つら》けれど独《ひと》り見《み》るべき花《はな》の色《いろ》かは

風邪《かぜ》の気《け》有《あ》りしに因《よ》りてなれば、返《かへ》しに、斯《か》く聞《き》こえし。

（右京大夫）風《かぜ》《風邪》を厭《いと》ふ花《はな》の辺《あた》りは如何《いか》がとて余所《よそ》ながらこそ思《おも》ひ遣《や》りつれ

［訳］主上様《うえさま》（高倉天皇）にお仕えしている女房たちと、中宮様《みやさま》（建礼門院）にお仕えしている女房たちが、何輌もの牛車を仕立てて、盛大なお花見をしたことがあった。主上様《うえさま》や

中宮様《みやさま》の側近である公卿《くぎょう》たちや殿上人《てんじょうびと》たちも、お供をされた。

私も、その花見には誘われたのだが、体調が良くなかったので、お断りした。何人もの女房仲間から誘われたのに、断り続けたので、私が意固地になっていると思われたのかもしれない。本当のところは、資盛様との恋の未来が見通せず、「病《やまい》は気から」という言葉そのままの状態だったのだ。

花見に出かけた人たちから、そんな私への素晴らしい贈り物があった。見事な桜の枝が、届けられたのだ。その枝には、紅《くれない》の薄い紙が結び付けられていて、開いてみると、歌が書いてあった。後《あと》から聞いた話では、一同を代表して小侍従《こじじゅう》の君が詠んだらしい。

(小侍従)誘《さそ》はれぬ心《こころ》の程《ほど》は辛《つら》けれど独《ひと》り見《み》るべき花《はな》の色《いろ》かは

(どんなにお誘いしても、不参加の方針を曲げないあなたの心が、恨めしく思われます。けれども、私たちが観賞した今年の桜は、本当に見事で、私たちだけで独占してよいものではありません。そこで、一枝だけ、お贈りします。この花の枝が、あなたの固い心を、どうか柔らかく解《と》きほぐしますように。)

さすがに、「待宵《まつよい》の小侍従」と謳《うた》われる才媛だけのことはある。私を窘《たしな》めるだけでなく、思いやりに満ちた、見事な歌だった。私は、不満があったり、別に意固地になっていたわけではなく、風邪の兆候があったので、参加したくてもできなかった、という建前《たてまえ》を貫いて、このようにお返事した。

（右京大夫）風《かぜ》《風邪》を厭《いと》ふ花《はな》の辺《あた》りは如何《いか》がとて余所《よそ》ながらこそ思《おも》ひ遣《や》りつれ

（桜の花は、自分を散らしてしまう風を、嫌います。また、花見の方々も、風邪を引いた者が近くにいるとご不快でしょう。そのように遠慮しまして、ご一緒しませんでした。他意は、ございません。どんな見事な花だったことだろうと、一人で思いやっていましたので、見事な花の一枝を贈っていただきましたこと、心から感謝します。）

【評】「待宵《まつよい》の小侍従《こじじゅう》」には、有名なエピソードがある。「男を待つ宵」と「男が帰る朝」とでは、どちらの女の「哀れ」が増さるか、と尋ねられた小侍従は、歌で答えた。「待《ま》つ宵《よひ》の更《ふ》け行《ゆ》く鐘《かね》の声《こゑ》聞《き》けば帰《かへ》る朝《あした》の鳥《とり》はものかは」（『平家物語』）。

13—2　でも、花は好き

花《はな》を見《み》て。

（右京大夫）数《かず》ならぬ憂《う》き身《み》も人《ひと》に劣《おと》らぬは花見《はなみ》る春《はる》の心《こころ》なりけり

［訳］　これもまた、その頃に、花を見ていて詠んだ歌である。

（右京大夫）数《かず》ならぬ憂《う》き身《み》も人《ひと》に劣《おと》らぬは花見《はなみ》る春《はる》の心《こころ》なりけり

（私は、資盛様との交際を通して、自分という人間が、いかに貴顕の目から見れば、取るに足らない人間であるかが、とくと理解できた。そのような私ではあるが、春という心躍る季節に、華麗な桜の花を「美しい」と心から賛嘆し、憧れる心の深さだけは、誰にも引けを取らない自信がある。）

［評］　この歌が、この配列の中に含まれているのは、「資盛との恋」によって、自分は苦悩していた、という大状況があるからである。即ち、この歌の眼目は、

花を見る喜びではなく、「数《かず》ならぬ憂《う》き身《み》」という自己認識の部分にある。
なお、「春《はる》の心《こころ》」を「春《はる》の心地《ここち》」とする写本もある。

13—3　斎院御所の桜

大炊《おほひ》の御門《みかど》の斎院《さいゐん》、未《いま》だ本院《ほんゐん》に御座《おは》しましし頃《ころ》、彼《か》の宮《みや》の中将《ちゆうじやう》の君《きみ》の許《もと》より、（中将の君）「御垣《みかき》の内《うち》の花《はな》」とて、折《を》りて、賜《た》びて。

（中将の君）標《しめ》の内《うち》は身《み》をも砕《くだ》かず桜花《さくらばな》惜《を》しむ心《こころ》を神《かみ》に任《まか》せて

返《かへ》し。

（右京大夫）標《しめ》の外《ほか》も花《はな》とし言《い》はむ花《はな》は皆神《みなかみ》に任《まか》せて散《ち》らさずもがな

［訳］時間は少し遡るが、桜の花の思い出ということで、ここに書き記しておく。後白河院様の第三皇女である式子《しきし》内親王様が、まだ賀茂の斎院であられた頃の思い出である。

平治元年（一一五九）から嘉応元年（一一六九）までである。だから、私が中宮様《みやさま》に女房としてお仕えするようになる以前の出来事になる。

斎院様にお仕えしている中将の君は、私と縁《ゆかり》のある方である。和歌の道の第一人者である藤原俊成様の娘御《むすめご》でおいでになる。彼女は、紫野《むらさきの》にある斎院御所《さいいんごしょ》で女房として勤めておられた。その中将の君から、「これは、神聖な斎院御所に咲いていた桜の花なのですよ」と言って、桜の枝を折って、私にお授けになった。その時の歌。

（中将の君）標《しめ》の内《うち》は身《み》をも砕《くだ》かず桜花《さくらばな》惜《を》しむ心《こころ》を神《かみ》に任《まか》せて

（平安京の守護神である賀茂の神様にお仕えなさっている斎院様の御所では、桜が咲くまでも、咲いている期間も、散ってしまう時も、誰も一喜一憂したりなどいたしません。もちろん、美しい桜の花が散るのは残念なことですが、自然の摂理は、すべて神の御心《みこころ》に従っています。ですから、神様の思《おぼ》し召《め》しにすべてを委《ゆだ》ねて、私たちは日々を過ごしているのです。）

それに対する私の返事。

（右京大夫）標《しめ》の外《ほか》も花《はな》とし言《い》はむ花《はな》は皆神《みなかみ》に任《まか》せて散《ち》らさずもがな

（神聖な空間である斎院御所の中では、確かに、花が咲くのも、散るのも、神の御心のままだと思います。けれども、そこ以外の場所では、世の中に存在する、花という花が、自然界のすべてを自由に宰領される神様の思し召し通りになるのであれば、散ることなく永遠に咲き続け、人の心を楽しませてほしいものです。）

［評］なぜ、時間を大きく遡って、中将の君の歌を載せたのかは、次の「13—4」で判明する。式子内親王は、『新古今和歌集』を代表する女性歌人。和歌の師は、藤原俊成である。

13—4　中将の君の恋

此《こ》の中将《ちゆうじやう》の君《きみ》に、「清経《きよつね》の中将《ちゆうじやう》の、物言《ものい》ふ」と聞《き》きしを、程無《ほどな》く、「同《おな》じ宮《みや》の内《うち》なる人《ひと》に、思《おも》ひ移《うつ》りぬ」と聞《き》きしかば、文《ふみ》の序《つい》でに。

（右京大夫）袖《そで》の露《つゆ》や如何《いか》が零《こぼ》るる蘆垣《あしがき》を吹《ふ》き渡《わた》るなる風《かぜ》の気色《けしき》に

返《かへ》し。

（中将の君）吹《ふ》き渡《わた》る風《かぜ》に付《つ》けても袖《そで》の露《つゆ》乱《みだ》れ初《そ》めにし事《こと》ぞ悔《くや》しき

［訳］「中将の君」とは、その後も何度か、歌のやりとりをした。桜の花というテーマから少し離れるけれども、「中将の君」繋がりで、ここ書き添えておこう。

この中将の君に関して、「平清経《きよつね》様が、恋人して通っておられる」という噂が立った。清経様は、私と深い仲となった資盛様の弟である。けれども、まもなく、新たな噂が立って、「清経様は、同じ斎院御所で仕えている別の女房に乗り換えられた」という話だった。私は、中将の君に手紙を書く用事があったので、そのついでに、彼女を慰める歌を書き添えた。

（右京大夫）袖《そで》の露《つゆ》や如何《いか》が零《こぼ》るる蘆垣《あしがき》を吹《ふ》き渡《わた》るなる風《かぜ》の気色《けしき》に

（「蘆垣《あしがき》の」という枕詞は、「間近《まちか》し」という言葉に掛かります。清経様が、あなたと「間《ま》近《ちか》」な距離にいる女房へと、風のように移り気な愛情を移された、と聞きました。あなたの着ている袖は、どんなにか涙で濡れそぼっていることでしょうか。辛《つら》いお気持ちを、お察しします。）

彼女からは、返事があった。

（中将の君）吹《ふ》き渡《わた》る風《かぜ》に付《つ》けても袖《そで》の露《つゆ》乱《みだ》れ初《そ》めにし事《こと》ぞ悔《くや》しき

（あなたが歌でお使いになった「蘆垣」という言葉ですが、「蘆垣の」という枕詞は「間近し」だけでなく、「思ひ乱る」にも掛かります。移り気な男の人と交際したばっかりに、私の心は思い乱れることになりました。清経様と交際を始めなければ、このように私の心が乱れることもなかったのですが、今さら後悔しても詮《せん》無《な》いことです。）

中将の君の悲劇は、清経様の兄である資盛様と交際している私にとって、決して他人事《ひとごと》ではないのだった。

［評］　中将の君の歌の「乱《みだ》れ初《そ》めにし事《こと》ぞ悔《くや》しき」の部分は、『伊勢物語』第一段で引用されている、「陸奥《みちのく》の信夫文字摺《しのぶもじず》り誰故《たれゆゑ》に乱《みだ》れ初《そ》めにし我《われ》ならなくに」（源融《とおる》）を踏まえているのだろう。

清経は、柳ヶ浦で入水した。戦《いくさ》による戦死ではなく、未来を悲観しての入水だった。秦恒平の小説『清経入水』（初出は一九六九年八月号『展望』）は、私の大学生時代の愛読書だった。角川文庫(一九七六年)で、繰り返し読んだ。この作品は、現実と虚構が絶妙に融合というか、縫合されている。『建礼門院右京大夫集』のこの箇所も、重要な役割を果たしている。中将の君が詠んだ、「吹き渡《わた》る風《かぜ》に付《つ》けても袖《そで》の露乱《つゆみだ》れ初《そ》めにし事《こと》ぞ悔《くや》しき」という歌に続けて、「鬼とぞ」という三文字が書き加えられている写本が発見された、というところから、小説が一挙に幻想性を増してゆく。

学部学生の頃の私は、『建礼門院右京大夫集』の本文研究(諸本研究)には関心が薄かったので、「『鬼とぞ』と書かれている写本があるのだろうな」と半分は信じた。それほどの迫真的な筆力だった。

14　工芸品の思い出、二つ

14—1　資盛から贈られた州浜

とかく、物思《ものおも》はせし人《ひと》の、殿上人《てんじやうびと》なりし頃《ころ》、父大臣《ちちおとど》の御許《おんもと》に、住吉《すみよし》に詣《まう》でて、帰《かへ》りて、縹《はなだ》の州浜《すはま》の形《かた》の結《むす》びたるに、貝《かひ》どもを、色々《いろいろ》に入《い》れて、上《うへ》に、忘《わす》れ草《ぐさ》を置《お》きて、其《そ》れに、薄様《うすやう》に書《か》きて、結《むす》び付《つ》けられたりし。

（資盛）浦見《うらみ》《恨み》ても甲斐《かひ》《貝》し無《な》ければ住《すみ》の江《え》に生《お》ふてふ草《くさ》を尋《たづ》ねてぞ見《み》る

返《かへ》し。秋《あき》の事《こと》なりしかば、紅葉《もみぢ》の薄様《うすやう》に。

（右京大夫）住《すみ》の江《え》の草《くさ》をば人《ひと》の心《こころ》にて我《われ》ぞ甲斐《かひ》《貝》無《な》き身《み》を恨《うら》《浦見》みぬる

［訳］　斎院様にお仕えしている中将の君が、平清経様とお付き合いをされていたように、私は、清経様の兄君である資盛様とお付き合いをしていた。それは、喜びよりも、苦しみ

のほうが何倍も大きかった。

何かと、私に苦しい物思いをさせた資盛様が、まだ殿上人であった頃の思い出である。ということは、むろん、一門が都落ちをされる以前である。

資盛様が、父上の内大臣・重盛様に随行して、摂津の国の住吉大社に参詣されたことがあった。都に戻ってきてから、私に、贈り物を届けてくれた。州浜《すはま》の形を精巧に製作した器の上に、住吉で拾ってきた色とりどりの貝殻が、たくさん入れてあった。その上に、住吉の名物である「忘れ草」が置いてあった。その忘れ草には、淡い藍色の薄い紙に書いた和歌が、結び付けられていた。

（資盛）浦見《うらみ》てもか甲斐《かひ》し無《な》ければ住《すみ》の江《え》に生《お》ふてふ草《くさ》を尋《たづ》ねてぞ見《み》る
（私は父上に同行して住吉大社に詣でたついでに、住吉の浜辺を散策しましたが、美しい貝は見つかりませんでした。住吉の浦は、何度も見ましたが、「浦見《うらみ》」ならぬ「恨み」、あなたの私に対する薄情さを恨んでも、それでどうなるわけでもありません。そこで、あなたに愛されない苦しさを、少しでも忘れようと、住吉名物の「忘れ草＝萱草《かんぞう》」を探し求めて、やっと見付けました。その記念にお贈りします。）

私からの返事は、紅葉の色の薄い紙に書いて、贈った。というのは、季節が秋の紅葉が美しい頃だったので、それに合わせたのである。

（右京大夫）住《すみ》の江《え》の草《くさ》をば人《ひと》の心《こころ》にて我《われ》ぞ甲斐《かひ》《貝》無《な》き身《み》を恨《うら》《浦見》みぬる

（住吉の浜辺の忘れ草を贈っていただき、ありがとうございました。あなたは、私の薄情さを忘れるために、この忘れ草にあやかりたいと言われますが、それは嘘でしょう。あなたが、私を忘れたいと思って、この忘れ草を摘んだことは、お見通しですよ。私こそ、あなたが州浜に乗せて贈ってくれました「貝《かい》」ではありませんが、いくらあなたを愛しても「甲斐《かい》」がないので、都にいながらにして、住吉の浜まで行かずとも、「浦見＝恨み」をいたしましたよ。）

【評】「父大臣《ちちおとど》の御許《おんもと》に」の部分は、本書が本文として採用した「群書類従」以外のほとんどの写本では、「父大臣《ちちおとど》の御供《おんとも》に」となっている。本来は、「御供《おんとも》に」だったのだろう。ただし、「御許《おんもと》に」のままで、苦しいけれども、父の内大臣重盛公の傘下に、随従して、と解釈できないことはない。

なお、これが、「4―2」以降、資盛の最初の和歌である。これまでにも、彼からはたくさんの恋の歌が贈られていたはずだが、なぜか、紹介されていなかった。右京大夫にとって、この「忘れ草」の歌が忘れられない思い出となり、資盛をしのぶ「よすが」となっていたからだろう。

14—2 父が画賛を書いた絵

太皇太后宮《たいくわうたいこうぐう》より、面白《おもしろ》き御絵《おんゑ》どもを、中宮《ちゅうぐう》の御方《おんかた》へ参《まゐ》らせさせ給《たま》へりし中《なか》に、昔《むかし》、父《ちち》の許《もと》に、人《ひと》の手習《てなら》ひして、詞《ことば》書《か》かせし絵《ゑ》の交《ま》じりたる。いと哀《あは》れにて。

（右京大夫）巡《めぐ》り来《き》て見《み》るに袂《たもと》を濡《ぬ》らすかな絵島《ゑじま》に留《と》めし水茎《みづくき》の跡《あと》

［訳］　今、「州浜《すはま》」のことを書いたので、その連想で、別の、精巧な工芸品のことを思い出した。

近衛天皇と二条天皇の二代にわたって、后でおありになった多子《たし》様から、中宮様《みやさま》に、見事な仕上がりの絵を、献上なさったことがあった。中宮様《みやさま》のお部屋で、お仕えしている女房たちも拝見させていただいた。その絵の中に、何と、私の亡《な》き父である、藤原伊行《これゆき》の筆蹟が交じっていたのには、息が止まるほどの感動を覚えた思い出してみると、昔、父のもとに、書道を学びに来ていた人が、既に描かれていた絵の「賛《さん》」を、父に頼んで書いてもらったことがあった。それだったのである。私は思わず、歌を詠んだ。

（右京大夫）巡《めぐ》り来《き》て見《み》るに袂《たもと》を濡《ぬ》らすかな絵島《ゑじま》に留《と》めし水茎《みづくき》の跡《あと》

（かつて、父が画賛を書いた絵が、どういう経路で、多子様の持ち物になったのだろうか。それが、これまた何かのご縁で、中宮様《みやさま》の持ち物となった。淡路島には、絵島《えじま》という小島があって、色とりどりの岩礁が見事だという。そのように、華麗な色絵に、染筆された亡き父の筆蹟を見ると、胸の奥から込み上げてくる思いがあって、とても言葉にすることができない。）

［評］　世尊寺家は、行成の血を引く書道の名門だった。なお、作者の歌に「絵島」いう地名が登場するのは、「絵」との掛詞だからだろうが、なぜ「絵島」だったのだろうか。御伽草子『浦島太郎』では、丹後の国の住人である漁師が、「絵島が磯」で一匹の亀を釣り上げる場面から始まっている。

淡路島の北端に「絵島が磯」という小島があり、『平家物語』では「月見」の名所とされている。絵島が磯は、これも御伽草子『いわや』（岩屋）で、継子の姫君が、継母の命令で捨てられる場所である。父が画賛を書いた絵は、「絵島が磯」が舞台となった、何かの物語の一場面だった可能性もある。

15　初夏の情景、二つ

15―1　山里の時鳥《ほととぎす》

四月許《うづきばか》り、親《した》しき人《ひと》に具《ぐ》して、山里《やまざと》に有《あ》りし頃《ころ》、時鳥《ほととぎす》の鳴《な》きしに。

（右京大夫）都人《みやこびと》待《ま》つらむものを時鳥《ほととぎす》鳴《な》き古《ふる》しつる深山辺《みやまべ》の里《さと》

［訳］　初夏の四月、気心の知れた人たちと一緒に、郊外を逍遥《しょうよう》し、滞在したことがあっ

た。

牛車に乗って、山里を散策している時に、時鳥が盛んに鳴いていた。

（右京大夫）都人《みやこびと》待《ま》つらむものを時鳥《ほととぎす》鳴《な》き古《ふる》しつる深山辺《みやまべ》の里《さと》

（この時期、都では、多くの人たちが「早く時鳥が鳴かないものかな」と、初音《はつね》を聞くことを渇望して、毎日を過ごしている。それほど、都では時鳥の鳴き声は稀《まれ》であるのに、この山里では、鳴き飽《あ》きたかのように、ごく当たり前に、時鳥が鳴きしきっている。）

【評】『枕草子』には、時鳥の声を聞くために、清少納言が女房仲間たちと郊外に牛車で繰り出したエピソードが、詳しく語られていて、『枕草子』の中でも人気章段である。「五月《さつき》の御精進《みさうじ》の程《ほど》」で始まる段である。また、『更級日記』でも、作者が東山に滞在している時に、時鳥の声が盛大に聞こえたという記述がある。『建礼門院右京大夫集』を読んでいて感じるのは、作者は『枕草子』を読んでいるようである、『蜻蛉日記』も読んでいるのではないか、『更級日記』も読んでいる可能性がある、ということである。むろん、『源氏物語』は読んでいる。作者の古典の造詣の深さを思う。

15—2　花橘の香り

花橘《はなたちばな》の、雨晴《あめは》るる風《かぜ》に匂《にほ》ひしかば。
（右京大夫）橘《たちばな》の花《はな》こそいとど薫《かを》るなれ風交《かぜま》ぜに降《ふ》る雨《あめ》の夕暮《ゆふぐれ》

［訳］　五月雨《さみだれ》が、ひとしきり降って、止《や》んだ。そこに、風が立った。すると、どこで咲いているのだろうか、花橘の懐かしい香りが、あたり一面に広がり、漂った。
（右京大夫）橘《たちばな》の花《はな》こそいとど薫《かを》るなれ風交《かぜま》ぜに降《ふ》る雨《あめ》の夕暮《ゆふぐれ》
（視界が薄れ、嗅覚が鋭くなる夕暮時《ゆうぐれどき》に、雨と風が、同時に橘の上に降り、吹きすぎてゆく。もともと香り立っていた橘の花が、いっそう官能的な香りとなって、こちらに吹いてくる。あの香りは、私に何を思い出させようとしているのだろうか。）

［評］　「風交《かぜま》ぜ」の用例としては、『新古今和歌集』の、「風交《かぜま》ぜに雪《ゆき》は降《ふ》りつつしかすがに霞棚《かすみたな》引《び》き春《はる》は来《き》にけり」（読み人知らず）がある。

16 菖蒲の思い出

16—1 平時忠からの献上品

五月五日《さつきいつか》、中宮《みや》の権《ごん》の大夫時忠《だいぶときただ》の許《もと》より、薬玉《くすだま》蒔《ま》きたる筥《はこ》の蓋《ふた》に、菖蒲《しやうぶ》の薄様《うすやう》敷《し》きて、同《おな》じ薄様《うすやう》に書《か》きて、並《な》べてならず長《なが》き根《ね》を参《まゐ》らせて。

(時忠)君《きみ》が代《よ》に引《ひ》き比《くら》ぶれば菖蒲草長《あやめぐさなが》してふ根《ね》も飽《あ》かずぞ有《あ》りける

返《かへ》し。花橘《はなたちばな》の薄様《うすやう》に書《か》く。

(右京大夫)志《こころざし》深《ふか》くぞ見《み》ゆる菖蒲草長《あやめぐさなが》き例《ためし》に引《ひ》ける根《ね》なれば

[訳] 五月五日は、端午の節句。その思い出を、いくつか書き記そう。

まず、平時忠《ときただ》様の思い出。時忠《ときただ》様は、中宮《みや》様にお仕えする中宮職《ちゅうぐうしき》の「権《ごん》の大夫《だいぶ》」という役目だった。中宮《みや》様の母君(二位の尼)の弟である。また、主上《うえ》様の母君(建春門院)の兄でもある。

その時忠様から、中宮様《みやさま》に、薬玉《くすだま》を蒔絵《まきえ》で描いた筥《はこ》の蓋《ふた》が、献上されたことがあった。その蓋には、菖蒲色の薄い紙が敷いてあり、その上に、見たこともないくらい長い菖蒲の根が乗っていた。その根には、菖蒲色の紙が結び付けられていて、そこに、お祝いの和歌が書かれていた。

(時忠)君《きみ》が代《よ》に引《ひ》き比《くら》ぶれば菖蒲草長《あやめぐさなが》してふ根《ね》も飽《あ》かずぞ有《あ》りける

(こんなに長い菖蒲の根は、めったにあるものではありません。けれども、お栄えになる中宮様《みやさま》のご寿命の長さに比べますれば、この菖蒲の根の長さなど、とても足もとにも及びません。)

中宮様《みやさま》からの返事は、私が代作を仰《おお》せつかった。歌は、花橘の色の薄い紙に書いた。

(右京大夫)志《こころざし》深《ふか》くぞ見《み》ゆる菖蒲草長《あやめぐさなが》き例《ためし》に引《ひ》ける根《ね》なれば

(いえいえ、見事な菖蒲の根ですよ。あなたが「長い」ものの代表と見なしただけのことはありますね。立派な菖蒲の根を献上したあなたの志の深さも、しっかりと受け取りました。)

［評］　時忠は、権勢を振るい、「平大納言《へいだいなごん》」「平関白《へいかんぱく》」などと称された。「平

家にあらずんば人にあらず」という、歴史に残る言葉を残している。壇ノ浦で、神鏡を守った。流されて、能登の珠洲《すず》市《し》で晩年を過ごした。その息子が、時国《ときくに》。輪島市には、「上時国家《かみときくにけ》」と「下時国家《しもときくにけ》」の屋敷がある。

16―2　暗い気持ちの菖蒲の日

嘆《なげ》く事《こと》有《あ》りて、籠《こ》もり居《ゐ》たりし頃《ころ》、菖蒲《さうぶ》の根《ね》致《おこ》せたる人に。

（右京大夫）菖蒲《あやめ》葺《ふ》く月日《つきひ》も思《おも》ひ分《わ》かぬ間《ま》に今日《けふ》を何時《いつ》《五日》かと君《きみ》ぞ知《し》らする

【訳】近親に不幸があって、しばらく実家で、喪に服していた頃、五月五日の端午の節句が巡ってきた。喪中の私にまで、親切に、縁起物の菖蒲の根を贈ってくれた人がいた。お礼に詠んだ歌。

（右京大夫）菖蒲《あやめ》葺《ふ》く月日《つきひ》も思《おも》ひ分《わ》かぬ間《ま》に今日《けふ》を何時《いつ》《五日》かと君《きみ》ぞ知《し》らする

（親しい身内を失って、悲しみの深い底に沈んでいる私は、今日が「いつか」（何日《なんにち》）であるかも、わかりません。けれども、菖蒲の根を贈ってくださったあなたから、今日が五月の「五日《いつか》」であることを教えられました。私も、元気を出して、日常の生活に戻れるように努力します。端午の節句のために、軒に菖蒲を葺く飾り付けなど、何もしていませんでしたが、いただいた菖蒲を軒に飾ることにしましょう。）

【評】 亡くなったのは、父親か、あるいは母親だろう、と言われる。「58―2」で、母親の命日が「五月二日《さつきふつか》、昔《むかし》の母《はは》の忌日《きにち》なり」と明記されている。そのこともあって、母親の死と取る説が有力である。
菖蒲を贈ってくれた人は、あるいは資盛だろうか。

16―3 平維盛の妻との交流、菖蒲編

成親《なりちか》の大納言《だいなごん》の女《むすめ》、中宮《みや》の権《ごん》の亮《すけ》の上《うへ》なりし人《ひと》は、知《し》る縁有《ゆかりあ》りし、許《もと》より、薬玉《くすだま》致《おこ》す

とて。

返《かへ》し。

（維盛の妻）君《きみ》に思《おも》ひ深《ふか》き江《え》《縁(えに)》にこそ引《ひ》きつれど菖蒲《あやめ》の草《くさ》の根《ね》こそ浅《あさ》けれ

（右京大夫）引《ひ》く人《ひと》の情《なさ》けも深《ふか》き江《え》《縁(えに)》に生《お》ふる菖蒲《あやめ》ぞ袖《そで》に掛《か》けて甲斐《かひ》有《あ》る

【訳】藤原成親《なりちか》の大納言は、後白河院の側近であられる。その娘で、中宮職《ちゅうぐうしき》の「権《ごん》の亮《すけ》」である平維盛《これもり》様の奥方《おくがた》は、私とちょっとした知り合いであった。彼女の母親は、歌人の藤原俊成様の娘なのである。

その維盛様の奥方から、私に、薬玉が贈られてきた。その時に、添えられていた歌。

（維盛の妻）君《きみ》に思《おも》ひ深《ふか》き江《え》《縁(えに)》にこそ引《ひ》きつれど菖蒲《あやめ》の草《くさ》の根《ね》こそ浅《あさ》けれ

（あなたと深いご縁がある私は、その結びつきを大切に考えまして、深い江で、長くて深い菖蒲の根を掘り出そうとしたのですが、こんな浅く、短い根しか、見つけられませんでした。お恥ずかしいものですが、お納めください。）

私は、感謝の歌を贈った。

（右京大夫）引《ひ》く人《ひと》の情《なさ》けも深《ふか》き江《え》に《縁(えに)》生《お》ふる菖蒲《あやめ》ぞ袖《そで》に掛《か》けて甲斐《かひ》有《あ》る

（わざわざ深い江に入って、長い根の菖蒲を引いてくださったあなたの深いお心に、感謝します。この菖蒲は、薬玉に付いていますけれど、私の袖に掛けても、掛け甲斐《がい》のある、見事な根ですこと。）

［評］平維盛は重盛の長男。藤原成親は、平重盛と深く姻戚関係を結んでいたにもかかわらず、「鹿ヶ谷《ししがたに》の陰謀」の首謀者となり、平家打倒をもくろんだ。その発覚は、重盛だけでなく、平家一門にとって、大きな衝撃をもたらした。

16―4　再び、暗い気持ちの菖蒲を

硯《すずり》の序《つい》でに、手習《てなら》ひに。

（右京大夫）哀《あは》れなり身《み》の憂《う》き《埿(うき)》にのみ根《ね》《音(ね)》を留《と》めて袂《たもと》に掛《か》《斯かる》かる菖蒲《あやめ》と思《おも》へば

【訳】硯を取り出して、墨を磨《す》り、物を書いたついでに、手すさびで書き付けていた歌。

（右京大夫）哀《あは》れなり身《み》の憂《う》き《埿(うき)》にのみ根《ね》《音(ね)》を留《と》めて袂《たもと》に掛《か》かる《斯かる》菖蒲《あやめ》と思《おも》へば

（今日は、端午の節句だから、薬玉《くすだま》や菖蒲の根を袖に掛ける風習がある。その根は、泥沼に埋もれていたのを掘り出したものである。私もまた、泥沼のような自分の運命の辛《つら》さに苦しみ、泣き声を上げて涙を流し、涙の玉を袂に掛けている。）

【評】「16」は、明・暗・明・暗というように、菖蒲を詠んだ和歌の印象が、何度も転調している。

17　秋を惜しむ建春門院

秋《あき》の末《すゑ》つ方《かた》、建春門院《けんしゆんもんゐん》、入《い》らせ御座《おは》しまして、久《ひさ》しく同《おな》じ御所《ごしよ》なり。

九月尽《ながつきつ》くる日《ひ》、明日《あす》、還御《くわんぎよ》なるべきに、女官《によう くわん》して、葦手《あしで》の下絵《したゑ》したる檀紙《だんし》に、立文《たてぶみ》、紅《くれなゐ》の薄様《うすやう》にて。

（建春門院の女房）帰《かへ》り行《ゆ》く秋《あき》に先立《さきだ》つ名残《なごり》こそ惜《を》しむ心《こころ》の限《かぎ》りなりけれ

返《かへ》し。上《うへ》白《しろ》き菊《きく》の薄様《うすやう》に書《か》きて、誰《たれ》と知《し》らねば、女房《にようばう》の中《なか》へ、知盛《とももり》の中将《ちゆうじやう》参《まゐ》られしに、言付《ことづ》く。

（右京大夫）立《た》ち帰《かへ》る名残《なごり》を何《なに》と惜《を》しむらむ千年《ちとせ》の秋《あき》の長閑《のどか》なる世《よ》に

真《まこと》に、世《よ》の気色《けしき》、名残惜《なごりを》し顔《がほ》に、打《う》ち時雨《しぐ》れて、物哀《ものあは》れ気《げ》なれど。

［訳］ある年の晩秋、主上様《うへさま》の母君である建春門院様が、御所に、暫く滞在されたことがあった。滞在中には、中宮様《みやさま》とも楽しい交流があった。

建春門院様が、御所を退出して、お戻りになるのは、九月が終わる日（いわゆる「九月尽《くがつじん》」）を明日に控えた日、ということになった。そのお別れの挨拶なのだろう、身分の低い女官が、中宮様《みやさま》に、「立文《たてぶみ》」（捻《ひね》り文《ぶみ》）のスタイルで、手紙を届けてきた。建春門院様にお仕えしている女房の総意として、中宮様に仕えている私たち女房に、お別れを述べる、という趣旨のようだった。

外側の紙は、陸奥紙《みちのくがみ》に、葦手《あしで》の模様が下絵になっている。立文《たてぶみ》の中には、紅《くれない》の薄紙が包まれていて、そこにお別れの歌が書かれてあった。

（建春門院の女房）帰《かへ》り行《ゆ》く秋《あき》に先立《さきだ》つ名残《なごり》こそ惜《を》しむ心《こころ》の限《かぎ》りなりけれ

（私どもは、秋の最後の日である九月尽を明日に控えた、その前日に、御所を後《あと》にするのが、残念でなりません。十月からは冬に入りますので、明日、秋という季節も、名残を惜しみつつ、人間の世界を去ります。それに先立って、御所を離れる私たちは、それ以上に、名残惜しさを感じて、心の底から悲しんでいます。）

そのお返事は、皆と相談のうえ、私が代表して書いた。上が白い、菊の薄い紙に、和歌をしたためた。別れの歌を詠んだ女房が誰か、正確にはわからないので、建春門院様のお部屋に向かう用事があるという、平知盛中将《とももりちゅうじょう》（中宮様《みやさま》の兄君）に託して、しかるべき相手に手渡してくれるようにと依頼した。

建春門院様がお戻りになるのを、人間だけでなく、お空まで、本当に名残を惜しんでいると見え、涙のような時雨《しぐれ》が降ってきた。「もののあはれ」が、御所全体を覆《おお》っていた。

（右京大夫）立《た》ち帰《かへ》る名残《なごり》を何《なに》と惜《を》しむらむ千年《ちとせ》の秋《あき》の長閑《のどか》なる世《よ》に

（今年の秋は、明日、立ち去りますが、来年の七月には、また、人間の世界に帰ってきます。それが、千年も万年も、繰り返されます。秋の別れを悲しむ必要はございません。同じように、建春門院様のお命も、無限の春秋に富んでおられますから、この平和な御《み》代《よ》をお慶《よろこ》びいただきたいと思います。主上様《うえさま》のお母上として。）

【評】「九月尽《ながつき》くる日《ひ》、明日《あす》」を、「九月尽《ながつき》くる明日《あす》」とする本文がある。このやりとりが、いつだったのかは、わかりにくい。和歌の内容を考え合わせて、「九月尽《くがつじん》の前日」だと考える。

平知盛は、「二位の尼」の子で、中宮徳子とは、母親を同じくする兄である。「新中納言」と称された。一ノ谷の戦いでは、怪力で知られた十六歳の息子、知章《ともあきら》を失った。壇ノ浦では、「見《み》るべき程《ほど》の事《こと》は見《み》つ」という言葉を残し、入水した。

18 紅葉の思い出

18—1 平維盛の妻との交流、紅葉《もみじ》編

三位《さんゐ》の中将《ちゆうじやう》 維盛《これもり》の上《うへ》の許《もと》より、紅葉《もみち》に付《つ》けて、青紅葉《あをもみち》の薄様《うすやう》に。

（維盛の妻）君故《きみゆゑ》は惜《を》しき軒端《のきば》の紅葉葉《もみちば》も惜《を》しからでこそ斯《か》く手折《たを》りつれ

返《かへ》し。紅《くれなゐ》の薄様《うすやう》に。

（右京大夫）我故《われゆゑ》に君《きみ》が折《を》りける紅葉《もみち》こそ並《な》べての色《いろ》に色添《いろそ》へて見《み》れ

［訳］以前にも書いたけれども、平維盛様の奥方《おくがた》には、藤原俊成様とのつながりで、私も親しくさせていただいている。その奥方から、見事な紅葉の枝が贈られてきた。その枝には、青紅葉《あおもみじ》（表が青、裏が朽葉《くちば》色）の薄い紙が結ばれていて、それに歌が記されていた。

（維盛の妻）君故《きみゆゑ》は惜《を》しき軒端《のきば》の紅葉葉《もみちば》も惜《を》しからでこそ斯《か》く手折《たを》りつれ

（我が宿の紅葉は、とても美しいのです。ですから、誰にも見せたくないし、誰にも譲り

たくないほどに、自分だけで独占していたいのです。けれども、親しいあなたにだけは、御覧に入れたくて、まったく「惜しい」という気持ちも起きずに、この紅葉を折り取って、お届けします。）

その返事は、紅葉《もみち》の色に合わせて、紅《くれない》の薄い紙に書いて届けた。

（右京大夫）我故《われゆゑ》に君《きみ》が折《を》りける紅葉《もみち》こそ並《な》べての色《いろ》に色添《いろそ》へて見《み》れ

（あなたは、私のために、わざわざ見事な紅葉を、心の中では惜しみつつ折ってくださいました。その紅葉の枝を、私は普通の紅葉の何十倍もの濃い紅色だと、感服しながら拝見しております。）

［評］「維盛《これもり》の上《うへ》」（正室）から、右京大夫は、どのように位置づけられていたのだろうか。「維盛の弟である資盛の正室」ではありえないから、「維盛の弟である資盛の妾《しょう》」であろう。ただし、藤原俊成との縁があるので、親近感を持ってくれていたのかもしれない。

18―2　平忠度と紅葉

忠度《ただのり》の朝臣《あそん》、「西山《にしやま》の紅葉《もみち》見《み》たる」とて、並《な》べてならぬ枝《えだ》を折《を》らせて、結《むす》び付《つ》けたる。

（忠度）君《きみ》に思《おも》ひ深《ふか》き深山《みやま》の紅葉葉《もみちば》を嵐《あらし》《嵐山》の隙《ひま》に折《を》《折(をり)》りぞ知《し》らする

返《かへ》し。

（右京大夫）覚束無《おぼつかな》折《を》《折(をり)》りこそ知《し》らね誰《たれ》に思《おも》ひ深《ふか》き深山《みやま》の紅葉《もみち》なるらむ

［訳］平忠度《ただのり》様は、藤原俊成卿に師事して、和歌の道の研鑽に励んでおられる。私も俊成卿とは親しいので、忠度様とも交遊があった。その忠度様が、「紅葉狩《もみじがり》に、西山を逍遥して、素晴らしい紅葉を堪能いたしました」と言って、都の中では、まずお目にかかれないような見事な紅葉の枝を、贈ってきた。その紅葉の枝には、歌を記した紙が、結び付けられていた。

（忠度）君《きみ》に思《おも》ひ深《ふか》き深山《みやま》の紅葉葉《もみちば》を嵐《あらし》《嵐山》の隙《ひま》に折《を》《折(をり)》りぞ知《し》らする

（あなたを深く愛している私は、その心を胸に、嵐山を深く分け入りまして、嵐が紅葉《もみじ》の葉を散らす隙間《すきま》を見計らって、綺麗な葉が残った状態で折り取ることができました。この機会に、是非ともあなたのお目に入れて、私のあなたへの真っ赤な恋心を御理解いただきたいものです。）

もちろん、私は歌を返した。

（右京大夫）覚束無《おぼつかな》折《を》り〔折(をり)〕こそ知《し》らね誰《たれ》に思《おも》ひ深《ふか》き深山《みやま》の紅葉《もみち》なるらむ

（不思議ですこと。あなたの歌は、どことなく恋の雰囲気が漂っていますが、あなたは、いったいどなたへの恋心を、この紅葉の色の紅《くれない》のように、赤々と燃やしていらっしゃるのですか。あなたと私が親密に心を通わす機会など、これまでも、そして、これからもないでしょうに。）

［評］「折《を》らせて」を、「致《おこ》せて」とする本文がある。「ら」と「こ」の字体は似ている。なお、いわゆる「定家仮名づかい」は、江戸時代に契沖《けいちゅう》・宣長《のりなが》が確定した「歴史的仮名づかい」とは違うので、「お」と「を」の違いにこだわる必要はない。

忠度は、俊成に師事した。都落ちに際して、俊成に和歌を託したエピソードは名高い。そのこともあって、俊成が撰者を務めた『千載和歌集』には、忠度の歌が、「読み人知らず」としてではあるが、入集《にっしゅう》した。「さざなみや志賀《しが》の都《みやこ》は荒《あ》れにしを昔《むかし》ながらの山桜《やまざくら》かな」。「昔ながらの山桜」の部分に、地名の「長等《ながら》の山」が掛詞になっている。

18―3　紅葉からの連想で、「言の葉」を

御匣殿《みくしげどの》の、里《さと》に久《ひさ》しく御座《おは》せし頃《ころ》、弁《べん》の殿《との》の、其《そ》の里《さと》へ参《まゐ》りて、帰《かへ》り参《まゐ》られたりしに、「何故《など》か、此《こ》の便《たよ》りにも、音《おと》づれは せせぬ」と宣《のたま》ひしかば。

（右京大夫）等閑《なほざり》に思《おも》ひしもせぬ言《こと》の葉《は》を風《かぜ》の便《たよ》りに如何《いか》が散《ち》らさむ

［訳］御匣殿《みくしげどの》が、長く実家に戻っておられたことがあった。その御匣殿《みくしげどの》に、連絡する必要性が生じたので、私の同僚である弁《べん》の殿《との》という女房が、その実家を訪ねた。

弁の殿は、御匣殿《みくしげどの》との用件を済ませた後に、内裏に戻ってきたが、御匣殿《みくしげどの》からの伝言を、私に伝えてくれた。「あなたは、私と親しい仲だと思っていましたが、こういう機会に、どうして、弁の殿に託して、私への挨拶を寄こしてくださらなかったのですか」。

私は、次のようにお返事した。

(右京大夫) 等閑《なほざり》に思《おも》ひしもせぬ言《こと》の葉《は》を風《かぜ》の便《たよ》りに如何《いか》が散《ち》らさむ

(あなたへのお便りは、とても大切ですので、他に漏れるようなことがあってはなりません。二人だけの親密な仲を物語る言の葉が、何かの手違いで、風に散らされるかのように、世間に広がってはいけませんから。お便りを差し上げたかったのですが、機密保持のために、遠慮したのです。)

これまで、紅葉の思い出を二つ書いてきたので、その繫がりで「言の葉」の思い出を、ここに書き記した。

［評］『建礼門院右京大夫集』の配列は、緊密に構成されている。それが、他の「歌集＝家集」との違いである。本書は、作者の配列意図を読み取ろうと努めた。同じテーマで、いくつかの和歌が並列されているが、ごく稀に、テー

マに即して紹介された和歌や人物から、「連想の糸」でつながっている、テーマ以外の思い出が語られる「派生章段＝道草章段」がある。ここも、その一例である。「紅葉」の思い出が二つ並列的に記され、「紅葉」からの派生で、「言の葉」の記憶が浮上してきた。

19　月の素晴らしさ

19―1　平清盛の西八条殿での雅《みや》びやかな宴

春《はる》の頃《ころ》、中宮《みや》の、西八条《にしはちでう》に出《い》でさせ給《たま》へりし程《ほど》、大方《おほかた》に参《まゐ》る人《ひと》は、然《さ》る事《こと》にて、御兄弟《おんはらから》、御甥達《おんをひたち》など、皆《みな》、番《ばん》に下《お》りて、二人三人《ふたりみたり》は、絶《た》えず候《さぶら》はれしに、花《はな》の盛《さか》りに、月《つき》明《あ》かかりし夜《よ》、（維盛）「可惜夜《あたらよ》を、唯《ただ》にや明《あ》かさむ」とて、権《ごん》の亮《すけ》、朗詠《らうえい》し、笛《ふえ》吹《ふ》き、経正《つねまさ》、琵《び》琶《は》弾《ひ》き、御簾《みす》の内《うち》にも、琴《こと》搔《か》き合《あ》はせなど、面白《おもしろ》く遊《あそ》びし程《ほど》に、内裏《うち》より、隆房《たかふさ》の少将《せうしやう》、御使《おほんつか》ひにて、文持《ふみも》ちて、参《まゐ》りたりしを、やがて、呼《よ》びて、様々《さまざま》の事《こと》ども尽《つ》くして、後《のち》には、昔《むかし》・今《いま》の物語《ものがたり》などして、明《あ》け方《がた》まで眺《なが》めしに、花《はな》は、散《ち》り散《ち》らず、同《おな》じ匂《にほ》ひに見渡《みわた》され、月《つき》も、一《ひと》つに霞《かす》み合《あ》ひつつ、漸《やうや》う白《しら》む山際《やまぎは》、何時《いつ》と言《い》ひながら、言《い》ふ方《かた》無《な》く面白《おもしろ》かりしを、御返《おんかへ》り事《ごと》、賜《たまは》りて、隆房《たかふさ》の出《い》でしに、（右京大夫）「唯《ただ》にやは」とて、扇《あふぎ》の端《はし》を折《を》りて、書《か》きて、取《と》らす。

（右京大夫）斯《か》くまでの情《なさけ》尽《つ》くさで大方《おほかた》の花《はな》と月《つき》とを唯見《ただみ》ましだに

少将《せうしやう》、傍《かたは》ら痛《いた》きまで詠《えい》じ誦《ず》んじて、硯《すずり》請《こ》ひて、（隆房）「此《こ》の座《ざ》なる人々《ひとびと》、何《なに》とも、皆《みな》、書《か》け」とて、我《わ》が扇《あふぎ》に、斯《か》く《書く》。

（隆房）旁《かたがた》に忘《わす》らるまじき今宵《こよひ》をば誰《たれ》も心《こころ》に留《とど》めてを思《おも》へ

権《ごん》の亮《すけ》は、「歌《うた》も詠《よ》まぬ者《もの》は、如何《いか》に」と言《い》はれしを、猶《なほ》、責《せ》められて。

（維盛）心留《こころと》むな思《おも》ひ出《い》でそと言《い》はむだに今宵《こよひ》は如何《いか》が易《やす》く忘《わす》れむ

経正《つねまさ》の朝臣《あそん》。

（経正）嬉《うれ》しくも今宵《こよひ》の友《とも》の数《かず》に入《い》りて偲《しの》ばれ偲《しの》ぶ端《つま》と成《な》るべき

と申《まう》ししを、「我《われ》しも、分《わ》きて偲《しの》ばるべき事《こと》と、心遣《こころや》りたる」など、此《こ》の人々《ひとびと》の笑《わら》はれしかば、（経正）「何時《いつ》かは、然《さ》は申《まう》したる」と陳《ちん》ぜしも、をかしかりき。

【訳】 ある年の春、中宮様《みやさま》が、ご実家である清盛様の西八条殿に、里下がりなさったことがあった。当然、中宮様《みやさま》にお仕えすべき方々はもちろんであるが、中宮様《みやさま》のご兄弟方や、甥に当たられる一門の方々が全員、当番で詰めて、常に、二人か三人は、夜も中宮様《みやさま》の御座所の御簾《みす》の外に、伺候していた。

時あたかも、桜の花が満開の頃であった。月が、明るく照っている夜に、雅びやかな宴《うたげ》が催された。中宮様《みやさま》の甥に当たる平維盛《これもり》様が、「まさに、良夜《りょうや》ですね。こんな素晴らしい春の夜を、何もしないで過ごしてよいものでしょうか。どうですか、詩歌管絃の遊びに、時を忘れませんか」と提案して、自ら、漢詩句や和歌を、朗誦した。すると、中宮様《みやさま》の従《い》兄弟《とこ》に当たる平経正《つねまさ》様が、琵琶を爪弾《つまび》き始めた。御簾《みす》の中にいる女房も、琴を引き鳴らしたりして、楽しい管絃の宴となった。

内裏から、主上様《うえさま》のお使いとして、藤原隆房《たかふさ》様が、お手紙を携えて参上した。この方は、清盛様の娘婿である。維盛様や経正様が、その隆房様を呼び止め、そのまま管絃の遊びに合流させたのは、言うまでもない。皆で、さまざまな楽器を奏《かな》で、しまいには、昔の思い出話や、最近の興味深い出来事などを語り合っているうちに、明け方近くになった。

明け方の景色は、素晴らしかった。満開の桜の花は、散ったものもあれば、残っているものもある。枝に付いている花も、地に散り敷いた花も、どちらも、匂うように艶《あで》やかだった。空の月と、庭の桜とが、霞の中で一つに融け合っている。

平安時代の『枕草子』は、「春《はる》は、曙《あけぼの》。漸《やうや》う白《しろ》く成《な》り行く。山際《やまぎは》、少《すこ》し明《あ》かりて、紫立《むらさきだ》ちたる雲《くも》の、細《ほそ》く棚引《たなび》きたる」という情景から、書き始められているが、まさに、そのような春の曙が、今、中宮様《みやさま》の御前に現前しているのだった。まことに、筆舌に尽くせない感興《かんきょう》の時だった。

「さて、そろそろ、主上様《うえさま》に復命しなくてはなりません」と、隆房様が言い、中宮様《みやさま》からのお返事の手紙を授かって、西八条殿を退出しようとする。私は、「このまま、隆房様を内裏に戻してよいものだろうか。中宮様《みやさま》のお返事以外に、隆房様が内裏で報告する際には、ちょっとした土産話《みやげばなし》が必要だろう。これだけ楽しかった宴なのだから、最後は、和歌を皆で唱和し合って、盛り上がってお開きにしたいものだ」と考えた。そこで、とっさに、持っていた扇の端《はし》を折り取って、そこに歌を書き、隆房様に差し上げた。

（右京大夫）斯《か》くまでの情尽《なさけつ》くさで大方《おほかた》の花《はな》と月《つき》とを唯見《ただみ》ましだに

（今夜のように、雅びやかな宴を心ゆくまで満喫しなかったとしても、ごく普通にこの花と月を見てすら、歌を詠まずにはいられません。まして、宴がまだ続いているかのように思われる今、どうして歌なしですまされましょうや。）

隆房様は、聞いている私が恥ずかしくなるくらい、この歌を高らかに朗唱した。そして、近くにいた女房に、硯と筆を持ってこさせ、「そうだ。右京大夫殿の言うとおりだ。ここにいる人々よ、何でも良い。皆、歌を詠むのだ」と言って、率先して、自分が手にしていた扇に書き付けた。このように。

（隆房）旁《かたがた》に忘《わす》らるまじき今宵《こよひ》をば誰《たれ》も心《こころ》に留《とど》めてを思《おも》へ

（中宮様《みやさま》のお栄《さか》え、桜の花の風情《ふぜい》、月の光、詩歌管絃の遊び、そして、これから始まる和歌の唱和。すべてに付けて、素晴らしい今夜の雅《みや》びやかな宴を、ここに居合《いあ》わせたすべての人が記憶に刻印し、いつまでも懐かしく追懐するがよい。）

維盛様は、「私は、和歌に関しては不調法で。どうしたら、よいものでしょうか」と逃げ腰だったが、やはり、「詠め、詠め」と、皆から口々に催促されて、詠んだ。

（維盛）心留《こころと》むな思《おも》ひ出《い》でそと言《い》はむだに今宵《こよひ》は如何《いか》が易《やす》く忘《わす》れむ

（今宵の雅びやかな宴のことは、「記憶するな」、「思い出すな」、と言われたとしても、どうして、忘れられましょうや。）

経正様は、和歌に自信があるので、すぐに詠まれた。

（経正）嬉《うれ》しくも今宵《こよひ》の友《とも》の数《かず》に入《い》りて偲《しの》ばれ偲《しの》ぶ端《つま》と成《な》るべき

（今宵の雅びやかな宴に参加した者たちは、美しいものを理解し合う、まことの「友」と言えるでしょう。その「友」の中に、私まで入れていただいたことが、嬉しくてなりません。今宵は、「伝説的な雅びやかな宴」として、末永く、参加した人を思い出し、また、思い出される始まりの日と、なることでしょう。）

このように詠んだところ、皆から、「経正殿は、今宵の自分の琵琶の演奏が、よほど素晴らしかったと、自負しておられるようだ。いつまでも、あの夜の経正殿の琵琶は神がかっていた、などと語り継がれる自信がおありなのだろう」と、からかわれた。経正様が、憤然とした顔付きで、「私が、いつ、そんな自画自賛を申しましたか。申してはおりませんぞ」と、反論されたのは、おかしかった。

［評］『枕草子』で、中宮定子を取り巻いて、兄の伊周《これちか》、弟の隆家《たかいえ》・隆円《りゅうえん》などが楽しく集う姿を描いていたことが、連想される。建礼門院を取り巻いて、平家一門の人々が楽しい円居《まどい》の時を過ごしている。それを文字で記録した清少納言と対応するのが、右京大夫である。ただし、『枕草子』では、定子の母の高階貴子だけでなく、父の道隆の闊達な明るさが印象的だった。『建礼門院右京大夫集』では、建礼門院の母である「二位の尼」の姿はあるが、父である平清盛の姿が見られない。そこが、『建礼門院右京大夫集』の特徴である。

経正の人間性が、活写されている。『平家物語』の経正は、木曾義仲と戦うために北陸へ向かう途中、琵琶湖の竹生島《ちくぶしま》に渡り琵琶を演奏したことや、都落ちに際して、琵琶の名器「青山《せいざん》」を、仁和寺の守覚法親王《しゅかくほっしんのう》に返還したことなどのエピソードで知られる。一ノ谷で討ち死にした。『建礼門院右京大夫集』の上巻に書き留められた経正の人間性が、『平家物語』の経正の悲壮な生き方を支えている。

19―2　月の歌の代作

又《また》、「月《つき》の前《まへ》の恋《こひ》」、「月《つき》の前《まへ》の祝《いはひ》」と言《い》ふ事《こと》を、人の詠《よ》ませしに。

（右京大夫）千代《ちよ》の秋澄《あきす》む《住む》べき空《そら》の月《つき》も猶今宵《なほこよひ》の影《かげ》や例《ためし》なるらむ

（右京大夫）つれもなき人《ひと》ぞ情《なさ》けも知《し》られける濡《ぬ》れずは袖《そで》に月《つき》を見《み》ましや

【訳】　月の思い出と言えば、また、こんなこともあった。ある時、歌合《うたあわせ》を催すから、「月《つき》の前《まへ》の祝《いはひ》」という題で、それぞれ歌を詠んで提出してほしい、と、ある人から頼まれた。「月《つき》の前《まへ》の恋《こひ》」という題で詠んだ歌を、歌合を催す人に、「月《つき》の前《まへ》の恋《こひ》」という題と、「月の前の祝」という題で詠んだ歌を、心して味わってほしいと思ったので、そちらを後に記すことにする。

（右京大夫）千代《ちよ》の秋澄《あきす》む《住む》べき空《そら》の月《つき》も猶今宵《なほこよひ》の影《かげ》や例《ためし》なるらむ

（千代も八千代も、澄みきった光を放ちながら、大空に懸かり続けるであろう月ではあるが、それでも今夜の素晴らしい月は、いつまでも「美しい月」の一つの先例として、長く語り継がれることでしょう。）

（右京大夫）つれもなき人《ひと》ぞ情《なさ》けも知《し》られける濡《ぬ》れずは袖《そで》に月《つき》を見《み》ましや

（今夜も訪問せず、私に辛《つら》い思いをさせている恋人に、私は心から感謝したいと思っている。あの人が訪れないので、私の目から涙が零《こぼ》れる。零れた涙は、わたしの袖を濡らす。その濡れた袖に、空の月が宿る。その月の、何と、心に沁《し》みることか。私に、悲しいまでの月の美しさを発見させてくれた、つれない恋人に、感謝しましょうか。）

［評］　二つの題と、二首の歌の順序が、対応していない。そこで、「つれもなき」の歌が、「千代《ちよ》の秋《あき》」の前に位置する写本もある。

八月十五夜か九月十三夜に、歌の会が催されたのだろう。あるいは、その主催者が資盛ではなかったろうかと考えたら、面白い。もし、そうならば、「つれもなき」の歌には、右京大夫の資盛への、強い愛情が感じられる。

もしかしたら、右京大夫は、歌合に提出する歌の代作を、資盛か誰かに依頼されたのかもしれない。いずれにしても、「月《つき》の前《まへ》の恋《こひ》」の歌は、資盛に読ませたかったのだろう。

19―3　涙からの連想で

縁有《ゆかりあ》る人《ひと》の、風邪《かぜ》の瘧《おこ》りたるを訪《とぶら》ひたりし。返《かへ》り事《ごと》に。

（右京大夫）情《なさ》け置《お》く言《こと》の葉毎《はごと》に身《み》に沁《し》みて涙《なみだ》の露《つゆ》ぞいとど零《こぼ》るる

［訳］　これは、「月」の思い出ではないが、前の歌とは「涙」繫がりで、ここに書くことにする。

ある時、私は風邪《かぜ》を患《わずら》い、何回か悪寒《おかん》の発作が起きた。私と深い関係にある人が、それを見舞ってくれたのだが、その言葉が私への思いやりに溢れていたので、嬉しくなって、次のように返事した。

（右京大夫）情《なさ》け置《お》く言《こと》の葉毎《はごと》に身《み》に沁《し》みて涙《なみだ》の露《つゆ》ぞいとど零《こぼ》るる

（何と嬉しい、あなたのお言葉でしょう。あなたの真心が、一つ一つの言葉の中に感じられます。深い愛情のことを「情《なさ》けの露」と言いますが、私はあなたの言葉の一つ一つに、自分があなたから愛されていることの嬉しさを感じ、嬉し涙が、次から次へと零《こぼ》れてくるのです。)

[評] 一転して、明るく、ユーモラスな歌である。作者の風邪をいたわってくれたのは、資盛ではなかろうか。

20 別れの歌

20—1 平重盛の死と、資盛への弔問

服《ふく》に成《な》りたる人《ひと》、弔《とぶら》ふとて。

(右京大夫)哀《あは》れとも思《おも》ひ知《し》らなむ君故《きみゆゑ》に余所《よそ》の嘆《なげ》きの露《つゆ》も深《ふか》きを

[訳] 喪《も》に服《ふく》している人に、少しでもその人の悲しみを慰めようと思って、贈った歌が

ある。

実は、亡くなったのは、平重盛《しげもり》様。治承《じしょう》三年（一一七九）閏《うるう》七月だった。まだ数えの四十二歳だった。私の恋人である資盛様は、重盛様の子どもである。どんなに力を落としているだろうかと思いやられたので、歌を贈って慰めた。

以前に、私が風邪に罹《かか》った時、資盛様に励まされた時は、本当に嬉しかった。だから、今度は、私が資盛様を励ます番だ、と思ったのだ。

（右京大夫）哀《あは》れとも思《おも》ひ知《し》らなむ君故《きみゆゑ》に余所《よそ》の嘆《なげ》きの露《つゆ》も深《ふか》きを

（あなたは今、「哀れ」という言葉の意味を、深く噛みしめていらっしゃることと思います。お父上を亡《な》くされた「哀れ」は、どれほど大きなものでしょう。けれど、私も、あなたと深い仲になり、あなたと心を一つにしています。ですから、私の感じている「あはれ」もまた大きなものであると、わかってください。重盛様の死を悲しんで、私も泣き続けています。あなたの悲しみを、私も共有しているのです。）

［評］　配列から考えて（次の歌との接続）、平重盛の死を受け、その子の資盛に贈った弔問と慰めの歌だと考えられる。歌は、二句切れである。

20—2　平重盛の妻への弔問

小松《こまつ》の大臣《おとど》、失《う》せ給《たま》ひて後《のち》、其《そ》の北《きた》の方《かた》の御許《おんもと》へ、十月許《かみなづきばか》り、聞《き》こゆる。

（右京大夫）搔《か》き暗《くら》す夜《よる》の雨《あめ》にも色変《いろか》はる袖《そで》の時雨《しぐれ》を思《おも》ひこそ遣《や》れ

（右京大夫）留《と》まるらむ旧《ふる》き枕《まくら》に塵《ちり》は居《ゐ》て払《はら》はぬ床《とこ》を思《おも》ひこそ遣《や》れ

返《かへ》し。

（北の方）訪《おとづ》るる《音信(おとづ)るる》時雨《しぐれ》は袖《そで》に争《あらそ》ひて泣《な》く泣《な》く明《あ》かす夜半《よは》ぞ悲《かな》しき

（北の方）磨《みが》き来《こ》し玉《たま》の夜床《よどこ》に塵積《ちりつ》みて旧《ふる》き枕《まくら》を見《み》るぞ悲《かな》しき

【訳】私の恋人である資盛様のお父君である内大臣・平重盛様がお亡くなりになったのは、閏《うるう》七月だった。四十九日《なななぬか》が終わった初冬の十月に、私は重盛様の奥方様に、お悔やみの歌を、二首、お贈りした。なお、この奥方様は、大納言・藤原成親《なりちか》様の妹君でいらっしゃるが、資盛様の母君ではない。

（右京大夫）掻《か》き暗《くら》す夜《よる》の雨《あめ》にも色変《いろか》はる袖《そで》の時雨《しぐれ》を思《おも》ひこそ遣《や》れ

（白楽天の『長恨歌』に、楊貴妃を失った玄宗皇帝の悲しみが、「行宮《あんぐう》に月を見れば、傷心《しやうしん》の色、夜雨《やう》に猿《ましら》を聞けば断腸《だんちやう》の声」（「夜雨に鈴を聞けば」とも）とあります。奥方様は、さぞかし、楊貴妃と死に別れた玄宗皇帝の悩みを、ご自分のこととして感じておられることと思います。奥方様は、夜の雨に、ひたすら亡き内大臣様のことが思い出され、涙を流し続けておられることでしょう。白い涙が尽き果てると、赤い血の涙が流れ始めると言われています。奥方様の涙を受ける袖の色を、私は遠くから思いやっております。どうか、お気を強くお持ちくださいますよう。）

（右京大夫）留《と》まるらむ旧《ふる》き枕《まくら》に塵《ちり》は居《ゐ》て払《はら》はぬ床《とこ》を思《おも》ひこそ遣《や》れ

（これも『長恨歌』ですが、楊貴妃を追懐する玄宗皇帝の悲しみが、「鴛鴦《ゑんわう》の瓦《かはら》は冷たくして霜華《さうくわ》重し、旧《ふる》き枕故《まくらふる》き衾誰《しとねたれ》と共にか」とあります。今も、亡き重盛様の使っておられた枕は、そのままの状態で置かれていることでしょうが、使用されないので、塵が積もりつつあるかと存じます。それを払いのける枕の主人——重盛様——は、既にこの世の人ではありません。私は、そのことを、深く、悲しんでおります。）

奥方様からのお返事が、あった。私の二首のそれぞれに、丁寧に答えておられた。

（北の方）訪《おとづ》るる《音信（おとづ）るる》時雨《しぐれ》は袖《そで》に争《あらそ》ひて泣《な》く泣《な》く明《あ》かす夜半《よは》ぞ悲《かな》しき

（冬に入りましたので、冷たい時雨が空から音を立てて、降ってきます。私の袖にも、涙の雨が、ずっと降り注ぎ、空から降る雨の量と、どちらの水量が多いか、競い合っています。あなたからの音信《おとずれ》で、さらに私の涙の量が増え、泣きながら夜を明かす夜半《よわ》が、悲しくてなりません。『長恨歌』の「猿の声」も、さぞかし私の泣き声と似ていることでしょう。）

（北の方）磨《みが》き来《こ》し玉《たま》の夜床《よどこ》に塵《ちり》積《つ》みて旧《ふる》き枕《まくら》を見《み》るぞ悲《かな》しき

（私は、これまで夫と共に過ごす寝床を、少しでも綺麗にしようと、塵一つ枕に置いていない状態に保ってきました。今では、一人で寝るしかありません。夫の枕の上に頭を乗せる人はなく、塵が積もっています。そんな枕を見るのが、悲しくてなりません。男と女の立場が違いますが、一人生き残った玄宗皇帝の悲しみが、私にはよく理解できます。）

［評］「其《そ》の北《きた》の方《かた》の御許《おんもと》へ」の「御許《おんもと》へ」を、「許《もと》へ」「門《かど》へ」とする本文もある。

右京大夫の歌は、二首とも『長恨歌』を踏まえている。二首目の「旧《ふる》き枕《まくら》」は、『源氏物語』葵《あおい》の巻でも引用されていた。

20―3　藤原成親の北の方を慰める

成親《なりちか》の大納言《だいなごん》、遠《とほ》き所《ところ》へ下《くだ》られにし後《のち》、院《ゐん》の京極殿《きやうごくどの》の御許《おんもと》へ。

（右京大夫）如何許《いかばか》り枕《まくら》の下《した》の氷《こほ》るらむ並《な》べての袖《そで》も冴《さ》ゆる此《こ》の頃《ごろ》

（右京大夫）旅衣《たびごろも》立《た》ち（裁ち）別《わか》れにし後《あと》の袖《そで》に脆《もろ》き涙《なみだ》の露《つゆ》や隙《ひま》無《な》き

返《かへ》し。京極殿《きやうごくどの》。

（京極殿）床の上《うへ》も袖《そで》も涙《なみだ》の氷柱《つらら》居《ゐ》て明《あ》かす思《おも》ひの遣《や》る方《かた》も無《な》し

（京極殿）日《ひ》に添《そ》へて荒《あ》れ行《ゆ》く宿《やど》を思《おも》ひ遣《や》れ人《ひと》を偲《しの》ぶ（忍ぶ(草)）の露《つゆ》に窶《やつ》れて

［訳］大納言の藤原成親様は、私といささか「縁《ゆかり》」のあるお方である。成親様の妹は、

私の恋人である資盛様のお父君・重盛様の奥方である。彼女との和歌の贈答は、つい先ほど、書き記した。そして、成親様のご息女は、重盛様の長男で、私の恋人の資盛様の兄である維盛様の奥方である。

さらに言えば、私の大恩ある藤原俊成様のご息女（後白河院京極《ごしらかわいんきょうごく》）が、成親様の妻なのだった。

これほどまでに重盛様との深い絆《きずな》を保っておられた成親様が、事もあろうに、清盛様を初めとする平家一門の打倒を密談した「鹿ヶ谷《ししがたに》の陰謀《いんぼう》」の首謀者として、治承元年（一一七七年）六月に、備前《びぜん》の国に流され、七月に、配所で謀殺されるという悲劇に遭《あ》われた。このことが、重盛様にとっては大きな衝撃で、その死期を早められたのではないかと、私は秘かに推察している。

成親様の立場から考えれば、後白河院と平家一門とのバランスを、何とか保とうと努力しているうちに、後白河院の魔力に引かれて、本来考えていたのとは違う方向に突き進んでしまったのかなとも思う。

成親様が配流先で非業の死を遂げられたのは、七月。その年の冬に入った頃、私は、成親様の妻であった後白河院京極様に、お悔やみの歌を二首、お届けした。

（右京大夫）如何許《いかばか》り枕《まくら》の下《した》の氷《こほ》るらむ並《な》べての袖《そで》も冴《さ》ゆる此《こ》の頃《ごろ》

（私どものような、平凡な暮らしをしている者にとっても、袖の寒さが身に堪《こた》える、厳しい冬になりました。あなた様は、ご主人の悲運に直面されたのですから、どんなにか涙を零《こぼ》されたことでしょう。今は冬ですから、涙は氷となって、あなた様の枕の下で凍結していることでありましょう。）

（右京大夫）旅衣《たびごろも》立《た》ち《裁ち》別《わか》れにし後《あと》の袖《そで》に脆《もろ》き涙《なみだ》の露《つゆ》や隙無《ひまな》き

（遠く西の国に赴くために、大納言様が新しい旅衣をお作りになって旅立たれてから、お亡くなりになった今まで、後《あと》に残されたあなたの着ておられる衣の袖は、涙の露が乾く隙《ひま》もないほどに落ち続けていることでしょう。）

京極様から、お返事の歌が届いた。

（京極殿）床《とこ》の上《うへ》も袖《そで》も涙《なみだ》の氷柱《つらら》居《ゐ》て明《あ》かす思《おも》ひの遣《や》る方《かた》も無《な》し

（ご想像の通りです。私の着ている袖だけでなく、床《とこ》の上までが、私の涙で濡れてしまい、冬の寒さのために氷って、氷柱状《つららじょう》になっています。その氷柱《つらら》に囲まれて、眠れぬ夜を明かし、朝を迎える私の心は、悶々鬱々《もんもんうつうつ》として、晴れることはありません。）

（京極殿）日《ひ》に添《そ》へて荒《あ》れ行《ゆ》く宿《やど》を思《おも》ひ遣《や》れ人《ひと》を偲《しの》ぶ《忍ぶ(草)》の露《つゆ》に寠《やつ》れて

（夫が西の国に流され、お亡くなりになってから、主《あるじ》を失ったこの屋敷は、荒れる一方です。夫を偲んで私が涙を流しているように、庭の忍ぶ草には露がたくさん降《お》りています。大量の水による湿気で、屋敷はどんどん朽ち果てていっています。廃屋で暮らす私も、窶《やつ》れ果てています。その悲惨な状況を、ご同情くださいませ。）

［評］「明《あ》かす思《おも》ひ」には「飽《あ》かず」が掛詞になっている説があるが、どうだろうか。「飽かず」ならば「思ふ」という動詞に続き、「飽かぬ」ならば「思ひ」という名詞に続く。「飽かず思ひ」には、かなり違和感がある。

なお、私は岡山県で、成親が殺害されたという場所を自分の目で確認したくて、春の有木山の中に、一人で分け入った。恐るべきパワー・スポットだった。もう少しで、成親の供養塔があるという場所に辿り着く直前、ふと気づくと、自分の足もとに、二匹の蝮と思われる蛇が、とぐろを巻いているのに気づいた。その瞬間の血が凍るような恐怖心は、今も忘れられない。成親が命の瀬戸際で感じた恐怖も、かくやと思われた。私は、必死に逃げようとしたが、転んだ際に受け身ができず、足首の靭帯を損傷した。呻いている私の横を、静かに二匹の蝮が去って行ったのには、神仏の加護を実感した。命を突然に奪われた者の心境が、少しは理解できたように思った。知人に話すと、「蝮じゃ、なかったんじゃないの。慌てて逃げる必要はなかったんだよ」と言われ、医師に怪我をした状況を詳細に説明すると、「恐怖心に駆られて、最悪の逃げ方をした、というわけだ」と笑われた。

21 物見ができなかったエピソード、二つ

21―1 賀茂の臨時祭

安元《あんげん》と言《い》ひし、初《はじ》めの年《とし》の冬《ふゆ》、臨時《りんじ》の祭《まつり》に、中宮《みや》の、上《うへ》の御局《みつぼね》へ上《のぼ》らせ給《たま》ふ御供《おんとも》に、障《さは》る事《こと》有《あ》りて、え参《まゐ》らで、然《さ》しも、心《こころ》に沁《し》む還立《かへりだち》の御神楽《みかぐら》も、え見《み》ざりし。口惜《くちを》しくて、御硯《おんすずり》の筥《はこ》に、薄様《うすやう》の端《はし》に、書《か》き付《つ》けて、置《お》く。

（右京大夫）朝倉《あさくら》や返《かへ》す返《がへ》すぞ恨《うら》み《裏見》つる挿頭《かざし》の花《はな》の折《をり》《折り》知《し》らぬ身《み》を

【訳】あれは、安元元年（一一七五）の冬のことだった。先ほど記した、藤原成親大納言様が「鹿ヶ谷の陰謀」で流されたのが安元三年だから、二年ほど、時間は遡ることになる。十一月の「下《しも》の酉《とり》」の日に、賀茂神社の臨時祭《りんじさい》が行われる。勅使が御所を出立する際と、御所に帰参する際に、主上様《うえさま》にお目通りするのを、中宮様《みやさま》が御見物されるために、「上《うえ》の御局《みつぼね》」にお上《のぼ》りになられるのに、大勢の女房たちもお供した。ところが、私は自分の体に差し障《さわ》ることが起きたので、血の穢《けが》れを忌《い》む神聖な儀式の場には、上《のぼ》ることができなかった。

特に、「還立《かえりだち》」と言って、帰参した楽人や舞人たちが、主上様《うえさま》の前で神楽《かぐら》を奏するのを、宮廷人たちは心から楽しみにしている。寒い冬の夜空に澄み上《のぼ》ってゆく神楽の音《ね》は、まことに心に沁《し》み渡るものである。ところが、私は、その年の還立を見物できなかった。

残念に思った私は、中宮様《みやさま》がお使いになっている硯の筥の中に、薄い紙の端《はし》に和歌を書き付けて、そっと入れておいた。

（右京大夫）朝倉《あさくら》や返《かへ》す返《がへ》すぞ恨《うら》み《裏見》つる挿頭《かざし》の花《はな》の折《をり》《折り》知《し》らぬ身《み》を

（今頃、楽人や舞人たちは、主上様《うえさま》や中宮様《みやさま》の御前《ごぜん》で、「朝倉《あさくら》」などの神楽歌を歌い、袖を返して裏を見せながら、見事な還立《かえりだち》の神楽の舞を披露していることでしょう。それを拝見できなかった私は、返す返す残念で、私の身に起きた差し障りが、恨めしくてなりません。神楽を奏する者たちは、花を折り取って頭に挿《さ》しているでしょうが、今年の私は、それを見届ける機会に恵まれませんでした。）

［評］「朝倉」の歌詞。「朝倉《あさくら》や　木《き》の丸殿《まろどの》に　我《わ》が居《を》れば」「我《わ》が居《を》れば　名乗《なの》りをしつつや　行《ゆ》くや誰《たれ》」。天智天皇の歌として、『新古今和歌集』に収められた、「朝倉《あさくら》や木《き》の丸殿《まろどの》に我《わ》が居《を》れば名乗《なの》りをしつつ行《ゆ》くは誰《た》が子《こ》ぞ」に由来している。

21―2　藤壺の紅葉

里《さと》なりし女房《にようばう》の、藤壺《ふぢつぼ》の御前《おまへ》の紅葉《もみぢ》床《ゆか》しき由《よし》、申《まう》したりしを、散《ち》り過《す》ぎにしかば、結《むす》びたる紅葉《もみぢ》を遣《つか》はす枝《えだ》に、書《か》きて付《つ》く。

（右京大夫）吹《ふ》く風《かぜ》も枝《えだ》に長閑《のど》けき御代《みよ》なれば散《ち》らぬ紅葉《もみぢ》の色《いろ》をこそ見《み》れ

［訳］私の同僚である女房が、秋が深まる頃、しばらく里下がりしていたことがあった。彼女は、中宮様《みやさま》がお住まいの藤壺（飛香舎《ひぎょうしゃ》）の壺庭に植えてある紅葉を、とても気に入って、そのことを何度も口にしていた。けれども、彼女が里に滞在している間《あいだ》に、紅葉の盛りは過ぎ、散ってしまった。次に彼女が御所に上ってきても、紅葉の枝に、綺麗な色の葉は残っていない。そこで、精妙に作られた紅葉の人工の枝を、彼女に贈ろうということになった。その枝に、私も歌を記した紙を結び付けた。

（右京大夫）吹《ふ》く風《かぜ》も枝《えだ》に長閑《のど》けき御代《みよ》なれば散《ち》らぬ紅葉《もみぢ》の色《いろ》をこそ見《み》れ

（この紅葉の枝は、どんなに強い風が吹いても、枝から吹き飛ばされることはありません。

『論衡《ろんこう》』という古代中国の本には、「天下泰平の御代《みよ》には、五日に一日、風が吹き、十日に一日、雨が降る。風は枝を鳴らさず、雨、塊《つちくれ》を破らず」と書いてあるそうです。今は、泰平（太平）の御代《みよ》ですので、宮中では、風が枝に強く吹くことはなく、お贈りする紅葉の綺麗な葉が、枝から離れ落ちることはありません。一枝だけですが、折り取って、その紅葉をお贈りします。心ゆくまでご賞美ください。）

【評】藤原定家は、この歌を『新勅撰和歌集』に撰んでいる（「65―2」参照）。「散《ち》り過《す》ぎ」は、濁らずに「散《ち》り透《す》き」とも読める。『源氏物語』の本文でも、「ちりすぎ」「ちりすき」、清濁両方に読む説がある。

「風、枝を鳴らさず」あるいは「吹く風、枝を鳴らさず」は、途中を省略できない。『千五百番歌合』に、顕昭《けんしょう》の、「風吹《かぜふ》かぬ君《きみ》が御代《みよ》とは知《し》りながら心《こころ》と靡《なび》く青柳《あをやぎ》が花《はな》」という歌があるが、判者の評価は厳しい。「吹く風、枝を鳴らさず」とあるのが聖帝の御代《みよ》なのであって、あらゆる風が吹かないのでは困ってしまうだろう、と顕昭の歌を酷評している。

22 「六」にまつわる宮中の思い出、二つ

22―1 六条殿の女房

中宮《みや》の、六条殿《ろくでうどの》に、暫《しば》し、出《い》でさせ給《たま》ひて、入《い》らせ給《たま》ひし行啓《ぎやうけい》の出《い》だし車《ぐるま》に参《まゐ》りたりし人《ひと》の、其《そ》の夜《よ》の月《つき》面白《おもしろ》かりしを、登花殿《とうくわでん》の方《かた》などにて、人々《ひとびと》具《ぐ》して見《み》て、其《そ》の暁《あかつき》出《い》でて、翌朝《つとめて》、「昨夜《よべ》の月《つき》に、心《こころ》は、然《さ》ながら留《と》まりて」と申《まう》したりしかば。

（右京大夫）雲《くも》の上《うへ》を急《いそ》ぎ出《い》でにし月《つき》なれば外《ほか》に心《こころ》は澄《す》《住む》むと知《し》りにき

【訳】宮中の紅葉をゆかしがった女房の思い出を、書いているうちに、宮中の月を愛《め》でた女房がいたことを思い出した。

中宮様《みやさま》が、後白河院の御所である六条殿《ろくじょうどの》に、お渡りになり、しばらく滞在されていたことがあった。六条殿から宮中にお戻りになられる時に、女房たちが、華やかな衣裳の袖や裾を、牛車の外に零《こぼ》れ出させて豪華さを演出する「出《い》だし車《ぐるま》」に乗って、お供として参《さん》

内《だい》した。

その夜は、とても月が美しかった。お月様は、どこでも見られるのだから、六条殿で見る月も、宮中で見る月も、同じであるはずなのだが、彼女たちは、お后方がお使いになる登花殿《とうかでん》あたりで、皆で月を眺めて、いたく感動したらしい。

彼女たちは、その翌朝、まだ明るくならないうちに、御所を退出して、戻っていった。明るくなってから、そのうちの一人が、「もっと長く御所に留まって、格別に美しいお月様を、眺め続けたかったのですが、そういうわけには参りませず、退出しなければなりませんでした。私の身体は、六条殿に戻って来ましたが、心はまだ御所に留まっているような気がしてなりません」と、手紙で言ってきたので、次のように返事した。

(右京大夫)雲《くも》の上《うへ》を急《いそ》ぎ出《い》でにし月《つき》なれば外《ほか》に心《こころ》は澄《す》む《住む》と知《し》りにき

(あなたは、口では、もっと御所に留まって、六条殿で見上げる月とはまったく異なる御所の月を見続けていたかった、とおっしゃりながら、実際には、お月様が西空に沈むのと競うように、あなたは急いで御所を去っていきました。あなたの本心は、御所ではなく、別の所にあるのだ、と悟りました。あなたというお月様は、御所ではなく、そちらの六条殿で、心を落ちつかせて、暮らしていることでしょう。)

【評】「群書類従」は「六条殿」とあるが、その他の多くの写本は、「六波羅《ろくはら》殿《どの》」という本文になっている。「六条殿」は後白河院の御所であるが、「六波羅殿」は、中宮の父親である清盛の別邸である。後者だとすれば、右京大夫が歌を贈った女房は、後白河院に仕える女房ではなく、清盛に仕える女房だということになる。

解釈としては「六波羅殿」が本来の形だったと思われる。ただし、本書は「群書類従」の本文で解釈する方針なので、無理は承知で、「六条殿」で訳した。

22―2　六個の椋《むく》の実

兼光《かねみつ》の中納言《ちゅうなごん》の、職事《しきじ》なりし頃《ころ》、椋《むく》を六《む》つ、包《つつ》みて致《おこ》せたるに、（播磨の内侍）「如何《いか》が言《い》ふべき」と、播磨《はりま》の内侍《ないし》の言《い》はれしかば。

（右京大夫）六《むつ》の道《みち》を厭《いと》ふ心《こころ》の報《むく》い《椋・無垢》には仏《ほとけ》の国《くに》に行《ゆ》かざらめやは

【訳】「六条殿」について書いていたら、私の心の深い奥底から、「六」という数字と関わる、別の思い出が浮上してきた。

中納言の藤原兼光《かねみつ》様が、まだ、蔵人《くろうど》の職務であった頃である。播磨《はりま》の内侍《ないし》が、兼光殿から、椋《むく》の実を六つ、紙に包んで贈ってもらったことがあった。「この椋の実のお礼としては、どういう歌を詠んだらよいのかしら」と、私に相談してこられたので、私が歌を代作して差し上げた。

（右京大夫）六《むつ》の道《みち》を厭《いと》ふ心《こころ》の報《むく》い《椋・無垢》には仏《ほとけ》の国《くに》に行《ゆ》かざらめやは

（死後に成仏できない人は、地獄・餓鬼・畜生・修羅《しゅら》・人間・天上の「六道《ろくどう》」（リクドウ、とも）を輪廻《りんね》して、迷い続けると言います。私たちは、この六道を避けて、何としても、極楽に往生したいと願っています。いただいた「椋《むく》」は、「無垢《むく》」に通じています。しかも、六個ありますから、六道のそれぞれと対応しています。六個の椋の功徳《くどく》で、無垢な心を獲得すれば、それが報《むく》われて、来世ではどうして極楽往生できないことがありましょうか。）

［評］椋の実は、食べられる。工芸品としては、数珠や羽子板などに用いられる。「六道」と言えば、作者は資盛の没後に、彼の成仏を願って、六道のそれぞれにいて衆生を救う六地蔵菩薩を描いて供養している（「47―2」参照）。また、『平家物語』の巻末に置かれた「灌頂《かんじょう》の巻」の「六道之沙汰《ろくどうのさた》」では、建礼門院が生きながらにして、六道のすべてを体験したと、語られている。

23　資盛追懐

23―1　平資盛の雪の日の面影

雪《ゆき》の深《ふか》く積《つ》もりたりし朝《あした》、里《さと》にて、荒《あ》れたる庭《には》を見出《みい》だして、（右京大夫）「今日来《けふこ》む人《ひと》を」

と詠《なが》めつつ、薄柳《うすやなぎ》の衣《きぬ》、紅梅《こうばい》の薄衣《うすぎぬ》など、着《き》て居《ゐ》たりしに、枯野《かれの》の織物《おりもの》の狩衣《かりぎぬ》、蘇芳《すはう》の衣《きぬ》、紫《むらさき》の織物《おりもの》の指貫《さしぬき》着《き》て、唯《ただ》、引《ひ》き開《あ》けて、入《い》り来《き》たりし面影《おもかげ》、（右京大夫）「我《わ》が有様《ありさま》には似《に》ず、いと艶《なま》めかしく見《み》えし」など、常《つね》は忘《わす》れ難《がた》く覚《おぼ》えて、年月多《としつきおほ》く積《つ》もりぬれど、心《こころ》には近《ちか》きも、返《かへ》す返《がへ》す、難《むつか》し。

（右京大夫）年月《としつき》の積《つ》もり果《は》てても其《そ》の折《をり》の雪《ゆき》の朝《あした》は猶《なほ》ぞ恋《こひ》しき

【訳】「六《むつ》の道《みち》」と「仏《ほとけ》の国《くに》」という言葉を書いているうちに、ふと、私の心に鮮やかに浮かび上がってきた、今は亡き人の面影がある。そのお方は、戦《いくさ》を宿命づけられた武人だった。そのため、今、「仏の国」に迎え取られているかどうかは、定かではない。

それは、雪が高く降り積もった冬の日の朝だった。私は、御所から下がって、実家に滞在していた。手入れが行き届かないこともあり、冬枯れの庭は、荒寥たる光景だった。私は、寂しい気持ちで、ぼんやり眺めていた。「山里《やまざと》は雪降《ゆきふ》り積《つ》みて道《みち》も無《な》し今日来《けふこ》む人《ひと》を哀《あは》れとは見《み》む」（『拾遺和歌集』平兼盛《かねもり》）という古歌を口ずさんだりしていた。清少納言の『枕草子』にも、中宮定子と、兄の藤原伊周《これちか》が、この歌を話題にしながら、風流な会話を交わしている場面がある。

その時の私は、薄柳《うすやなぎ》（表が白、裏が青）の衣、紅梅《こうばい》（表が紅《くれない》、裏が紫）の小袿《こうちき》という、季節はずれで、まったく美意識の感じられない姿であった。

そこへ、突然、あの人が現れた。その時の資盛様は、枯野《かれの》（表が黄、裏が薄青）の紋様を織り出した狩衣《かりぎぬ》、蘇芳《すおう》（黒みがかった赤）の衣、紫の指貫《さしぬき》を着た姿で、自《みずか》ら、引き戸を開けて、私の部屋に入っていらっしゃった。その面影を見た瞬間、「私の冴《さ》えない色調の着こなしとは、似ても似つかず、とても若々しく華やかだ」などと感嘆した、その時の憧れにも似た感情が、それから何度も記憶の中で蘇り続けた。

あの時から、長い長い歳月が過ぎ、あの人の運命も激動し、悲しい最期を遂げられた。けれども、私の心の中では、資盛様は、今でも、私のすぐそばの、手を伸ばせば届く所に生きておられるように思えてしまう。そういう錯覚が、現実を受け止められない私の、よくない性格を示しているようで、我ながら嫌になる。

（右京大夫）年月《としつき》の積《つ》もり果《は》てても其《そ》の折《をり》の雪《ゆき》の朝《あした》は猶《なほ》ぞ恋《こひ》しき
（歳月がいくら積み重なって、遠い過去になっても、雪が高く降り積もった中を、私を訪《たず》ねてきてくれたあの人の朝の爽やかな姿が、今もなお恋しくてならない。）

〔評〕『建礼門院右京大夫集』の配列は、基本的に時間軸に沿っているが、時として、直前の内容からの連想で、時間軸を無視した出来事が語られることがある。ここも、時間軸が大きくぶれている。事あるごとに溢れだしてくる資盛の思い出は、『建礼門院右京大夫集』という作品の主題なのである。

23―2　花よりも儚《はかな》い人の命

山里《やまざと》なる所《ところ》に有《あ》りし折《をり》、艶《えん》なる有明《ありあけ》に起《お》き出《い》でて、前近《まへちか》き透垣《すいがい》に咲《さ》きたりし朝顔《あさがほ》を、「唯《ただ》、時《とき》の間《ま》の盛《さか》りこそ哀《あは》れなれ」とて見《み》し事《こと》も、唯今《ただいま》の心地《ここち》するを、「人《ひと》をも、花《はな》は、実《げ》に、然《さ》こそ思《おも》ひけめ。並《な》べて、儚《はかな》き例《ためし》にだに　あらざりける」など、思《おも》ひ続《つづ》けける事《こと》のみ、様々《さまざま》なり。

（右京大夫）身《み》の上《うへ》を実《げ》に知《し》らでこそ朝顔《あさがほ》の花《はな》を程無《ほどな》き物《もの》と言《い》ひけめ

（右京大夫）有明《ありあけ》の月《つき》に朝顔見《あさがほみ》し折《をり》も忘《わす》れ難《がた》きを如何《いか》で忘《わす》れむ

［訳］もう一つ、私がどうしても忘れることのできない、資盛様のお姿がある。それは、私が山里に滞在していた時である。そこにまで、資盛様が、訪ねて来てくださった。心ゆくまで二人で夜を過ごして、艶《なま》めかしい情緒を引きずったまま、有明を迎えた。寝床から起き出して、二人で庭を見出《みい》だすと、部屋のすぐ前の透垣《すいがい》に、朝顔が蔓《つる》を絡ませて咲いているのが目に入った。

その時、二人で、「この朝顔は、お日様が高く昇ったら、すぐに凋《しぼ》んでしまうんだよね」「そうですね。朝顔は儚い花です。『槿花一日の栄《きんかいちじつのえい》』とは、よく言ったものです。それに対して、私たちの愛は、永遠ですわね」などと話し合いながら、朝顔の花を憐《あわ》れんだことが、つい、昨日のような気がする。

それからまもなくして、資盛様が都落ちされ、壇ノ浦で戦死なさった。今、私が、その有明のことを思い出すと、私たち二人から憐れまれた朝顔のほうでは、私たちを見ながら、「あなたたちも、私たちと同じですよ。いや、私たちよりも儚《はかな》いのが、あなたたち人間の命ですよ」と思いながら、私たちを憐れんでいたことだろう。資盛様を始めとする平家のご一門を襲った運命の苛酷さや、資盛様を愛した私の体験した人生の儚さは、人間の長い歴史でも、めったにあるものではなかった。そのように、私は悲しく思わずにはいられない。私は、さらに深い嘆きの海の底へと、引きずり込まれてゆく。

朝顔の花と資盛様のお姿が重なり、私は歌を詠んだ。

（右京大夫）身《み》の上《うへ》を実《げ》に知《し》らでこそ朝顔《あさがほ》の花《はな》を程無《ほどな》き物《もの》と言《い》ひけめ

（私たちは、自分たちにこれから起こる悲惨な出来事を、まったく予想できなかった。だから、朝顔の花を、短い命の儚い花だ、などと言えたのであろう。）

（右京大夫）有明《ありあけ》の月《つき》に朝顔《あさがほ》見《み》し折《をり》も忘《わす》れ難《がた》きを如何《いか》で忘《わす》れむ

（有明の月のもとで、資盛様と二人で、朝顔の花を眺めた山里の朝を、私は今でも忘れることができない。どうして、忘れられようか。）

［評］「朝顔《あさがほ》を何儚《なにはかな》しと思《おも》ひけむ人《ひと》をも花《はな》は然《さ》こそ見《み》るらめ」（『拾遺和歌集』藤原道信《みちのぶ》）という歌がある。道信は、二十三歳で早世した。この歌の詠まれた経緯は、『今昔物語集』巻二十四に詳しく語られている。『小倉百人一首』には、

道信の「明《あ》けぬれば暮《く》るるものとは知《し》りながら猶恨《なほうら》めしき朝《あさ》ぼらけかな」が選ばれた。

ちなみに、平資盛は、二十五歳で没している。

24 比叡山と賀茂神社

24―1 比叡山の雪

兄人《せうと》なりし法師《ほふし》の、殊《こと》に頼《たの》みたりしが、山深《やまふか》く行《おこな》ひて、都《みやこ》へも出《い》でざりし頃《ころ》、雪《ゆき》の降《ふ》りしに。

（右京大夫）如何許《いかばか》り山路《やまぢ》の雪《ゆき》の深《ふか》からむ都《みやこ》の空《そら》も掻《か》き暗《くら》す頃《ころ》

【訳】　先ほど、「山里」の思い出を書き記した。その連想で、私は、「山＝比叡山」の延暦寺に籠《こ》もっていた兄のことを思い出した。

兄の法名は、尊円《そんえん》と言う。その尊円法師を、私は兄弟の中でも特に精神的に頼っていた。

その兄が、長い「山籠《やまご》もり」に入り、都に顔を出すことも絶えていた時期があった。

その頃に、平地である都でも、雪が降ったので、山籠もりしている兄を思って、詠んだ歌がある。


（右京大夫）如何《いか》許《ばか》り山路《やまち》の雪の深《ふか》からむ都《みやこ》の空《そら》も掻《か》き暗《くら》す頃《ころ》

（私が暮らしている都では、空を真っ暗に閉ざして、雪が降っています。都よりはるかに高度の高い比叡山では、どんなにか雪が高く降り積もっていることでしょうか。早く、お兄様と会いたいです。）

【評】　右京大夫は、比叡山の慈円《じえん》の僧坊に、兄の尊円と共に同居していたこともあったとされる。慈円は、天台座主《てんだいざす》を務め、歌人でもあり、歴史評論書『愚管抄《ぐかんしょう》』の著者でもある。

24—2　賀茂神社の霜

冬《ふゆ》の夜《よ》、月明《つきあ》かきに、賀茂《かも》に詣《まう》でて。

（右京大夫）神垣《かみがき》や松《まつ》の嵐《あらし》も音冴《おとさ》えて霜《しも》に霜置《しもお》く冬《ふゆ》の夜《よ》の月《つき》

［訳］　比叡山延暦寺からの連想で、賀茂神社を。

これも冬の思い出だが、夜に賀茂神社に詣でたことがあった。その時、冬の月が、ぞっとするほど美しく感じられたので、詠んだ歌がある。

（右京大夫）神垣《かみがき》や松《まつ》の嵐《あらし》も音冴《おとさ》えて霜《しも》に霜置《しもお》く冬《ふゆ》の夜《よ》の月《つき》

（今は冬の深夜。賀茂神社の神域では、古松《こしょう》の枝を鳴らす嵐の音が、蕭蕭《しょうしょう》と響いている。地上に真っ白に降り敷いた霜の上に、さらに新しい白い霜の層が加わった。と見えたものは、霜の表面を、冬の月光が白く照らしだしているのだった。）

［評］　十二月《しわす》の月夜は、古来、「凄《すさ》まじき物《もの》」（殺風景な物、興醒《きょうざ》めな物）の筆頭

に挙げられてきた。ただし、『源氏物語』朝顔の巻などで、冬の月の美が高く称揚されている。なお、『源氏物語』の室町時代の注釈書には、『枕草子』に、「凄まじき物」として「十二月《しわす》の月夜《つきよ》」が書かれていると指摘しているが、現行の『枕草子』には見られない。

25 平資盛との恋の悩み

25―1 出会う以前に戻れたら

人《ひと》の心《こころ》の、思《おも》ふ様《やう》にも無《な》かりしかば、「すべて、知《し》られず知《し》らぬ昔《むかし》に、成《な》し果《は》ててあらむ」など思《おも》ひし頃《ころ》。

（右京大夫）常《つね》よりも面影《おもかげ》に立《た》つ夕《ゆふ》べかな今《いま》や限《かぎ》りと思《おも》ひ成《な》るにも

（右京大夫）縦然《よしさ》らば然《さ》て止《や》まばやと思《おも》ふより心弱《こころよわ》さの又増《またま》さるかな

【訳】　資盛様との恋の思い出は、とにかく「苦しかった」という記憶ばかりである。結ばれてから少し経《た》つと、あの人は、足繁《あししげ》くは通ってきてくれなくなった。私は、「今宵は来てくれるだろう」という期待が裏切られ続けたので、とうとう、「あの人が私を知らず、私もあの人のことを知らないでいた昔に帰りたい」と思ったことがある。西行法師の「疎《うと》くなる人《ひと》を何《なに》とて恨《うら》むらむ知《し》られず知《し》らぬ折《をり》も有《あ》りしに」という歌の通りである。だが、あの人のことを忘れてしまうのは、困難だった。そのことを詠んだ、その頃の私の歌がある。

（右京大夫）常《つね》よりも面影《おもかげ》に立《た》つ夕《ゆふ》べかな今《いま》や限《かぎ》りと思《おも》ひ成《な》るにも

（資盛様との関係を解消し、もう二度と逢うことはすまい、と強く決心した日に限って、あの人が稀《まれ》に訪れることが、何度かあった。だから、寂しい夕方になると、あの人の面影が何度も私の心に浮かび上がってくるのだろう。）

（右京大夫）縦《よし》然《さ》らば然《さ》て止《や》まばやと思《おも》ふより心弱《こころよわ》さの又《また》増《ま》さるかな

（ええい、ままよ、こんな宙ぶらりんな関係がこれからも続くのならば、今の段階で、あの人との関係を断ち切ってしまおう。などと強く思い切った次の瞬間には、早くも、「私に断ち切れるかしら。来てくれたら、逢ってしまうだろう」などと、気弱なことを考えてしまう私なのだった。）

［評］西行の歌は、第五句を「折《をり》も有《あ》りしを」とする本文もある。

25―2 月を見て

同《おな》じ事《こと》を、とかく思《おも》ひて、月《つき》の明《あ》かき夜《よ》、端《はし》つ方《かた》に眺《なが》め出《い》だしたるに、「叢雲《むらくも》晴《は》るるにや」と、見《み》ゆるにも。

（右京大夫）見《み》るままに雲《くも》は晴《は》れ行《ゆ》く月影《つきかげ》も心《こころ》に掛《か》かる人故《ひとゆゑ》に猶《なほ》

［訳］その頃の私は、資盛様との関係を断ち切ろうと思いつつも、きっぱりとは断ち切れないで、悩み続けていた。ある晩のこと、月がとても明るく照っていた。部屋の端《はし》から、

空の様子を眺めていると、「月に叢雲《むらくも》」とやらで、あいにくの雲が懸かり、月が見えなくなった。けれども、まもなく、雲は晴れてゆき、再び月の顔が見え始めた。それを見ながら、私は次のように口ずさんだ。

（右京大夫）見《み》るままに雲《くも》は晴《は》れ行《ゆ》く月影《つきかげ》も心《こころ》に掛《か》かる人故《ひとゆゑ》に猶《なほ》

（美しい月を隠している雲も、ずっとそこに留まっていずに、しばらくすると遠のき、曇りのない月の光が現れる。それでは、私の心は、どうだろう。悩みを知らなかった頃の私は、毎日が楽しかった。けれども、あの人と逢うようになって、私の心は暗雲で覆われた。こちらの暗雲は、私があの人のことを思っている間《あいだ》は、なぜか消え失せることがない。）

【評】「叢雲《むらくも》晴《は》るるにや」という表現と類似する歌がある。『千五百番歌合』で、丹後が詠んだ、「秋風《あきかぜ》に叢雲《むらくも》晴《は》るる月見《つきみ》れば心《こころ》の中《うち》も涼《すず》しかりけり」である。『千五百番歌合』の歌が詠まれたのは、建仁元年（一二〇一）である。

25―3　色も香も褪せた縹《はなだ》の枕紙

いと久《ひさ》しく訪《おとづ》れざりし頃《ころ》、夜深《よぶか》く寝覚《ねざ》めて、とかく物《もの》を思《おも》ふに、覚《おぼ》えず、涙《なみだ》や零《こぼ》れにけむ、翌朝《つとめて》見《み》れば、縹《はなだ》の薄様《うすやう》の枕《まくら》、殊《こと》の外《ほか》に返《かへ》りたれば。

（右京大夫）移《うつ》り香《が》も落《お》つる涙《なみだ》に濯《すす》がれて形見《かたみ》にすべき色《いろ》だにも無《な》し

［訳］　資盛様の訪れが、しばらく絶えていた頃があった。私には、眠れない夜が続いていた。ある晩、夜が更《ふ》けてから目が覚めた。寝付けないまま、さまざまなことを思い悩むのだった。自分では、自覚もないのだけれども、無意識のうちに、涙が零《こぼ》れていたのだろう。翌朝、起きてから自分の枕元を見て驚いた。枕紙として縹《はなだ》色の薄い紙を使っていたのだが、色の褪《あ》せやすい縹が、私の涙でにじみ、すっかり色褪《あ》せていたのだった。こんなことは想像もしていなかった。枕紙が変色することも、私がここまで涙を流せる女であったことも。

（右京大夫）移《うつ》り香《が》も落《お》つる涙《なみだ》に濯《すす》がれて形見《かたみ》にすべき色《いろ》だにも無《な》し

（あの人の最後の訪れから、だいぶ時が経《た》ったので、この枕には、あの人の髪から移った残り香が、わずかしか残っていない。それすら、私の零《こぼ》した涙で洗い流されたかのように、消え失せた。それに、枕を包んでいた縹色の紙も、私の涙でにじんで色褪せてしまった。もう、あの人をしのぶよすがは、何も残っていない。）

【評】「覚《おぼ》えず、涙《なみだ》や零《こぼ》れにけむ」の部分は、『源氏物語』に見られる「草子《そうし》地《じ》」（語り手のコメント）の文体である。右京大夫が『源氏物語』を読み込んでいることが、ここからもわかる。

なお、縹《はなだ》（「月草＝露草」で染める）色は、「徒《あだ》なる色」とされ、「月草」は、男の愛の移り気の象徴とされてきた。中でも、『源氏物語』宇治十帖の匂宮である。ところが、ここでは、女の涙で縹の「色が返る＝変色する、色が薄れる」ことが詠まれているので、珍しい趣向である。

26　中宮への宮仕えを辞《じ》して

26―1　月のような建礼門院

心《こころ》ならず、中宮《みや》に参《まゐ》らず成《な》りし頃《ころ》、例《れい》の、月《つき》を眺《なが》めて明《あ》かすに、見《み》ても飽《あ》かざりし御面《おんおも》影《かげ》の、「あさましく、斯《か》くても経《へ》にけり」と、掻《か》き暗《くら》し、恋《こひ》しく思《おも》ひ参《まゐ》らせて。

（右京大夫）恋《こ》ひ侘《わ》ぶる心《こころ》を闇《やみ》に暗《くら》させて秋《あき》の深山《みやま》《宮》に月《つき》は澄《す》む《住む》らむ

【訳】　私は、不本意ではあったけれども、建礼門院様への宮仕えを辞《や》めることになった。治承二年（一一七八）の秋のことだった。私が女房として、宮廷を間近に見られたのは、およそ五年間だった。

そうなると、私は、月を見ながら物思いにふけるのが、日課になった。美しい月を見ていると、何度拝見しても、もっと見ていたいと思わずにはいられなかった中宮様《みやさま》のご尊顔を、思い出してしまう。「宮仕えしていた頃には、中宮様《みやさま》のお顔を拝見しないでは、一日たりとも生きていられないと思っていたけれども、お会いできなくなっても、こんなふうに私は生きていられるのだな。呆《あき》れてしまう」などと思うと、心の中が真っ暗になる。心の闇を明るくして下さる中宮様《みやさま》の面影が、恋しくてならなかった。

（右京大夫）恋《こ》ひ侘《わ》ぶる心《こころ》を闇《やみ》に暗《くら》させて秋《あき》の深山《みやま》《宮》に月《つき》は澄《す》む《住む》らむ

（人が月を見ながら、「明るい光で、自分の心の闇を照らして、明るくしてほしい」と願って、どんなに月を恋い慕っても、人の思いは月には届かない。月は、嘆いている人の心を、闇のように暗い状態で放置する。そして、人の暮らしていない秋の山奥に、澄み切った光を注ぐのだ。私は今、「秋の宮」とも呼ばれる中宮《ちゅうぐう》であられる建礼門院様を懐かしく思い出しているが、私の思いが中宮様《みやさま》に届くはずはなく、今頃は宮中でにこにこと笑いながら過ごしておられることだろう。）

【評】　和歌の第三句「暗《くら》させて」を、「暗《くら》ませて」とする本文がある。「暗《くら》させて」という表現が、あまり和歌的ではないからだろう。かと言って、「暗《くら》ます」という言葉を和歌で用いた例も、見つからない。

なお、「秋《あき》の宮《みや》」は中宮のこと。「秋宮《しゅうきゅう》」「長秋宮《ちょうしゅうきゅう》」とも言う。藤原俊成の家集を『長秋詠藻《ちょうしゅうえいそう》』と称するのは、俊成が皇太后宮大夫《こうたいこうぐうだいぶ》であったことに因んでいる。

対する「春《はる》の宮《みや》」は、東宮《とうぐう》（次期天皇）のことである。

26―2　消えた琴の音

其《そ》の頃《ころ》、塵積《ちりつ》もりたる琴《こと》を、「如何《いか》で、多《おほ》くの月日《つきひ》経《へ》にけり」と見《み》るにも、哀《あは》れにて。

中宮《みや》にて、常《つね》は、近く候《さぶら》ふ人《ひと》の笛《ふえ》に合《あ》はせなど、遊《あそ》びし事《こと》、いみじく恋《こひ》し。

（右京大夫）折々《をりをり》の其《そ》の笛竹《ふえたけ》の音絶《おとた》えて遊《すさ》びし琴《こと》《事》の行方《ゆくへ》知《し》られず

［訳］　宮仕えを辞《じ》してから暫くは、中宮様《みやさま》を中心として繰り広げられていた華やかな宮廷絵巻の一齣《ひとこま》一齣が、むしょうに懐《なつ》かしくて仕方なかった。

ある日、我が家で、琴が目に入った。しばらく手にしていないので、塵がうっすら積もっていた。「宮仕えしなくなってから、こんなにも永いこと、大好きな琴にも手を触れないで、どうやって私は過ごしてきたのだろうか」と思うと、胸の奥からこみ上げてくる感情があった。

中宮様《みやさま》にお仕えしていた頃は、いつも、お近くに伺候している殿上人の吹き立てる笛の音に合わせるために、私の琴が所望されて、楽しい管絃の遊びが催されたものだった。そんな日々が、恋しく思われる。

（右京大夫）折々《をりをり》の其《そ》の笛竹《ふえたけ》の音絶《おとた》えて遊《すさ》びし琴《こと》（事）の行方《ゆくへ》知《し》られず

（中宮様《みやさま》の周りでは、四季折々、事あるごとに管絃の遊びがあった。殿方たちは、見事な笛の音を響かせる。その素晴らしい笛の音は、今はもう、今の私には聞こえない。笛に合わせて、私が掻き鳴らした琴の音《ね》も、今は、いったいどこに消えていったのだろう。空のかなた、いや、時空の裂け目の中に吸い込まれていったのか。目の前に、琴はあるが、埃《ほこり》をかぶっていて、これがあの時に中宮様《みやさま》のお耳に入れた音を掻き鳴らしたのと同じ琴だとは、とても思えない。）

［評］「如何《いか》で、多《おほ》くの月日《つきひ》経《へ》にけり」の部分を、「弾《ひ》かで、多《おほ》くの月日《つきひ》経《へ》

にけり」とする写本が多い。その場合には、「この琴を弾《ひ》かなくなってから、久しい」という意味になる。「如何《いか》で、多《おほ》くの月日《つきひ》経《へ》にけり」のままでも、どうやって、琴を弾かずに、多くの月日を経てきたのだろうか、という意味になり、意味は通じる。

26—3　建礼門院の出産の噂

中宮《みや》の御産《ごさん》など、めでたく聞《き》き参《まゐ》らせしにも、唯《ただ》、涙《なみだ》を友《とも》にて過《す》ぐるに、皇子《みこ》生《む》まれさせ御座《おは》しまして、「春宮立《とうぐうだ》ち」など聞《き》こえしにも、思《おも》ひ続《つづ》けられし。

（右京大夫）雲《くも》の外《よそ》に聞《き》くぞ悲《かな》しき昔《むかし》ならば立《た》ち交《ま》じらまし春《はる》の都《みやこ》を　春の宮

［訳］　私が宮仕えを辞した治承二年（一一七八）の十一月十二日、中宮様《みやさま》がめでたく男親王《おとこみこ》を出産あそばした。

中宮様《みやさま》のご懐妊の噂を、私が耳にしたのは、この年の六月に、中宮様《みやさま》の安産をお祈りするために、平重衡様《しげひら》が平家ゆかりの厳島神社《いつくしま》に遣わされた頃である。中宮様《みやさま》が入内《じゅだい》されたのは、承安元年（一一七一）だったので、七年間、待ちに待った皇子の誕生だった。

この慶事があった頃の私は、さまざまに悩むことが多く、涙だけを唯一の友として暮らしていた。そんな私の悲しみをよそに、世間では、お生まれになった皇子（言仁親王《ときひと》）が十二月十五日に春宮《とうぐう》（東宮）となられる立太子《りったいし》（立坊《りつぼう》）の儀式が執《と》り行われるという話題で持ちきりだった。

華やかな光に満ちた宮中の世界は、今の私には無縁の世界である。そんなことを考えているうちに、新しい年になった。春になっても、私の心は冬のままである。

（右京大夫）雲《くも》の外《よそ》に聞《き》くぞ悲《かな》しき昔《むかし》ならば立《た》ち交《ま》じらまし春《はる》の都《みやこ》を

（宮中での宮仕えを辞《や》めた私は、まさに「雲の上」で起きている慶事を、噂で耳にするだけであるのが、悲しい。昔と同じように、私が中宮様《みやさま》に女房としてお仕えしているのならば、このたびの皇子様の誕生や、春宮《とうぐう》としてお立ちになる立太子の儀式に、裏方として忙しくご奉仕できたであろうに。）

［評］「秋の宮」が、「春の宮」を出産した。天皇家の系図である『本朝皇胤《ほんちょうこういん》紹運録《じょううんろく》』には、高倉院の子として、男子四人、女子三人が記載されている。建礼門院の生んだ子は、安徳天皇一人である。

和歌の三句目は「昔《むかし》ならば」と字余りになっていて、珍しい。

26—4　宮中の神楽の思い出

隣《となり》に、「庭燎《にはび》」の笛《ふえ》の音《おと》するにも、年々《としどし》、内侍所《ないしどころ》の御神楽《みかぐら》に、維盛《これもり》の少将《せうしやう》、泰通《やすみち》の中将《ちゆうじやう》などの、面白《おもしろ》かりし音《ね》ども、先《ま》づ、思《おも》ひ出《い》でらる。

（右京大夫）聞《き》くからにいとど昔《むかし》の恋《こ》ひしくて庭燎《にはび》の笛《ふえ》の音《ね》にぞ泣《な》きぬる

［訳］私の母は、楽人の家に育ったので、音楽に造詣が深かった。私も人並みに箏《そう》の琴《こと》を奏でるし、笛の音の良《よ》し悪《あ》しを聞き分ける耳を持っているつもりである。

隣の家から、神楽《かぐら》の際に演奏する笛の音が聞こえてきた。あの曲は「庭燎《にわび》」。「深山《みやま》には霰《あられ》降《ふ》るらし外山《とやま》なる真拆《まさき》の葛色付《かづらいろづ》きにけり」という歌詞である。

その笛の音を聞いていると、私は毎年十二月に、「三種の神器」の一つである宝鏡が安置されている宮中の内侍所《ないしどころ》で、神楽が催されることを思い出した。その場で、平維盛《これもり》様や藤原泰通《やすみち》様たちが、素晴らしい音色で、笛を吹き澄ましていた、その姿が瞼に浮かんだ。加えて、彼らが奏でる笛の音色が、私の耳の奥で今も鳴り渡っているように感じられた。

（右京大夫）聞《き》くからにいとど昔《むかし》の恋《こ》ひしくて庭燎《にはび》の笛《ふえ》の音《ね》にぞ泣《な》きぬる

（隣の家から聞こえてくる「庭燎《にわび》」の笛の音を聞くと、昔、宮中で見聞した神楽歌《かぐらうた》の素晴らしさが蘇ってくる。ただでさえ恋しい、宮中での日々が、隣家の笛によってさらに大きくなってゆく。思わず、懐旧の涙が溢《あふ》れたことだ。）

【評】『文選《もんぜん》』に、「竹林《ちくりん》の七賢」の一人・向子期《しょうしき》（向秀《しょうしゅう》）の「思旧賦《しきゅうのふ》一首　並《ならびに》序《じょ》」が載る。親友の笛の音を思い出し、懐旧の念に浸るという内容である。その詩に、「隣人、笛を吹く者有り」とある。これは、『源氏物語』少女《おとめ》の巻の、「笛《ふえ》の音《ね》にも、古事《ふること》は伝《つた》はるものなり」という文章に関して、『河海抄《かかいしょう》』以来、指摘されてきた漢詩でもある。右京大夫は、『源氏物語』経由で、この漢詩を知ったのだろうか。

27　途絶えゆく人間関係

27―1　流されて行く人

朝廷《おほやけ》の御畏《おんかしこ》まりにて、遠《とほ》く行《ゆ》く人《ひと》、「其処其処《そこそこ》に、昨夜《よべ》は泊《と》まる」など聞《き》きしかば、其《そ》の縁《ゆかり》有《あ》る人《ひと》の許《もと》へ。

（右京大夫）臥《ふ》し馴《な》れぬ野路《のち》の篠原《しのはら》如何《いか》ならむ思《おも》ひ遣《や》るだに露《つゆ》けきものを

［訳］ ここでは名前は挙げないが、朝廷から断罪されて、遠くの土地へ流されて行く人がいた。その人に関しては、「昨夜は、どこそこに泊《と》まったようだ」などという噂を、耳

にする。流される人の親族は、私もよく知っている人だったので、慰めと励ましの歌を贈った。

（右京大夫）臥《ふ》し馴《な》れぬ野路《のち》の篠原《しのはら》如何《いか》ならむ思《おも》ひ遣《や》るだに露《つゆ》けきものを

（過酷な運命によって、都を逐《お》われ、厳しい監視のもとで、見知らぬ土地まで旅をなさるのは、どんなにお辛《つら》いことでしょう。特に、配所に到着するまでの途中では、都で臥し慣れた夜具ではなく、茫漠とした草原で、粗末な寝具で草枕を結ぶ切なさは、いかばかりかと存じます。思いやっている私ですら、篠原に露がびっしり置くように、涙で濡れているのですから、お身内の方や、ご当人は、いかばかり涙が溢れていることでしょう。）

［評］　この流罪になった人が誰であるかは、不明である。「野路《のち》の篠原《しのはら》」は普通名詞でもあるが、固有名詞と取れば、近江の国の野路《のじ》（現在の草津市）である。「20―3」の藤原成親ならば、西へ向かっているから、近江の国を通ることはない。

時代的には後になるが、阿仏尼も『十六夜《いざよい》日記』で、鎌倉に下向する途中、近江の野路の寂しさを歌っている。

27—2 出家した人の約束違反

知《し》りたる人《ひと》の、様変《さまか》へたるが、「来《こ》む」と言《い》ひて、音《おと》もせぬに。

（右京大夫）頼《たの》めつつ来《こ》ぬ偽《いつは》りの積《つ》もるかな真《まこと》の道《みち》に入《い》りし人《ひと》さへ

［訳］　私の知人が、出家した。その人と会って、いろいろ話したいことがあるので、その旨を告げると、「私のほうから、会いに来ましょう」と言うばかりで、一向にやって来る気配がない。「来られない」という手紙すらない。そこで、催促する歌を送りつけた。

（右京大夫）頼《たの》めつつ来《こ》ぬ偽《いつは》りの積《つ》もるかな真《まこと》の道《みち》に入《い》りし人《ひと》さへ

（ほかならぬあなたの言葉ですから、私は信用していました。すぐにでも来てくださると思っていたのに、裏切られました。いったい、何度、「会いに行きますから」という言葉を聞いたことでしょう。その都度、私はあなたの不誠実に裏切られました。あなたは出家して、御仏《みほとけ》にお仕えし、「まことの道」を求めているのではないですか。約束を守らないようでは、「まこと」は得られませんよ。）

［評］『古今和歌集』に、凡河内躬恒《おおしこうちのみつね》の「頼《たの》めつつ逢《あ》はで年経《としふ》る偽《いつは》りに懲《こ》りぬ心《こころ》を人《ひと》は知《し》らなむ」という歌があり、右京大夫の歌と類似している。躬恒の歌では、女が、男の恋人の偽りを恨んでいる。それに対して、右京大夫は、同性の人の「偽り」を恨んでいるように思われる。

27—3　月ばかりが来て、人は来ない

炭櫃《すびつ》の傍《はた》に、「こもき」に水《みづ》の入《い》りたるが、有《あ》りけるに、月《つき》の差《さ》し入《い》りて、映《うつ》りたる。理無《わりな》くて。

（右京大夫）珍《めづら》しや坏《つき》に月《つき》こそ宿《やど》りぬれ雲居《くもゐ》の空《そら》に立《た》ちな隠《かく》しそ

［訳］「まこと」の道に生きる知人ですら、私を見捨てて訪問しないくらいだから、もともと「偽り」の多かった恋人が、我が家に足を運んでくれるはずはない。炭櫃《すびつ》（囲炉裏）の近くに、水の入った「こもき」（小さな器）を置いていたのだが、ふと、見ると、そこに月の光が差し込んできて、月が映《うつ》っているではないか。こんな部屋の奥まで、期待してもいない月がやって来ているというのに、これほど待ち焦がれているあの人は、まったく足を運んでくれない。何とも、やりきれなくなった。

（右京大夫）珍《めづら》しや坏《つき》に月《つき》こそ宿《やど》りぬれ雲居《くもゐ》の空《そら》に立《た》ちな隠《かく》しそ

（何という不思議なことだろうか。つき（坏）の中につき（月）が宿っている。けれども、私にとっては月のような、あの人は、この部屋に入ってくる気配がない。あの人は、大空のどこかで、雲の中に隠れてしまい、こちらに顔を見せてくれないのだ。あの人の訪れを妨げている障害物よ、さっさと無くなってしまいなさい。）

［評］「群書類従」の「こもき」のままでは、意味が通らない。他の写本では、「ここき」「ごき」などとあり、「小御器《こごき》」「御器《ごき》」の意味であろうと推測できる。歌の「雲居《くもゐ》の空《そら》に立《た》ちな隠《かく》しそ」の部分には、「雲居の空よ」「雲居の雲よ」という本文もある。「雲居の雲よ」の場合には、稚拙とも見える「雲」の繰り返しを、あえて用いた、ということになる。

この歌は、ユーモラスな歌、つまり、誹諧歌《はいかいか》と受け止めてよいのではないか。作者は、常にしかつめらしい顔をしているのではなく、茶目っ気たっぷりな一面もあった。

28　平資盛との関係を反芻《はんすう》する

28—1　愛情と友情は、どちらが強いか

「何事《なにごと》も、隔《へだ》て無《な》く」と申《まう》し契《ちぎ》りたりし人《ひと》の許《もと》へ、思《おも》ひの外《ほか》に、身《み》の思《おも》ひ添《そ》ひて後《のち》、さすがに、「斯《か》くこそ」とも、又《また》、聞《き》こえ難《にく》きを、「如何《いか》に、聞《き》き給《たま》ふらむ」と覚《おぼ》えしかば。

（右京大夫）夏衣《なつごろも》偏《ひと》へ《単衣(ひとへ)》に頼《たの》む甲斐《かひ》も無《な》く隔《へだ》てけりとは思《おも》はざらなむ

（右京大夫）前《さき》の世《よ》の契《ちぎ》りに負《ま》くる習《なら》ひをも君《きみ》は然《さ》りとも思《おも》ひ知《し》るらむ

［訳］　宮仕えを辞して里に引き籠《こ》もってからというもの、時間だけはたっぷりあるので、物を思うのが習慣になった。あの人との関係も、そもそもの馴《な》れ初《そ》めの時点まで遡《さかのぼ》って、あれやこれやと考えてしまいがちである。

あの人とのお付き合いが始まった頃、私には何一つ隠し事をせずに、話し合うことにしていた、同性の友だちがいた。二人は、「私たちの間では、秘密は何一つ無いようにしま

しょう」と固く約束し合っていたのだけれども、私が資盛様とのことで思い悩むようになってからは、さすがに、そうもいかなくなった。

私は、そのことを、いたく気に病んだ。「こういう理由で、私は今、悩んでいるのよ」と、彼女にすべてをさらけ出すのは、さすがに事情が事情だから、言いにくい。「あの人が、私に関して、資盛様と深い仲になったらしいという噂を耳にしたら、『何だ。あの女は、結局、秘密にしておきたかったのだ』と、私のことを友だち甲斐《がい》のない女だと落胆するだろう」と思うと、少しは弁解したくなって、歌を詠んだ。この歌を詠んだのは、夏のことだった。

(右京大夫)夏衣《なつごろも》偏《ひと》へ《単衣(ひとへ)》に頼《たの》む甲斐《かひ》も無《な》く隔《へだ》てけりとは思《おも》はざらなむ

(今は夏。私たちは、薄《うす》い「単衣《ひとえ》」を来て、毎日の暑さを何とか、やり過ごしています。私たち二人は、互いの心を「ひとえに＝ひたすら」、信じ合って、生きてきました。けれども、今度の件では、さすがに、私もあなたに言い出しにくいことがあったのです。よほどのことだと思って、許してください。私があなたのことを無視している、などとは思わないでくださいね。)

(右京大夫)前《さき》の世《よ》の契《ちぎ》りに負《ま》くる習《なら》ひをも君《きみ》は然《さ》りとも思《おも》ひ知《し》るらむ

（あなたにも、これまで、恋愛体験の一つや二つは、おありになったでしょう。そのすべてを、私に包み隠さずに話してくださいましたか。そうでは、ないでしょう。ならば、前世からの深い因縁で、つまり運命の「赤い糸」で結ばれていた私と資盛様との愛情が、あなたとの友情を上回ってしまった理由も、同じ女性としてご理解いただけますよね。）

［評］ 相手も、宮中で宮仕えをしていて、貴公子たちに言い寄られる機会の多い、女房仲間だったのであろうか。二首目の歌の「君《きみ》は然《さ》りとも」を、「君《きみ》はさすがに」とする写本がある。

28―2 永遠に秘密にしておきたかった

初《はじ》めつ方《かた》は、並《な》べて有《あ》る事《こと》とも覚《おぼ》えず、いみじく、物《もの》の慎《つつ》ましくて、朝夕《あさゆふ》見交《みか》はす傍《かたへ》の人々《ひとびと》も、増《ま》して、男達《をとこたち》も、「知《し》られなば、如何《いか》に」とのみ、悲《かな》しく覚《おぼ》えしかば、手習《てなら》ひにせられし。

（右京大夫）散《ち》らすなよ散《ち》らさば如何《いか》に辛《つら》からむ信夫《しのぶ》の里《さと》に忍《しの》ぶ言《こと》の葉《は》

（右京大夫）恋路《こひぢ》泥（こひぢ）には迷《まよ》ひ入《い》らじと思《おも》ひしを憂《う》き埿（うき）契《ちぎ》りにも引《ひ》かれぬるかな

（右京大夫）幾代《いくよ》しも有《あ》らじと思《おも》ふ方《かた》にのみ慰《なぐさ》むれども猶《なほ》ぞ恋《こひ》しき

［訳］　権力の絶頂にある平清盛様の孫に当たる資盛様と、中宮様《みやさま》にお仕えする女房である私との恋が始まった当初は、「自分は、これまで、この世に生まれた女性たちが体験したことのない、特別な恋愛をしている」という昂揚感に包まれていた。だからこそ、他人には、私たちの恋を知られたくなかった。

御所で勤める女房であるからには、どうしても顔を合わせて、話をしなければならない殿方《とのがた》がたくさんいる。彼らに、私の身に起こった変化を察知されたら、どうしようと、そればかりを心配していた。

同僚の女房たちとは、朝から夕方まで、しょっちゅう合っているから、要注意である。

ただし、私は、「殿方たちに知られたら、困ったことになるだろう」とまで、思い詰めていた。その心境を一言で言えば、「悲しい」である。男の人と結ばれて「悲しい」と思う自分の定めが、悲しかった。

そんな時に、手習《てならい》のようにして、心の底から湧き上がってきた歌が、何首かある。

(右京大夫)散《ち》らすなよ散《ち》らさば如何《いか》に辛《つら》からむ信夫《しのぶ》の里《さと》に忍《しの》ぶ言《こと》の葉《は》

(資盛様、私があなたに書いた手紙を、絶対にほかの人に見せたりしては、いけませんよ。風に木の葉が散るように、あなたの軽率な心で、私の言葉が外部に散ったならば、私は困ってしまいます。恋の始まりは、『伊勢物語』以来、歌枕の「信夫《しのぶ》の里《さと》」を用いて表現されますが、私の「忍ぶ心」は、二人だけの心の中に秘めておきましょうね。)

(右京大夫)恋路《こひち》《泥(こひち)》には迷《まよ》ひ入《い》らじと思《おも》ひしを憂《う》《埿(うき)》き契《ちぎ》りにも引《ひ》かれぬるかな

(私は、華やかな宮中で宮仕えをしても、宮中に出入りする殿方との恋路《こいじ》に足を踏み入れることはすまい、と固く心に決めていた。ところが、私には生まれる前から決まっていた辛い運命があったと見える。「埿《うき》」、すなわち泥沼に塡《は》まったかのように、資盛様との恋の深みに塡《は》まり、「泥《こひじ》」にまみれてしまったのだ。あの人と結ばれる前の綺麗な私の心は、どこへ行ってしまったのか。)

(右京大夫)幾代《いくよ》しも有《あ》らじと思《おも》ふ方《かた》にのみ慰《なぐさ》むれども猶《なほ》ぞ恋《こひ》しき

（人間の命には限りがあるというのに、せっかくの短い人生を、どうして恋ゆえに苦しまなければならないのだろうか。短い人生が、あっという間《ま》に尽きたら、この恋の苦しみも終わる。そう思って、自分を慰めようとするのだが、やはり、あの人の恋しさが心から消えて無くなることはない。）

［評］　一首目の和歌の「信夫《しのぶ》の里《さと》に」を、「信夫《しのぶ》の山《やま》に」とする本文がある。また、三首目の和歌の「猶《なほ》ぞ恋《こひ》しき」を、「猶《なほ》ぞ悲《かな》しき」とする本文もある。「群書類従」でも「悲しき」という有力な異文があることを傍記している。『伊勢物語』の第一段には、「陸奥《みちのく》の信夫《しのぶ》文字《もじ》摺《ず》り」、第十五段には「信夫山《しのぶやま》」が歌われている。

三首目は、「幾代《いくよ》しも有《あ》らじ我《わ》が身《み》を何《な》ぞも斯《か》く海人《あま》の刈《か》る藻《も》に思《おも》ひ乱《みだ》るる」（『古今和歌集』、読み人知らず）の本歌取りでもある。

29 藤原隆信という男

29—1 隆信との出会い

其《そ》の上《かみ》、思《おも》ひ掛《か》けぬ所《ところ》にて、「世人《よひと》よりも、色好《いろこの》む」と聞《き》きし人《ひと》、由有《よしあ》る様《さま》どもの物語《ものがたり》（由有《よしあ》る尼《あま》と物語《ものがたり》）しつつ、夜《よ》も更《ふ》けぬるに、近《ちか》く有《あ》る気配《けはひ》、著《しる》かりけるにや。

頃《ころ》は、卯月《うづき》の十日《とをか》なりけるに、（隆信）「月《つき》の光《ひかり》も、ほのぼのにて、気色《けしき》も見《み》じ」など言《い》ひて、人《ひと》に伝《つた》へて。

其《そ》の男《をとこ》は、何某《なにがし》の宰相中将《さいしやうちゆうじやう》とぞ。

（隆信）思《おも》ひ分《わ》く方《かた》《潟》も渚《なぎさ》《無》に寄《よ》る波《なみ》のいと斯《か》く《掛く》袖《そで》を濡《ぬ》らすべしやは

と申《まう》したりし。返り事《ごと》。

（右京大夫）思《おも》ひ分《わ》かで何《なに》と渚《なぎさ》《無》の波《なみ》ならば濡《ぬ》るらむ袖《そで》の故《ゆゑ》も有《あ》らじを

（右京大夫）藻塩汲《もしほく》む海人《あま》《尼》の袖《そで》にぞ沖《おき》つ波心《なみこころ》を寄《よ》せて砕《くだ》くとは見《み》し

又《また》、返《かへ》し。

（隆信）君《きみ》にのみ分きて心《こころ》の寄る波《なみ》は海人《あま》《尼》の磯屋《いそや》に立《た》ちも止《と》まらず

【訳】これまで、資盛様との関係の始まりを思い出していたのには、わけがある。その後、私は資盛様以外の男性とも、深い関わりを持つことになったからである。これもまた、私の辛《つら》い運命であった。その男との関係の始まりを、思い出してみよう。私が二人の男性を意識したのは、ほぼ同じ時期だった。

時は、「昔」、ということにしておく。こんな場所で男女の出会いがあろうとは、まったく予想も付かない、ある所が舞台である。「世間一般の男よりは、色を好んでいる」と噂されている男がいた。名前は、藤原隆信《たかのぶ》という。

彼の母親は、鳥羽天皇の皇后である美福門院《びふくもんいん》様に、「加賀」という名前で宮仕えしていた女房である。彼の父親は、藤原為経《ためつね》様である。為経様は、出家して「寂超《じゃくちょう》」と名のり、大原に隠棲した。弟の寂念《じゃくねん》（為業《ためなり》）・寂然（頼業《よりなり》）と共に、「大原の三寂《さんじゃく》」と称された遁世者である。

母親は、その後、歌人として名高い藤原俊成《しゅんぜい》様と結ばれ、これまた歌人として名高い定家《ていか》様を生まれた。だから、隆信殿と定家様は、異父兄弟の仲となる。私は、親の代から、何かと俊成様とは親しくお付き合いさせていただいていた。その時も、俊成様とゆかりのある人と会うために、出かけた。そこに、やはり俊成様のゆかりである隆信殿も来ていたのだった。

隆信殿は、「すこぶる好色である」という世間の噂とは裏腹に、しみじみとした風流な話を、私が訪ねてきた女性（尼君であった）と交わしていた。そのうち、夜がだんだん更けてきた。私は、簾《すだれ》の内側で息を殺し、簾の外側にいる隆信殿に、ここにいることを察知されないようにしていたのだが、やはり、私のいる気配をはっきりと感じ取ったのだろう。

確か、旧暦四月の十日で、月はまだ明るくはなかった。隆信殿は、「今宵の月は、満月には遠く、ぼんやりしています。ですから、簾越しに、どなたかがいらっしゃるとはわかるのですが、はっきりとは見えません。残念です」などと言ったりした。

後日、彼は人を介して、歌を贈ってきた。あの時には、私が誰であるか、はっきりわからなかったものの、私が会っていた尼君を通して、私のことを知ったようだった。彼は、何でも、宰相中将《さいしょうちゅうじょう》であるらしかった。世間では、肖像画の名手としても知られているという。

彼の歌は、内容から考えて、求愛の歌である。

（隆信）思《おも》ひ分《わ》く方《かた》《潟》も渚《なぎさ》《無》に寄《よ》る波《なみ》のいと斯《か》く《掛く》袖《そで》を濡《ぬ》らすべしやは

（私は、あなたが、どこのどなたであるか、まったく見当も付きません。けれども、あの夜のあなたの艶《なま》めかしい雰囲気に、心が引かれ、私の袖は恋ゆえの涙で、このように、びっしょり濡れています。それは、まるで、沖から寄せてくる波が、自分がどこの潟《かた》や、どこの渚《なぎさ》に寄るのかという目的地を知らぬままに、寄せ掛かり、海人《あま》の袖を濡らすようなものです。）

私は取りあえず、次のように返事しておいた。

（右京大夫）思《おも》ひ分《わ》かで何《なに》と渚《なぎさ》《無》の波《なみ》ならば濡《ぬ》るらむ袖《そで》の故《ゆゑ》も有《あ》らじを

（どこの誰であるかもわからない女の人に、これという理由も無しに、恋心を燃やして泣くなんて、とても不思議な出来事ですね。どこの渚に寄せたらよいかもわからない波に、海人が袖を濡らすことはないでしょうから。）

もう一首、私の歌。

（右京大夫）藻塩《もしほ》汲《く》む海人《あま》《尼》の袖《そで》にぞ沖《おき》つ波《なみ》心《こころ》を寄《よ》せて砕《くだ》くとは見《み》し

（あなたは、私ではなくて、私があの日にお会いしていた尼君が本命で、彼女に対して、好意を寄せて、泣いているのでしょう。沖から打ち寄せる波が、藻塩を汲み取っている海人に打ち当たって、その袖を濡らしているように。）

隆信殿からも、返事があった。

（隆信）君《きみ》にのみ分きて心《こころ》の寄《よ》る波《なみ》は海人《あま》《尼》の磯屋《いそや》に立《た》ちも止《と》まらず

（いいえ、私の本命は、あなたです。尼君ではありません。沖から寄せてくる波が、海人が住んでいる家に立ち寄らないように、私は尼君に心を寄せることはありません。あなたお一人だけを、お慕いしています。）

【評】　新しい登場人物が、登場した。作者は藤原俊成と深い関係にあったが、その俊成の妻で、定家の母でもある女性が、前夫との間に産んでいたのが隆信だった。ただし、隆信が「宰相中将」だった事実はない。

「群書類従」の「由有《よしあ》る様《さま》どもの物語《ものがたり》しつつ」を、「由有《よしあ》る尼《あま》と物語《ものがたり》しつつ」とする本文がある。「群書類従」自体も、「由有《よしあ》る尼《あま》どもの」という強力な異文があることを本文の横に傍記している。

ただし、「由《よし》有《あ》る尼《あま》」という表現は、いささか熟《こな》れていない。『源氏物語』で出家した藤壺を、光源氏は「心《こころ》有《あ》る尼《あま》＝心《こころ》有《あ》る海人《あま》」と呼んでいる。これは、『後撰和歌集』の「音《おと》に聞《き》く松《まつ》が浦島《うらしま》今日《けふ》ぞ見《み》るむべも心《こころ》有《あ》る海人《あま》は住《す》みけり」（素性法師）を踏まえている。このように、「心《こころ》有《あ》る尼《あま》」は典拠のある言葉であるが、「由《よし》有《あ》る尼《あま》」はそれほどではない。そこに、「由《よし》有《あ》る様《さま》」という本文が発生する要因があったのだろう。

ただし、続きの文章から考えて、二人が初めて出会ったのは「尼」のいる場所だったのだろう。

29―2　資盛との交際を羨む隆信

漫《すず》ろ種《ぐさ》なりしを序《つい》でにて、真《まこと》しく申《まう》し渡《わた》りしかど、（右京大夫）「世《よ》の常《つね》の有様《ありさま》は、すべて、有《あ》らじ」とのみ思《おも》ひしかば、心強《こころづよ》くて過《す》ぎしを、此《こ》の思《おも》ひの外《ほか》なる事《こと》を、早《はや》、いと、良《よ》く聞《き》きにけり。
然《さ》て、その由《よし》、仄《ほの》めかして。
(隆信)羨《うらや》まし如何《いか》なる風《かぜ》の情《なさ》けにか焚《た》く藻《も》の煙《けぶり》打《う》ち靡《なび》きけむ
返《かへ》し。
(右京大夫)消《き》えぬべき煙《けぶり》の末《すゑ》は浦風《うらかぜ》に靡《なび》きもせずて漂《ただよ》ふものを

［訳］ 今、書き記したような、何ということのない、言葉のやりとりが始まりとなって、隆信殿からの来信が増えてきた。しかも、彼はだんだん本気になってゆくようであった。けれども、私は、世の中のすべての男性に対して、「自分は、普通の女のように、男から言い寄られても、靡《なび》くことはしたくない」ということだけを、思い詰めていた。むろん、隆信殿から、どんなに強く「逢いたい」と迫られても、私は応じないでいた。ただし、その頃、私がまったく予想もできなかった成り行きで、資盛様と結ばれ、深い仲になったという情報を、隆信殿はすぐに入手したのだった。
隆信殿は、「あなたは、『どんな男にも靡かない』と口癖のように言っていますが、資盛

殿との仲を、私は聞いていますよ」と仄《ほの》めかして、当てこすった歌を寄こした。

（隆信）羨《うらや》まし如何《いか》なる風《かぜ》の情《なさ》けにか焚《た》く藻《も》の煙《けぶり》打《う》ち靡《なび》きけむ

（海人《あま》が焚いている煙は、「まっすぐ空に昇っている」と思っていると、風に靡いて、思いもしなかった方角へ流れてゆくものです。あなたも、「自分は、どんな男の人にも靡かないつもりだ」などと強がっておられましたが、私は、あなたが、ある男性に靡いたという情報を得たのですよ。どんな男の強い愛情が、あなたの固い心を解《と》かしたのでしょうかね。）

私は、精一杯、強がって返事した。

（右京大夫）消《き》えぬべき煙《けぶり》の末《すゑ》は浦風《うらかぜ》に靡《なび》きもせずて漂《ただよ》ふものを

（いえいえ、煙は、風に靡いてなどいません。空高く立ち昇った煙は、漂いながら、少しずつ消えてゆくのです。私も、煙と同じように、殿方には靡くことなく、このまま、この世から消えてゆきたいと思います。）

［評］　隆信の歌の「焚《た》く藻《も》の煙《けぶり》」は、『後拾遺和歌集』の、「浦風《うらかぜ》に靡《なび》きにけりな里《さと》の海人《あま》の焚《た》く藻《も》の煙《けぶり》心弱《こころよわ》さは」を踏まえている。作者は、藤原実方《さねかた》。

詞書《ことばがき》は、「語《かた》らひ侍《はべ》りける女《をんな》の、異人《ことひと》に物言《ものい》ふと聞《き》きて、遣《つか》はしける」。実方は、自分が先に交際していた女性が、他の男と交際していることを、歌で当てこすった。隆信は、自分がまだ交際してもいない女性が、心を交わした男がいるという事実を、批判している。

29―3 再び、隆信の当てこすり

又《また》、同《おな》じ事《こと》を言《い》ひて。

（隆信）哀《あは》れのみ深《ふか》く掛《か》くべき我《われ》を置《お》きて誰《たれ》に心《こころ》を交《か》はすなるらむ

返《かへ》し。

（右京大夫）人分《ひとわ》かず哀《あは》れを交《か》はす徒人《あだびと》に情《なさ》け知《し》りても見《み》えじとぞ思《おも》ふ

［訳］ 隆信殿は、またしても、私と資盛様との関係を当てこする手紙を、寄こしてきた。

歌の前には、くどくどと私たちの交際を皮肉ったり、羨んだりしていた。

（隆信）哀《あは》れのみ深《ふか》く掛《か》くべき我《われ》を置《お》きて誰《たれ》に心《こころ》を交《か》はすなるらむ

（私があなたをどれほど誠実に恋い慕っているか、あなたはよくおわかりだと思います。ですから、あなたも、私にだけ深い愛情を注がれるべきです。それなのに、あなたは、私以外の誰に心を寄せておられるのですか。聞くところによれば、あなたは羽振りのよい平家の貴公子とお付き合いなさっているとか。ひどいじゃありませんか。）

私は、そっけなく返事した。

（右京大夫）人分《ひとわ》かず哀《あは》れを交《か》はす徒人《あだびと》に情《なさ》け知《し》りても見《み》えじとぞ思《おも》ふ

（あなたは、私だけではなく、どんな女性に対しても、愛情を注ぐ人です。そういう浮気で、信頼できない人に対して、私は「あはれ」などはいっさい掛けず、「もののあはれ」を知らない女で通そうと思います。）

［評］　隆信の「我《われ》を置《お》きて」の類歌としては、『六百番歌合』に、「恋《こ》ひかぬる我《われ》をば置《お》きて誰《たれ》に然《さ》は枕交《まくらか》はして妹《いも》は寝《ね》ぬらむ」（藤原家房《いえふさ》）がある。

29―4　葵祭の日

祭《まつり》の日《ひ》、同《おな》じ人《ひと》。

（隆信）行《ゆ》く末《すゑ》を神《かみ》に掛《か》けても祈《いの》るかな葵《あふひ》《逢ふ日》てふ名《な》をあらましにして

返《かへ》し。

（右京大夫）諸鬘《もろかづら》其《そ》の名《な》を掛《か》けて祈《いの》るとも神《かみ》の心《こころ》に受《う》けじとぞ思《おも》ふ

【訳】　隆信殿と最初に歌を交《か》わしたのは、四月十日だった（「29―1」参照）。それからしばらくして、葵祭（賀茂祭）が始まった。その日に、隆信殿から贈られてきた歌。

（隆信）行《ゆ》く末《すゑ》を神《かみ》に掛《か》けても祈《いの》るかな葵《あふひ》《逢ふ日》てふ名《な》をあらましにして

（今日は、葵祭の日ですから、「葵」の葉が、あちこちに掛けられています。その「葵＝あふひ」にあやかって、あなたと「逢ふ日＝あふひ」が早く来てほしいと、私の恋の行く末を、賀茂神社の神様にお祈りしています。）

私は、やはり手厳しく拒絶した。

（右京大夫）諸鬘《もろかづら》其《そ》の名《な》を掛《か》けて祈《いの》るとも神《かみ》の心《こころ》に受《う》けじとぞ思《おも》ふ

（桂の枝に葵の葉を付けた「諸鬘《もろかずら》」を賀茂の神様に示して、私との「逢《あ》ふ日《ひ》」をどんなに祈っても、私一人だけを愛しているのではない、移り気なあなたの心を見抜かれた神様は、あなたの願いを聞き届けることはないでしょう。）

［評］男の、いささか図々しい恋歌をはねつけているうちに、いつの間にか、男のペースに塡《は》まってしまった。なお、「諸鬘」は「諸葛」とも書く。

29―5　隆信との関係、成立

斯様《かやう》にて、何事《なにごと》も、然《さ》てあらで、返《かへ》す返《がへ》す、悔《くや》しき事思《ことおも》ひし頃《ころ》。

（右京大夫）越《こ》えぬれば悔《くや》しかりけり逢坂《あふさか》を何故《なにゆゑ》にかは踏《ふ》み始《はじ》めけむ

逢ふ　文

【訳】 さて、このように、一月《ひとつき》ほど、私は隆信殿からの恋愛攻勢を、跳ね返し続けたのだが、いつまでも、そういうわけにはいかなくなった。隆信殿と結ばれた後《あと》、何度も、そのことを後悔したけれども、どうしようもなかった。その気持ちを詠んだ歌が残っている。

（右京大夫）越《こ》えぬれば悔《くや》しかりけり逢坂《あふさか》《逢ふ》を何故《なにゆゑ》にかは踏《ふ》《文》み始《はじ》めけむ

（あれほど、あの人とは深い仲にはなるまいと、固く心に誓っていたのに、逢坂《おうさか》の関《せき》を越えられてしまった。都から東へと向かう旅人は、旅の第一歩を踏みださないと、逢坂の関を越えられない。男女の仲は「文《ふみ》」を交わさないことには関係が成立しない。四月十日、あの人からの歌を記した手紙に、どうして私は返事など返してしまったのだろうか。）

【評】 あるいは、隆信から送られてきた「後朝《きぬぎぬ》の文《ふみ》」の歌を省略して、その歌への返事の歌だけを、ここに載せたものか。

30　隆信との苦しい恋

30―1　車に乗って男の家へ

車《くるま》致《おこ》せつつ、人《ひと》の許《もと》へ行《ゆ》きなどせしに、「主《ぬし》、強《つよ》く定《さだ》まるべし」など聞《き》きし頃《ころ》、慣《な》れぬる枕《まくら》に、硯《すずり》の見《み》えしを、引《ひ》き寄《よ》せて、書《か》き付《つ》くる。

（右京大夫）誰《たれ》が香《か》に思《おも》ひ移《うつ》ると忘《わす》るなよ夜《よ》な夜《よ》な慣《な》れし枕許《まくらばか》りは

「帰《かへ》りて後《のち》、見付《みつ》けたりける」とて、やがて、彼《あれ》より。

（隆信）心《こころ》にも袖《そで》にも余《あま》る移《うつ》り香《が》を枕《まくら》にのみや契《ちぎ》り置《お》くべき

【訳】一度、結ばれた後《あと》では、私はもう強気な態度には出られなくなった。隆信殿が私のもとへ牛車を寄越すことが何度もあったが、私はその都度《つど》、車に乗って、あの人の屋敷に向かった。そして、逢瀬を持った。

そのうち、「隆信殿には、正妻が、はっきりと決まるようだ」という噂が立った。むろん、それは私ではない。藤原長重《ながしげ》様のご息女であるらしい。あの人は、既に三十七歳くらいのはずだから、これまで正妻が決まっていなかったというのも、彼がいかに「色好み」であったかを物語っている。

手元に、ちょうど硯箱が見えたので、引き寄せて、筆を取り、ここのところ、何度も臥し慣れた枕を包んでいる枕紙に、歌を書き付けた。

（右京大夫）誰《たれ》が香《か》に思《おも》ひ移《うつ》ると忘《わす》るなよ夜《よ》な夜《よ》な慣《な》れし枕許《まくらばか》りは

（この家の主人が、華やかな香りのする別の女性に心を移すようなことがあれば、私は、もうこの屋敷に来て、この枕を使うこともないでしょう。そうなったとしても、私の頭を何度も乗せてくれた枕さん、あなただけは、華やかではないけれども、控えめな香りがした私という女のことを、忘れないでいてね。）

隆信殿から、「あなたが戻られてから、あなたが使っておられた枕の紙に書かれてあった歌に気づきました」といって、返事が届いた。

（隆信）心《こころ》にも袖《そで》にも余《あま》る移《うつ》り香《が》を枕《まくら》にのみや契《ちぎ》り置《お》くべき

（あなたの魅力的な香りは、私の心を陶酔感で満たし、私の心から溢れて、私の袖にも移っています。いつまでも、あなたの香りを、忘れることはありません。あなたは、枕に向かって、「忘れないでね」と言われましたが、この私に直接言ってほしかったです。そうすれば、いつまでも変わらない愛の約束を、交《か》わせたはずです。）

［評］「袖《そで》にも余《あま》る」を「袖《そで》にも留《と》まる」とする本文もある。「余《あま》る」のほうが、男の深い思いが感じられるように思う。

この歌、『玉葉和歌集』では、資盛の作とする。だが、『建礼門院右京大夫集』の配列の中では、明らかに隆信である。右京大夫と、丁々発止の歌のやりとりができたのは、隆信しかいない。

『建礼門院右京大夫集』全体を通して、資盛の歌には、文芸的・芸術的な面で見るべきものは少ない。平資盛の名前を、歴史と文学史に刻印したのは、右京大夫の鎮魂の思いの深さと文学的才能のお陰である。

なお、『和泉式部日記』でも、女が牛車に乗って、男の屋敷に行って逢瀬を持つ場面がある。

30—2　二人で聞く時鳥《ほととぎす》、一人で聞く時鳥

同《おな》じ夜床《よどこ》にて、時鳥《ほととぎす》を聞《き》きたりしに、独《ひと》り、寝覚《ねざめ》に、又《また》、変《か》はらぬ声《こゑ》にて過《す》ぎしを、其《そ》の翌朝《つとめて》、文《ふみ》の有《あ》りしを、返《かへ》り事《ごと》の序《つい》でに。

（右京大夫）諸共《もろとも》に言語《ことかた》らひし曙《あけぼの》に変《か》はらざりつる時鳥《ほととぎす》かな

返《かへ》しに、（隆信）「我《われ》しも、思《おも》ひ出《い》でつるを」など、（右京大夫）「然《さ》しも有《あ》らじ」と覚《おぼ》ゆる事《こと》どもを言《い》ひて。

（隆信）思《おも》ひ出《い》でて寝《ね》覚《ざ》めし床《とこ》の哀《あは》れをも行《ゆ》きて告《つ》げける時鳥《ほととぎす》かな

［訳］夏になった。隆信殿と二人で夜を過ごしている床の中で、時鳥《ほととぎす》の鳴き声を聞いたことがあった。その後、どうやら隆信殿には正妻が本決まりになったようだ。私は、一人で寝る夜が多くなった。ある夜、時鳥の鳴くのが聞こえた。二人で寝ていた時に聞いた鳴き声と、まったく同じだった。時鳥の声は変わらないのに、あの人の心も、私たち二人を

取り巻く環境も大きく変わってしまった。

翌朝、あの人から、一緒に夜を過ごせなかったお詫びの手紙が届いた。その返事を書くついでに、時鳥に託して、男心の変化をなじる歌を詠み送った。

（右京大夫）諸共《もろとも》に言語《ことかた》らひし曙《あけぼの》に変《か》はらざりつる時鳥《ほととぎす》かな

（あなたと二人で耳にした時鳥の鳴き声が、私一人で過ごす夜にも聞こえました。同じ声でしたよ。でも、あなたは変わってしまった。）

隆信殿からの返事は、「いやいや、私のほうが、あなたのことを、ひどく恋しく思い出していたのですよ」などと、「まさか本当ではあるまい」と思えるような、明らかな嘘を言ってきた。弁解の歌も、書き付けてあった。

（隆信）思《おも》ひ出《い》でて寝覚《ねざ》めし床《とこ》の哀《あは》れをも行《ゆ》きて告《つ》げける時鳥《ほととぎす》かな

（あなたが聞いた時鳥の声は、私の心の中の叫びなのですよ。私は、あなたのことを思い、一人で夜を過ごしていました。あなた以外の女性と一緒ではありませんでしたから、ご安心ください。私の心の悲しみが、時鳥にも伝わって、あなたの家の近くで、私の泣き声を真似て鳴いたのでしょう。）

［評］　冒頭の「同《おな》じ夜床《よどこ》にて」を「同《おな》じ頃《ころ》、夜床《よどこ》にて」とする本文がある。普通に考えれば、「同《おな》じ頃《ころ》、夜床《よどこ》にて」の「頃《ころ》」が脱落して「同《おな》じ夜床《よどこ》にて」になることはあっても、「同《おな》じ夜床《よどこ》にて」に「頃《ころ》」が加わって「同《おな》じ頃《ころ》、夜床《よどこ》にて」となることは、まずない。ただし、本書は「群書類従」の本文に従って解釈を試みている。また、「独《ひと》り」と対比するには、「同《おな》じ夜床《よどこ》にて」のほうが適切な気もする。

30―3　橘の枝と色男

又《また》、暫《しば》し、音《おと》せで、文《ふみ》の、細々《こまごま》と有《あ》りしを、返《かへ》り事《ごと》に、何《なに》とやらむ、甚《いた》く心《こころ》の乱《みだ》れて、唯《ただ》、見《み》えし橘《たちばな》を一枝《ひとえだ》、包《つつ》みて、遣《や》りたりしに、（隆信）「えこそ心得《こころえ》ね」とて。

（隆信）昔思《むかしおも》ふ匂《にほ》ひか何《なに》ぞ小車《をぐるま》に入《い》れし類《たぐひ》の身《み》にもあらぬに

返《かへ》し。

（右京大夫）侘《わ》びつつは重《かさ》ねし袖《そで》の移《うつ》り香《が》に思《おも》ひ比《よそ》へて折《を》りし橘《たちばな》

［訳］それから、暫く隆信殿との逢瀬は絶えていた。久しぶりに、彼から、私への情愛溢れる手紙が届いた。私は、心の奥底では嬉しかったのだけれども、返事を書く時には、どうしたわけか、むくむくと反発心が湧き上がってきた。

ふと庭を見ると、夏のことだったので、橘の花が咲いているのが目に入った。それで、私はその一枝を折り取って、紙に包んで、彼に送り届けた。『古今和歌集』の、「五月《さつき》待つ花橘《はなたちばな》の香《か》を嗅《か》げば昔《むかし》の人《ひと》の袖《そで》の香《か》ぞする」（読み人知らず）という名歌を踏まえ、隆信殿に、「この橘の花の香りでも嗅いで、昔、付き合っていて、今は忘れている女性の存在を、思い出しなさい」と、揶揄《やゆ》したのである。

隆信殿は、私の寓意をすぐに気づいたはずだが、「これは、いったい、どういうつもりですか。私には、さっぱり意味がわからないのですが」と、とぼけた返事をしてきた。あまつさえ、自分を絶世の美男子に喩えた歌を贈ってきた。この男は、とんでもない自信家のようである。

（隆信）昔思《むかしおも》ふ匂《にほ》ひか何《なに》ぞ小車《をぐるま》に入《い》れし類《たぐひ》の身《み》にもあらぬに

（この橘には、どういう寓意が込められているのでしょうか。私に思いつくのは、二つしかありません。一つは、『古今和歌集』の「五月待《さつきま》つ」という歌で、あなたが私のことを懐かしく忍んでいるのは良いのですが、それだと、私はあなたにとって過去の恋人になってしまうので、あなたの寓意は、この歌ではないと思います。もう一つ、思いつくのは、中国の伝説的な美男子である潘安仁《はんあんじん》のエピソードですが、私は彼ほどの美形《びけい》ではありません。あなたの寄こした橘の謎が、私にはどうにも読み解けません。）

昔、中国に「潘安仁《はんあんじん》」（潘岳《はんがく》）という絶世の美男子がいた。彼は、美貌の持ち主だったので、女たちが彼の乗った車に向かって橘や果物《くだもの》の贈り物を投げ入れた。車は果物で溢れた、と言われている。そんな美男子に、私が隆信殿を喩えるはずがない。

それで、私が言い贈った歌。

（右京大夫）侘《わ》びつつは重《かさ》ねし袖《そで》の移《うつ》り香《が》に思《おも》ひ比《よそ》へて折《を》りし橘《たちばな》

（おっしゃる通り、私が橘の枝に託した寓意は、潘安仁ではありません。ご安心下さい。『古今和歌集』のほうです。あなたと袖を交わして夜を過ごした翌朝は、私の袖にあなたの移り香が染《し》みついていたものでした。今は、あなたとの逢瀬はほとんどなくなったので、移り香はありません。けれども、橘を見ると、「昔の人の袖の香」を連想するので、それになぞらえて、橘の一枝をお送りした次第です。）

［評］　潘安仁のエピソードは、『唐物語《からものがたり》』にも描かれている。なお、隆信の私家集である『隆信集』では、女の返しの歌が、まったく違っている。

何《いづ》れとは思《おも》ひも分《わ》かず懐《なつ》かしく留《と》まる匂《にほ》ひの印許《しるしばか》りに

『建礼門院右京大夫集』は、藤原隆信との男女関係を最小に止《とど》め、資盛との関係を最大に歌い上げる方針である。そのため、右京大夫は、『建礼門院右京大夫集』を完成させるために、あえて自分の返歌を改作・推敲したのかもしれない。文学作品に籠もるリアリティは、それが事実であるからではなく、「こう、ありたかった」「こうは、ありたくなかった」という痛切な後悔による、「人生の再構築」の意欲によってもたらされるものである。

30—4 私は「しぶとく生きる女」なのか

絶《た》え間久《まひさ》しくて、思《おも》ひ出《い》でたるに、「唯《ただ》や有《あ》らまし」と返《かへ》す返《がへ》す思《おも》ひしかど、心弱《こころよわ》くて、行《ゆ》きたりしに、車《くるま》より下《お》るるを見て、「世《よ》には有《あ》りけるは」と申《まう》ししを聞《き》く心地《ここち》に、ふと覚《おぼ》えし。

（右京大夫）有《あ》りけりと言《い》ふに辛《つら》さの増《ま》さるかな無《な》きに成《な》しつつ過《す》ぐしつる程《ほど》

［訳］永いこと、隆信殿と逢えないで、時間だけが過ぎていった。ずいぶんと久しぶりに、隆信殿は私という女の存在を思い出したようで、私に迎えの車を差し遣《つか》わした。私は、男心の勝手さに、ほとほと嫌気が差していたので、「この誘いをほったらかして、牛車にも乗らずに、隆信殿に待ちぼうけさせて、このまま済ませようかしら」と、一度ならず考えたのだが、結局は、恋に弱い女心の悲しさで、車に乗って彼の屋敷まで出かけてしまった。

待ち受けた彼が、牛車から下りる私を見て、「ここのところ、私の手紙に対してお返事がないので、もしかしたら、と心配しておりました。あなたが、まだ生きていらっしゃることがわかりました。これまで、あなたが私の手紙を無視していたことは辛《つら》いのですが、あなたがお元気だったことがわかり、安心しました」などと言ったのを聞くのは、さすがに不愉快である。

（右京大夫）有《あ》りけりと言《い》ふに辛《つら》さの増《ま》さるかな無《な》きに成《な》しつつ過《す》ぐしつる程《ほど》

（あなたは私に、「まだ生きていたのか」と尋ねましたね。私は、ここのところずっと、自分自身がこの世には生きる資格がない、つまらない女だと思い沁みています。それでも、面と向かって、直接、あなたから、「まだ、死んでいなかったのか」と尋ねられますと、さすがに悲しくなります。）

［評］「言《い》ふに辛《つら》さ」は、「聞《き》くに辛《つら》さ」でもあり、「問《と》ふに辛《つら》さ」でもある。「無《な》きに成《な》しつつ」も、男が女を無視するのと、女が自らを不要のものと考えるのと、両方の解釈が可能であり、両説は共存することも可能である。

31　隆信との恋の終わりは近いか

31―1　夢に現れる隆信

夢《ゆめ》に、何時《いつ》も何時《いつ》も見《み》えしを、（右京大夫）「心《こころ》の通《かよ》ふにはあらじを。奇《あや》しうこそ」と申《まう》したる返《かへ》り事《ごと》に。

（隆信）通《かよ》ひける心《こころ》の程《ほど》は夜《よ》を重《かさ》ね見《み》ゆらむ夢《ゆめ》に思《おも》ひ合《あ》はせよ

返《かへ》し。

（右京大夫）実《げ》にも其《そ》の心《こころ》の程《ほど》や見《み》えつらむ夢《ゆめ》にも辛《つら》き気色《けしき》なりつる

［訳］　何度も、不思議な夢を見た。私の夢の中に、隆信殿の姿が現れるのである。AがBを強く愛していれば、Bの見る夢の中にAが現れる、という俗信があることは、私も知っている。ただし、「変だな。私を愛してなどいないあの人の思いが、私の許《もと》まで通ってくるはずはないのだが」と、不審だった。そのことを隆信殿に伝えたところ、とぼ

けた歌を返してきた図太さには、呆《あき》れてしまった。

（隆信）通《かよ》ひける心《こころ》の程《ほど》は夜《よ》を重《かさ》ね見《み》ゆらむ夢《ゆめ》に思《おも》ひ合《あ》はせよ

（あなたの夢の中にまで、毎晩のように通い詰めている私の愛情の深さは、あなたの夢に私が現れた回数に比例しています。ですから、あなたは、私の愛を疑ってはいけませんよ。）

それに対して、私も言い返した。

（右京大夫）実《げ》にも其《そ》の心《こころ》の程《ほど》や見《み》えつらむ夢《ゆめ》にも辛《つら》き気色《けしき》なりつる

（おっしゃる通りです。私の夢に現れるあなたの姿は、あなたの私への愛情の浅さを、はっきり示していました。というのは、夢の中のあなたは、私に向けて笑顔など見せず、私を切なくさせる、冷たい素振りでしたから。）

【評】「通《かよ》ひける」の歌の作者を、『玉葉和歌集』では資盛とする。『玉葉和歌集』の撰者（京極為兼《きょうごくためかね》）が『建礼門院右京大夫集』を読み誤ったのか、それとも、『建礼門院右京大夫集』における「隆信」への低評価を汲み取ったものなのか。

31—2　男の非常識さを責める

人《ひと》の娘《むすめ》を言《い》ふ人《ひと》に、「五月《さつき》過《す》ぎて」と契《ちぎ》りけるを、心焦《こころい》られして、「忍《しの》びて、入《い》りにけり」と聞《き》く人《ひと》の許《もと》へ、人《ひと》に代《か》はりて。

（右京大夫）水無月《みなづき》を待《ま》てと頼《たの》めし若草《わかくさ》を結《むす》び初《そ》めぬと聞《き》くは真《まこと》か

［訳］　まだ未婚の女性に、言い寄ってくる男がいた。娘の親は、「五月は、結婚を避ける月だと言われています。六月になったら、正式に話を進めましょう」と言っていた。ところが、男は、六月になるのを待ちきれずに、「五月のうちに、こっそり娘の部屋に忍び込んで、関係した」という噂を、私は聞いた。

私は、男を腹立たしく思っているけれども、言い出しかねている娘の親に代わって、男への抗議の歌を代作してあげた。

（右京大夫）水無月《みなづき》を待《ま》てと頼《たの》めし若草《わかくさ》を結《むす》び初《そ》めぬと聞《き》くは真《まこと》か

（『伊勢物語』第四十九段に、「うら若《わか》み寝良気《ねよげ》に見《み》ゆる若草《わかくさ》を人《ひと》の結《むす》ばむ事《こと》をしぞ思《おも》ふ」

という歌があります。兄が妹を思う、温かい気持ちを歌っています。あなたは、妹を通り越して、娘と言ってもよいくらいの若い女性との結婚を熱望し、「六月になってから」という親御さんとの約束も破って、強引に思いを遂げたという噂ですが、本当のことですか。とても、常識のある男性のすることとは思えません。）

［評］　この男が誰であるかはか、不明。配列から考えると、隆信だろう。隆房でないと、配列が不自然である。

『伊勢物語』第九十六段は、女に言い寄る男が、女から、「今は、身に瘡《かさ》ができているので、涼しくなる秋を待ってほしい」と言われ、秋を待ち続けていたが、秋になると、女は姿を隠した。男は、女を呪った、という話である。女は、結婚に気が進まない時に、時間延ばしをすることがある。

『源氏物語』玉鬘《たまかずら》の巻などには、季節の果ての月の結婚を避ける風習があったことが、示唆《しさ》されている。

31―3　恋の山で道に迷う

詮《せん》無《な》き事《こと》をのみ思《おも》ふ頃《ころ》、（右京大夫）「如何《いか》でか、斯《か》からずもがな」と思《おも》へど、甲斐《かひ》無《な》きも心憂《こころう》くて。

（右京大夫）思《おも》ひ返《かへ》す道《みち》を知《し》らばや恋《こひ》の山端山繁山分《やまはやましげやまわ》け入《い》りし身《み》の

［訳］　私は、いつの間《ま》にか、いくら悩んでも、どうしようもない恋の道に深入りしていた。資盛様と隆信殿の二人の男性との関係が、どうにもならなくなったのである。進むことも、戻ることもできない。この恋の道ばかりは、理性でいくら考えても、根本的な解決策は見つからない。だから、中国の聖人である孔子《こうし》も、「恋の山には、孔子《くじ》の倒れ」という、不名誉な諺に登場しているのだろう。

私は、「どうにかして、恋の山の迷路から脱け出したい」と焦るのだが、どうしようもない。それが、とても辛《つら》かった。

（右京大夫）思《おも》ひ返《かへ》す道《みち》を知《し》らばや恋《こひ》の山端山繁山分《やまはやましげやまわ》け入《い》りし身《み》の

(『源氏物語』にも引用されているが、源重之《しげゆき》に、「筑波山端山繁山繁《つくばやまはやましげやましげ》けれど思《おも》ひ入《い》るには障《さは》らざりけり」という歌がある。恋の山には、誰でも希望を持って、万難を排して入ってゆき、登り始める。だが、道に迷ってしまい、いざ、道を引き返そうとしても、その帰りの道筋がまったく見えてこないのである。)

【評】源重之《しげゆき》の「筑波山端山繁山《つくばやまはやましげやま》」の歌は、『源氏物語』常夏《とこなつ》の巻や東屋《あずまや》の巻に引歌《ひきうた》されている。「恋の山には、孔子《くじ》の倒れ」は、『源氏物語』胡蝶《こちょう》の巻などに見られる諺。通常は、恋する男の愚かしさに力点があるが、ここでは右京大夫という女性の「愚かな恋心」や「恋多き心」を表現している。

31—4 いっそ、出家しようか

何方《いづかた》にか、経《きやう》の声《こゑ》、仄《ほの》かに聞《き》こえたるも、甚《いた》く、世《よ》の中《なか》、しみじみと、物悲《ものがな》しく覚《おぼ》えて。

（右京大夫）迷《まよ》ひ入《い》りし恋路《こひぢ》泥(こひぢ)悔《くや》しき折《をり》にしも勧《すす》め顔《がほ》なる法《のり》の声《こゑ》かな

［訳］　恋ゆえの苦しみで、私の心は闇のように暗い状態が続いていた。と、どこかから、誰かがお勤めをしているようで、お経を誦《よ》む声が、かすかに聞こえてきた。その声を聞いているうちに、私の心の闇を、一条の法《のり》の光が照らし出しているように思った。私は、男と女の関係でこんがらがってしまった俗世間のありさまを、心の底から悲しんだ。そして、まったく別の生き方があると教えられたように思ったのである。

（右京大夫）迷《まよ》ひ入《い》りし恋路《こひぢ》泥(こひぢ)悔《くや》しき折《をり》にしも勧《すす》め顔《がほ》なる法《のり》の声《こゑ》かな

（私が迷い込んだのは、恋の山だけではない。恋の泥沼にも塡《は》まりこんでしまった。私は、どうして恋の道に引きずり込まれたのだろう。しかも、二人の男性と。そのような私を救おうと、私の目の前に一筋の光の道が現れた。それは、宗教への道。読経《どきょう》の声は、「さあ、この道を歩み始めなさい」と、私の背中を押してくれているように感じられた。）

［評］　「恋路《こひぢ》」と「泥《こひぢ》」の掛詞と言えば、六条御息所の「袖《そで》濡《ぬ》るる恋路《こひぢ》とかつ

は知《し》りながら下《お》り立《た》つ田子《たご》の自《みづか》らぞ憂《う》き」が連想される。

32　資盛の動向を耳にして

「父大臣《ちちおとど》の御供《おんとも》に、熊野《くまの》へ参《まゐ》りたる」と聞《き》きしを、帰《かへ》りても、暫《しば》し、音無《おとな》ければ。

（右京大夫）忘《わす》るとは聞《き》くとも如何《いか》がみ《見》熊野《くまの》の浦《うら》の浜木綿《はまゆふ》恨《うら》み《浦見・裏見》重《かさ》ねむ

と思《おも》ふも、いと、人悪《ひとわ》ろし。

（右京大夫）「一年《ひととせ》、難波潟《なにはがた》より、帰《かへ》りては、やがて、音《おと》づれたりしものを」など覚《おぼ》えて。

（右京大夫）沖《おき》つ波返《なみかへ》れば《帰れば》音《おと》はせしものを如何《いか》なる袖《そで》の浦《うら》《裏》に寄《よ》るらむ

【訳】　治承三年（一一七九）の春、たぶん三月であったかと思うが、資盛様の名前を耳にした。世間の噂では、「内大臣の平重盛様が、熊野詣《くまのもう》でをなさったらしい。ご子息の資盛様もお供をなさったそうだ」ということだった。やがて、重盛様や資盛様たちは、都に戻られた。

ところが、それから暫く経《た》っても、私への連絡は一向になかった。恨めしい気持ちが、こんな歌になった。

(右京大夫)忘《わす》るとは聞《き》くとも如何《いか》がみ《見》熊野《くまの》の浦《うら》の浜木綿《はまゆふ》恨《うら》み《浦見・裏見》重《かさ》ねむ

(柿本人麻呂に「み熊野《くまの》の浦《うら》の浜木綿《はまゆふ》百重《ももへ》なる心《こころ》は思《おも》へど直《ただ》に逢《あ》はぬかも」(『拾遺和歌集』)という歌があり、み熊野の浦には浜木綿《はまゆう》の花が咲いていて、恋心の象徴として歌に詠まれている。「忘《わす》るなよ忘《わす》ると聞《き》かばみ熊野《くまの》の浦《うら》の浜木綿《はまゆふ》恨《うら》み重《かさ》ねむ」(『後拾遺和歌集』道命)という歌も、その一つである。浜木綿の花が、幾重にも重なって咲くように、私のことを忘れたら、あなたを何倍も恨みますよ、という意味である。けれども、私には、資盛様が私を忘れても恨むことはないだろう。恨むだけの気力が、今の私には残っていないのだから。)

ただし、「忘れても恨まない」と歌ったのは強がりで、心の奥底では、「忘れないでほしい」「恨まないから、今からでも私のことを思い出してほしい」と思っているのかもしれない。この歌は、他人には見せられない。むろん、資盛様には届けていない。

私は、いろいろなことを思い出す。前にも書いたが、資盛様は重盛様のお供で、住吉《すみよし》に詣でられたことがあった（14―1）。「あの時は、確か、難波《なにわ》から都に戻ってきてすぐに、私に貝や忘れ草に付けた歌を贈ってきてくれたのに」などと、愛されていた頃の記憶が蘇ってきて、胸が切なくなった。

（右京大夫）沖《おき》つ波返《なみかへ》れば音《おと》はせしものを如何《いか》なる袖《そで》の浦《うら》に寄《よ》るらむ

（沖から海岸に打ち寄せてきた波は、やがて沖へと返ってゆく。あの人は、旅先から都へ帰ってくると、すぐに私のもとを訪ねてきて土産話《みやげばなし》をするか、旅先で手に入れた物を歌と共に届けてくれるか、したものだった。それなのに、今は、まったく訪れてもくれない。今頃、どんな女性のもとに帰ってきて、旅の土産話をしているのだろうか。）

［評］「一年《ひととせ》、難波潟《なにはがた》より」を「難波《なには》の方《かた》より」とする本文もある。

右京大夫が踏まえた「忘《わす》るなよ忘《わす》ると聞《き》かばみ熊野《くまの》の浦《うら》の浜木綿《はまゆふ》恨《うら》み重《かさ》ねむ」の作者・道命《どうみょう》（九七四～一〇二〇）は、藤原道綱の子。和泉式部と親しかったという伝承がある。この歌は、熊野に赴く男が、都に残る女に、「自分のことを忘れないで」と訴えている。右京大夫の歌では、都に残る女の側が、自分のことを忘れても恨まない、と歌っている。

33　里の家からの眺め

33—1　生《お》い繁る「嘆き」の木

常《つね》に向《む》かひたる方《かた》は、常磐木《ときはぎ》ども、木暗《こぐら》く、森《もり》の様《やう》にて、空《そら》も、明《あき》らかに見《み》えぬも、慰《なぐさ》む方無《かたな》し。

（右京大夫）眺《なが》むべき空《そら》も定《さだ》かに見《み》えぬまで繁《しげ》き嘆《なげ》き《木》も悲《かな》しかりけり

［訳］　私が暮らしている実家は、日当たりが良くない。空高くお日様は照っているが、敷地の中は木々が繁り放題なのだ。そのために、光が遮《さえぎ》られてしまう。

私がふだん使っている部屋の、正面に見えるのは、松や柏《かしわ》、檜《ひのき》などの常緑樹ばかり。それらは、手入れをしないと、すぐに高く成長してしまう。敷地全体が薄暗くて、まるで森の中のようだった。家の中から空を見上げても、木々の梢ばかりで、空もはっきりとは見えない。こんな陰鬱な家で暮らしていては、暗鬱な心が慰められるはずはない。

（右京大夫）眺《なが》むべき空《そら》も定《さだ》かに見《み》えぬまで繁《しげ》き嘆《なげ》き《木》も悲《かな》しかりけり

（明るい青空を見れば、少しは心が晴れるかと思ったけれども、私のいる部屋からは青空は見えない。かすかに、あれが空だろうかという程度にしか、見通せないのだ。あれは、本当の空ではない。木々が高く生い繁っているからだ。これらの「木」は、私の「なげき（嘆き）」という「き」なのだ。）

［評］「繁《しげ》き嘆《なげ》き」という言葉は、『後撰和歌集』に見えるが、『源氏物語』関屋の巻で、空蟬《うつせみ》が詠んだ、「逢坂《あふさか》の関《せき》や如何《いか》なる関《せき》なれば繁《しげ》き嘆《なげ》きの中《なか》を分《わ》くらむ」という歌が有名である。『建礼門院右京大夫集』の終わり近くに、もう一例使われている（「63—3」）。

33—2　山も見えない

東《ひんがし》は、長楽寺《ちやうらくじ》の山《やま》の上《うへ》見遣《みや》られたるに、親《した》しかりし人《ひと》、とかくせし山《やま》の峰《みね》、卒塔婆《そとば》の見ゆるも、哀《あは》れなるに、眺《なが》め出《い》だせば、やがて掻《か》き暗《くら》して、山《やま》も見《み》えず、雲《くも》の覆《おほ》ひたるも、甚《いた》く物悲《ものがな》し。

（右京大夫）眺《なが》め出《い》づる其方《そなた》の山《やま》の梢《こずゑ》さへ唯《ただ》ともすれば掻《か》き曇《くも》るらむ

［訳］私の部屋から見て、東の方角には、長楽寺のある山の上のほうが見通せた。また、その少し南（東南）には、私の近親者を火葬にした鳥部山《とりべやま》があり、その卒塔婆《そとば》までが見通せて、目にするたびに胸がいっぱいになる。その日も、そんな悲しい気持ちで、ぼんやりと山を眺めていると、あれよあれよというちに、空が真っ暗になり、雲に覆われた。山の姿が見えなくなると、ひどく物悲しい気分になる。

（右京大夫）眺《なが》め出《い》づる其方《そなた》の山《やま》の梢《こずゑ》さへ唯《ただ》ともすれば掻《か》き曇《くも》るらむ

（私の心が暗く閉ざされているのは、恋の苦しみのためであると理解できるし、納得もゆく。けれども、我が家から見えている山の梢までもが、私が眺め始めた途端に暗い雲に閉ざされ、見えなくなってしまうのは、どうにも理不尽だ。私という人間は、この世界から嫌われているのだろうか。)

［評］長楽寺は、現在の東山区円山町で、円山公園の上のほうにある。この寺で、壇ノ浦で救出された建礼門院が出家した。導師は、住職の印西（印誓）上人。長楽寺の阿証房印西上人は、母の仏事（「40」）や亡き資盛の供養（「47―2」）でも登場する。

34 二人の男性の間で

34―1 武蔵鐙《むさしあぶみ》

雲《くも》の上《うへ》も、掛《か》け離《はな》れ、其《そ》の後《のち》も、猶《なほ》、時々《ときどき》訪《おとづ》れし人《ひと》をも、(右京大夫)「頼《たの》む」とは無《な》けれど、(右京大夫)「さすがに、武蔵鐙《むさしあぶみ》とかや」にて過《す》ぐるに、却々《なかなか》味気無《あぢきな》き事《こと》のみ増《ま》されば、あらぬ世《よ》の心地《ここち》して、（右京大夫）「試《こころ》みむ」とて、外《ほか》へ罷《まか》るに、反古《ほうぐ》ども、取《と》り認《したた》むるに、（隆信）「如何《いか》ならむ世《よ》までも、絶《た》ゆまじき」由《よし》、返《かへ》す返《がへ》す言《い》ひたる言《こと》の葉《は》の端《はし》に、書《か》き付《つ》けし。

（右京大夫）流《なが》れてと頼《たの》めしかども水茎《みづくき》の書《か》き《掻き》絶《た》えぬべき跡《あと》の悲《かな》しさ

［訳］私は、建礼門院様への宮仕えを止め、華やかな宮廷から遠離《とおざか》った。それと連動するかのように、中宮様《みやさま》の一族である資盛様との関係も、間遠になっていった。その頃から、もう一人、私の許《もと》を、隆信殿が訪れていたが、やはり、その人との関係も、はっきりとはせず、「隆信殿を、自分の生涯の恋人として、信じてついてゆこう」という気持ちにもなれなかった。

『伊勢物語』第十三段に、東国に下った男が、都に残っている女と、東国で新たに知り合った女との間で、二股を掛けてしまうエピソードがある。「武蔵鐙《むさしあぶみ》」という言葉がキーワードである。この話は、『源氏物語』でも、光る君が、都に紫の上を残していながら、明石の地で、明石の君と結ばれてしまうストーリーに影響を与えている。

『伊勢物語』も『源氏物語』も、男性が二人の女性の間で引き裂かれている。ところが、この私ときたら、女なのに、二人の男性との間に引き裂かれているのである。

「鐙《あぶみ》」は、馬具の一種で、両足を掛けることから、二股愛のシンボルとなったのである。加えて、「鐙＝あぶみ＝あふみ＝逢ふ身」で、恋の雰囲気も漂っている。

こういう状況は、とにかく苦しい。鎧は「刺鉄《さすが》」という金具で締めるが、「さすがに」私も苦しい。恋愛をしていても、かえって、面白くないことばかりが起きる。しかも、不愉快に感じる回数が、多くなるばかり。私には、今の自分が生きている世界が、これまで自分が生きてきた世界とは別のものだとさえ、思い始めた。

自分の居場所を変えて、生きる意味を再確認したい。あの人も、私が居なくなると、私の大切さに気づき、本気で愛してくれるようになるかもしれない、などと思いつき、住みかを替える決心をした。

出かける前に、隆信殿から届いた手紙などを整理したり処分したりしていると、「この世だけでなく、来世まで、あなただけを愛し通します」などと、今となっては信じられない誓いの言葉を、繰り返し書き綴っていて、笑止《しょうし》だった。その手紙の余白に、私は思わず、歌を書き添えた。

（右京大夫）流《なが》れてと頼《たの》めしかども水茎《みづくき》の書《か》き《掻き》絶《た》えぬべき跡《あと》の悲《かな》しさ

（この人は、どんなに時間が経過したとしても、たとえこの世の寿命が尽きたとしても、私を永遠に愛し続けるからね、と言い続け、私を信じさせようとした。けれども、早くも、あの人からの手紙も途絶えている。かつて、愛の永遠を説き聞かせていたあの人の手紙の文字を、今見ると、心が籠もっていなかったことが明らかで、悲しい。）

【評】「絶《た》ゆまじき」を「弛《たゆ》むまじき」、「頼《たの》めしかども」を「頼《たの》めし事《こと》も」とする本文もある。

この「武蔵鐙」に関して、『伊勢物語』第十三段の、「武蔵鐙《むさしあぶみ》さすがに懸《か》けて思《おも》ふには問《と》はぬも辛《つら》し問《と》ふも煩《うるさ》し」という歌のように、作者と隆信との関係が、「問《と》はぬも辛《つら》し問《と》ふも煩《うるさ》し」であることを意味している、と解釈されることがある。

けれども、ここは、『伊勢物語』第十三段の大状況である「二股愛」を意味しているのだろう。そう考えると、次の「34―2」へとスムーズに接続してゆく。

なお、『隆信集』に、「武蔵鐙」問答がある。

女《をんな》の許《もと》へ、文遣《ふみつか》はしたりし返《かへ》り事《ごと》に、（右京大夫）「武蔵鐙《むさしあぶみ》と覚《おぼ》えて」と
ばかり書《か》きたりしに、此《これ》より又《また》、押し返《かへ》して

（隆信）煩《うるさ》しと言《い》ふだに辛《つら》し武蔵鐙《むさしあぶみ》死《し》ねとは懸《か》けて思《おも》はざらなむ

返《かへ》し

（右京大夫）問《と》はぬだに辛《つら》しと聞《き》きし武蔵鐙《むさしあぶみ》死《し》ねとは懸《か》けて思《おも》ふべきかは

とて、（右京大夫）「煩《うるさ》からぬ武蔵鐙《むさしあぶみ》になむ」と書《か》きたりしかば

返《かへ》し

（隆信）懸《か》けてだに辛《つら》くはあらじ武蔵鐙《むさしあぶみ》文《ふみ》《踏み》煩《うるさ》しと厭《いと》ふなるらむ

（右京大夫）よしさらば懸《か》けても言《い》はじ武蔵鐙《むさしあぶみ》文《ふみ》《踏み》煩《うるさ》しと厭《いと》ふ名《な》も立《た》つ

この「武蔵鐙」問答は、女が男の「二股愛」を疑うという設定である。このような「武蔵鐙」をめぐるやりとりが、右京大夫の心に、女である自分が二人の男との間で引き裂かれている、という状況を、自覚させたのではないだろうか。

34―2　資盛とも疎遠

中宮《みや》に候《さぶら》ふ人《ひと》の、常《つね》に言《い》ひ交《か》はすが、（知人）「然《さ》ても、其《そ》の人《ひと》は、此《こ》の頃《ごろ》は如何《いか》に」と言《い》ひたる。返《かへ》り事《ごと》の序《つい》でに。

（右京大夫）雲《くも》の上《うへ》を外《よそ》に成《な》りにし憂《う》き身《み》には吹《ふ》き交《か》ふ風《かぜ》の音《おと》も聞《き》こえず

［訳］　私は、既に建礼門院様への宮仕えを辞《じ》した身であるが、中宮様《みやさま》にお仕えしていた頃の人間関係は、今でも継続している。中でも、同僚だった女房仲間の一人とは、何かにつけて手紙をやり取りしている。

その彼女から、便りがあった。「あなたにもいろいろあったと思いますが、あのお方との交際は、今でも続いておられますか」と、言ってきた。むろん、彼女と同僚であった頃に関係が始まった資盛様との現状を、尋ねてきたのである。

その返事の中に、歌で、私の心を伝えておいた。

（右京大夫）雲《くも》の上《うへ》を外《よそ》に成《な》りにし憂《う》き身《み》には吹《ふ》き交《か》ふ風《かぜ》の音《おと》も聞《き》こえず

（「雲の上」の世界である宮中での宮仕えを辞《や》めてからというもの、雲の上を吹き通っている風の音は、こちらにはまったく聞こえてきません。資盛様からは、お手紙も連絡もないのですよ。）

［評］『古今和歌集』に、「玉葛今《たまかづらいま》は絶《た》ゆとや吹《ふ》く風《かぜ》の音《おと》にも人《ひと》の聞《き》こえざるらむ」（読み人知らず）とある。恋人からの便りがないだけでなく、その人に関する風聞、噂すらも聞こえてこないのである。作者は、この歌を踏まえているのだろう。

34―3　小宰相を襲った愛の悲劇

治承《ちしよう》などの頃《ころ》なりしにや、豊《とよ》の明《あ》かりの頃《ころ》、上西門院《じやうさいもんゐん》の女房《にようばう》、物見《ものみ》に、車《くるま》、二《ふた》つ許《ばか》りにて、参《まゐ》られたりし。

取《と》り取《ど》りに見《み》えし中《なか》に、小宰相殿《こざいしやうどの》と言《い》ひし人《ひと》の、鬢《びん》・額《ひたひ》の掛《か》かりまで、殊《こと》に、目《め》留《と》まりしを、「年頃《としごろ》、心《こころ》に掛《か》けて言《い》ひける人《ひと》の、通盛《みちもり》の朝臣《あそん》に取《と》られて、嘆《なげ》く」と聞《き》きし。実《げ》に、「思《おも》ふも理《ことわり》」と覚《おぼ》えしかば、其《そ》の人《ひと》の許《もと》へ。

（右京大夫）然《さ》こそ実《げ》に君嘆《きみなげ》くらめ心染《こころそ》めし山《やま》の紅葉《もみち》を人《ひと》に折《を》られて

返《かへ》し。

（資盛）何《なに》か実《げ》に人《ひと》の折《を》りける紅葉葉《もみちば》を心移《こころうつ》して思《おも》ひ初《そ》め《染め》けむ

など、申《まう》しし折《をり》は、唯《ただ》、「徒事《あだごと》」とこそ思《おも》ひしを、其《そ》れ故《ゆゑ》、底《そこ》の藻屑《もくづ》とまで成《な》りにし、哀《あは》れの例《ためし》無《な》さ。外《よそ》にて嘆《なげ》きし人《ひと》に折《を》られましかば、然《さ》は、あらざらまし。返《かへ》す返《かへ》す、例《ためし》無《な》かりける契《ちぎ》りの深《ふか》さも、儚《はかな》さも、言《い》はむ方《かた》無《な》し。

［訳］私が宮仕えしていた頃の資盛様には、今もなお、涙なしには思い出せない思い出がある。あれは、治承《じしょう》の頃であったか、新嘗祭《にいなめさい》の「豊《とよ》の明《あ》かりの節会《せちえ》」を見物するために、

上西門院《じょうさいもんいん》（鳥羽天皇の皇女で、後白河天皇の准母《じゅんぼ》）にお仕えする女房たちが、牛車二輛に乗って、参内《さんだい》したことがあった。一輛には最大四人まで乗れるから、全部で七、八人だっただろうか。

彼女たちは、いずれも美形揃いであったが、中でも目立ったのが、小宰相《こざいしょう》という名前で宮仕えをしている女房だった。鬢《びん》の削《そ》いだ感じや、額髪《ひたいがみ》の掛かり具合など、まことに美しいと、同性である私の目にも留まった。

その小宰相は、殿上人たちの争奪戦の対象となっていた。私が耳にした噂では、「小宰相に何人も執着して、言い寄ってきた人がいたが、平通盛《みちもり》様が相思相愛の相手として定まったので、彼らは悲しんでいる」ということだった。その失恋した殿方の一人が、何と、私の恋人でもある資盛様なのだった。

私から見ると、何とも、情けない話なのだが、豊の明かりの時に、私が自分の目で見た小宰相は、まことに美しく、「資盛様を初めとして、多くの殿方が心を焦《こ》がすのも道理だ」、と納得できた。それで、豊の明かりが終わった後で、私は資盛様に歌を贈って皮肉った。むろん、私には、嫉妬とまでは言えないまでも、面白くない感情があったのは事実である。

（右京大夫）然《さ》こそ実《げ》に君嘆《きみなげ》くらめ心染《こころそ》めし山《やま》の紅葉《もみち》を人《ひと》に折《を》られて

（あなたが心を燃やしていらっしゃった、紅葉《もみじ》のように美しい小宰相さんは、別の男性、しかも平家一門の通盛様と深い仲になりました。あなたが、心の底から嘆いていらっしゃるのは、しごく尤《もっと》もなことだと、私は納得しております。）

それに対する資盛様の返しは、意外と、素直なものだった。

（資盛）何《なに》か実《げ》に人《ひと》の折《を》りける紅葉葉《もみちば》を心移《こころうつ》して思《おも》ひ初《そ》め染《め》けむ

（本当に、あなたが言う通りです。外《ほか》の男性が自分のものとして折り取った美しい紅葉の枝を、私はどうして、あなたという本命の女性がいながら、一時的な目移りとはいえ、心惹《ひ》かれたのでしょうかね。自分でも、自分の心がわかりません。）

資盛様と私が、こんなやり取りをしている時には、小宰相と通盛様の関係を、私は「ただの火遊びである」くらいにしか思っていなかった。ところが、その後に、平家一門を、未曾有《みぞう》の大津波が襲った。小宰相は、都落ちする通盛様と共に、都を離れた。通盛様は、一ノ谷の合戦で、惜しくも討ち死になされた。その報《しら》せを受けた小宰相は、通盛様の子どもを身ごもっていたけれども、悲嘆と絶望のあまり、八島に向かう舟から身を投げて、亡き夫に殉じた。これほど、男性から愛され、男性を愛したがゆえの悲劇は、めったにあることではない。

不謹慎な物の言いようではあるが、資盛様のような人の妻になっていたならば、こういう悲劇は起きなかったかもしれない。通盛様と小宰相の愛の宿命は、限り無く深く、限り無く無常であった。私は、言葉もない。

［評］　二人の男性から愛された小宰相の悲劇が語られている。通盛との馴れ初めは、『平家物語』巻九「小宰相身投《みなげ》」に詳しい。通盛が詠んだ恋歌。

我《わ》が恋《こひ》は細谷川《ほそたにがは》の丸木橋《まろきばし》文《ふみ》《踏み》返《かへ》されて濡《ぬ》るる袖《そで》かな

小宰相に替わって、上西門院が返した歌。

唯頼《ただたの》め細谷川《ほそたにがは》の丸木橋《まろきばし》文返《ふみかへ》されて落《お》ちざらむやは

なお、通盛に小宰相を取られた男を資盛だとするのは、『八坂本《やさかぼん》・平家物語』である。

34―4　七夕の星

大方《おほかた》の身《み》の様《やう》も、付《つ》く方無《かたな》きに添《そ》へて、心《こころ》の中《うち》も、何時《いつ》と無《な》く、物《もの》のみ悲《かな》しくて、眺《なが》めし頃《ころ》、秋《あき》にも、やや成《な》りぬ。風《かぜ》の音《おと》は、然《さ》らぬだに身《み》に沁《し》むに、喩《たと》へむ方無《かたな》く、嘆《なげ》かれて、星合《ほしあひ》の空《そら》見《み》るも、物《もの》のみ哀《あは》れなり。

（右京大夫）熟々《つくづく》と眺《なが》め過《す》ぐして星合《ほしあひ》の空《そら》を変《か》はらず又眺《またなが》めつる

［訳］　私は、資盛様に心の奥底では惹《ひ》かれながら、隆信殿との関係も断ち切れず、収拾の付かない日々を生かされていた。我ながら、自分という人間の生き方が悲しくて、物思いに耽《ふけ》り続けた。

そうこうするうちに、七月が来て、秋の気配が徐々に漂いはじめた。

風の音は、四季を通して身に沁《し》みて悲しいものだが、秋の初めの風は、ことに身に沁み通る。言いようも無いほどに嘆かわしい気持ちが膨らんでくる。七夕の彦星と織女が出会う「星合いの空」を見ると、私はどうしようもないほど切なくなる。心の中では、一人の男性――むろん、資盛様である――を思っていたいのだが、実際には、二人の男性に引き裂かれている。

（右京大夫）熟々《つくづく》と眺《なが》め過《す》ぐして星合《ほしあひ》の空《そら》を変《か》はらず又眺《またなが》めつる

（私は、二人の男性を、一人に絞りきれないで困っているのに、七夕の夜空では、彦星と織女が、一夫一妻、相思相愛の夢を紡いでいる。いつも、物思いに沈みながら、私は空を眺めているけれども、七夕の宵である今日も、私は例年と同じように空を見上げている。今年の心の悩みは、いつになく大きい。）

［評］「嘆《なげ》かれて」を「眺《なが》められて」とする本文がある。

後に、「七夕」に寄せる五十首の大連作が、記されることになる（「59」参照）。

35　西山での日々

35―1　枯れた花に寄せて

西山《にしやま》なる所《ところ》に住《す》みし頃《ころ》、遥《はる》かなる程《ほど》、事繁《ことしげ》き身《み》の、暇無《いとまな》さに託《ことづ》けて、やや久《ひさ》しく、訪《おとづ》れず。枯《か》れたる花《はな》の有《あ》りしに、ふと。

（右京大夫）訪《と》はれぬは幾日《いくか》ぞとだに数《かぞ》へぬに花《はな》の姿《すがた》ぞ知《し》らせ顔《がほ》なる

此《こ》の花《はな》は、十日余《とをかあま》りが程《ほど》に、見《み》えしに、折《を》りて持《も》たりし枝《えだ》を、簾《すだれ》に挿《さ》して、出《い》でにしなりけり。

（右京大夫）哀《あは》れにも辛《つら》くも物《もの》ぞ思《おも》はるる逃《のが》れざりける世々《よよ》の契《ちぎ》りに

［訳］西山にある善峯寺《よしみねでら》というお寺では、私の兄である尊円《そんえん》が修行している。この兄の父親は、あの藤原俊成様である。

私は、隆信殿との関係を見つめ直し、できるならば終熄させるべく、西山にしばらく隠棲することにした。その一方で、資盛様との関係は、少しでも緊密にしておきたかった。けれども、西山は、都からは遠いし、資盛様は公務多忙でいらっしゃるので、時間が無いという理由で、永いこと、訪れが絶えていた。そのような時、ふと僧坊の簾を見ると、枯れた花が目に入った。その花を見た瞬間、そこに自分自身の姿を見たように思った。すると、歌が口をついて出てきた。

（右京大夫）訪《と》はれぬは幾日《いくか》ぞとだに数《かぞ》へぬに花《はな》の姿《すがた》ぞ知《し》らせ顔《がほ》なる

（資盛様の訪れが無いのは、今日で、もう何日目だろうか。私自身は、その日数《ひかず》を数えてはいない。けれども、あの「枯れた」花は、あの人が私から「離《か》れた」日数の多さを、如《によ》実《じつ》に示している。）

この枯れた花は、もう十日以上も前になるだろうか、資盛様が最後にお見えになった時に、折り取って手に持っていた花を、帰りがけに簾に挿して、都に戻ってゆかれた、その花なのだった。その花が「枯れる」ほどに、資盛様の訪れも「離《か》れ」ている。花の生命が失われたように、私の生命も枯渇しつつある。

（右京大夫）哀《あは》れにも辛《つら》くも物《もの》思《おも》はるる逃《のが》れざりける世々《よよ》の契《ちぎ》りに

（資盛様と私の関係は、前世から決まっていた宿命だった。私が愛されるのも、訪れが絶えて苦しむのも、すべては逃れることのできない宿命なのだった。）

［評］ 相手は資盛だろう。「逃《のが》れざりける世々《よよ》の契《ちぎ》り」とあるが、最大の「宿命」は、平家滅亡と、資盛の死だった。

35—2 裏返る葛《くず》の葉に寄せて

前《まへ》なる垣穂《かきほ》に、葛《くず》這《は》ひ掛《か》かり、小笹《こざさ》打《う》ち靡《なび》くに。

（右京大夫）山里《やまざと》は玉巻《たまま》く葛《くず》の裏見《うらみ》《恨み》にて小笹《こざさ》が原《はら》に秋《あき》の初風《はつかぜ》

［訳］ 僧坊の庭にある垣根には、葛《くず》が蔓《つる》で纏《まと》わり付いていて、葉を繁らせている。そのあたりには、小笹《こざさ》も生《は》えていて、風が吹くと打ち靡いている。葛の葉もまた、風が吹くと、

白い葉裏を見せている。

（右京大夫）山里《やまざと》は玉巻《たまま》く葛《くず》の裏見《うらみ》《恨み》にて小笹《こざさ》が原《はら》に秋《あき》の初風《はつかぜ》

（この山里では、葉先が玉のように渦を巻いている葛の葉が、秋の初風が吹くと、白い葉裏を見せて翻《ひるがえ》る。私も、資盛様に飽きられて、恨めしい気持ちが湧いてくるのを堪《こら》えきれない。小笹の生えている原にも、風が吹いている。『源氏物語』花宴《はなのえん》の巻には、「いづれぞと露《つゆ》の宿《やど》りを分《わ》かむ間《ま》に小笹《こざさ》が原《はら》に風《かぜ》もこそ吹《ふ》け」という歌がある。光る君が朧月夜《おぼろづきよ》に贈った歌である。資盛様が、あまりにも永く私を訪ねてくれなければ、朧月夜が示唆したように、私も死んでしまい、草の原（墓場）に埋められてしまうだろう。そうなる前に、逢いに来てほしい。）

［評］「小笹《こざさ》が原《はら》」という言葉は、『源氏物語』花宴《はなのえん》の巻で、光源氏が詠んだ歌で、有名になった。「いづれぞと露《つゆ》の宿《やど》りを分《わ》かむ間《ま》に小笹《こざさ》が原《はら》に風《かぜ》もこそ吹《ふ》け」。同じ巻で、朧月夜が詠んだ、「憂《う》き身世《みよ》にやがて消《き》えなば尋《たづ》ねても草《くさ》の原《はら》をば訪《と》はじとや思《おも》ふ」という歌の「草の原」は、墓所という意味である。藤原俊成が、『六百番歌合』の判詞《はんし》で、「源氏見《げんじみ》ざる歌詠《うたよ》みは遺恨《いこん》のことなり」と

喝破したのは、「草の原」という言葉に関してであった。
なお、「群書類従」の原文は「小笹」を「小篠」と表記している。

35—3 月に寄せて

月《つき》の夜《よ》、例《れい》の、思《おも》ひ出《い》でずも無《な》くて。

（右京大夫）面影《おもかげ》を心《こころ》に籠《こ》めて眺《なが》むれば忍《しの》び難《がた》くも澄《す》める《住める》月《つき》かな

［訳］ 山里で見る月は、殊のほかに美しい。都よりも空気が澄み切っているからだろう。けれども、私の心は、資盛様のことを思うと、山里で暮らしていても、秋の空のように、澄み渡ることはできない。秋の月は、明るく空に輝いている。その月を見ていると、どうして資盛様のことを思い出さずにはいられようか。その日も、いつものように、資盛様のことが思い浮かんで仕方がなかった。すると、私の心は恋心で濁ってくるのだった。

（右京大夫）面影《おもかげ》を心《こころ》に籠《こ》めて眺《なが》むれば忍《しの》び難《がた》くも澄《す》める《住める》月《つき》かな

（資盛様の面影を、心の中に思い浮かべながら空を見上げると、こんなに美しくて良いものだろうかと、思うほどに、美しい月が空に懸かっている。だが、見ているうちに、私の心の中に、こみ上げてくる、理由のわからない、もやもやとした感情がある。これが、恋というものなのだろうか。）

［評］『続古今和歌集』に、源俊頼《としより》の、「古《いにしへ》の面影《おもかげ》をさへ差《さ》し添《そ》へて忍《しの》び難《がた》くも澄《す》める月《つき》かな」という歌がある。月を見ていて、昔、親しくしていた人のことを懐かしく思い出した、という状況である。

35―4　枯野の荻《おぎ》に寄せて

冬《ふゆ》に成《な》りて、枯野《かれの》の荻《をぎ》に、時雨《しぐれ》、はしたなく過《す》ぎて、濡《ぬ》れ色《いろ》の凄《すさ》まじきに、春《はる》より先《さき》に、下芽《したため》ぐみたる若葉《わかば》の、緑青色《ろくしやういろ》なるが、時々見《ときどきみ》えたるに、露《つゆ》は、秋《あき》思《おも》ひ出《い》でられて、置《お》き渡《わた》したり。

（右京大夫）霜冴《しもさ》ゆる枯野《かれの》の荻《をぎ》の露《つゆ》の色秋《いろあき》の名残《なごり》を共《とも》に偲《しの》ぶや

［訳］季節は、秋から冬に変わった。秋の野の繚乱《りょうらん》たる気色は、蕭条《しょうじょう》・荒涼たる枯野へと変貌した。枯野を覆《おお》い尽くしている白い荻《おぎ》の枯葉の上に、「ここまで降らなくてもよいのではないか」と可哀想になるくらいに、冷たい時雨《しぐれ》が降りかかる。時雨に濡れた枯荻《かれおぎ》の色は、ぞっとするほどに凄絶《せいぜつ》である。

ところが、よくよく観察してみると、早くも春の季節を先取りしたかのように、枯荻《かれおぎ》の下のほうに、緑青《ろくしょう》色をした新芽が芽生えているのが、あちこちに見える。また、露が枯荻の上に、びっしり置いているようすは、まるで秋の野のようでもある。ここには、秋・冬・春の三つの季節が共存している。私は、その中で、秋の名残《なごり》に最も心を惹《ひ》かれる。

（右京大夫）霜冴《しもさ》ゆる枯野《かれの》の荻《をぎ》の露《つゆ》の色秋《いろあき》の名残《なごり》を共《とも》に偲《しの》ぶや

（真っ白な霜が降りている荻の枯葉の上に、びっしりと秋を思わせる露が置いている。秋は、男が女への恋に飽きる季節。でも、まだ、完全には終わりきってはいない。冬の野が、秋の名残を惜しんでいるように、私もまた、資盛様との途絶えがちな恋の名残を、ひたすら懐かしんで偲び続けている。）

［評］ 春の新生の季節は、二人に来るのだろうか。なお、『日本国語大辞典』の「緑青色」の用例は、『建礼門院右京大夫集』の、この箇所である。

35—5 寝具に寄せて

何《なに》と無《な》く、閨《ねや》の狭筵《さむしろ》打《う》ち払《はら》ひつつ、思《おも》ふ事《こと》のみ有《あ》れば。

（右京大夫）夕《ゆふ》さればあらまし事《ごと》の面影《おもかげ》に枕《まくら》の塵《ちり》を打《う》ち払《はら》ひつつ

（右京大夫）憧《あくが》るる心《こころ》は人《ひと》に添《そ》ひぬらむ身《み》の憂《う》さのみぞ遣《や》る方《かた》も無《な》き

【訳】 ある日の夕暮、はっと我に返ると、私は無意識のうちに、寝室の敷物の上に積もった塵を払い捨てていた。資盛様がお見えになる時のことを考えて、少しでも綺麗にしようとしていたのである。自分は、そんなにも資盛様の訪れを待ち続けているのだと、しみじみ痛感させられた。

（右京大夫）夕《ゆふ》さればあらまし事《ごと》の面影《おもかげ》に枕《まくら》の塵《ちり》を打《う》ち払《はら》ひつつ

（夕暮になると、私は資盛様の訪れを期待して、その面影を心に思い浮かべては、二人で夜を過ごすことになるだろう枕の塵を払って、準備してしまうことだ。）

そんな自分は、いったい何者なのだろうか。そんなことを考えていて、一つの結論を得た。

（右京大夫）憧《あくが》るる心《こころ》は人《ひと》に添《そ》ひぬらむ身《み》の憂《う》さのみぞ遣《や》る方《かた》も無《な》き

（私の心は、恋しく思う資盛様に惹《ひ》かれて、この場所を離れ、資盛様の近くに寄り添っているのだと思われる。では、今、ここに存在している私の体には、何が寄り添っているのか。それは、憧れや喜びの裏返しとしての、生きることの辛さと悲しさである。それらは、私がどんなに追い払おうとしても、我《わ》が身《み》から離れることがない。）

【評】『蜻蛉日記《かげろう》』には、「打《う》ち払《はら》ふ塵《ちり》のみ積《つ》もる狭筵《さむしろ》も嘆《なげ》く数《かず》には如《し》かじとぞ思《おも》ふ』とある。『続千載和歌集』にも入っている。この歌のように、「狭筵《さむしろ》の塵を払ふ」という表現は、来ぬ男を嘆く女の悲しみを訴える常套句である。右京大夫の歌は、詞書で、「塵」を出さず、歌で、「枕《まくら》の塵《ちり》を打《う》ち払《はら》ひつつ」と歌っているのが面白い。狭筵《さむしろ》や枕の塵を払うという仕種《しぐさ》によって、自分の心が遊離し、かつて共に夜を過ごし、今は不在の「男」に吸引されてゆく女心が、二首目の眼目になっている。

36 秋の山里で湯浴《ゆあ》みする人へ

中宮《みや》に候《さぶら》ひし雅頼《まさより》の中納言《ちゆうなごん》の女《むすめ》、帥殿《そちどの》と言《い》ひしが、物言《ものい》ひをかしく、憎《にく》からぬ心様《こころざま》して、何事《なにごと》も申《まう》し交《か》はしなどせしが、秋《あき》の頃《ころ》、「山里《やまざと》にて、湯浴《ゆあ》むる」とて、久《ひさ》しく籠《こ》もり居《ゐ》られたりしに、事《こと》の序《つい》でに、申《まう》し遣《つか》はす。

（右京大夫）真柴《ましば》葺《ふ》く閨《ねや》の板間《いたま》に漏《も》る月《つき》を霜《しも》とや払《はら》ふ秋《あき》の山里《やまざと》

（右京大夫）珍《めづら》しく我《わ》が思《おも》ひ遣《や》る鹿《しか》の音《ね》を飽《あ》くまで聞《き》くや秋《あき》の山里《やまざと》

（右京大夫）いとどしく露《つゆ》や置《お》き添《そ》ふ掻《か》き暗《くら》し雨降《あめふ》る頃《ころ》の秋《あき》の山里《やまざと》

（右京大夫）羨《うらや》まし榾《ほた》切《き》り焼《く》べて如何許《いかばか》り御湯沸《みゆわ》かすらむ秋《あき》の山里《やまざと》

（右京大夫）椎拾《しひひろ》ふ賤《しづ》も道《みち》にや迷《まよ》ふらむ霧立《きりた》ち籠《こ》むる秋《あき》の山里《やまざと》

（右京大夫）栗《くり》も笑《ゑ》みをかしかるらむと思《おも》ふにもいでや床《ゆか》しや秋《あき》の山里《やまざと》

（右京大夫）志《こころざし》ならば定《さだ》めて我《わ》が為《ため》に有《あ》るらむものを秋《あき》の山里《やまざと》

（右京大夫）此《こ》の頃《ごろ》は柑子《かうじ》橘《たちばな》生《な》り交《ま》じり木《こ》の葉《は》紅葉《もみ》づや秋《あき》の山里《やまざと》

（右京大夫）鶉《うづら》伏《ふ》す門田《かどた》の鳴子《なるこ》引《ひ》き馴《な》れて帰《かへ》らま憂《う》きや秋《あき》の山里《やまざと》

（右京大夫）帰《かへ》り来《き》て其《そ》の見《み》る許《ばか》り語《かた》らなむ床《ゆか》しかりつる秋《あき》の山里《やまざと》

返《かへ》しも、戯《たは》れ事《ごと》の様《やう》なりしを、程経《ほどへ》て、忘《わす》れぬ。

［訳］これまで、私自身が西山の山里で過ごした日々について回想してきた。書いてい

るうちに、友人が秋の山里に湧いている温泉で湯治《とうじ》をしていたことがあった、と思い出した。「秋の山里」繋がりなので、ここに記しておきたい。

私がまだ建礼門院様に宮仕えしていた頃の同僚に、源雅頼《まさより》様のお嬢さんがいた。「師殿《そちどの》」というのが、彼女の女房名だった。彼女は、気の利《き》いた、ものの言い方をするし、性格的にも愛嬌があるので、私は何かに付けては彼女を話し相手として、楽しんでいた。

その師殿が、ある年の秋、「暫く山里に籠《こ》もって、湯治してきます」と言って、それから永いこと、山里に籠《こ》もっておられた。ある時、彼女に連絡を取る必要があったので、そのついでに、私的な和歌を詠んで、贈った。全部で十首。すべて、第五句が「秋の山里」という体言止めである。

（右京大夫）真柴葺《ましばふ》く閨《ねや》の板間《いたま》に漏《も》る月《つき》を霜《しも》とや払《はら》ふ秋《あき》の山里《やまざと》

（秋の山里での山家暮《やまがぐ》らしは、いかがですか。山里の家は、柴《しば》で屋根を葺《ふ》いているそうですが、隙間《すきま》があるので、さぞかし、夜になると、月の光が板の間《いたま》まで漏れ入ってきているることでしょう。その月の光のあまりの白さに、あなたは部屋の中に霜が降《お》りたと錯覚して、取り払おうとしているのではないですか。）

（右京大夫）珍《めづら》しく我《わ》が思《おも》ひ遣《や》る鹿《しか》の音《ね》を飽《あ》くまで聞《き》くや秋《あき》の山里《やまざと》

（都にいては、まず鹿の鳴き声を耳にする機会はありません。そのように珍しい鹿の哀切な鳴き声を、あなたは秋の山里で、心ゆくばかり、もう十分に聞き飽きたと思うくらいに耳にされたのではないですか。）

（右京大夫）いとどしく露《つゆ》や置《お》き添《そ》ふ掻《か》き暗《くら》し雨降《あめふ》る頃《ころ》の秋《あき》の山里《やまざと》

（あなたのいらっしゃる秋の山里では、空を真っ暗にして冷たい雨が降っていることでしょう。ただでさえ湿っぽいあなたの袖の上は、都のことを懐かしく思う涙が落ち加わって、いっそう潤っていることでしょう。）

（右京大夫）羨《うらや》まし榾《ほた》切《き》り焼《く》べて如何許《いかばか》り御湯《みゆ》沸《わ》かすらむ秋《あき》の山里《やまざと》

（秋の山里では、山から切ってきた榾木《ほたき》（小枝）を火に焼《く》べて、湯治用のお湯の温度を熱くしていることでしょう。羨ましいことです。）

（右京大夫）椎拾《しひひろ》ふ賤《しづ》も道《みち》にや迷《まよ》ふらむ霧立《きりた》ち籠《こ》むる秋《あき》の山里《やまざと》

（あなたが滞在しておられる秋の山里では、山人《やまびと》たちが椎の実を拾い集めていることでしょう。でも、あまりにも秋霧が深く立ちこめているので、勝手知ったる山道であっても、彼らは道に迷ったりするのでしょうね。）

（右京大夫）栗《くり》も笑《ゑ》みをかしかるらむと思《おも》ふにもいでや床《ゆか》しや秋《あき》の山里《やまざと》

（秋の山里の味覚と入ったら、やはり栗。栗の実は熟したら、おのずと毬《いが》が割れて弾《はじ》けるそうですね。そして、その弾けることを「笑《え》む」と言うそうですね。その様子は、どんなにか面白いことでしょう。私も、山里まで出かけて、栗が笑《え》む様子を自分の目で見てみたいものです。）

（右京大夫）志《こころざし》ならば定《さだ》めて我《わ》が為《ため》に有《あ》るらむものを秋《あき》の山里《やまざと》

（あなたは、今頃、都にいる私に対して、秋の山里の土産《みやげ》として、何を贈ろうかと、思案しておられると思います。何でも結構ですよ。栗以外にも、木の実はたくさんあるでしょうから。）

（右京大夫）此《こ》の頃《ごろ》は柑子《かうじ》橘《たちばな》生《な》り交《ま》じり木《こ》の葉《は》紅葉《もみ》づや秋《あき》の山里《やまざと》

（前の歌の続きです。山里の土産《みやげ》ならば、今頃の山里では蜜柑や橘の実が、どれが何の実かわからないくらい、実っているでしょうから、どれでも結構ですよ。あるいは、食べ物でなくても、見事な紅葉の枝があれば、それでも結構ですよ。）

（右京大夫）鶉《うづら》伏《ふ》す門田《かどた》の鳴子《なるこ》引《ひ》き馴《な》れて帰《かへ》らま憂《う》きや秋《あき》の山里《やまざと》

（それにしても、あなたが都に戻って来られるのが遅いですね。山家の前の田圃《たんぼ》に、鶉《うずら》が潜んでいて、稲を食べたりするので、農民たちは「引田《ひた》」と呼ばれる鳴子《なるこ》を鳴らして、鶉を追い払うそうですね。あなたは、その引田を鳴らすのが面白く、その楽しみを続けたくて、都に戻るのが億劫《おっくう》になってしまったのでしょうか。また、お湯に入ることを「引く」と言いますから、あなたは湯治の楽しさと別れかねているのでしょうか。）

（右京大夫）帰《かへ》り来《き》て其《そ》の見《み》る許《ばか》り語《かた》らなむ床《ゆか》しかりつる秋《あき》の山里《やまざと》

（いろいろ歌ってきましたが、私の言いたいのは、ただ一つ。早く、帰ってきてください。あなたの得意な話芸で、秋の山里の暮らしぶりについて話してくれるのを、聞きたくてたまりません。）

私が詠んだ「秋の山里」十首に対して、帥殿からも返事があった。やはり十首で、ユーモラスな歌ばかりだったが、だいぶ前のことなので、彼女からの返歌は忘れてしまった。

【評】「帥殿《そちどの》」を「輔殿《すけどの》」とする写本がある。また、「物言《ものい》ひをかしく、憎《にく》からぬ心様《こころざま》して」の「憎《にく》からぬ心様《こころざま》」の箇所は、「憎《にく》からぬ様《ざま》」とある写本が多い。変体仮名の「怒」は、「ぬ」である。「奴」も「ぬ」と読むので、「怒」を二つに分解すれば、「奴」＋「心」で、「ぬ心」となるためである。

右京大夫の歌は、すべて「秋の山里」で終わっているが、「群書類従」では、

「秋」「秌」「あき」、「山里」「やま里」「山ざと」「やまざと」と、表記に様々な変化を持たせている。

この温泉が湧いている「山里」は、どこなのだろう。平清盛が造営し、都を移した福原は、有馬温泉と近い。

37　嘆く人たち

37―1　司召《つかさめし》に漏れた男性

冬深《ふゆふか》き頃《ころ》、纔《わづ》かに、霜枯《しもがれ》の菊《きく》の中《なか》に、新《あたら》しく咲《さ》きたる花《はな》を折《を》りて、縁有《ゆかりあ》る人《ひと》の、司召《つかさめし》に嘆《なげ》く事有《ことあ》りしが、言《い》ひ致《おこ》せたり。

（司召に漏れた知人）霜枯《しもがれ》の下枝《したえ》に交《ま》じる菊見《きくみ》れば我《わ》が行《ゆ》く末《すゑ》も頼《たの》もしきかな

と申《まう》したる。返《かへ》り事《ごと》に。

（右京大夫）花《はな》と言《い》へば移《うつ》ろふ色《いろ》も有《あ》ると聞《き》く君《きみ》が匂《にほ》ひは久《ひさ》しかるべし

［訳］　人事異動である「秋の司召《つかさめし》」で、希望している役職にありつけずに、落胆している人がいた。その人は、私とゆかりのある男性だった。冬が深まる頃、その人は、最近咲いたばかりの菊の花を折り取って、私に贈ってきた。季節が季節だけに、ほとんどの菊は、霜に遭《あ》って枯れている。それなのに、今頃になって咲く、遅咲きの菊の花があったのである。その人が、菊に結びつけていた歌。

（司召に漏れた知人）霜枯《しもがれ》の下枝《したえ》に交《ま》じる菊見《きくみ》れば我《わ》が行《ゆ》く末《すゑ》も頼《たの》もしきかな

（ほとんどの菊が霜枯れてしまったこの季節になっても、この菊のように、茎の下のほうの枝からは、新しい花が咲くこともあるのですね。私は今、人事異動からも漏れてしまい、失意の身の上ですが、人よりは昇進が遅れても、それなりに一花《ひとはな》咲かせられるかもしれない、という希望が湧いてきました。）

私も、励ます歌を詠んで、贈った。

（右京大夫）花《はな》と言《い》へば移《うつ》ろふ色《いろ》も有《あ》ると聞《き》く君《きみ》が匂《にほ》ひは久《ひさ》しかるべし

（花は美しいものですが、その盛りは短く、やがて色が移ろって、褪せてしまいます。けれども、菊の花は、色が移ろってからあとで、真に見ごたえのある花を咲かせてくれると聞いています。あなたが贈ってくださった、この遅咲きの菊の花のように、あなたのこれからの人生は、遅咲きではあっても大輪の花を開かせ、その香りはいつまでも消えないものとなるでしょう。未来を信じて、お過ごし下さい。）

［評］　作者の歌の「有《あ》ると聞《き》く」の部分は、本文の異同が多い。「有《あ》りと聞《き》く」は「り」と「る」の違いだが、「徒《あだ》なるを」は大きく違っている。「群書類従本」の「有《あ》ると聞《き》く」だと、「聞く」と「菊」の掛詞だと解釈できる。

『日本国語大辞典』では、「したえ（下枝）」の用例が、『建礼門院右京大夫集』のこの箇所である。なお、右京大夫と同時代の藤原実家《さねいえ》（一一四五～一一九三）に、「霜枯《しもがれ》の菊《きく》の下枝《したえ》の一枝《ひとえだ》に移《うつ》ろふ色《いろ》をいかで知《し》らまし」という歌がある。「残りの菊」という題で詠まれている。

37―2　維盛に忘れられかけた女性

上臈《じやうらふ》だちて、近《ちか》く見《み》し人《ひと》の、取《と》り分《わ》き仲良《なかよ》き様《やう》なりしに、我《わ》が物申《ものまう》す人《ひと》の兄《このかみ》なりしは、（右京大夫）御縁《おんゆかり》の上《うへ》に、やがて、宮人《みやびと》にて、殊《こと》に、常《つね》に見《み》し人《ひと》の、忍《しの》びて、心交《こころか》はして、「互《かた》みに、思《おも》はぬにしもあらじ」と見《み》えしかど、世《よ》の習《なら》ひにて、女方《をんながた》は、物思《ものおも》はし気《げ》なりしを、真秀《まほ》ならねど、心得《こころえ》たりしかば、些《ち》と、気色《けしき》知《し》らせまほしくて、男《をとこ》の許《もと》へ遣《つか》はす。

（右京大夫）外《よそ》にても契《ちぎ》り哀《あは》れに見《み》る人《ひと》を辛《つら》き目《め》見《み》せば如何《いか》に憂《う》からむ

（右京大夫）立《た》ち帰《かへ》る名残《なごり》《返る余波(なごり)》こそとは言《い》はねども枕《まくら》も如何《いか》に君《きみ》を待《ま》つらむ

（右京大夫）起《お》き《置き》て行《ゆ》く人《ひと》の名残《なごり》や押《お》し《惜(を)し》明《あ》けの月影《つきかげ》白《しろ》し道芝《みちしば》の露《つゆ》

返《かへ》り事《ごと》。（維盛）「あいなの賢《さか》しらや。然《さ》るは、斯様《かやう》の事《こと》も、付《つ》き無《な》き身《み》には、言葉《ことば》も無《な》きを」とて。

（維盛）我《わ》が思《おも》ひ人《ひと》の心《こころ》を推《お》し量《はか》り何《なに》と様々《さまざま》君嘆《きみなげ》くらむ

（維盛）枕《まくら》にも人《ひと》にも心思《こころおも》ひ付《つ》けて名残《なごり》や何《なに》と君《きみ》ぞ言《い》ひ成《な》す

（維盛）明《あ》け方《がた》の月《つき》を袂《たもと》に宿《やど》しつつ帰《かへ》さの袖《そで》は我《われ》ぞ露《つゆ》けき

【訳】 今、政《まつりごと》（出世争い）で嘆いた男性の思い出を書いたが、物思いに苦しむのは女性でも同様である。女性の場合には、恋の嘆きである。

宮仕えする女房たちの中では身分が高く、建礼門院様から直接に指示を受ける上臈《じょうろう》女房で、私が親しく接する機会の多かった女性がいた。彼女は、私とは特段に仲が良かった。私が縁あってお付き合いをしている資盛様の兄君に、維盛《これもり》様がいらっしゃった。維盛様は、中宮《みやさま》様とはご一族であるし、その中宮《みやさま》様にお仕えする中宮職《ちゅうぐうしき》の、権《ごん》の亮《すけ》でもあったので、頻繁に中宮《みやさま》様の許《もと》に参上していた。私のお友だちの上臈《じょうろう》女房は、そういうわけで維盛様と顔を合わせる機会が多く、いつのまにか、こっそり心を通わせて、男女の仲に発展したようだった。

私は、一人は親友であるし、もう一人は、恋人の兄君なので、二人の関係がうまくいっているようだ、と嬉しく見守っていた。

ところが、男が女に飽き、女が男に忘れられるというのが、世の中の習いだと見え、女のほうは、嘆きがちな状態になってしまった。

二人の関係の詳しいことは、私が知る由《よし》も無いのだけれども、どうも女が嘆いているのは確かだと感じ取ったので、僭越《せんえつ》ではあるが、彼女の苦しみを伝えたいと考え、三首の歌を詠んで維盛様に届けた。

（右京大夫）外《よそ》にても契《ちぎ》り哀《あは》れに見《み》る人《ひと》を辛《つら》き目見《めみ》せば如何《いか》に憂《う》からむ

（私はあなたの恋の部外者ではありますが、あなたと深い宿命で結ばれているようにお見受けしている女性とは、私も親しくしています。ですから、彼女にあなたが悲しい思いをさせるのであれば、私まで辛《つら》くなってしまいます。）

（右京大夫）立《た》ち帰《かへ》る名残《なごり》《返る余波(なごり)》こそとは言《い》はねども枕《まくら》も如何《いか》に君《きみ》を待《ま》つらむ

（朝になって、あなたが彼女の部屋からお帰りになるのを、あの人だけではなく、夜を共にした枕もまた、名残惜しいと思っていることでしょう。枕が、あなたがもう一度、しかも、なるべく早く、彼女の部屋を訪れることを、枕もお待ちしていると思います。その枕の思いは、私の心でもあります。）

（右京大夫）起《お》き《置き》て行《ゆ》く人《ひと》の名残《なごり》や押《お》し《惜(を)し》明《あ》けの月影《つきかげ》白《しろ》し道芝《みちしば》の露《つゆ》

（朝、起きて帰ってゆく男の人の名残は、見送る女にとってはどんなに惜しいことでしょうか。朝の道には芝草に露がびっしり置いていますが、そこに月の光が当たって、白々と見え、心が慄然《りつぜん》とします。あなたは、そんな女心を考えたことがありますか。）

維盛様からも、返事があった。私が三首詠んだので、返歌も三首あった。歌の前に、

「恋愛のことは、当事者の二人に任せてもらいたい。余計なお節介《せっかい》は、止めていただきたいですな。とは言え、私が困惑しているのは、和歌を詠む、しかも三首も、という状況は、無骨な私にはまったく不得手なことなので、戸惑っているばかりです」と書いてあった。

（維盛）我《わ》が思《おも》ひ人《ひと》の心《こころ》を推《お》し量《はか》り何《なに》と様々《さまざま》君嘆《きみなげ》くらむ

（あなたは、何と忙しいお人なのか。私の心の中をあれこれと推し量り、彼女の心の中をあれこれと推し量り、それが事実ではない推量なのに、いったい何を心配しているのですか。すべて、あなたの独り相撲ではありませんか。）

（維盛）枕《まくら》にも人《ひと》にも心思《こころおも》ひ付《つ》けて名残《なごり》や何《なに》と君《きみ》ぞ言《い》ひ成《な》す

（彼女の心だけで無く、心など持たないはずの枕の心まで推し量り、ああだ、こうだと、何を悲憤慷慨《ひふんこうがい》しているのですか。）

（維盛）明《あ》け方《がた》の月《つき》を袂《たもと》に宿《やど》しつつ帰《かへ》さの袖《そで》は我《われ》ぞ露《つゆ》けき

（明け方の帰り道は、道芝以上に、別れを惜しむ私の涙の露で、私の袖はびっしょり濡れ

ているのですよ。そこに月が映って、悲しいのは私のほうなのです。あなたは何も心配しなくてもよいですよ。)

［評］「些《ち》と、気色《けしき》知《し》らせまほしくて」の「知《し》らせまほしくて」を、「知《し》らまほしくて」とする本文がある。「知《し》らせまほしくて」だと、悲しんでいる女の様子を維盛に知らせたくて、という意味になる。「知《し》らまほしくて」だと、女を忘れた維盛の本心を、右京大夫が知りたくて、という意味になる。

この維盛から忘れかけられた女は、維盛の正室である大納言藤原成親《なりちか》の娘ではないか、とする説がある。彼女は、建春門院に仕えて、「新大納言の局《つぼね》」と呼ばれていた。建春門院が没した一一七六年以後に、建礼門院に仕えたのだろう。

38 重衡の思い出、二つ

38—1 怪談

中宮《みや》の、参《ま》う上《のぼ》らせ給《たま》ふ御供《おんとも》して、帰《かへ》りたる人々《ひとびと》、物語《ものがたり》せし程《ほど》に、火《ひ》も消《き》えぬれど、炭《す》櫃《びつ》の埋《うづ》み火《び》許《ばか》り掻《か》き熾《おこ》して、同《おな》じ心《こころ》なる同士《どち》四人許《よたりばか》り、（女房たち）「様々《さまざま》心《こころ》の内《うち》ども、片《かた》方《へ》は残《のこ》さず」など言《い》ひしかど、思《おも》ひ思《おも》ひに、下噎《したむせ》ぶ事《こと》は、真秀《まほ》にも言《い》ひ遣《や》らぬしも、我《わ》が心《こころ》にも知《し》られつつ、哀《あは》れにぞ覚《おぼ》えし。

（右京大夫）思《おも》ふ同士《どち》夜半《よは》の埋《うづ》み火《び》掻《か》き熾《おこ》し闇《やみ》の現《うつつ》に円居《まどゐ》をぞする

（右京大夫）誰《たれ》も其《そ》の心《こころ》の底《そこ》は数々《かずかず》に言《い》ひ出《い》でねども著《しる》くぞ有《あ》りける

など思《おも》ひ続《つづ》くる程《ほど》に、宮《みや》の亮《すけ》の、（重衡）「内裏《うち》の御方《おほんかた》の番《ばん》に候《さぶら》ひける」とて、入《い》り来《き》て、例《れい》の、徒言《あだごと》も、実《まこと》しき言《こと》も、様々《さまざま》をかしき様《やう》に言《い》ひて、我《われ》も、人《ひと》も、斜《なの》めならず笑《わら》ひつつ、果《は》ては、恐《おそ》ろしき物語《ものがたり》どもをして、脅《おど》されしかば、忠実《まめ》やかに、皆《みな》、汗《あせ》に成《な》りつつ、（女房たち）「今《いま》は聞《き》かじ」「後《のち》に」と言《い》ひしかど、猶々《なほなほ》、言《い》はれしかば、果《は》ては、衣《きぬ》を引《ひ》き被《かづ》きて、（右京大夫）「聞《き》かじ」とて、寝《ね》て、後《のち》、心《こころ》に思《おも》ひし事《こと》。

（右京大夫）徒言《あだごと》に唯言《ただい》ふ人《ひと》の物語《ものがたり》其《そ》れだに心惑《こころまど》ひぬるかな

（右京大夫）鬼《おに》を実《げ》に見《み》ぬだに甚《いた》く恐《おそ》ろしき後《のち》の世《よ》をこそ思《おも》ひ知《し》りぬれ

［訳］　今、資盛様の兄君である維盛様の思い出話を書いたが、資盛様の叔父君である重衡《しげひら》様にも、いくつか忘れ得ぬ思い出がある。

中宮様《みやさま》が、主上様《うえさま》の御座所にお上りになった。そのお供をして上ってから、戻ってきた女房たちが、世間話に花を咲かせていた。話に夢中になっているうちに、いつの間《ま》に、燈火も消えてしまった。それでも、わずかな光でもあれば、ということで、炭櫃《すびつ》（囲炉裏）の埋《うず》み火《び》を掻《か》き熾《おこ》して、その光の下で、会話を続けたのだった。気心を許した四人ほどの女房が、「私たち一人一人の心の中には、たくさんの思いが溜まっているはずです。しかも、今夜は四人もいるのですから、一つ残らず語り明かしましょう」などと言って、話し続けたのだった。それでも、心の奥底に蟠《わだかま》っていて、言葉にすることのできない悩み事は、はっきりと口にできないもどかしさがあるようだった。そのことは、私自身、資盛様や隆信殿との関係で、身に沁《し》みて痛感していることだったので、胸が締め付けられるように感じた。

そんな気持ちを、歌に詠んだ。

（右京大夫）思《おも》ふ同士《どち》夜半《よは》の埋《うづ》み火《び》掻《か》き熾《おこ》し闇《やみ》の現《うつつ》に円居《まどゐ》をぞする

（仲の良い仲間同士が、夜遅く、埋み火を掻き熾《おこ》しながら、皆で楽しい語らいを持った。『古今和歌集』に、「むばたまの闇《やみ》の現《うつつ》は定《さだ》かなる夢《ゆめ》に幾《いく》らも増《ま》さらざりけり」（読み人知らず）という歌がある。「闇《やみ》の現《うつつ》」は、暗闇の中で現実に男と女が逢瀬を持つ、という意味である。私たち四人も、熾火《おきび》だけの、ほとんど暗闇の中で、生々しい、恋愛の経験譚《たん》を語り合ったことだ。）

（右京大夫）誰《たれ》も其《そ》の心《こころ》の底《そこ》は数々《かずかず》に言《い》ひ出《い》でねども著《しる》くぞ有《あ》りける

（私たちは四人とも、それぞれが心の底には、「恋愛」という、曰《いわ》く言いがたい感情の渦《うず》を抱え込んで苦しんでいる。その実態については、言葉にして口に出さなかったとしても、各自が恋愛で苦しんでいることは、はっきり見て取れるのである。）

私は、このようなことを考えながら、四人でしめやかに語り続けていた。

そこへ、中宮職《ちゅうぐうしき》の亮《すけ》（次官）である重衡様が、突然、顔を見せられた。「今夜は、内裏で宿直する当番の日に当たっていますので、参上しました」ということだった。重衡様は、いつものことではあるが、軽い冗談や、真面目な話題を豊富に取り混ぜながら、面白おかしく話すので、私も、ほかの女房たちも、それまでのしんみりした雰囲気はどこへやら、腹を抱えて笑いこけた。

重衡様は、しまいには、耳にするだけでも恐ろしい話題を繰り出して、私たち女性陣を怖がらせるので、心の底から恐怖心に囚われて、冷や汗まで出てきた。「もう、これ以上はとても聞いていられません」「それから先は後日にしてください。今はここまでにしてください」などと言って、重衡様の話を止《と》めようとしたのだけれども、それでも、「まだ、あるのだよ」と話し続けられたので、私はとうとう、「もう聞くのは止《や》めよう」と決心して、着物を頭から被《かぶ》って、寝たふりをした。

その後、心の中で思ったことがある。

（右京大夫）徒言《あだこと》に唯言《ただい》ふ人《ひと》の物語《ものがたり》其《そ》れだに心惑《こころまど》ひぬるかな

（重衡様が口にした他愛の無い冗談話ですら、聞いていると私の心は動揺したことだ。まして、真面目な死生観についての話だったならば、どんなにか大きな衝撃を受けることだろう。)

(右京大夫)鬼《おに》を実《げ》に見《み》ぬだに甚《いた》く恐《おそ》ろしき後《のち》の世《よ》をこそ思《おも》ひ知《し》りぬれ

(私は、まだ鬼というものを、実際に見たことはない。けれども、鬼が登場するあの世の話は、何度も耳にする。それを聞いただけでも恐怖に駆られるのだから、本当に死んであの世に行って、鬼を目にするならば、どれほどの恐怖に駆られることだろうか。)

[評] 作者の歌の「言《い》ひ出《い》でねども」を、「言《い》ひ果《は》てねども」とする本文がある。「ハ」と「い」は字体が酷似しているから、「いひいてねとも」を「いひはてねとも」と書き誤ったのかもしれない。

次から次に怪談を繰り出して、女房たちを恐怖に陥れた重衡は、卓越した話術の持ち主だったのだろう。後に、重衡は、一ノ谷で捕らえられた(一一八四年)。かつて一一八一年に、南都(奈良)を焼き討ちして灰燼に帰させたことの報復として、南都側に引き渡され、木津川のほとりで斬られた。その首は、奈良坂の般若寺《はんにゃじ》に掛けられた。

38—2　資盛を出汁《だし》にして

此《こ》の人《ひと》も、由無《よしな》し事《ごと》を言《い》ひて、（重衡）「草《くさ》の縁《ゆかり》を、何《なに》か思《おも》ひ放《はな》つ。唯《ただ》、同《おな》じ事《こと》と思《おも》へ」と、常《つね》に言《い》はれしかば。

（右京大夫）濡《ぬ》れ初《そ》めし袖《そで》だに有《あ》るを同《おな》じ野《の》の露《つゆ》をば然《さ》のみ如何《いか》が分《わ》くべき

とぞ思《おも》ひしを、大方《おほかた》には、憎《にく》からず言《い》ひ交《か》はして、（重衡）「何時《いつ》までも、斯様《かやう》にだに有《あ》らむ」と言《い》はれしかば。

（右京大夫）忘《わす》れじの契《ちぎ》り違《たが》はぬ世《よ》なりせば頼《たの》みやせまし君《きみ》が一言《ひとこと》

［訳］　この重衡様だが、軽い冗談で、私への興味を口にされたことがあった。重衡様は、「あなたは、資盛殿と親しい仲のようだが、私と資盛殿は平家一門として、親しい血縁関係にある。古歌に、『紫《むらさき》の一本故《ひともとゆゑ》に武蔵野《むさしの》の草《くさ》は皆《みな》がら哀《あは》れとぞ見《み》る』とあるではないか。資盛と血縁である私のことも『哀《あは》れ』と思うべきなのに、あなたは私のことを、異性とし

ては見ていないようだ」と、何度も口にするのだった。
私の心は、むろん資盛様一筋である。
（右京大夫）濡《ぬ》れ初《そ》めし袖《そで》だに有《あ》るを同《おな》じ野《の》の露《つゆ》をば然《さ》のみ如何《いか》が分《わ》くべき
（私は、資盛様との関係が始まって以来、嘆きが次から次へと襲ってきて、涙が衣服を濡らすので、私の袖は乾く暇《いとま》がありません。同じ「ゆかり」だからといって、あなたとまで関係すると、私の袖の濡れは収拾が付かなくなります。お付き合いは、ご遠慮します。）
私は、このように思っていたし、口にもしたが、大体においては、重衡様とは、互いに反発心を持つことも無く、良好な関係を続けた。重衡様のほうでも、「私たち二人は、いつまでも、こういう、気兼《きが》ねなく本音《ほんね》で話ができる関係でいようぞ」とおっしゃるので、
私が詠んだ歌。
（右京大夫）忘《わす》れじの契《ちぎ》り違《たが》はぬ世《よ》なりせば頼《たの》みやせまし君《きみ》が一言《ひとこと》
（「忘《わす》れじの行末《ゆくすゑ》までは難《かた》ければ今日《けふ》を限《かぎ》りの命《いのち》ともがな」という歌もあります。殿方が女性に向かって、「あなたのことを一生忘れません」という言葉ほど、信じがたいものはありません。ですが、もしも、どこかに、殿方が一度口にした約束が必ず守られる世界があるのでしたら、その世界に住んでいる私は、あなたの軽い一言を信じることもできま

しょう。）

［評］「何時《いつ》までも、斯様《かやう》にだに有《あ》らむ」という重衡の言葉の「何時《いつ》までも」を、「果てまでも」とする本文がある。「いつまても」と「ハてまても」の違いである。

重衡は、清盛の五男。資盛は、清盛の長男（重盛）の次男である。だから、叔父と甥の関係に当たる。年齢的には、重衡が資盛よりも、五歳の年長である。

なお、藤原定家は、この「忘《わす》れじの契《ちぎ》り違《たが》はぬ世《よ》なりせば」の歌を、『新勅撰和歌集』に撰んでいる（「65―2」参照）。

39　資盛を思う

39―1　忘却

何時《いつ》も、同《おな》じ事《こと》をのみ、返《かへ》す返《がへ》す思《おも》ひて、（右京大夫）「哀《あは》れ、哀《あは》れ、我《わ》が心《こころ》に物《もの》を忘《わす》れば
や」と、常《つね》は思《おも》ふが、甲斐無《かひな》ければ。

（右京大夫）然《さ》る事《こと》の有《あ》りしかとだに思《おも》はじと思《おも》ひ掛《か》けても消《け》たれざりけり

［訳］　先ほど、重衡様から、「自分のことを資盛と同じように思え」と言われた言葉を書き記した。すると、私の心の中から、資盛様への思いが溢れてきた。

資盛様との恋が、停滞していた時期があった。その頃は、「苦しい、悲しい、辛《つら》い」と、同じこと、しかも悲観的なことばかりを考えていた。私は、その頃はいつも、「ああ、もう、まったく。私の心には、『忘却』という二文字が存在しないのかしら。何もかも、忘れてしまいたい」と考えたものだが、その甲斐は無く、資盛様のことは忘れられなかった。

（右京大夫）然《さ》る事《こと》の有《あ》りしかとだに思《おも》はじと思《おも》ひ掛《か》けても消《け》たれざりけり

（私と資盛様との間《あいだ》に、そういうこと――逢瀬――があったのだろうか、それともすべては私の幻想だったのか、などと考えることはすまい、と固く思うのだけれども、困ったことに、私の心の中から資盛様の存在が消えることはないのだ、とわかっただけだった。）

【評】 歌の第四句「思《おも》ひ掛《か》けても」を「思《おも》ひ消《け》てども」とする本文がある。「思《おも》ひ掛《か》けても」の用例としては、『大和物語』に、「二人来《ふたりこ》し道《みち》とも見《み》えぬ波《なみ》の上《うへ》を思《おも》ひ掛《か》けても返《かへ》すめるかな」という用例がある。男一人と女二人（夫一人と妻二人）の複雑な関係を踏まえている。夫から愛されなくなった後妻が、別れに際して詠んだ歌である。「思《おも》ひ消《け》てども」の用例としては、「涙以《なみだも》て思《おも》ひ消《け》てども我《わ》が恋《こひ》は炎《ほのほ》に出《い》づる物《もの》にぞ有《あ》りける」（『賀茂保憲女集《かものやすのりのむすめしゅう》』）などがある。

39—2　口喧嘩の思い出

何《なに》と無《な》き事《こと》を、我《われ》も人《ひと》も言《い》ひし折《をり》、思《おも》はぬ物《もの》の言《い》ひ外《はづ》しをして、其《そ》れを、とかく言《い》はれしも、後《のち》に思《おも》へば、哀《あは》れに、悲《かな》しくて。

（右京大夫）何《なに》と無《な》き言《こと》の葉《はご》毎《と》に耳《みみ》留《と》めて恨《うら》みし事《こと》も忘《わす》られぬかな

［訳］資盛様と私は、ほんのちょっとした、どうでもよいことで、仲が気まずくなったことがあった。私が、資盛様に関して不正確な言い方をしてしまい、それで機嫌を損《そこ》ねてしまったのだ。資盛様が、私の失言に執拗にこだわって、反発されたことも、資盛様が亡《な》くなった今になって思えば、懐かしい思い出である。なぜならば、私に対して、反発してくれるほど、私のことを意識していてくださったのだから。

（右京大夫）何《なに》と無《な》き言《こと》の葉《はご》毎《と》に耳《みみ》留《と》めて恨《うら》みし事《こと》も忘《わす》られぬかな

（「え、今、何といったの。違うよ。ひどいな」などと、私が口にする言葉の一つ一つを聞き逃さず、私の言い間違いを恨んだ資盛様のことが、今も忘れられない思い出として、私の心の中にある。)

[評] 資盛が亡くなった後の時点からの回想である。『建礼門院右京大夫集』で、資盛が壇ノ浦で入水したことを語るのは、もう少し後だが(「46―1」)、それ以前にも、時間を先取りした「追悼」と「鎮魂」のモチーフが散見している。

「其《そ》れを、とかく言《い》はれしも」の「とかく」を、「よく」とする本文がある。この「よく」は、しばしば、何度も、という意味だろうか。「言《い》ひ外《はづ》し」も珍しい言葉で、『日本国語大辞典』の「いいはずし」の項目は、『建礼門院右京大夫集』のこの場面を用例として挙げている。

40 亡き母を偲ぶ

母《はは》なりし人《ひと》の、様変《さまか》へて、失《う》せにしが、殊《こと》に、志深《こころざしふか》くて、人《ひと》にも言《い》ひ置《お》きなどせられし。五月《さつき》の初《はじ》め、亡《な》くなりにし後《のち》は、万《よろづ》思《おも》ふ量《はか》り無《な》くて、明《あ》かし暮《く》らししに、四十九日《なななぬか》にも成《な》りて、着《き》られたりし衣《きぬ》・僧衣《ころも》など、取《と》り出《い》でて、籠《こ》もり僧《そう》に取《と》らせ、阿《あ》証《しよう》上人《しやうにん》に奉《たてまつ》りなどせしに、衣《きぬ》の皺《しわ》までも、着《き》られたりし折《をり》に変《か》はらで、面影《おもかげ》いとど進《すす》む悲《かな》しさに。

（右京大夫）着馴《きな》れける衣《ころも》の袖《そで》の折《をり》までも唯其《ただそ》の人《ひと》を見《み》る心地《ここち》して

思《おも》ひ成《な》しも、いとど、悲《かな》しき事《こと》のみ申《まう》し増《ま》さりて。

（右京大夫）哀《あは》れてふ人《ひと》も無《な》き世《よ》に残《のこ》り居《ゐ》て如何《いか》に成《な》るべき我《わ》が身《み》なるらむ

［訳］　私の母親は、音楽の家柄の出身で、箏《そう》の名手であった。母は、晩年には出家して尼となり、熱心にお勤めをしていた。深い悟りに達した人は、自分の死期を悟ると言われているが、母も、自分の死期をそれとなく悟っていたようで、生前に、あらかじめ、自分の亡き後《あと》にすべきことなどを、きちんと遺言していた。

五月の上旬に、母は亡くなった。その直後は、私の思慮分別は失せて、茫然として日々を過ごすばかりだった。あっという間《ま》に、四十九日が来た。母の遺言に書いてあった通りに、母が生前に着ていた着物や、僧衣などを取り出して、四十九日間、お籠《こ》もりをして母のことを祈ってくれた僧侶に、お布施として取らせた。また、阿証房印西上人《あしょうぼういんせいしょうにん》にも差し上げた。その際に、母の衣を検《あらた》めていると、衣に寄《よ》っている皺《しわ》の形までが、母が生前にこの服を着ていた時と変わっていなかった。母の体つきが目に浮かぶと、母の面影も浮かび、母の思い出が次から次へと思い出されて、悲しくなった。

（右京大夫）着馴《きな》れける衣《ころも》の袖《そで》の折《をり》までも唯其《ただそ》の人《ひと》を見《み》る心地《ここち》して

（母が生前に着馴れていた衣には、袖の折り目や皺までも、そのまま残っている。それを見ると、亡き母の姿が瞼の裏側に浮かんできて、今もまだ生きておられるように思えてしまう。）

「母が、まだ生きているようだ」。「まだ生きていてほしい」。「いや、今も生きておられる」。さまざまに考えては、「母は、もう生きておられない。四十九日を過ぎて極楽浄土に向かわれた」と、しいて思い、諦めようとするのだが、それにつけても、悲しみは募《つの》る。そのことを、瞼の裏に浮かんでいる母に向かって、訴えたのだった。

（右京大夫）哀《あは》れてふ人《ひと》も無《な》き世《よ》に残《のこ》り居《ゐ》て如何《いか》に成《な》るべき我《わ》が身《み》なるらむ

（私のことを、「おお、可愛い。おお、可哀想に」などと言ってくれたお母さん。あなたは、もうこの世の人ではなくなりました。この世に一人残された私は、これから、どのように生きてゆけば良いのでしょうか。）

［評］　阿証房印西は、高倉院や建礼門院の受戒の師であり、右京大夫の家から見える長楽寺に住していた。

歌の「着馴《きな》れける衣《ころも》の袖《そで》の折《をり》までも」の「袖《そで》の折《をり》までも」を、「袖《そで》の折目《をりめ》まで」とする本文がある。「袖《そで》の折目《をりめ》まで」のほうが自然だと思われるが、『日本国語大辞典』は「おり」（折）の「折目・折れ目」という意味の用例として、『建礼門院右京大夫集』のこの箇所を、「をりまでも」の本文で引用している。

41　高倉院、崩御——上巻の終わり

「高倉《たかくら》の院《ゐん》、隠《かく》れさせ給《たま》ひぬ」と聞《き》きし頃《ころ》、見馴《みな》れ参《まゐ》らせし世《よ》の事《こと》、数々《かずかず》覚《おぼ》えて、及《およ》ばぬ御事《おほんこと》ながら、限《かぎ》り無《な》く悲《かな》しく、「何事《なにごと》も、実《げ》に、末《すゑ》の世《よ》に余《あま》りたる御事《おほんこと》や」など、人《ひと》の

申《まう》すにも。

(右京大夫)雲《くも》の上《うへ》に行《ゆ》く末遠《すゑとほ》く見《み》し月《つき》の光《ひかり》消《き》えぬと聞《き》くぞ悲《かな》しき

中宮《ちゆうぐう》の御心《みこころ》の中《うち》、推《お》し量《はか》り参《まゐ》らする。「如何許《いかばか》り」と、悲《かな》し。

(右京大夫)影並《かげなら》べ照《て》る日《ひ》の光《ひかり》隠《かく》れつつ一人《ひとり》や月《つき》の掻《か》き暗《くら》すらむ

【訳】 世上は、騒然としていた。治承五年(一一八一)一月十四日、高倉院が崩御されたのである。数え年で、わずか二十一歳であられた。前の年に天皇を退位され、院政を始められた矢先のことだった。私は、この悲劇の報に接して、かつて中宮様《みやさま》に女房として宮仕えしていた日々の記憶が、いくつも蘇ってきた。

初めて私が出仕した頃、突然、雲の上の世界に紛れ込んだような、眩暈《めまい》に襲われたものだった。主上様《うえさま》が太陽で、中宮様《みやさま》が月だった。このお二人や、主上様《うえさま》のご生母である建春門院様など、燦めく天上の世界で生きた日々の記憶は、私の生涯の宝物である。

私のような者が、悲しみを表明するなど、僭越《せんえつ》極まりないことではあるが、言葉を失うほどの衝撃を受けた。「今は、末法の世で、美しい世界が崩壊する時期が近づいていると、浄土思想は教えてくれるが、そんな時代にあって、亡き主上様《うえさま》は、あらゆる側面において、傑出した、勿体ないほどに素晴らしいお方であられた」などと、人々は語り合っている。

（右京大夫）雲《くも》の上《うへ》に行《ゆ》く末遠《すゑとほ》く見《み》し月《つき》の光消《ひかりき》えぬと聞《き》くぞ悲《かな》しき

（中宮様《みやさま》と並んだ時の主上様《うえさま》は、太陽。けれども、主上様《うえさま》お一人の時には、満月でもある。かつて雲の上の世界のような宮中で、主上様《うえさま》は輝かしい満月のような存在だった。私は僥倖《ぎょうこう》にも、その月を、間近に拝見することができた。けれども、月は、盈《み》ちては虧《か》ける定めである。あの輝かしかった主上様《うえさま》は、月が雲隠れするかのように、この世から消えてしまわれた。その報《しら》せの、何と悲しいことか。）

主上様《うえさま》とは好一対でおありになった中宮様《みやさま》のお心のうちを、思いやると、「どれほどお嘆きであろうか」と、私まで悲しくなる。

（右京大夫）影並《かげなら》べ照《て》る日《ひ》の光隠《ひかりかく》れつつ一人《ひとり》や月《つき》の掻《か》き暗《くら》すらむ

（主上様《うえさま》は太陽で、中宮様《みやさま》は月。これまで、「影＝光」を並べ、好一対であった太陽と月のうち、太陽が沈んだ今、一人残された月は、さぞかし悲しい思いをされていることだろう。今夜の月が雲に隠れて見えないのは、中宮様《みやさま》が泣いておられるからだろう。）

［評］　ここまでで、『建礼門院右京大夫集』の上巻が終わる。上巻の実質的な書き出しは、「2　「雲の上」の世界に紛れ込んで」であった。その「雲の上」の二つある象徴のうちの一つだった高倉天皇（高倉院）が、崩御された。平家全盛時代の「雲の上」の二重焦点の一つが、失われた。もう一つの焦点である建礼門院にも、下巻で悲劇が訪れる。

右京大夫の詠んだ「雲《くも》の上《うへ》に」の歌は、『平家物語』巻六「新院崩御」に、「ある女房」の詠んだ歌として引用されている。また、最後の勅撰和歌集として知られる二十一番目の『新続《しんしょく》古今和歌集』にも、入集している。

Ⅱ　下巻の世界

42　平家一門の都落ち――下巻の始まり

寿永《じゆえい》・元暦《げんりやく》の頃《ころ》の世《よ》の騒《さわ》ぎは、夢《ゆめ》とも、幻《まぼろし》とも、哀《あは》《泡》れとも、何《なに》とも、すべて、すべて、言《い》ふべき際《きは》にも無《な》かりしかば、万《よろづ》、（右京大夫）「如何《いか》なりし」とだに、思《おも》ひ分《わ》かれず。（右京大夫）「却々《なかなか》、思《おも》ひも出《い》でじ」とのみぞ、今《いま》までも覚《おぼ》ゆる。見《み》し人々《ひとびと》の、（世間の噂）「都《みやこ》、別《わか》る」と聞《き》きし秋様《あきざま》の事《こと》、とかく言《い》ひても、思《おも》ひても、心《こころ》も言葉《ことば》も及《およ》ばれず。真《まこと》の際《きは》は、我《われ》も、人《ひと》も、予《かね》て、「何時《いつ》」と知《し》る人《ひと》無《な》かりしかば、唯《ただ》、「言《い》はむ方無《かたな》き夢《ゆめ》」とのみぞ、近《ちか》くも、遠《とほ》くも、見聞《みき》く人《ひと》、皆《みな》、迷《まよ》はれし。

大方《おほかた》の世《よ》　騒《さわ》がしくて、心細《こころぼそ》き様《やう》に聞《き》こえたりし頃《ころ》などは、蔵人《くらうど》の頭《とう》にて、殊《こと》に、心《こころ》の暇無《ひまな》かりし上《うへ》、辺《あた》りなりし人《ひと》も、（周囲の人々）「あいなき事《こと》なり」など言《い》ふ事《こと》も有《あ》りて、更《さら》に又《また》、有《あ》りしより異《け》に、忍《しの》びなどして、自《おの》づから、とかく躊躇《ためら》ひてぞ、物言《ものい》ひなどせし折々《をりをり》も、唯《ただ》、大方《おほかた》の言種《ことぐさ》にも、（資盛）「斯《か》かる世《よ》の騒《さわ》ぎに成《な》りぬれば、儚《はかな》き数《かず》に、唯今《ただいま》にても成《な》らむ事《こと》は、疑《うたが》ひ無《な》き事《こと》なり。然《さ》らば、さすがに、露許《つゆばか》りの哀《あは》れは、掛《か》けてむや。たとひ、何《なに》と思《おも》はずとも、斯様《かやう》に聞《き》こえ馴《な》れても、年月《としつき》と言《い》ふ許《ばか》りにしも成《な》りぬる情《なさ》けに、道《みち》の光《ひかり》を、必《かなら》ず思《おも》ひ遣《や》れ。もし、命《いのち》、たとひ、今暫《いましば》しなど有《あ》りとも、『すべて、今《いま》は、心《こころ》を昔《むかし》の身《み》と思《おも》はじ』と、思《おも》ひ認《したた》めてなむ有《あ》る。其《そ》の故《ゆゑ》は、物《もの》を哀《あは》れとも、何《なに》の名残《なごり》、其《そ》の人《ひと》の事《こと》など、思《おも》ひ立《た》ちなば、思《おも》ふ限《かぎ》りも及《およ》ぶまじ。心弱《こころよわ》さも、如何《いか》なるべしとも、身《み》ながら、覚《おぼ》えねば、何事《なにごと》も思《おも》ひ捨《す》て、人《ひと》の許《もと》へ、『然《さ》ても』など言《い》ひて、文《ふみ》遣《や》る事《こと》なども、何処《いづこ》の浦《うら》よりもせじ、と思《おも》ひ取《と》りたるを、『等閑《なほざり》にて、聞《き》こえぬ』など、な思《おぼ》しそ。万《よろづ》、唯今《ただいま》より、身《み》を変《か》へたる身《み》と思《おも》ひ成《な》りぬるを。猶《なほ》、ともすれば、元《もと》の心《こころ》に成《な》りぬべきなむ、いと口惜《くちを》しき」と言《い》ひし事《こと》の、（右京大夫）「実《げ》に、然《さ》る事《こと》」と聞《き》きしも、何《なに》とか言《い》はれむ。

唯《ただ》、涙《なみだ》の他《ほか》は、言《こと》の葉《は》も無《な》かりしを、遂《つひ》に、秋《あき》の初《はじ》めつ方《かた》、夢《ゆめ》の中《うち》の夢《ゆめ》を聞《き》きし心地《ここち》、何《なに》か喩《たと》へむ。

さすが、心有《こころあ》る限《かぎ》り、此《こ》の哀《あは》れを、言《い》ひ思《おも》はぬ人《ひと》は無《な》けれど、かつ、見《み》る人々《ひとびと》も、（右京大夫）「我《わ》が心《こころ》の友《とも》は、誰《たれ》か有《あ》らむ」と覚《おぼ》えしかば、人《ひと》にも、言《い》はれず。熟々《つくづく》と、思《おも》ひ続《つづ》けて、胸《むね》にも余《あま》れば、仏《ほとけ》に向《む》かひ奉《たてまつ》りて、泣《な》き暮《く》らすより他《ほか》の事《こと》無《な》し。

然《さ》れど、実《げ》に、命《いのち》は限《かぎ》り有《あ》るのみにあらず。様変《さまか》ふる事《こと》だにも、身《み》を思《おも》ふ様《やう》に、心《こころ》に任《まか》せて、独《ひと》り、走《はし》り出《い》でなど、将《は》た、えせぬままに、然《さ》て、有《あ》らるる、返《かへ》す返《がへ》す心憂《こころう》くて。

（右京大夫）又例類《またためしたぐひ》も知《し》らぬ憂《う》き事《こと》を見《み》ても然《さ》て有《あ》る身《み》ぞ疎《うと》ましき

［訳］　今、思い出しても、寿永《じゅえい》（一一八二年五月二十七日～八四年四月十六日）と元暦《げんりゃく》（一一八四年四月十六日～八五年八月十四日）の頃の騒然とした世間の混沌《こんとん》とした大騒ぎは、どのような言葉で表現しようとしても不可能な大混乱だった。

寿永二年（一一八三）七月二十五日に、平家一門は、安徳天皇と三種の神器を奉じて「都落ち」した。元暦二年（一一八五）三月二十四日、壇ノ浦の戦いで、平家一門は全滅し、安徳天皇は二位の尼と共に入水《じゅすい》され、三種の神器のうちの宝剣も海に沈んだ。資盛様も、この壇ノ浦で命を失われた。

この一連の出来事は、「夢《ゆめ》」という言葉でも、「幻《まぼろし》」という言葉でも、さらには「泡《あわ》」や「影《かげ》」という言葉でも、言い表せるものではない。「泡《あわ》」のように「哀《あわ》れ」な平家一門を襲った悲劇は、まったくもって、何にも喩えることのできない、空前絶後の感情の渦を、人々の心に残した。「あの頃、本当は、いったい何が起きていたのだろうか」という真実は、窺い知る由《よし》も無かった。「いくら考えても、真相がわからないのだから、あの頃のことを思い出すことは、かえってしたくない」と、私は思ってきたし、今でも、そう思っている。

平家一門の都落ちの噂が、都の人々の間でも広がっていた。私の知っている平家一門の方々も、私がお仕えした建礼門院様も、安徳天皇様も、あまつさえ、私の恋人である平資盛様までが、「都落ちして、西国に向かわれる」というのが、都人のもっぱらの噂である。その噂が広まったのは、七月になって秋に入った頃だった。こういう緊急事態に直面したら、何を言おうとしても、言葉では表現しきれないし、何を考えても、想像を絶しているので、冷静に思索するために必要な判断材料が、何も無いのである。

本当に都落ちするのか、都落ちするのだったら何時《いつ》なのかは、最高機密に属することなので、私はもちろんのこと、資盛様も、前もって知る立場にはなかった。この「都落ち」によって、平家の公達《きんだち》と情交を結んでいた女たちなどは、「言いようのない悪夢」だと思って、心が迷い乱れている。また、平家一門と関係の無い一般人までもが、平常心を失っている。

富士川の戦いで、平家軍が源氏軍に大敗したのが、一一八〇年十月二十日。敗軍の将は、資盛様の兄上である維盛様だった。

平家一門の総帥《そうすい》で、中宮様《みやさま》の父君である平清盛公が逝去されたのが、一一八一年閏《うるう》二月五日。

これまた、維盛様が率《ひき》いる平家軍が木曾義仲《きそよしなか》に大敗した倶利伽羅峠《くりからとうげ》の戦いは、一一八三年五月十一日。

そして、平家一門の都落ちが、一一八三年七月二十五日。まさに、「釣瓶《つるべ》落とし」のような凋落《ちょうらく》だった。

平家一門の権力維持は困難ではないかと、都人たちが噂し始めた頃、資盛様は、「蔵人《くろうど》の頭《とう》」でいらっしゃった。公務多忙につき、心の余裕がまったくおありにならなかった。

それに加えて、私たち二人の交際については、「余計な関係は、お止《や》めなさい」などと忠告する人が、私の側にも、資盛様の側にもいた。そういう人目を忍ぶために、当初よりは格段に秘密裏に、私たちは何かと手紙を交わし、意思の疎通を図っていた。

そういう状況の中で、偶《たま》に逢った時には、資盛様が口癖のように言っておられたことが、記憶に残っている。今にして思えば、これが、資盛様の遺言であり、遺書だった。

「世間の者たちが大騒ぎしているように、これほどまでに平家一門が源氏一門に押されているからには、この私も、戦場で討ち死にする者たちの一人になることは、免れない運命でしょう。この予想が実現して、私が死者の中に含まれたなら、あなたは死者となった私に、ほんの少しでもよいですから、可哀想だという涙を注いでください。

私たち二人のお付き合いの過程では、いろいろと、心のすれ違いはありました。ですから、今のあなたには、私への愛情は、これっぽっちも残っていないかもしれません。それでも、私たちの関係は、もう何年になりますでしょうか。決して一日《いちにち》、一月《ひとつき》程度のものではなく、もう何年も続いています。ですから、前世から、あなたとの深いご縁があったことは事実です。この私が、来世では成仏できるように、冥界の闇を照らす光となるよう、弔《とむら》ってもらえませんか。

都落ちをしたあと、しばらくは私の命も永らえるとは思いますが、都落ちをする以前の私とは、まったく異なる心と人格の持ち主に変貌しようと、私は覚悟しているのです。というのは、これまで通りの優しい、優柔不断な心を持ち続けたならば、さまざまなことが不憫《ふびん》で見るに堪《た》えないと嘆かれたり、あのことをもっとしていたかったし、あの人ともっと逢っていたかったなどと、次から次へと思い出されてしまい、収拾が付かなくなってしまうからです。これまでの私のままでは、私という人格が崩壊してしまうでしょう。

ですから、私は、今日を限りに、すべてを断ち切ります。都に残っている人のもとへ、これから流離《さすら》うであろう、西国の浦々から、『さて、その後、お元気ですか。私は、――』などという手紙を出すことも、しません。そのように、固く決心しているのです。あなたにも、手紙は書かないつもりです。その理由は、今、言ったとおりです。あなたは、私からの手紙が届かないのは、自分を愛していないからだ、などと思ってはいけませんよ。今、この瞬間から、私は、これまでの資盛とは違う心と人格に生まれ変わるのです。ですが、そうは言っても、ややもすれば、優柔不断な、これまでの資盛が頭を擡《もた》げてしまうのです。何とも、未練がましく、残念なことです」。

都落ちに際して、資盛様は、このように私に言い置かれた。私は、聞きながら、「本当に、言われるとおりだ。資盛様は、武人として死ぬ覚悟を、潔く固められたのだ」と、心の中で思ったものの、言葉に出して、どういう返事ができようか。私は、資盛様の言葉を黙って聞きながら、涙を流し続けるだけだった。

そして、秋になってすぐ、七月二十五日に、資盛様は一門の人々と共に、都を後《あと》にして、西国に旅立たれた。私は、このことが、現実とはとても思えなかった。夢ではあるまいか。いや、夢の中で、さらに別の夢を見ているのかもしれない、などと思うばかりだった。

資盛様と、このような形で別れ、引き裂かれた運命を、「かわいそうだ」と、「もののあはれ」を理解する人たちは同情し、慰めの言葉を口にしてくれる。けれども、冷静に考えてみると、皆は、私を同情の目で見てくれるが、「これらの人々の中に、私の心の真実を理解してくれる人は、一人もいないだろう」と思われるので、誰とも悲しみを語り合うこともできない。ぽつねんと、自分一人で思い続けていると、心が苦しくなってどうしようもない。そういう時には、仏様に向かって、資盛様の未来と、私自身のこれからを祈るばかりである。

けれども、困ったことに、人間には持って生まれた運命がある。命は無常であるが、自分で命を絶つこともできない。私は、資盛様のいない都で、一人生きる定めだった。出家して、尼になることもできない。私は、俗人として生きる定めだった。だから、一人で家を出奔し、尼寺に逃げ込むことも、結局はできないままに、嘆き続けた。

それでも、悲しいことに、私は何とか生きていられた。こんな自分が、いや、こんな自分のままで、生き続けなければならないことが、毎日、毎日、辛《つら》くてたまらなかった。

（右京大夫）又例類《またためしたぐひ》も知《し》らぬ憂《う》き事《こと》を見《み》ても然《さ》て有《あ》る身《み》ぞ疎《うと》ましき

（これほどの悲劇は、これまでにもなく、これからもないだろう。その悲劇の当事者として、私の恋人である資盛様は、都を去ってゆき、私は、一人残された。これほどの悲劇に直面しながら、私は尼にもならず、死にもせず、のうのうとして生き続けている。我ながら、何と、情けない人間なのだろうかと、自己嫌悪に陥るばかりである。）

［評］　ここからが、『建礼門院右京大夫集』の下巻である。長大な散文の出現は、『源氏物語』の第二部の開始を告げる若菜上の巻の書き出しさえ連想させる。『建礼門院右京大夫集』が「家集」ではなく、日記、あるいは物語的な随想であることが、この文体からも窺える。

上下二巻に分けた場合、下巻が長文から始まるのは、『徒然草』の下巻が、「花《はな》は盛《さか》りに、月《つき》は隈無《くまな》きをのみ見《み》るものかは」と始まる長編章段であることとも類似している。

「寿永《じゆえい》・元暦《げんりやく》の頃《ころ》の世《よ》の騒《さわ》ぎは、夢《ゆめ》とも、幻《まぼろし》とも、哀《あは》れとも、何《なに》とも、すべて、すべて、言《い》ふべき際《きは》にも無《な》かりしかば」という書き出しは、「夢《ゆめ》とも、幻《まぼろし》とも」という表現が、「夢幻泡影《むげんほうよう》」という仏教語からの連想で、「泡」を呼び出し、それが「哀れ」となって、新たな散文を呼び出す、巧みなレトリックである。

歴史的仮名づかいでは「泡」は「あわ」、「哀れ」は「あはれ」だが、近代以前は「泡」を「あは」と表記することは多かった。

鎌倉幕府の第六代将軍となった宗尊親王《むねたかしんのう》に、『法華経』の「世《よ》は皆《みな》、牢固《ろうこ》ならず。水沫《すいまつ》・泡《ほう》・焔《えん》の如《ごと》し」という箇所を踏まえた歌がある。

　水《みづ》の上《うへ》のあはれはかなき此《こ》の世《よ》とは知《し》りて惑《まど》ふに濡《ぬ》るる袖《そで》かな

水の上の「泡《あわ》」が「哀《あは》れ」を呼び出してくるのは、『建礼門院右京大夫集』と同じレトリックである。

なお、資盛の言葉の中にある、「文《ふみ》遣《や》る事《こと》なども、何処《いづこ》の浦《うら》よりもせじ、と思《おも》ひ取《と》りたるを」を、「文《ふみ》遣《や》る事《こと》なども、何処《いづこ》の浦《うら》よりもせじ、と思《おも》ひ取《と》りたる身《み》と、思《おも》ひ取《と》りたるを」とする本文がある。このすぐ後にも、「万《よろづ》、唯今《ただいま》より、身《み》を変《か》へたる身《み》と思《おも》ひ成《な》りぬるを」とあり、「思ひ取る」や「思ひ成る」が集中している。「群書類従」のように、「思ひ取る」は、一つだけでよいのではないだろうか。

「何《なに》か喩《たと》へむ」を、「何《なに》にか喩《たと》へむ」「何《なに》にかは喩《たと》へむ」とする本文もある。

43　都落ちの直後

43―1　月を見ながら

言《い》はむ方無《かたな》き心地《ここち》にて、秋深《あきふか》く成《な》り行《ゆ》く気色《けしき》に、増《ま》して、堪《た》へて有《あ》るべき心地《ここち》もせず。月《つき》の明《あ》かき夜《よ》、空《そら》の気色《けしき》、雲《くも》の佇《たたず》まひ、風《かぜ》の音《おと》、殊《こと》に、悲《かな》しきを眺《なが》めつつ、「行方《ゆくへ》も無《な》き旅《たび》の空《そら》、如何《いか》なる心地《ここち》ならむ」とのみ、掻《か》き暗《くら》さる。

（右京大夫）何処《いづこ》にて如何《いか》なる事《こと》を思《おも》ひつつ今宵《こよひ》の月《つき》に袖絞《そでしぼ》るらむ

［訳］　とても生きてはいられない絶望に打ちひしがれつつ、それでも生きてゆくしかない私だったが、季節は着実に進み、秋も深まった。秋は、物思いを増幅させるので、私は、腸《はらわた》が断《た》たれるように苦しみ、本当に命が失われるのではないかと思うくらいだった。ある夜、明るい月が空に昇った。空の雰囲気、雲の流れ具合、風の音。すべてが、私の心の悲しみを、いたく刺激する。「私は、都にいてさえ、こんなにも悲しいのだから、まして、都を離れて流離《さすら》っておられる資盛様は、旅の空で、この悲しい月を見上げて、どんな気持ちになっておられるのだろうか」とばかり思われる。すると、月の光は明るいのに、私の心は真っ暗になる。

（右京大夫）何処《いづこ》にて如何《いか》なる事《こと》を思《おも》ひつつ今宵《こよひ》の月《つき》に袖絞《そでしぼ》るらむ

（資盛様は、今、どこで、この月を見ておられるのだろうか。もしも、資盛様が月を見上げながら、都での日々を懐かしんで涙を流しているのであれば、少しは私のことを思い出しているのだろうか。）

［評］　「雲《くも》の佇《たたず》まひ」という言葉は、『源氏物語』薄雲《うすぐも》の巻に、「天《あま》つ空《そら》にも、

例《れい》に違《たが》へる月《つき》・日《ひ》・星《ほし》の光《ひかり》見《み》え、雲《くも》の佇《たたず》まひあり」とあり、これは不吉な凶兆だと、世間の人々は懼《おそ》れた、とされる。天文博士たちも、その旨も奏上した。また、室町時代に書かれた『源氏物語』の続編、『雲隠六帖《くもがくれろくじょう》』の第一帖「雲隠」に、「吹《ふ》く風《かぜ》の跡《あと》もたまらぬ天《あま》つ空《そら》に暫《しば》しは雲《くも》の佇《たたず》まひして」という用例がある。

右京大夫は、平家一門を襲う大いなる破滅の予感を、この「雲《くも》の佇《たたず》まひ」という言葉に込めたのだろうか。

43—2　言葉は届かない

夜《よ》の明《あ》け、日《ひ》の暮《くれ》、何事《なにごと》を見聞《みき》くにも、片時《かたとき》思《おも》ひ弛《たゆ》む事《こと》は、如何《いか》にしてか有《あ》らむ。然《さ》れば、「如何《いか》にしてか、迫《せ》めては、今一度《いまひとたび》、斯《か》く思《おも》ふ事《こと》をも言《い》はむ」など思《おも》ふも、叶《かな》ふまじき悲《かな》しさ。

此処《ここ》・彼処《かしこ》と、浮《う》きたる様《さま》など、伝《つた》へ聞《き》くにも、すべて、言《い》はむ方無《かたな》し。

（右京大夫）言《い》はばやと思《おも》ふ事《こと》のみ多《おほ》かるも然《さ》て空《むな》しくや遂《つひ》に成《な》りなむ

［訳］　資盛様が都落ちされてからというものは、眠れない夜が、いつの間《ま》にか明け、悲しみで何もできない昼が、いつの間にか暮れる、という日々の繰り返しだった。その間《かん》、一瞬たりといえども、私の心から資盛様への思いが消えることはなかった。だから、私の資盛様への思いは、蓄積され、深まってゆくばかりだった。「これほど溜《た》まりに溜《た》まった私の思いを、どうにかして、ただ一度だけでもよいから、資盛様に届ける術《すべ》はないものだろうか」などと思うのだが、不可能なのだった。そのことが、さらに悲しみを増幅させる。

そうするうちにも、資盛様を始めとする平家一門の人々に関して、「今日は、どこそこに泊まっているらしい」、「今日は、どこそこを発《た》たれたらしい」などという噂が、私の耳にも入ってくる。まさに、浮草や浮雲、あるいは浮舟のように、一門の人々は漂い、流離《さすら》っておられる。聞くだけでも、悲しい。

（右京大夫）言《い》はばやと思《おも》ふ事《こと》のみ多《おほ》かるも然《さ》て空《むな》しくや遂《つひ》に成《な》りなむ

（もう一度、資盛様と直接に会って、私の思いの丈《たけ》を、伝えたい。それができないのであれば、せめて、手紙だけでも届けたい。伝えたい言葉は、降り積もってゆく一方なのに、それらは、結局、私の心の中で朽ち果ててしまうだけなのだろうか。）

［評］「浮《う》きたる様《さま》」を「浮《う》き立《た》ちたる様《さま》」「打《う》ち立《た》ちたる様《さま》」などとする写本もある。平家一門が落ち着く先を求め、船に乗って、各地を転々としている様子を指しているのだろう。

43―3　夢に現れた資盛

恐《おそ》ろしき武士《もののふ》ども、幾《いく》らも下《くだ》る。何《なに》かと聞《き》くにも、（右京大夫）「如何《いか》なる事《こと》を、何時《いつ》聞《き》かむ」と、悲《かな》しく、心憂《こころう》く、泣《な》く泣《な》く寝《ね》たる夢《ゆめ》に、常《つね》に見《み》しままの直衣姿《なほしすがた》にて、風《かぜ》の、夥《おびただ》しく吹《ふ》く時《とき》に、いと物思《ものおも》はし気《げ》に、打《う》ち眺《なが》めて有《あ》る、と見《み》て、騒《さわ》ぐ心《こころ》に、やがて覚《さ》めたる心地《ここち》、言《い》ふべき方無《かたな》し。

（右京大夫）「唯今《ただいま》も、実《げ》に、然《さ》てや有《あ》らむ」と、思《おも》ひ遣《や》られて。

（右京大夫）波風《なみかぜ》の荒《あら》き騒《さわ》ぎに漂《ただよ》ひて然《さ》こそは安《やす》き空無《そらな》かるらめ

［訳］ 私が知っている平家の方々は、武士と言うよりは、公家《くげ》のようで、風雅に富み、文化を愛しておられた。ところが、都落ちした平家を追討するために、都から出陣してゆく源氏の武士たちは、荒々しくて、恐ろしいほどだった。その恐ろしい源氏軍が、大挙して、西へと向かって行く。

平家と源氏との戦いについても、いろいろと情報が伝わってくる。平家一門は、一旦は、筑紫の大宰府《だざいふ》に落ち着いたものの、そこを追われ、船に乗って、讃岐《さぬき》の国の屋島《やしま》（八島）に移ったとか言う。

私は、「どんな悲しい報《しら》せが、いつ、都に届くかわからない。最悪の場合には、資盛様の討ち死にの知らせが、いつ届くかわからないのだ」と思うと、悲しいし、辛《つら》い。

その夜も、悲しい気持ちで資盛様のことを思いながら、泣き疲れて、いつの間にか、眠っていた。恋しい人のことを考えながら眠ると、夢にその人が現れると言われている。

この夜は、まさしくそれで、夢の中に、資盛様が現れたではないか。

資盛様は、戦場に臨む甲冑姿《かっちゅうすがた》ではなく、私がいつも見慣れていた直衣《のうし》姿だった。そして、風が、ひどく吹き付ける中に立ち、何かひどく物思わしげな雰囲気で、ぼんやりと周囲を眺め渡しておられた。夢を見ている私の胸は、動悸《どうき》が激しくなり、すぐに、目が覚めた。嬉しい夢だが、悲しい夢でもあった。私は、言いようもない気持ちに沈んだ。

私が夢を見た、ちょうどその時も、資盛様は、まさにこんな感じで、ものを思われているのだろうか。

（右京大夫）波風《なみかぜ》の荒《あら》き騒《さわ》ぎに漂《ただよ》ひて然《さ》こそは安《やす》き空《そら》無《な》かるらめ

（船に乗って、荒い波風に苦しみながら、あちらこちらを転々と流離《さすら》っている資盛様は、さぞかし、心安らかに落ち着ける場所が、この国のどこにも存在しないことを、悲しんでおられることだろう。）

【評】源氏軍は、何度も西へと向かったが、寿永二年（一一八三）の木曾義仲軍は、備中《びっちゅう》の国の水島（岡山県倉敷市）で、平家軍に敗北した。寿永三年（一一八四）一月、源頼朝が弟の範頼《のりより》と義経《よしつね》に命じて、福原まで勢力を回復していた平氏軍を討たせたのが、「一ノ谷の戦い」だった。

夢に現れた資盛は、苛酷な運命を象徴するかのような「波風」に苦しめられ、茫然としていた。

「風《かぜ》の、夥《おびただ》しく吹《ふ》く時《とき》に」を、「風《かぜ》の、夥《おびただ》しく吹《ふ》く所《ところ》に」とする写本もある。

43―4　病になっても死ねない

余《あま》り騒《さわ》がしき心地《ここち》の名残《なごり》にや、身《み》も温《ぬる》みて、心地《ここち》も侘《わ》びしければ、「然《さ》らば、失《な》くなりなばや」と覚《おぼ》ゆ。

（右京大夫）憂《う》き上《うへ》の猶《なほ》憂《う》き果《は》てを聞《き》かぬ前《さき》に此《こ》の世《よ》の外《ほか》に縦《よ》し成《な》らば成《な》れと思《おも》へど、然《さ》も無《な》きつれなさも、心憂《こころう》し。

（右京大夫）有《あ》らるべき心地《ここち》もせぬに猶堪《なほた》へて今日《けふ》まで経《ふ》るぞ悲《かな》しかりける

［訳］　あまりにも激しく気持ちが動揺したためだろうか、私は高熱を出してしまった。自分は、もう、このまま死んでしまうのではないか、とすら思った。「ならば、死んでしまいたい。もう、この世には、何の未練も残っていない。これ以上、長生きしても、私には悲しい余生しか残っていないだろうから」と、私は自らの死を願った。

（右京大夫）憂き上《うへ》の猶憂《なほう》き果《は》てを聞《き》かぬ前《さき》に此《こ》の世《よ》の外《ほか》に縦《よ》し成《な》らば成《な》れ

（資盛様が都落ちされて以来、辛《つら》いことばかりが続いている。もし、私がこのまま生きていたならば、最も恐れている資盛様の討ち死にの連絡が届くかもしれない。これ以上はない辛さをもたらすであろう、資盛様の最期の知らせを聞く前に、私は死んでしまいたい。死は、恐くない。これまで、私を翻弄してきた運命よ。私の命を取りたいのならば、勝手に取るが良い。）

ここまで思い詰めても、私は死ななかった。生きることが、こんなに辛《つら》いものだとは、初めて思い知った。

（右京大夫）有《あ》らるべき心地《ここち》もせぬに猶堪《なほた》へて今日《けふ》まで経《ふ》るぞ悲《かな》しかりける

（高熱で苦しみ、生きていられそうにない状態だったが、自分は死ぬことが恐くなかった。

それなのに、何ということか、私の命は、しぶとく生き残った。今日まで生きていられる、いや、今日まで生きさせられているのは、まことに悲しい定めである。）

［評］「憂《う》き上《うへ》の猶《なほ》憂《う》き果《は》てを聞《き》かぬ前《さき》に」の「憂《う》き果《は》て」を、「憂《う》き事《こと》」とする写本がある。「憂《う》き果《は》て」の用例としては、時代は下るが、『風雅和歌集』に、「哀《あは》れ其《そ》の憂《う》き果《は》て聞《き》かで時《とき》の間《ま》も君《きみ》に先立《さきだ》つ命《いのち》ともがな」（永福門院内侍）という歌がある。敬愛する主人である永福門院の訃報を聞く前に、自分が先に死んでしまいたい、という歌である。

二首目の歌の第三句「猶堪《なほた》へて」を、「猶消《なほき》えで」とする写本もある。解釈の可能性としては、「猶絶《なほた》えで」もありうる。

44　梅の花は残った

返《かへ》る年《とし》の春《はる》、縁《ゆかり》ある人《ひと》の、（親類）「物参《ものまゐ》りす」とて、誘《さそ》ひしかば、何事《なにごと》も物憂《ものう》けれど、尊《たふと》き方《かた》の事《こと》なれば、思《おも》ひ起《お》こして、参《まゐ》りぬ。

帰《かへ》さに、（親類）「梅《むめ》の花《はな》、斜《なの》めならず面白《おもしろ》き所《ところ》有《あ》る」とて、人《ひと》の、立《た》ち入《い》りしかば、具《ぐ》せられて行《ゆ》きたるに、真《まこと》に、世《よ》の常《つね》ならぬ花《はな》の気色《けしき》なり。其《そ》の所《ところ》の主《あるじ》なる聖《ひじり》の、人《ひと》に物言《ものい》ふを聞《き》けば、（聖）「年々《としどし》、此《こ》の花《はな》を標結《しめゆ》ひて、請《こ》ひ給《たま》へし人無《ひとな》くて、今年《ことし》は徒《いたづ》らに咲《さ》き、散《ち》り侍《はべ》る。哀《あは》れに」と言《い》ふを、（親類）「誰《たれ》ぞ」と問《と》ふめれば、（聖）「其《そ》の人《ひと》」としも、確《たし》かなる名《な》を言《い》ふに、掻《か》き乱《みだ》り、悲《かな》しき心《こころ》の中《うち》に。

（右京大夫）思《おも》ふ事心《ことごころ》の友《とも》に語《かた》らはむ馴《な》れける人《ひと》を花《はな》も偲《しの》ばば

［訳］平家一門の都落ちがあった激動の年も暮れ、新年になった。寿永三年（一一八四）である。その年の春、親類に当たる者が、「神社や仏閣に参拝するので、ご一緒しませんか」と言って、誘ってくれた。私が悲しみのあまり、家に閉じこもってばかりなので、気分転換のために、外へ連れ出してくれたのかもしれない。私は、すべての面で、億劫《おっくう》になっているので、まったく気は進まなかったが、信仰心は後《のち》の世《よ》のために大切なことなの

で、気持ちを奮い起こして、外出することにした。

お参りが終わった後で、帰り道の途中、親類の者は、「そうそう、この近くに、梅の花が、それはそれは見事に咲くお寺があるのよ。外出したついでに、見ておきましょうよ」と誘う。私は、それほど気は進まなかったのだが、親類の者は、ずんずん、そのお寺の中に入ってゆく。私も、仕方なく、引きずられるようにして、その後《うし》ろから付いていった。

まことに、見事な梅の花だった。花の漂わせている雰囲気には、気品すら感じられた。そのお寺の上人様《しょうにんさま》が、私をここまで連れてきた親類の者と、世間話をしているのを、横から聞いていて、はっとした。

「毎年、この梅の花を特に気に入っておられて、花の付いた枝を贈ってくれるように、前もって固く予約しておられたお方がいらっしゃったのですが、いまはもう、都にはおられません。それで、梅の木のほうでも、自分を気に入って愛翫《あいがん》してくださるお方がおられないので、咲いた甲斐もなく散ってゆくのを、寂しそうにしております。哀れなものです」などと、上人様は話している。

親類の者は、興味を持ったと見え、「そのお方というのは、どなたですか」と尋ねているようである。すると、上人様は、「平資盛殿です」と、私の聞き間違いではなく、私がずっと心の中で思い続けている人の名前を、口にしたではないか。その名前を聞いた途端に、私の心は真っ暗になり、悲しみがこみ上げてきた。

私は、心の中で歌を詠み、梅の花に呼びかけた。

（右京大夫）思《おも》ふ事心《ことこころ》の友《とも》に語《かた》らはむ馴《な》れける人《ひと》を花《はな》も偲《しの》ばば

（私は偶然、このお寺に入ってきて、見事な梅の花を見た。この梅の花は、資盛様が毎年、春になると、格別に寵愛されていた、と聞いた。梅のほうでも、資盛様に愛されていることを理解し、資盛様が今年、都にいないことを寂しく思っている、という。私も、そうなのだよ。梅の花よ、お前と私は、資盛様を愛し、その不在を寂しく思う親友同士なのだ。ならば、二人で思う存分、資盛様のことを語り尽くそうではないか。）

［評］　花を愛した人はいなくなっても、愛された花は残る。花が美しく咲くかぎり、その花を愛した人の心は、残る。ただし、その場に不在の人の存在を思い出す人間が、必要である。今は、右京大夫がいる。そして、『建礼門院右京大夫集』の読者が、平資盛という男がこの世に生きていたことを、記憶に留めている。

聖《ひじり》（上人）の言葉、「年々《としどし》、此《こ》の花《はな》を標結《しめゆ》ひて、請《こ》ひ給《たま》へし人無《ひとな》くて」の「給《たま》へし」は、文法的におかしい。「群書類従」だけが「給《たま》へし」である。ここは、「給《たま》ひし」が正しい。また、歌の「思《おも》ふ事心《ことこころ》の友《とも》に語《かた》らはむ」の「心《こころ》の友《とも》に」を、「心《こころ》のままに」とする写本もある。

45　散りゆく平家の公達たち

45—1　一ノ谷の戦死者たち

其《そ》の頃《ころ》、あさましく、恐《おそ》ろしく聞《き》こえし事《こと》どもに、近《ちか》く見《み》し人々《ひとびと》、空《むな》しく成《な》りたる数《かず》多《おほ》くて、あらぬ姿《すがた》にて、渡《わた》さるる。何《なに》かと心憂《こころう》く、言《い》はむ方無《かたな》き事《こと》ども聞《き》こえて、「誰々《たれたれ》」など、人《ひと》の言《い》ひしも、例無《ためしな》くて。

（右京大夫）哀《あは》れ然《さ》は此《これ》は真《まこと》か猶《なほ》も唯夢《ただゆめ》にやあらむとこそ覚《おぼ》ゆれ

［訳］　その年の春は、信じられないほどに恐ろしい噂で、都は持ち切りだった。二月七日、播磨《はりま》の国の一ノ谷で、大きな戦いがあった。源氏軍が大勝し、平家軍は大敗を喫したという。これまで、この『建礼門院右京大夫集』にお名前を出した通盛《みちもり》、忠度《ただのり》、経正《つねまさ》などの方々や、教経《のりつね》、敦盛《あつもり》、師盛《もろもり》、知章《ともあきら》などの方々も、無念の討ち死にをなさった。五日後の二月十二日、彼らの首が都に届けられた。十三日、それらの首は都大路を渡された後、獄《ごく》門《もん》の木に掛けられた。

私が宮中で宮仕えしている時に、間近に見たり、言葉を交わしたりした方々で、悲しい最期を遂げられた、その数の多さには驚かされた。そのうえ、これも信じられない悲惨なお姿で、都大路を渡されなさった。

都人たちは、「誰々の首が渡された」などという噂で騒然としており、私はむしょうに心苦しくて、言いようのない絶望に捕らわれた。これまでに前例のないほどの悲惨さ、苛烈さだった。

（右京大夫）哀《あは》れ然《さ》は此《これ》は真《まこと》か猶《なほ》も唯夢《ただゆめ》にやあらむとこそ覚《おぼ》ゆれ

（ああ、何てこと。これは、とても現実とは思えない。やはり、夢、しかも、質《たち》の悪い悪夢であろう、としか、私には考えられない。）

【評】 冒頭の「其《そ》の頃《ころ》」は、直前（「44」）の「返《かへ》る年《とし》の春《はる》」を受けている。ただし、「其《そ》の春《はる》」とする写本もある。一ノ谷の戦いは、寿永三年（一一八四）の二月七日だった。

右京大夫の心の乱れは、和歌の音律の乱れにも反映している。「哀《あは》れ然《さ》は／此《これ》は真《まこと》か／猶《なほ》も唯《ただ》／夢《ゆめ》にやあらむ／とこそ覚《おぼ》ゆれ」。諸本で、本文の違いはない。「とこそ覚《おぼ》ゆれ」の「と」が、第五句に入り込むのは、類例がほとんど見られない。作者の心の動揺の表れだと、考えるべきだろう。

45―2 生け捕りにされた重衡

重衡《しげひら》の三位《さんゐ》の中将《ちゆうじやう》の、憂《う》き身《み》に成《な》りて、（噂）「都《みやこ》に、暫《しば》し」と聞《き》きし頃《ころ》、（右京大夫）「殊《こと》に、殊《こと》に、昔《むかし》、近《ちか》かりし人々《ひとびと》の中《なか》にも、朝夕《あさゆふ》馴《な》れて、をかしき事《こと》を言《い》ひ、又《また》、儚《はかな》き事《こと》ども、人《ひと》の為《ため》は、便宜《びんぎ》に、心《こころ》しらひ有《あ》りなどして、有《あ》り難《がた》かりしを。如何《いか》なりける報《ひく》いぞ」と、心憂《こころう》し。

見《み》たる人《ひと》の、「御顔《おんかほ》は変《か》はらで」、「目《め》も当《あ》てられぬ」など言《い》ふが、心憂《こころう》く、悲《かな》しさ、言《い》はむ方無《かたな》し。

（右京大夫）朝夕《あさゆふ》に見馴《みな》れ過《す》ぐしし其《そ》の昔《むかし》斯《か》かるべしとは思《おも》ひても見《み》ず

返《かへ》す返《がへ》す、心《こころ》の中《うち》推《お》し量《はか》られて。

（右京大夫）未《ま》だ死《し》なぬ此《こ》の世《よ》の中《うち》に身《み》を変《か》へて何心地《なにごこち》して明《あ》け暮《く》らすらむ

［訳］一ノ谷の戦いでは、討ち死にされた方々が多かったけれども、重衡《しげひら》様は生け捕りの憂《う》き身《み》に遭《あ》われた。討ち死になさった方々の首が都大路を渡された翌日、二月十四日、重衡様の乗った牛車は、簾《すだれ》を上げられて、都大路を渡された。世間の噂では、「いずれ、鎌倉に護送されるだろうが、一月《ひとつき》くらいは都に留まられるようだ」ということだった。

私は、このことも信じがたかった。「かつて、私が宮仕えしていた頃、たくさんの平家の方々とお会いしたり、親しく話を交わしたりしたけれども、この重衡様には、その中でも取り分け、親しく接した思い出がある。重衡様は中宮職《しき》の仕事も兼ねておられたので、朝に夕に、中宮様《みやさま》の御座所に足を運ばれ、私たち女房とも、楽しい冗談や恐ろしい怪談に打ち興じられた。また、些細なことでも、その人のために便宜《べんぎ》を図ってくださったりして、めったにいないほどの立派なお方だった。それなのに、このような悲しい目に遭《あ》われるとは。どういう前世からの因縁で、こういう報いを受けることになったのだろうか」と、我が事のように辛《つら》く思われる。

重衡様が罪人として都大路を渡されるお姿は、私にはとても見られなかったが、実際に見た人の何人かから、話を聞いた。「お顔は、都落ちされる以前と、まったく変わっておられませんでした」、「囚われの身でおありなことが、衆人に晒《さら》されて、とても正視できませんでした」ということだった。まことに、辛《つら》く、悲しい私の心境は、どう言えばよいかわからないくらいである。

（右京大夫）朝夕《あさゆふ》に見馴《みな》れ過《す》ぐしし其《そ》の昔《むかし》斯《か》かるべしとは思《おも》ひても見《み》ず

（中宮様の御座所で、朝な夕なに、何度もお会いしていた平家一門の全盛期には、まさか、このお方がこのような憂《う》き目《め》に遭《あ》われようとは、思いも寄らなかった。）

だが、本当に辛《つら》いのは、私ではない。重衡様ご本人である。そのお心の中《うち》を思いやると、本当に労《いたわ》しい。

（右京大夫）未《ま》だ死《し》なぬ此《こ》の世《よ》の中《うち》に身《み》を変《か》へて何心地《なにごこち》して明《あ》け暮《く》らすらむ

（人間は、この世での寿命が尽きたならば、来世では輪廻転生《りんねてんしょう》する定めである。ところが、重衡様は、まだ生きておいでのうちに、極楽から地獄へと、二つの生を体験されたのは、まことに痛ましいことである。）

［評］　一ノ谷で捕らわれた重衡自身が「憂《う》き身《み》」であるだけでなく、彼の華やかだった過去を知る人間にとっては、「光と影」のあまりの落差が、痛ましい。華やかな重衡と会って、話をしていた自分もまた、「光の世界」から追放されたかのような「憂《う》さ」を噛みしめることになる。重衡たち平家一門は、「一身にして二生」を体験した。福沢諭吉は、封建社会と近代社会を、重衡たちは極楽と地獄を。

なお、『広辞苑』の「びんぎ（便宜）」の項は、ここの『建礼門院右京大夫集』が、

「都合のよいこと」の用例として挙げられている。

なお、重衡が我が身を「憂き身」と認識することは、謡曲『千寿《せんじゅ》』での述懐にもある。「思《おも》へただ世《よ》は空蟬《うつせみ》の唐衣《からごろも》　世《よ》は空蟬《うつせみ》の唐衣《からごろも》　きつつ馴《な》れにし妻《つま》しある　都《みやこ》の雲居《くもゐ》を立《た》ち離《はな》れ　遥々来《はるばるき》ぬる旅《たび》をしぞ思《おも》ふ　衰《おとろ》への　憂《う》き身《み》の果《は》てぞ儚《はかな》き　水行《みづゆ》く川《かは》の八橋《やつはし》や　蜘蛛手《くもで》に物《もの》を思《おも》へとは　かけぬ情《なさ》けのなかなかに馴《な》るるや恨《うら》みなるらむ」。

45―3　維盛の入水

又《また》、（世間の人）「維盛《これもり》の三位《さんゐ》の中将《ちゆうじやう》、熊野《くまの》にて、身《み》を投《な》げて」とて、人《ひと》の、言《い》ひ、哀《あは》れがりし。何《いづ》れも、今《いま》の世《よ》を見聞《みき》くにも、（右京大夫）「実《げ》に、優《すぐ》れたりし」など、思《おも》ひ出《い》でらる辺《あた》りなれど、際《きは》殊《こと》に、有《あ》り難《がた》かりし容貌《かたち》・用意《ようい》、真《まこと》に、昔《むかし》・今《いま》見《み》る中《なか》に、例《ためし》も無《な》かりしぞかし。

然《さ》れば、折々《をりをり》には、愛《め》でぬ人《ひと》やは有《あ》りし。法住寺殿《ほふぢゆうじどの》の御賀《おほんが》に、青海波《せいがいは》舞《ま》ひての折《をり》などは、（世間の人）「光源氏《ひかるげんじ》の例《ためし》も、思《おも》ひ出《い》でらるる」などこそ、人々《ひとびと》言《い》ひしか。（世間の人）「花《はな》の匂《にほ》ひも、実《げ》に、気圧《けお》されぬべく」など、聞《き》こえしぞかし。其《そ》の折々《をりをり》の面影《おもかげ》は、然《さ》る事《こと》にて、見馴《みな》れし哀《あは》れ、（右京大夫）「何《いづ》れも」と言《い》ひながら、猶《なほ》、殊《こと》に覚《おぼ》ゆ。（維盛）「同《おな》じ事《こと》と思《おも》へ」と、折々《をりをり》は言《い》はれしを、（右京大夫）「然《さ》こそ」と答《いら》へしかば、（維盛）「然《さ》れど、然《さ》やは有《あ》る」と言《い》はれし事《こと》など、数々《かずかず》、（右京大夫）「悲《かな》し」とも言《い》ふ計《はか》り無《な》し。

（右京大夫）春《はる》の花色《はないろ》に比《よそ》へし面影《おもかげ》の空《むな》しき波《なみ》の下《した》に朽《く》ちぬる

（右京大夫）悲《かな》しくも斯《か》かる憂《う》き目《め》をみ《浮き海布(め)見》熊野《くまの》の浦廻《うらわ》の波《なみ》に身《み》を沈《しづ》めける

【訳】悲劇は、伝播《でんぱ》し、連鎖する。世間の噂では、「維盛様が、讃岐の国にある平家の屋島《やしま》の陣地を抜け出して、高野山で出家し、熊野の那智《なち》の沖で入水《じゅすい》して、命を終わられた」とのことである。二十七歳だった。この方は、私の思い人である資盛様の兄君である。

人々は、維盛様の死に対して、いたく同情している。

平家一門には、優れた人材が多かった。平家以外の公卿や殿上人たちを眺め渡しても、「掛値《かけね》なく、傑出しておられた」と思う人々を、平家一門は輩出している。維盛様は、その中でも、ひときわ抜きん出ておられた。めったにないほどの美貌に加えて、心配りも行き届いていた。嘘・偽りなく、私がこれまでで知り合った殿方たちの中で、比類のない貴公子だった。

だからこそ、何か、催し事があるたびに、維盛様の素晴らしさを、皆が、一人残らず称賛してきた。法住寺殿《ほうじゅうじどの》で、後白河院の「五十の賀」が催されたのは、安元二年（一一七六）の三月のことだった。維盛様は、十九歳で、「青海波《せいがいは》」の舞を披露された。その姿を見た人々は、口々に、『源氏物語』紅葉賀《もみじのが》の巻で、光る君が頭中将《とうのちゅうじょう》と共に「青海波」を舞ったことが称賛されていますが、今日の維盛殿の舞は、さしずめ、その再現と言えるでしょう」などと、誉めそやしたものだった。また、人々は、「その『源氏物語』の花宴《はなのえん》の巻には、光源氏の花のような美貌の前には、藤の花ですらも負けてしまう、と書いてあるそうですが、維盛殿の素晴らしさを目《ま》の当たりにすると、なるほどと納得できますな」などと、噂し申し上げたものである。

このように特別な晴《はれ》の儀式で、私が何度も見てきた維盛様の面影が、浮かんでくる。その訃報に接して悲しいのは、当然のことである。親しくお付き合いしてきた平家一門の方々の多くが亡くなられて、「どの方の訃報が最も悲しい」という区別はないのだけれども、やはり、維盛様が亡くなったという報《しら》せは、とても悲しく、心に堪《こた》える。

維盛様が、私に向かって、「あなたが付き合っている資盛は、私の弟だから、私のことを資盛と同じように思いなさい」と、何回も言われたことがあった。私が、「はい、そのように思っています」と答えると、「でも、それは口だけで、心の中ではそう思っていないよね」と言われたことなど、いろいろな記憶が蘇ってくる。「悲しい」という言葉では、とても形容できない。

（右京大夫）春《はる》の花色《はないろ》に比《よそ》へし面影《おもかげ》の空《むな》しき波《なみ》の下《した》に朽《く》ちぬる

（維盛様が「青海波」を見事に舞った時、人々は称賛して「深山木《みやまぎ》の中《なか》の桜《さくら》や梅《うめ》」に喩えたと伝えられる。それほどの美貌が、「青海波」ならぬ那智の青い波の下に沈んだのかと思うと、何とも言えない悲しさを感じる。）

（右京大夫）悲《かな》しくも斯《か》かる憂《う》き目《め》《浮き海布（め）》をみ《見》熊野《くまの》の浦廻《うらわ》の波《なみ》に身《み》を沈《しづ》めける

（維盛様は、労《いたわ》しいことに、このような悲惨な目を見られて、海布《わかめ》が浮いているという熊野の浦の波の下に、我《われ》と我《わ》が身《み》を投じられたことよ。）

［評］『源氏物語』紅葉賀《もみじのが》の巻で、「一の院」の五十の賀に際して「青海波」を舞った光源氏と、後白河院の五十の賀で、青海波を待った平維盛とが、並び称されている。

その維盛が、戦場を離脱し、熊野の海に身を投じた。その衝撃が語られている。一首目の歌の「春《はる》の花色《はないろ》に比《よそ》へし面影《おもかげ》の」の「春《はる》の花《はな》」ほ、「春の花の」とする写本がある。

藤原俊成に、『般若心経』の心を詠んだ歌がある。「春《はる》の花秋《はなあき》の紅葉《もみち》の散《ち》るを見《み》よ色《いろ》は空《むな》しき物《もの》にぞ有《あ》りける」。「色即是空、空即是色」の心である。

「『悲《かな》し』とも言《い》ふ計《はか》り無《な》し」の「計《はか》り」を、濁って「計《ばか》り」と解釈する説もある。

45—4　資盛からの手紙

殊《こと》に、同《おな》じ縁《ゆかり》は、思《おも》ひ取《と》る方《かた》の強《つよ》かりける。憂《う》き事業《ことわざ》なれども、此《こ》の三位《さんゐ》の中将《ちゆうじやう》と、清《きよ》経《つね》の中将《ちゆうじやう》と、（世間の人）「心《こころ》と、斯《か》く成《な》りぬる」など、様々《さまざま》人《ひと》の言《い》ひ扱《あつか》ふにも、（右京大夫）「残《のこ》りて、如何《いか》に心弱《こころよわ》くや、いとど覚《おぼ》ゆらむ」など、様々《さまざま》思《おも》へど、予《かね》て言《い》ひし事《こと》にてや、又《また》、何《なに》とか思《おも》ふらむ、便《たよ》りに付《つ》けて、言《こと》の葉《は》一《ひと》つも聞《き》かず。

唯《ただ》、都《みやこ》出《い》でての冬《ふゆ》、纔《わづ》かなる便《たよ》りに付《つ》けて、（資盛）「申《まう》しし様《やう》に、今《いま》は、身《み》を変《か》へたると思《おも》ふを、誰《たれ》も、然《さ》思《おも》ひて、後《のち》の世《よ》を弔《と》へ」と許《ばか》り、有《あ》りしかば、確《たし》かなる便《たよ》りも知《し》らず、態《わざ》とは、又《また》、叶《かな》はで、此《これ》よりも、言《い》ふ方無《かたな》く、思《おも》ひ遣《や》らるる心《こころ》の中《うち》をも、え言《い》ひ遣《や》らぬに、此《こ》の縁《ゆかり》の草《くさ》は、斯《か》くのみ、皆《みな》、聞《き》きし頃《ころ》、徒《あだ》ならぬ便《たよ》りにて、伝《つた》ふべき事《こと》有《あ》りしかば、（右京大夫）「返《かへ》す返《がへ》す、斯《か》くまでも聞《き》こえじ、と思《おも》へど」など、言《い》ひて。

（右京大夫）様々《さまざま》に心乱《こころみだ》れて藻塩草《もしほぐさ》《文字》掻《か》き《書き》集《あつ》むべき心地《ここち》だにせず

（右京大夫）同《おな》じ世《よ》と猶思《なほおも》ふこそ悲《かな》しけれ有《あ》るが有《あ》るにも有《あ》らぬ此《こ》の世《よ》に

此《こ》の兄弟達《はらからたち》の事《こと》など、言《い》ひて。

（右京大夫）思《おも》ふ事《こと》を思《おも》ひ遣《や》るにぞ思《おも》ひ砕《くだ》く思《おも》ひに添《そ》へていとど悲《かな》しきなど、申《まう》したりし。

返《かへ》り事《ごと》、さすがに嬉《うれ》しき由《よし》、言《い》ひて、（資盛）「今《いま》は唯《ただ》、身《み》の上《うへ》も、今日《けふ》・明日《あす》の事《こと》なれば、返《かへ》す返《がへ》す、思《おも》ひ閉《と》ぢめぬる心地《ここち》にてなむ。忠実《まめ》やかに、此《こ》の度許《たびばか》りぞ、申《まう》しもすべき」とて。

（資盛）思《おも》ひ閉《と》ぢめ思《おも》ひ切《き》りても立《た》ち返《かへ》りさすがに思《おも》ふ事《こと》ぞ多《おほ》かる

（資盛）今《いま》はすべて何《なに》の情《なさ》けも哀《あは》れをも見《み》もせじ聞《き》きもせじとこそ思《おも》へ

先立《さきだ》ちぬる人々《ひとびと》の事《こと》、言《い》ひて。

（資盛）有《あ》る程《ほど》が有《あ》るにも有《あ》らぬ中《うち》に猶斯《なほか》く憂《う》き事《こと》を見《み》るが悲《かな》しき

と有《あ》りしを、見《み》し心地《ここち》、増《ま》して、又《また》、言《い》ふ方無《かたな》し。

［訳］　平家一門の方々の相次ぐ死を前にして、悲しみに暮れていた私だが、やはり、資

盛様を思い続けている私にとっては、資盛様の兄君である維盛様の入水《じゅすい》の報《しら》せは、衝撃がはなはだ大きかった。

維盛様の入水に先立って、前の年に、資盛様の弟である清経《きよつね》様も、筑紫《つくし》（九州）は豊前《ぶぜん》の国の柳ヶ浦《やなぎがうら》で入水して、果てられていた。耳にするのも耐えがたい話題ではあるけれども、世間の人たちは、「戦場で勇ましく戦って討ち死にしたのではなく、戦わずして、自分から進んで水に入って投身したそうだ」などと、入水の理由を想像したりして、噂し合っている。私は、「兄君や弟君が、こういう死に方をして先立ったので、この世に遺された資盛様は、都落ちする以前から不安を抱えておられたのに、今頃はどんなにか心細くお感じになっているだろうか」と、さまざまに思いやるのだった。

一方、資盛様は、都落ちする際に、私に向かって、「今後いっさい、手紙は出さないから、そのつもりでいなさい」と、強く言い残して置かれた。その方針を貫いているのかもしれないし、何か別の理由があるのかもしれないが、とにかく、平家一門から都の人に寄せられる便りに託して、私に連絡を取ってくれることは、まったくなかった。本当に、言葉一つ、寄せてはくれなかった。

ただし、都落ちされた寿永二年（一一八三）の冬に、ちょっとしたついでがあったようで、私に手紙を寄せたことがあった。それには、「かねて言い置いたように、今では、都落ちする以前の自分とは別人に成りきっている。今の私は、『生ける死者』である。私だけでなく、あなたも、私のことをそう思って、私の後世《ごせ》を弔《とむら》ってほしい」とだけ、あっさり書いてあった。

けれども、私のほうから資盛様に返事を書こうにも、確実な伝手《つて》があるわけではなく、自分から資盛様宛《あ》てに単独の手紙など届けられるはずはない。だから、私から資盛様へは、私の溢れる思いをどんなに伝えて、励ましたくても、連絡が取れない状況が続いていた。

ところが、寿永三年になって、維盛様の入水が都人の噂として弘まった頃、確実に資盛様に連絡を取れる伝手《つて》が見つかったので、思い余って、私は手紙を書いた。「資盛様のお言葉がありましたので、何度も、何度も、手紙を書いてお心を乱すまいと我慢していたのですが、とうとう書いてしまいました」と書いて、二首の歌に思いのすべてを託した。

（右京大夫）様々《さまざま》に心乱《こころみだ》れて藻塩草《もしほぐさ》《文字》搔《か》《書き》き集《あつ》むべき心地だにせず

（たくさんのことをあなたに伝えたい一心で、手紙を書くまいという自制心を失い、とうとう手紙を書き始めました。すると、そのとたんに、私の筆は止まりました。さまざまな思いをどのような言葉で書き記せばよいのでしょうか。ありきたりの言葉では表現できない深い思いを、あなたが都にいなくなってから、私は心の中に溜《た》め込んできました。海人《あま》が、藻塩草《もしおぐさ》を一所懸命に掻き集めるように、私も「文字＝言葉」を心の奥底から見つけ出して、書き集めることにしましょう。）

（右京大夫）同《おな》じ世《よ》と猶思《なほおも》ふこそ悲《かな》しけれ有《あ》るが有《あ》るにも有《あ》らぬ此《こ》の世《よ》に

（あなたと私は、遠く離れて生きています。二人とも生きている間は、私たちは同じ、一つの世界で生きています。けれども、その世界たるや、資盛様たち平家一門の方々が幸福に暮らしていた、あの美しかった世界では、もはやなくなっています。あなたは、既に「生ける死者」だとおっしゃっていますし、あなたと離れて生きる私もまた、生きているという実感がなくて、死んだも同然なのです。）

私は、これらの歌の後《あと》に、維盛様や清経様の悲劇について書き、あなただけは希望を持って生き抜いてほしい、という願いを、伝えようとした。

（右京大夫）思《おも》ふ事《こと》を思《おも》ひ遣《や》るにぞ思《おも》ひ砕《くだ》く思《おも》ひに添《そ》へていとど悲《かな》しき

（あなたが、ご兄弟の相継ぐ最期で、心を痛めておられるのではないかと、私は遠くから思っています。私たちが一緒にいられるのであれば、語り合うことで、あなたの心の悩みが小さくなることもあるでしょう。けれども、それは不可能ですので、あなたの苦しみも増さる一方でしょう。私もまた、自分自身の苦しみに加えて、あなたが抱えていらっしゃる苦しみへの共感が加わって、どうしようもない悲しみに苦しんでいます。）

資盛様からの返事は、あった。「手紙は書かないし、読まないつもりだったけれども、さすがに嬉しかった」とあったので、私も胸を撫《な》で下ろした。資盛様は、それに続けて、「ただし、私の命が尽きるのが、今日か明日かに迫っています。在原業平の辞世、『遂《つひ》に行《ゆ》く道《みち》とはかねて聞《き》きしかど昨日今日《きのふけふ》とは思《おも》はざりしを』という歌を、身に沁《し》みて口ずさんでいます。あなたには何度も言ってきたことですが、私は『生きる』ということを諦めきったのです。本当に、この手紙が、あなたへの最後の手紙になります」と、記してあった。

私が三首も歌を贈ったので、資盛様も三首、歌を返してくれた。

（資盛）思《おも》ひ閉《と》ぢめ思《おも》ひ切《き》りても立《た》ち返《かへ》りさすがに思《おも》ふ事《こと》ぞ多《おほ》かる

（この世界で、人間として生き続けることは、既に諦めましたし、希望などは断念しました。それでも、ふと気づいていると、また都に戻れたらとか、懐かしい人と再会できたら、などと、都合の良いことを考えていたりします。人間の願望というものは、本当に尽きることがないのですね。）

（資盛）今《いま》はすべて何《なに》の情《なさ》けも哀《あは》れをも見《み》もせじ聞《き》きもせじとこそ思《おも》へ

（こうなったならば、いつ、自分の最期が訪れても、心を乱さない準備をしておかねばなりません。心を掻き乱す願望が、むくむくと頭を擡《もた》げてこないように、これからは、どんなに情愛の籠《こ》もった言葉も、心に沁《し》みる言葉も、目に入れないし、耳にも入れない所存です。）

自分より先に、この人間世界と訣別した兄弟二人のことにも触れ、その思いを歌に詠まれていた。

（資盛）有《あ》る程《ほど》が有《あ》るにも有《あ》らぬ中《うち》に猶斯《なほか》く憂《う》き事《こと》を見《み》るが悲《かな》しき

（私は既に、「生ける死者」です。なぜならば、私の身体は生きていますが、心は既に死者の世界に入っているからです。私の弟の清経も、兄の維盛も、やはり「生ける死者」でしたが、私より一足先に、「死せる死者」となりました。その報《しら》せを聞いた私は、悲しい気持ちになりました。「悲しい」と感じるのは、まだ私が本当に死にきれていないからでしょう。）

この歌を、手紙で読んだ私の心は、言いようのない悲しみで満たされたのだった。

［評］ 資盛との、生前最後の手紙の贈答が、語られる。心の状態は、文字に表れる。資盛の最後の手紙は、どういう筆蹟で記されていたのだろうか。『源氏物語』で、柏木の最後の手紙は、「鳥《とり》の跡《あと》」（鳥の足跡）のように、判読しがたい筆蹟だったとされている。資盛は、心の中には大いなる悩みは抱えていただろうけれども、右京大夫が読み慣れた筆蹟で書き送ってきたのだろう。

なお、「憂《う》き事業《ことわざ》なれども」と本文を定めた箇所は、「群書類従」そのままの表記では、「うき事ハさなれとも」である。そのため、「憂《う》き事《こと》は然《さ》なれども」と解釈されるのが普通だった。だが、私は、あえて、「憂《う》き事業《ことわざ》なれども」と本文を校訂したい。「群書類従」の本文を、他の写本によって改めるのではなく、仮名づかいの校訂を行いたいのである。『古今和歌集』仮名序の、「世《よ》の中に有《あ》る人《ひと》、事業繁《ことわざしげ》きものなれば、心《こころ》に思《おも》ふ事《こと》を、見《み》る物《もの》、聞《き》く物《もの》に付《つ》けて、言《い》ひ出《い》だせるなり」の「事業《ことわざ》＝ことわさ」を、慣用的に、「ことはさ」と表記している、と考えるのである。

46 資盛の最期

46―1 悲報来《ひほうらい》

又《また》の年《とし》の春《はる》ぞ、真《まこと》に、此《こ》の世《よ》の外《ほか》に、聞《き》き果《は》てにし。

其《そ》の程《ほど》の事《こと》は、増《ま》して、何《なに》とか言《い》はむ。皆《みな》、予《かね》て思《おも》ひし事《こと》なれど、唯《ただ》、惚《ほ》れ惚《ぼ》れとのみ覚《おぼ》ゆ。余《あま》りに堰《せ》き遣《や》らぬ涙《なみだ》も、かつは、見《み》る人々《ひとびと》にも慎《つつ》ましければ、何《なに》とか、人《ひと》は思《おも》ふらめど、（右京大夫）「心地《ここち》の侘《わ》びしき」とて、引《ひ》き被《かづ》きて、寝《ね》暮《く》らしてのみぞ、心《こころ》のままに泣《な》き過《す》ぐす。

（右京大夫）「如何《いか》で、物《もの》を忘《わす》れむ」と思《おも》へど、生憎《あやにく》に、面影《おもかげ》は身《み》に添《そ》ひ、言《こと》の葉《は》毎《ごと》に、聞《き》く心地《ここち》して、身《み》を迫《せ》めて、悲《かな》しき事《こと》、言《い》ひ尽《つ》くすべき方《かた》無《な》し。唯《ただ》、限《かぎ》り有《あ》る命《いのち》にて、（他人）「儚《はかな》く」など、聞《き》く事《こと》をだにこそ、悲《かな》しき事《こと》に言《い》ひ、思《おも》へ、（右京大夫）「此《これ》は、何《なに》をか例《ためし》にせむ」と、返《かへ》す返《がへ》す、覚《おぼ》えて。

（右京大夫）並《な》べて世《よ》の儚《はかな》き事《こと》を悲《かな》しとは斯《か》かる夢見《ゆめみ》ぬ人《ひと》や言《い》ひけむ

［訳］　資盛様から、最後の手紙が届いた次の年、すなわち、元暦二年（一一八四）の春、資盛様が、「生ける死者」でなくなり、文字通り、人間の世界からあの世へと旅立たれたことを、聞いてしまった。正確には、三月二十四日、平家軍は、壇ノ浦で源氏軍と戦い、敗北した。資盛様は、一門の方々と共に、入水されたという。まだ二十五歳だった。

二年前の都落ちの頃から、私の心は乱れに乱れていたが、この悲しい報《しら》せを聞いた直後のことは、これまで以上に乱れ、悲しみを形容する言葉もなかった。資盛様も、それ以外の一門の方々も、皆、こういう最期を迎えられるであろうことは、私もあらかじめ予想していたことではある。だが、それが現実のものとなってみると、魂がどこかへ持ち去られたかのようで、茫然自失しているばかりだった。私の心の中の最も大切な核心が、資盛様を追いかけて、死の世界へと旅立ったかのようだった。私は、自分という存在を、この時、見失った。

ただし、涙だけは、こんなにも大量の水分が私の体の中にあったのだろうかと思うくらい、無尽蔵に溢れ出てきた。自己を喪失した私ではあるが、かろうじて、わずかばかりの理性は残っていたようで、泣いてばかりの自分が、他人様《ひとさま》の目にはどう映るだろうかと気兼ねする気持ちもわずかにある。だが、それでも、涙は尽きなかった。

こうなったら、人目など気にせず、泣けるだけ泣くしかない。「気分が優れません」とだけ言って、夜具を頭からすっぽりかぶって、泣きながら夜を過ごし、泣きながら昼を過ごし、心の命じるままに泣きながら生きていた。

私は、「どうにかして、資盛様のことを忘れられないだろうか。苦しいので、忘れられるものなら、忘れてしまいたい」と願うのだが、『伊勢物語』第六十五段の「恋《こひ》せじと御《み》手洗川《たらしがは》にせし禊神《みそぎかみ》は請《う》けずも成《な》りにけるかな」という歌ではないが、私の願いは天から拒否されてしまった。目をつむると、資盛様の顔が面影に浮かぶ。目を開けて誰かを見ると、その人が資盛様に見えてしまう。どこかから、資盛様の懐かしい声が聞こえてくるような気がする。誰かの言葉を聞くと、それが資盛様の声に聞こえてしまう。このような状況が続くと、心臓が締め付けられるようで、世界は痛みに満ちていることを実感した。

私は、ふだんから、他人の死には敏感で、寿命が尽きて亡《な》くなった人に対しても、「逝去しました」と聞いただけで、心から悲しいことだと思うし、「悲しい」と口に出して言ってきた。けれども、資盛様の場合には、寿命が尽きたのではなく、人生半《なか》ばにしての非業《ひごう》の死である。「まったくもって、前代未聞の死別の悲しさだ」と、私は何度も何度も、心の中で叫んでいた。

（右京大夫）並《な》べて世《よ》の儚《はかな》き事《こと》を悲《かな》しとは斯《か》かる夢見《ゆめみ》ぬ人《ひと》や言《い》ひけむ

（生まれてきた人間は、いつか必ず死ぬ。死は、人間の世界に普通に存在していて、氾濫《はんらん》している。そして、人は他人の死に接した場合に、「悲しい」という感想を口にする。今、私は、資盛様の死と向かい合って「悲しい」と思っている。だが、私の「悲しい」は、ほかの人の「悲しい」とは、まったく次元が異なる。こんな悪夢を見たことのない人には、私が感じている「悲しい」という感情は、とても理解できないだろう。）

【評】　この「悲報来」という見出しは、斎藤茂吉『赤光』（初版本）巻頭に置かれた連作タイトル「悲報来」から採った。茂吉が、短歌の師である伊藤左千夫《さちお》の訃報に接する歌群である。

作者の歌は「並《な》べて世《よ》の」から始まるが、『源氏物語』朝顔の巻の、「並《な》べて世《よ》の哀《あは》れ許《ばか》りを問《と》ふからに誓《ちか》ひし事《こと》と神《かみ》や諌《いさ》めむ」（朝顔の斎院）という歌のように、「並《な》べて世《よ》の」は「哀《あは》れ」を導くことが多い。「儚《はかな》し」「悲《かな》し」を導くことは少ない。

46—2 他人の慰めを受け入れられず

程経《ほどへ》て、人《ひと》の許《もと》より、(知人)「然《さ》ても、此《こ》の哀《あは》れ、如何許《いかばか》り」と言《い》ひたれば、並《な》べての事《こと》の様《やう》に覚《おぼ》えて。

(右京大夫)悲《かな》しとも又哀《またあは》れとも世《よ》の常《つね》に言《い》ふべき事《こと》に有《あ》らばこそ有《あ》らめ

【訳】今、私は「並《な》べて」という言葉を用いて、歌を詠んだ。私にとって、資盛様の死去は、「並《な》べてならぬ」ことである。その違いのわからない他人の鈍感さが、私には腹立たしかった。

壇ノ浦の戦いの情報が、都にもたらされてから暫く経《た》って、ある知り合いから、慰めの言葉が寄せられた。「それにしても、このたびの資盛殿の逝去の報《しら》せには、どんなにかお悲しみのことでしょう」などと、通り一遍《いっぺん》の、心の籠《こ》もっていないお悔やみだった。私にとっては、世界が崩壊するほどの衝撃であるのに、悲しみの感じられない決まり文句を、平然と寄こしてくる人の気持ちが、私には理解できなかった。

（右京大夫）悲《かな》しとも又哀《またあは》れとも世《よ》の常《つね》に言《い》ふべき事《こと》に有《あ》らばこそ有《あ》らめ

（あなたにとっては、資盛様の逝去の報《しら》せなど、どこにでもある「悲しい」とか「哀れ」などのありきたりな言葉で、済まされるものなのでしょうね。私にとっては、決して、その程度の事柄ではないのですよ。）

［評］「46―1」の［評］で述べたように、「並《な》べて世《よ》の」は「哀《あは》れ」と結びつくことが多い。だから、「此《こ》の哀《あは》れ」と弔問された作者は、「並《な》べての事《こと》の様《やう》に」思えて、反発した。けれども、「限《かぎ》り無《な》き命《いのち》となるも並《な》べて世《よ》の物《もの》の哀《あは》れを知《し》ればなりけり」（藤原俊成）という歌のように、「並《な》べて世《よ》の」は、「物《もの》の哀《あは》れ」とも深く関わる言葉である。右京大夫は、「物の哀れ」を超えた衝撃と向かい合っているのだろう。

47　深き絶望の淵《ふち》より

47―1　忘れることができたなら

然《さ》ても、今日《けふ》まで、永《なが》らふる世《よ》の習《なら》ひ、心憂《こころう》く、（右京大夫）「明《あ》けぬ」、「暮《く》れぬ」としつつ、さすがに、現《うつ》し心《ごころ》も交《ま》じり、物《もの》を、とかく思《おも》ひ続《つづ》くるままには、悲《かな》しさも、猶《なほ》、増《ま》さる心地《ここち》す。

儚《はかな》く、哀《あは》れなりける契《ちぎ》りの程《ほど》も、我《わ》が身《み》一《ひと》つの事《こと》にはあらず。同《おな》じ縁《ゆかり》の夢《ゆめ》見《み》る人《ひと》は、知《し》るも、知《し》らぬも、さすが、多《おほ》くこそ。

なれど、差《さ》し当《あ》たりては、例無《ためしな》くのみ覚《おぼ》ゆ。（右京大夫）「昔《むかし》も、今《いま》も、唯《ただ》、長閑《のどか》なる限《かぎ》り有《あ》る別《わか》れこそ有《あ》れ。斯《か》く、憂《う》き事《こと》は、何時《いつ》かは有《あ》りける」とのみ思《おも》ふも、然《さ》る事《こと》にて、唯《ただ》、とかく、さすが、思《おも》ひ馴《な》れにし事《こと》のみ忘《わす》れ難《がた》さ。（右京大夫）「如何《いか》で、如何《いか》で、今《いま》は忘《わす》れむ」とのみ思《おも》へど、叶《かな》はぬも、悲《かな》しうて。

（右京大夫）例無《ためしな》き斯《か》かる別《わか》れに猶留《なほと》まる面影《おもかげ》ばかり身《み》に添《そ》ふぞ憂《う》き
（右京大夫）如何《いか》で今《いま》は甲斐無《かひな》き事《こと》を嘆《なげ》かずて物忘《ものわす》れする心《こころ》にもがな
（右京大夫）忘《わす》れむと思《おも》ひても又立《またた》ち返《かへ》り名残無《なごりな》からむ事《こと》も悲《かな》しき

［訳］ それにしても、人間の命ほど不思議なものはない。資盛様のように、二十五歳で非業《ひごう》の死を遂げる人もいれば、私のように、はなはだ生きるのが辛《つら》いので、生きていたくなくても、今日までしぶとく生き永らえてきた人間もいる。

資盛様が亡くなった直後は、「ああ、今日も、長く眠れない夜が明けて、朝になった」、「ああ、今日も、長く退屈な昼が終わって、夜になった」というだけの毎日だった。けれども、ごく稀には、さすがに、「こんなことでは良くない。早く立ち直ろう」という理性が戻ってくる時もあった。だが、その理性こそが厄介な代物《しろもの》で、私に、資盛様のいない世界を生きる悲しさを、かえって意識させ、増殖させてしまうのだ。

理性で考えてみれば、すぐにわかることがある。私が、自分一人の特別な人生だと思っている資盛様との関係にしても、平家一門の殿方と関係し、死別する悪夢を見た女性は、私一人だけではない。それが、世界の真実である。私の知人にも、何人かいる。まして、私の知らない人で、現在苦しんでいる女性は、もっとたくさんいることだろう。

だが、悲劇の当事者である私は、自分の体験した悲劇のあまりの大きさに、打ちひしがれている。「昔から今まで、死別の悲しみは、無常の世では避けられない宿命ではあった。けれども、病気などの場合には、死にゆく側も、死なれる側も、準備したり覚悟したりする時間があっての死別である。資盛様の場合には、突然の都落ち、戦い、そして入水という慌ただしい死別だったので、死にゆく側も、死なれる側も、突然の出来事に、どうすればよいのか、皆目見当も付かない死別だった。こんな辛い別れは、これまでの永い人間の歴史でもなかったのではないか」としか思えなかった。それも、当然のことではあろう。

ただ、何かと、私の心の中に棲み着いていて、それについて思い出し、考えるのが当たり前となっている資盛様のことが、どうしようもなく、忘れられない。「資盛様がこの世にいない今となっては、どうにかして、資盛様のことを忘れたい」と思うのだが、どうしても、忘れられない。それが、悲しい。

（右京大夫）例無《ためしな》き斯《か》かる別《わか》れに猶留《なほと》まる面影《おもかげ》ばかり身《み》に添《そ》ふぞ憂《う》き

（資盛様との別れは、あまりにも突然で、前例がまるでないような悲しさだった。死んだ資盛様も、生き残った私も、死を受け止め切れなかった。資盛様の面影は、まだこの世に留《とど》まり、私の身に寄り添っている。資盛様の死は、まだ確定していない。そのことが、むごく感じられる。）

（右京大夫）如何《いか》で今《いま》は甲斐無《かひな》き事《こと》を嘆《なげ》かずて物忘《ものわす》れする心《こころ》にもがな

（資盛様の死を受け止め、認めることが、私にはできない。もうこうなったら、資盛様という人間が、この世に生きていたこと、そして私と愛し合ったことを、まるごと忘れてしまうしかない。それができるのならば、こんなにも苦しまなくても済むだろうに。）

（右京大夫）忘《わす》れむと思《おも》ひても又立《またた》ち返《かへ》り名残無《なごりな》からむ事《こと》も悲《かな》しき

（いや、やはり、考え直した。「資盛様のことを忘れたい」と、一度は思った私ではあったが、資盛様が生きていた事実を忘却することは、資盛様を心から愛した、かつての自分自身を、否定してしまうことである。そんな悲しいことは、できない。）

【評】 諸注は「多《おほ》くこそなれど」という本文で解釈している。落ち着かないので、ここでは、仮に「多くこそ」で句点を打って、文章を切ってみた。下に「あらめ」などが省略されていると考えるのである。「群書類従」では、句読点こそないものの、「多くこそ」で改行している。ここで、意味も文章も切れるのではないか。

47―2　資盛の手紙を用いて経文を書く

唯《ただ》、胸《むね》に堰《せ》き、涙《なみだ》に余《あま》る思《おも》ひのみなるも、(右京大夫)「何《なに》の甲斐《かひ》ぞ」と、悲《かな》しうて、(右京大夫)「(資盛)『後《のち》の世《よ》をば、必《かなら》ず思《おも》ひ遣《や》れ』と言《い》ひしものを。然《さ》こそ、其《そ》の際《きは》も、心慌《こころあわただ》しかりけめ。又《また》、自《おの》づから、残《のこ》りて、後弔《あとと》ふ人《ひと》も、さすが有《あ》るらめど、万《よろづ》、辺《あた》りの人《ひと》も、世《よ》に隠《かく》ろへて、何事《なにごと》も、道《みち》広《ひろ》からじ」など、身《み》一《ひと》つの事《こと》に思《おも》ひ成《な》されて、悲《かな》しければ、思《おも》ひを起《お》こして、反古《ほぐ》選《え》り出《い》だして、料紙《れうし》に梳《す》かせて、経《きやう》書《か》き、又《また》、然《さ》ながら打《う》たせて、文字《もじ》の見《み》ゆるが、目映《まば》ゆければ、裏《うら》に、物《もの》押《お》し隠《かく》して、手《て》づから、地蔵六体《ぢざうろくたい》、墨描《すみが》きに、描《か》き参《まゐ》らせなど、様々《さまざま》、志《こころざし》許《ばか》り弔《とぶら》ふも、又《また》、人目《ひとめ》慎《つつ》ましければ、疎《うと》き人《ひと》には知《し》らせず、心《こころ》一《ひと》つに営《いとな》む悲《かな》しさも、猶《なほ》、堪《た》へ難《がた》し。

（右京大夫）救《すく》ふなる誓《ちか》ひ頼《たの》みて写《うつ》し置《お》く必《かなら》ず六《む》つの道導《みちしる》べせよ

など、泣《な》く泣《な》く、思《おも》ひ念《ねん》じて、阿証上人《あしようしやうにん》の御許《おんもと》へ、申《まう》し付《つ》けて、供養《くやう》させ奉《たてまつ》る。

さすが、積《つ》もりにける反古《ほうぐ》なれば、多《おほ》くて、尊勝陀羅尼《そんしようだらに》、何《なに》くれ、然《さ》らぬ事《こと》も、多《おほ》く書《か》かせなどするに、（右京大夫）「却々《なかなか》、見《み》じ」と思《おも》へど、さすがに、見《み》ゆる筆《ふで》の跡《あと》、言《こと》の葉《は》も、斯《か》からでだに、昔《むかし》の跡《あと》は、涙《なみだ》の掛《か》かる習《なら》ひなるを、目《め》も暗《く》れ、心《こころ》も消《き》えつつ、言《い》はむ方《かた》無《な》し。

其《そ》の折《をり》、と有《あ》りし、斯《か》かりし折《をり》、我《わ》が言《い》ひし事《こと》の あひしらひ、何《なに》かと見《み》ゆるが、搔《か》き返《かへ》す様《やう》に覚《おぼ》ゆれば、一《ひと》つも残《のこ》さず、皆《みな》、然様《さやう》に認《したた》むるにも、「見《み》るも、甲斐無《かひな》し」とかや、『源氏《げんじ》の物語《ものがたり》』に有《あ》る事《こと》、思《おも》ひ出《い》でらるるも、（右京大夫）「何《なに》の心《こころ》有《あ》りて」と、つれなく覚《おぼ》ゆ。

（右京大夫）悲《かな》しさはいとど催《もよほ》す水茎《みづくき》の跡《あと》は却々《なかなか》消えねとぞ思《おも》ふ

（右京大夫）斯許《かばか》りの思《おも》ひに堪《た》へてつれなくも猶永《なほなが》らふる玉《たま》の緒《を》も憂《う》し

［訳］ 私は暫くは、悲しみが胸からこみ上げ、いくら泣いても、心から悲しみがなくならない日々を送っていた。やがて、悲しいながらも、「こんなことでは、よくない。泣いてばかりでは、資盛様の魂も浮かばれないだろう」と思うようになった。

「資盛様は、『私は、もうすぐ、確実に命を失うだろう。そうしたら、私が極楽往生できるように、菩提《ぼだい》を弔《とむら》ってほしい。それが、私がこの世からいなくなった後《あと》で、あなたにお願いしたいことだ』と、私に遺言された。壇ノ浦で海に身を投げて命を失われたと聞いたが、その前後は、何かと取りまぎれ、精神を統一して念仏を唱えることもできなかったことだろう。最期の瞬間に心が乱れていれば、極楽へは行けない。誰かが、この世で資盛様の菩提を、心を込めて祈らなくてはならない。それが、私の役割だ。

もちろん、私以外にも、資盛様と関わりのあった女性で、まだ生きている人も、さすがに何人かはいるだろう。けれども、平家一門の滅亡によって、源氏全盛の時代となったので、彼女たちは、あらゆる面で世を憚り、ひっそりと暮らしているはずだ。彼女たちは、表立って、資盛様の菩提を弔うことも、しにくいだろう」と、私は考えた。資盛様の正室は、藤原（持明院）基家《もといえ》殿の娘である。

私は、これまでは、「生きている資盛様を愛する女」だった。これからは、「亡き資盛様を祈る女」として、余生を生きてゆこう。私は、悲しいながらも、気力を奮い立たせて、追善の道を歩み始めた。

その第一歩は、お経《きょう》を書いて供養することだった。お経のありがたい文字を書き記す紙には、これまで何年間にもわたって資盛様から届けられた直筆《じきひつ》の書状を用いることにした。手紙の束の中から、これはと思うものを選んで、経文《きょうもん》をしたためる台紙に梳《す》き返させた。その梳《す》いた紙に、お経の文章を書き、それをそのまま木槌《きづち》で叩いて艶《つや》を出した。梳《す》いた紙の裏側には、資盛様の書き記された筆跡が、ある程度読める状態で残っている。それを見ると、いたたまれない気持ちになるので、裏側には新たに別の紙を当てて、生前の筆跡を隠した。その上に、私が自ら、お地蔵様を六体、墨で描《か》いた。「六地蔵《ろくじぞう》」は、六道《ろくどう》（リクドウ、とも）で、衆生《しゅじょう》の苦しみを救うとされている菩薩様である。

このように、いろいろと、細《ささ》やかではあるが、自分にできる限りの追善を、心を込めて行った。ただし、平家一門の追善なので、親しくない人にはいっさい知らせたりせず、自分一人だけで仏事を営むのも、悲しく、またしても、やはり、涙を堪《こら》えきれなかった。

（右京大夫）救《すく》ふなる誓《ちか》ひ頼《たの》みて写《うつ》し置《お》く必《かなら》ず六《む》つの道導《みちしる》べせよ

（悩める衆生を救ってくださるという地蔵菩薩の誓願《せいがん》に、お縋《すが》りして、お経の言葉を書き記し、六地蔵のお姿を描きました。どうか、亡き資盛様が六道《りくどう》を輪廻《りんね》する苦しみから免れ、極楽に往生できるようにしてください。）

私は、泣きながら心の中でお祈りして、書き認《したた》めた経文を、長楽寺の阿証房印西上人《あしょうぼういんせいしょうにん》にお願いして、供養していただいた。

このように、資盛様からの手紙を梳《す》いてお経を書いたのだが、長いお付き合いだったので、資盛様からの手紙は大量にあった。罪障を消滅させる功徳《くどく》があるとされる『尊勝陀羅尼《そんしょうだらに》』や、そのほかの経文を、あれやこれやと、たくさん書き認《したた》めさせた。

私は、それを見ると、梳《す》き直させる前の手紙に書いてあった資盛様の筆跡が、どうしても目に入ってしまうので、「なまじっか見ないでおこう」と思うのだが、さすがに見えてしまうものだ。亡《な》き人の懐かしい筆跡を見ると、涙がにじんできてしまう。『源氏物語』の幻《まぼろし》の巻にも、紫の上の生前の手紙を焼いて処分しようとした光る君が、涙を零《こぼ》している。その場面には、「いと、斯《か》からぬ程《ほど》の事《こと》にてだに、過《す》ぎにし人《ひと》の跡《あと》と見《み》るは、哀《あは》れなるを、増《ま》して、いとど掻《か》き暗《くら》し、其《そ》れと見分《みわ》かれぬまで、降《ふ》り落《お》つる御涙《おんなみだ》の、水茎《みづくき》に流《なが》れ添《そ》ふを」とある。紫の上は、永い闘病の後《のち》に逝去したが、資盛様はあまりにも突然の死去だった。私の涙は、光る君の涙よりも熱く、大量であった。その悲しみは、表現のしようもない。

それらの手紙の文字を見ているうちに、「この手紙は、あの時にもらったもの。その時には、こんなことがあった。こちらの手紙は、こんな時にもらったもの。その時には、こんなやりとりがあった。私がこういうふうに言ったら、資盛様は、こういうふうに切り返された」などという記憶が鮮明に蘇ってきて、胸を引っ掻き回されるような痛みを感じる。私は箏《そう》を嗜むけれども、箏の演奏技法には、爪《つめ》や撥《ばち》の裏側で絃を弾《はじ》く「掻《か》き返《かえ》し」というものがある。私の心の琴線《きんせん》を、これらの手紙の記憶は、「掻き返し」てくるのである。

私は、それに耐え切れられないので、資盛様から届いた手紙は、すべて梳《す》き返して、お経を書くために用いることにした。

『源氏物語』の幻の巻には、「掻《か》き集《つ》めて見《み》るも甲斐無《かひな》し藻塩草《もしほぐさ》同《おな》じ雲居《くもゐ》の煙《けぶり》となれ」という、光る君の歌がある。私にとっても、資盛様の手紙は、「見《み》るも甲斐無《かひな》し」であった。なぜなら、見ていると苦しみや悲しみが増す一方だから。光る君は、紫の上の手紙を処分して、出家する覚悟を固められた。ところが、私ときたら、「悲しい」などと口にしながら、資盛様の手紙を読み返しても、生き永らえている。「私の心とは、この程度のものだったのか」と、資盛様が死去する以前と、何の変化もなく暮らし続けている自分の命が、恨めしい。

（右京大夫）悲《かな》しさはいとど催《もよほ》す水茎《みづくき》の跡《あと》は却々《なかなか》消《き》えねとぞ思《おも》ふ

（資盛様の手紙を読むと、私の悲しみはいっそう掻き立てられる。大切な思い出の籠《こ》もった手紙ではあるが、いっそのこと、この文字が消えてしまったら良い、とさえ思う時が、私にはある。）

（右京大夫）斯許《かばか》りの思《おも》ひに堪《た》へてつれなくも猶永《なほなが》らふる玉《たま》の緒《を》も憂《う》し

（私は、これほど悲しくて絶望の淵に佇《たたず》んでいるのに、私の命は、まだ、しぶとく生き永らえている。そんな命が、辛《つら》く感じられる。）

［評］　作者が生まれた世尊寺家《せそんじけ》は、藤原行成《ゆきなり》から始まる書道の名門である。作者自身も、作者から依頼されて経文を書いた人も、心を込めて筆写したことだろう。「言霊《ことだま》」という言葉があるが、文字にも霊魂は宿っている。

［訳］では、『源氏物語』幻《まぼろし》の巻を用いたが、『建礼門院右京大夫集』は、これ以後は、季節の推移と共に、亡き資盛を思い出し、追悼する作者の姿を描き続ける。まさに、幻の巻で、紫の上を追懐する光源氏の趣がある。

48　夏から秋へ

48―1　蜩《ひぐらし》に寄せて

夏深《なつふか》き頃《ころ》、常《つね》に居《ゐ》たる方《かた》の遣戸《やりど》は、谷《たに》の方《かた》にて、見下《みお》ろしたれば、竹《たけ》の葉《は》は、強《つよ》き日《ひ》に撚《よ》られたる様《やう》にて、真《まこと》に、土《つち》さへ裂《さ》けて見《み》ゆる世《よ》の気色《けしき》にも、「我《わ》が袖《そで》干《ひ》めや」と、又《また》、掻《か》き暗《くら》さるる。

蜩《ひぐらし》は、繁《しげ》き梢《こずゑ》に囂《かしがま》しきまで鳴《な》き暮《く》らすも、友《とも》なる心地《ここち》して。

（右京大夫）言問《ことと》はむ汝《なれ》もや物《もの》を思《おも》ふらむ諸共《もろとも》に鳴《な》く《泣く》夏《なつ》の蜩《ひぐらし》《日暮らし》

［訳］　資盛様が亡くなったのは、春（三月）だった。今、季節は、盛夏である。

私が常に座っている部屋には、引き戸があり、そこを開けると谷が見え、下のほうを見下ろせる。谷の底には、竹が生《は》えているが、夏の強い日差しを直《じか》に浴びるので、ちりちりと、ひねこびたように縮《ちぢ》んでいる。『拾遺和歌集』に、「水無月《みなづき》の土《つち》さへ避《さ》けて照《て》る日《ひ》にも我《わ》が袖干《そでひ》めや妹《いも》に逢《あ》はずして」（読み人知らず）という歌がある。この歌の通りに、夏の大地は、水分が失われて、あちこちが罅割《ひびわ》れ、裂け目ができている。そんなに、世界が乾ききった真夏でも、恋する人間の袖は、恋人と逢えない悲しさで零《こぼ》れる涙ゆえに、常に濡れていて、乾くことがない。

この『拾遺和歌集』の歌は、資盛様を追慕する私の袖が、今も濡れている理由を、教えてくれている。

泣いているのは、私だけではない。葉が濃く生《お》い繁った木々の梢では、蜩《ひぐらし》が耳を聾《ろう》するばかりに盛大に鳴いている。朝から夕方まで、鳴き続けている。ああ、あの蜩は、私の友だ。

（右京大夫）言《こと》問《と》はむ汝《なれ》もや物《もの》を思《おも》ふらむ諸共《もろとも》に鳴《な》く《泣く》夏《なつ》の蜩《ひぐらし》《日暮らし》

（私の泣き声と、声を合わせて鳴いている蜩よ。お前に訊《たず》ねたいことがある。私は、資盛様と死別して、毎日悲しんで泣いている。お前は、どういう悲しみを抱えているから、そんなに一日中、激しく鳴き続けられるのかい。）

[評]『和泉式部続集』に、「六月＝水無月」に、自分以外の女に向かって、

「我《わ》が袖《そで》干《ひ》めや」と言い送る男を皮肉る歌がある。藤原家隆や式子内親王にも、「我《わ》が袖《そで》干《ひ》めや」を本歌取りした歌がある。これらの本歌となった『拾遺和歌集』の歌は、もともとは『万葉集』の歌である。

48―2　神と仏に見放されて

慰《なぐさ》む事《こと》も無《な》きままには、仏《ほとけ》にのみ向《む》かひ奉《たてまつ》るも、さすが、幼《をさな》くより頼《たの》み聞《き》こえしかど、憂《う》き身《み》思《おも》ひ知《し》る事《こと》のみ有《あ》りて、又《また》、斯《か》く、例《ためし》無《な》き物《もの》を思《おも》ふも、如何《いか》なる故《ゆゑ》ぞと、神《かみ》も、仏《ほとけ》も、恨《うら》めしくさへ成《な》りて。

（右京大夫）然《さ》りとももと頼《たの》む仏《ほとけ》も恵《めぐ》まねば後《のち》の世《よ》までを思《おも》ふ悲《かな》しさ

（右京大夫）行方《ゆくへ》無《な》く我《わ》が身《み》も然《さ》らば憧《あくが》れむ跡留《あととど》むべき憂《う》き世《よ》ならぬに

[訳]　私には心の安らぐ暇《いとま》などない。そのため、常に仏様に向かって、祈り続けている。

けれども、資盛様がお亡くなりになった後では、時として、仏様への不信感が頭を擡《もた》げてくることがある。

私は、物心の付いた幼い頃から、ずっと仏様を信じることの篤《あつ》い人間だった。それなのに、私が愛した資盛様を襲った運命の苛烈さを思うと、仏様への信仰心が揺らぎかねない。資盛様の不幸は、私の不幸。生きるのが辛《つら》い。仏様は私を懲《こ》らしめて、思い知らせようと思っておられるのではないか。そう邪推するくらい、悲しいことばかりが連続している。それに、信仰心の篤い私が、なぜここまで比類のない絶望に沈まなければならないのか、どんなに考えても、私には理由がわからないのである。この世には、神も仏もないのか。どうして、善良な人間に、これほどの不幸を与えるのか。私は不遜《ふそん》にも、神仏を恨みたくなる。

(右京大夫)然《さ》りともと頼《たの》む仏《ほとけ》も恵《めぐ》まねば後《のち》の世《よ》までを思《おも》ふ悲《かな》しさ

(どんなに仏様を信仰しても、仏様のご加護は一向になかった。むしろ、劫罰《ごうばつ》ばかりを受けてきたようだ。そのうちには、私の人生も好転するに違いないと期待していたのだが、どうやら、これからも、そして来世でも、仏様のお導きはないようなのが、悲しい。)

(右京大夫)行方《ゆくへ》無《な》く我《わ》が身《み》も然《さ》らば憧《あくが》れむ跡留《あとと》むべき憂《う》き世《よ》ならぬに

（この世での幸福が望めないのであれば、私にも覚悟がある。これほど苦悩と悲哀ばかりの現世には、まったく未練などない。思い切って、世を逃れて、我が身はどこへでも彷徨《さまよ》い出てしまおう。）

［評］和歌で「然《さ》りともと頼《たの》む」とあれば、『千載和歌集』の、「然《さ》りともと頼《たの》みぞ掛《か》くる木綿襷《ゆふだすき》我《わ》が片岡《かたをか》の神《かみ》と思《おも》へば」（賀茂政平）のように、「神」に続くことがほとんどである。「仏」は珍しい。

48―3　資盛の別荘の跡を訪《たず》ねて

北山《きたやま》の辺《へん》に、由有《よしあ》る所《ところ》の有《あ》りしを、儚《はかな》く成《な》りにし人《ひと》の領《りやう》ずる所《ところ》にて、花《はな》の盛《さか》り、秋《あき》の野辺《のべ》など、見《み》には、常《つね》に通《かよ》ひしかば、誰《たれ》も、見《み》し折《をり》も有《あ》りしを、（噂）「或《あ》る聖《ひじり》の物《もの》に成《な》りて」と聞《き》きしを、縁有《ゆかりあ》る事有《ことあ》りしかば、迫《せ》めての事《こと》に、忍《しの》びて、渡《わた》りて見《み》れば、面影《おもかげ》は先立《さきだ》ちて、又《また》、掻《か》き暗《くら》さるる様《さま》ぞ、言《い》ふ方無《かたな》き。
磨《みが》き繕《つくろ》はれし庭《には》も、浅茅《あさち》が原《はら》・蓬《よもぎ》が杣《そま》に成《な》りて、葎《むぐら》も、苔《こけ》も、繁《しげ》りつつ、有《あ》りし気色《けしき》にも有《あ》らぬに、植《う》ゑし小萩《こはぎ》は繁《しげ》り合《あ》ひて、北《きた》・南《みなみ》の庭《には》に、乱《みだ》れ伏《ふ》したり。藤袴《ふぢばかま》、打《う》ち薫《かを》り、一群薄《ひとむらすすき》も、真《まこと》に、「虫《むし》の音繁《ねしげ》き野辺《のべ》」と見《み》えしに、車寄《くるまよ》せて、下《お》りし妻戸《つまど》の許《もと》にて、唯独《ただひと》り、眺《なが》むるに、様々《さまざま》思《おも》ひ出《い》づる事《こと》など、言《い》ふも却々《なかなか》なり。
例《れい》の、物《もの》も覚《おぼ》えぬ様《やう》に、掻《か》き乱《みだ》る心《こころ》の中《うち》ながら。

（右京大夫）露消《つゆき》えし跡《あと》は野原《のはら》と成《な》り果《は》てて有《あ》りしにも似《に》ず荒《あ》れ果《は》てにけり

（右京大夫）跡《あと》をだに形見《かたみ》に見《み》むと思《おも》ひしを然《さ》てしもいとど悲《かな》しさぞ添《そ》ふ

東《ひんがし》の庭《には》に、柳《やなぎ》・桜《さくら》の同《おな》じ丈《たけ》なるを交《ま》ぜて、数多《あまた》植《う》ゑ並《なら》べたりしを、一年《ひととせ》の春《はる》、諸共《もろとも》に見《み》し事《こと》も、唯今《ただいま》の心地《ここち》するに、梢許《こずゑばか》りは、然《さ》ながら有《あ》るも、心憂《こころう》く、悲《かな》しくて。

（右京大夫）植《う》ゑて見《み》し人《ひと》は離《か》れ《枯れ》ぬる跡《あと》に猶残《なほのこ》る梢《こずゑ》を見《み》るも露《つゆ》けし

（右京大夫）我《わ》が身《み》もし春《はる》まで有《あ》らば訪《たづ》ね見《み》む花《はな》も其《そ》の世《よ》の事《こと》な忘《わす》れそ

［訳］今は亡き資盛様は、本邸とは別に、別荘（別業《べつぎょう》）を北山の付近に持っていらっしゃった（現在の鹿苑寺金閣《ろくおんじきんかく》のあたりか）。まことに、見所《みどころ》のある庭造りが施されていた。春の花の盛りや、秋の野原の風情《ふぜい》など、四季折々の風趣を拝見するために、毎年、私はこの別荘に足を運んでいた。私以外にも、この別荘に招かれて嘆賞した人は多いことだろう。

この北山の別荘が、「今では、さる上人《しょうにん》の所有になっているようだ」と聞いていたのだが、その上人が、たまたま私の知り合いであったので、その年の秋、最後の見納めにと思い、私は思い切って、人目に立たないように配慮して、北山に出かけたのだった。

門を開けて入った途端に、かつてこの別荘の主《あるじ》であった資盛様の面影が眼裏《まなうら》に浮かび、またまた涙の雨で視界が真っ暗になるような気持ちに陥ったのは、言いようのない悲しさだった。

資盛様が、綺麗に磨き上げ、手入れしておられた庭も、浅茅《あさじ》が生《お》い繁り、蓬《よもぎ》が山のような高さにまで伸びて、荒れ放題だった。曽禰好忠《そねのよしただ》の歌には、「鳴《な》けや鳴《な》け蓬《よもぎ》が杣《そま》の蟋蟀《きりぎりす》過《す》ぎ行《ゆ》く秋《あき》はげにぞ悲《かな》しき」とあるが、「蓬《よもぎ》が杣《そま》」とは、まさにこのような情景なのだろう。八重葎《やえむぐら》も、苔《こけ》も、伸び放題で、かつてこの別荘の主人が健在だった頃の端正な面影は、まったく感じられなかった。『源氏物語』の蓬生《よもぎう》の巻で語られている末摘花《すえつむはな》の屋敷の荒廃ぶりも、かくやと思われた。

資盛様が植えられた小萩《こはぎ》は、手入れをしなくなったので、野放図に繁殖して、寝殿の北や南の庭を占拠していた。どこかから藤袴《ふじばかま》の香りが漂っている。薄《すすき》の一群《ひとむら》もあったが、『古今和歌集』に、「君《きみ》が植《う》ゑし一群薄虫《ひとむらすすきむし》の音《ね》の繁《しげ》き野辺《のべ》とも成《な》りにけるかな」という哀傷歌があるのが、思い合わされた。

資盛様がお元気だった頃には、二人で牛車に同乗して、この別荘を訪れたものだった。二人して、牛車から降りて寝殿に入る妻戸《つまと》（部屋の出入り口にある両開きの戸）のあたりに、今となっては、ただ一人で座るしかない。庭のあちこちを眺め渡していると、思い出すことがたくさんありすぎて、自分でも驚くくらいだった。その一つ一つが涙の催しとなるので、ここに詳しく書くことはできない。

いつものように、悲しみと絶望の大波が心に押し寄せてきて、自分が何を考えているのかもわからなくなった。そんな状況ではあったが、歌だけは詠んだ。

（右京大夫）露消《つゆき》えし跡《あと》は野原《のはら》と成《な》り果《は》てて有《あ》りしにも似《に》ず荒《あ》れ果《は》てにけり

（資盛様の命が露のように儚《はかな》く消えてしまわれた後《あと》、資盛様が愛された別荘の庭は、まるで野原のようになってしまった。手入れの行き届いていた庭だったのに、元の姿を忘れるくらいに荒れ果てている。）

（右京大夫）跡《あと》をだに形見《かたみ》に見《み》むと思《おも》ひしを然《さ》てしもいとど悲《かな》しさぞ添《そ》ふ

（今生《こんじょう》の思い出に、資盛様と一緒に観賞した庭を眺めて、それを資盛様の形見だと思おうと考え、ここまでやって来たけれども、いざ、思い出の別荘に来てみると、思い出されることがあまりにも多くて、悲しみが倍増してしまう。心の整理など、とてもできない。）

寝殿の東側の庭には、柳と桜の木を、同じくらいの高さに揃えて、巧みに織り交ぜて、たくさん並べて植えてあった。『古今和歌集』に、「見渡《みわた》せば柳桜《やなぎさくら》を扱《こ》き交《ま》ぜて都《みやこ》ぞ春《はる》の錦《にしき》なりける」という歌があるけれども、色の配合が絶妙で、まさに「北山《きたやま》の錦《にしき》」のようだった。それを、何年か前の春に、資盛様と二人で堪能したことが、つい昨日のように思われる。人はいなくなっても、柳と桜の梢だけは残っているのが、辛《つら》く、悲しく思われた。

（右京大夫）植《う》ゑて見《み》し人《ひと》は離《か》れ《枯れ》ぬる跡《あと》に猶残《なほのこ》る梢《こずゑ》を見《み》るも露《つゆ》けし

（桜の木と柳の木を美しく植えて、観賞しておられた、この別荘の主《あるじ》は、もうこの世を去ってしまわれた。でも、遺された木々は枯れもせず、ここに残っている。その梢を眺めていると、私の袖にも大量の露――涙――が、こぼれてきてしまう。）

（右京大夫）我《わ》が身《み》もし春《はる》まで有《あ》らば訪《たづ》ね見《み》む花《はな》も其《そ》の世《よ》の事《こと》な忘《わす》れそ

（もしも、私の命が次の春まであるのだったら、再び、ここを訪れよう。私が資盛様と二人で眺めた、この東の庭の花は、まことに見事なものだった。花のほうでも、自分たちを喜んでくれた人がいたことを、忘れてはいけないよ。あの時は、花も、人も、輝いていた。）

［評］「一群薄《ひとむらすすき》」が亡き人を偲ぶ要《かなめ》となっている。「君《きみ》が植《う》ゑし一群薄《ひとむらすすき》虫《むし》の音《ね》の繁《しげ》き野辺《のべ》とも成《な》りにけるかな」という歌は、『源氏物語』の柏木の巻でも引用されている。この場面が、作者の心を去来していたか。

庭《には》も、漸《やうや》う、青《あを》み出《い》づる若草《わかくさ》見《み》え渡《わた》り、此処《ここ》・彼処《かしこ》の砂子《すなご》、薄《うす》き物《もの》の隠《かく》れの方《かた》に、蓬《よもぎ》も所得顔《ところえがほ》なり。前栽《せんざい》に心《こころ》入《い》れて繕《つくろ》ひ給《たま》ひしも、心《こころ》に任《まか》せて繁《しげ》り合《あ》ひ、一群薄《ひとむらすすき》も頼《たの》もし気《げ》に広《ひろ》ごりて、虫《むし》の音《ね》添《そ》へむ秋《あき》思《おも》ひ遣《や》らるるより、いと物哀《ものあは》れに露《つゆ》けくて、分《わ》け入《い》りたまふ。

48―4　資盛の本邸の跡を訪ねて

又《また》、物《もの》へ罷《まか》りし道《みち》に、昔《むかし》の跡《あと》の煙《けぶり》に成《な》りにしが、礎《いしずゑ》許《ばか》り残《のこ》りたるに、草深《くさふか》くて、秋《あき》の花《はな》、所々《ところどころ》に咲《さ》き出《い》でて、露《つゆ》、打《う》ち零《こぼ》れつつ、虫《むし》の声々《こゑごゑ》、乱《みだ》れ合《あ》ひて聞《き》こゆるも、行《ゆ》き過《す》ぐべき心地《ここち》もせねば、暫《しば》し、車《くるま》を留《とど》めて見《み》るも、「何時《いつ》を限《かぎ》りにか」と覚《おぼ》えて。

（右京大夫）又更《またさら》に憂《う》き故郷《ふるさと》を顧《かへり》みて心留《こころとど》むる事《こと》も儚《はかな》し

［訳］　今、資盛様の別荘の思い出を書いたが、私は資盛様の本邸の跡《あと》でも、懐旧に耽ったことがある。

ある時、ちょっとした所用があって、牛車に乗って外出したことがあった。その途中で、たまたま資盛様の本邸があった跡地を通りかかった。今、「跡地」と書いたのは、平家一門は、都落ちに際して、自分たちの住んでいた屋敷を、悉《ことごと》く焼き払ってから退去したからである。資盛様の屋敷も、土台の礎石だけが残っていた。

今は秋なので、草が深く生《お》い繁り、所々には秋の花が咲いていた。一面の草と花は、露に濡れそぼち、虫たちが声とりどりに鳴いている。この廃園、いや廃墟を前にして、私の心は悲しく乱れ、ここを立ち去る決心が付かなかった。永いこと、牛車を止《と》めて、眺めていた。

「資盛様と二人で過ごした愛の日々は、いつを最後として終わったのだろうか。資盛様が都落ちされた日だろうか。それとも、壇ノ浦で亡くなられた日だろうか。それとも、まだ愛の日々は終わっていないのだろうか」などと、考え続けたことだった。

（右京大夫）又更《まださら》に憂《う》き故郷《ふるさと》を顧《かへり》みて心留《こころとど》むる事《こと》も儚《はかな》し

（この懐かしい場所――ふるさと――は、かつて私に幸せを痛感させてくれた場所。そして、今は、悲哀と絶望を痛感させてくれる場所。この場所に立って、昔と今の違いに涙しつつ時を過ごすのは、何と儚《はかな》いことだろう。）

【評】　平家一門は、都落ちに際して、自分たちの邸宅を悉く焼き払っていた。その焼跡から、礎石に交じって、早くも、草花が顔を見せていたのである。「何時《いつ》を限《かぎ》りにか」は、さまざまに解釈できるところである。『玉葉和歌集』の、「徒《あだ》なれど今日《けふ》の命《いのち》も有《あ》り過《す》ぎぬ何時《いつ》を限《かぎ》りぞ入相《いりあひ》の鐘《かね》」（飛鳥井雅有）などを参照すると、「自分の命も、いつまで、この世にあるのだろうか」というのが、本来の意味ではあろう。［訳］では、作者と資盛の愛の終わり、と考えてみた。

48―5　私は、まだ生きている

唯《ただ》、同《おな》じ事《こと》をのみ、晴《は》るる世《よ》も無《な》く思《おも》ひつつ、絶《た》えぬ命《いのち》は、さすがに、有《あ》り経《ふ》るに、憂《う》き事《こと》のみ聞《き》き重《かさ》ぬる様《さま》、言《い》ふ方無《かたな》し。

（右京大夫）定《さだ》め無《な》き世《よ》とは言《い》へども斯《か》く許《ばか》り憂《う》き例《ためし》こそ又無《またな》かりけれ

［訳］　資盛様の悲報を耳にしてからというもの、私は同じことばかりを考え続けている。悲しい。辛《つら》い。資盛様の跡《あと》を追いたい。この悲しみは、永遠に晴れることがない。けれども、不思議なことに、私はまだ生きている。生きて、資盛様の菩提を弔うのが、私に天が課した使命なのだろう。

長生きすると、嫌なことばかりが耳に入ってくる。平家の関係者で、生きながらえた人たちを襲った苛酷な処分である。多くの方々が、悲惨な最期を遂げられた。それらの噂を聞く私の心も、激しく痛んだ。

（右京大夫）定《さだ》め無《な》き世《よ》とは言《い》へども斯《か》く許《ばか》り憂《う》き例《ためし》こそ又《また》無《な》かりけれ

（世の中が無常であるのは真実だとしても、私という人間ほど、悲しい定めに泣いた女は、この世にいなかったのではないか。そして、あれほど栄耀栄華を極めた平家一門が、これほどまでに悲惨な滅亡を遂げるとは、これまでの歴史ではかつてなかったことではないか。）

［評］「斯《か》く許《ばか》り憂《う》き例《ためし》こそ又無《またな》かりけれ」。自分の体験した悲恋、恋人である資盛が体験した歴史の悲劇は、空前絶後・前代未聞のことだった。『平家物語』の冒頭の、「間近《まぢか》くは、六波羅《ろくはら》の入道《にふだう》前太政大臣《さきのだいじやうだいじん》平《たひらの》朝臣《あそん》清盛公《きよもりこう》と申《まう》しし人《ひと》の有様《ありさま》、伝《つた》へ承《うけたまは》るこそ、心《こころ》も言葉《ことば》も及《およ》ばれね」という文章とも響き合う。

そして、女性として空前の悲劇を体験した建礼門院とも繋がり、次の大原の場面を呼び出してくる。

49　建礼門院を大原に訪ねる

49—1　大原詣《おおはらもう》で

（噂）「女院《にようゐん》、大原《おほはら》に御座《おは》します」と許《ばか》りは、聞《き》き参《まゐ》らすれど、然《さ》るべき人《ひと》に知《し》られでは、参《まゐ》るべき様《やう》も無《な》かりしを、深《ふか》き心《こころ》を導《しるべ》にて、理無《わりな》く、訪《たづ》ね参《まゐ》るに、漸《やうや》う近《ちか》づくままに、山道《やまみち》の気色《けしき》より、先《ま》づ、涙《なみだ》は先立《さきだ》ちて。

言《い》ふ方無《かたな》き御庵《おんいほり》の様《さま》、御住《おんす》まひ、事柄《ことがら》、すべて、目《め》も見開《みあ》けられず。昔《むかし》の御有様《おんありさま》、見参《みまゐ》らせざらむだに、大方《おほかた》の事柄《ことがら》、如何《いか》が、事《こと》も斜《なの》めならむ。増《ま》して、夢《ゆめ》・現《うつつ》とも、言《い》ふ方無《かたな》し。

秋深《あきふか》き山颪《やまおろし》、近《ちか》き梢《こずゑ》に響《ひび》き合《あ》ひて、懸樋《かけひ》の水《みづ》の音《おと》づれ、鹿《しか》の声《こゑ》、虫《むし》の音《ね》、何処《いづく》もの事《こと》なれど、例無《ためしな》き悲《かな》しさなり。

都《みやこ》ぞ春《はる》の錦《にしき》を裁《た》ち重《かさ》ねてし人々《ひとびと》、六十人余《むそたりあま》り有《あ》りしかど、見忘《みわす》るる様《さま》に衰《おとろ》へ果《は》てたる墨《すみ》染《ぞめ》の姿《すがた》にて、纔《わづ》かに、三人四人《みたりよたり》ばかりぞ候《さぶら》はるる。其《そ》の人々《ひとびと》にも、（女房たち＋右京大夫）「然《さ》てもや」と許《ばか》りぞ、我《われ》も人《ひと》も、言《い》ひ出《い》でたりし。

噎《むせ》ぶ涙《なみだ》に溺《おぼ》ほれて、すべて、言《こと》も続《つづ》けられず。

（右京大夫）今《いま》や夢昔《ゆめむかし》や夢《ゆめ》と迷《まよ》はれて如何《いか》に思《おも》へど現《うつつ》とぞ無《な》き

（右京大夫）仰《あふ》ぎ見《み》し昔《むかし》の雲《くも》の上《うへ》の月《つき》斯《か》かる《懸かる》深山《みやま》の影《かげ》ぞ悲《かな》しき

花《はな》の匂《にほ》ひ、月《つき》の光《ひかり》に喩《たと》へても、一方《ひとかた》には飽《あ》かざりし御面影《おんおもかげ》、（右京大夫）「有《あ》らぬか」とのみ辿《たど》らるるに、（右京大夫）「斯《か》かる御事《おんこと》を見《み》ながら、何《なに》の思《おも》ひ出《いで》無《な》き都《みやこ》へ、然《さ》れば、何《なに》とて帰《かへ》るらむ」と、疎《うと》ましく、心憂《こころう》し。

（右京大夫）山深《やまふか》く留《とど》め置《お》きぬる我《わ》が心《こころ》やがて住《す》む《澄む》べき導《しるべ》とを知《し》れ

【訳】　世間では、「建礼門院様は、尼になって大原にいらっしゃる」という、もっぱらの噂である。私にとっては、輝かしい、永遠の「中宮様《みやさま》」である。中宮様《みやさま》は、壇ノ浦で入水したものの、助け上げられてしまった。元暦二年三月のことである。中宮様《みやさま》は、都に戻り、五月に出家して尼となり、九月に大原の寂光院《じゃっこういん》に移られた。

中宮様《みやさま》は、壇ノ浦で沈まれた安徳天皇様や平家一門の人々の鎮魂のために、余生を捧げられている。かく言う私もまた、資盛様の菩提を弔い続けている。中宮様《みやさま》にご挨拶したいのは山々であるけれども、実際にお会いするとなると、しかるべき伝手《つて》が必要である。現在も、中宮様《みやさま》のお近くにいて、中宮様《みやさま》の信任を得ている人の仲介と承諾がなければ、とてもお会いすることはできない。

けれども、私は、初めて宮仕えに上《あ》がって以来、中宮様《みやさま》に憧れ、中宮様《みやさま》を崇拝し、中宮様《さま》をお慕いしてきた。その気持ちは、中宮様《みやさま》の一門の人々が皆、いなくなり、大原の山里で寂しく暮らしていらっしゃる今でも、変わらない。

私は、中宮様《みやさま》を深くお慕い申し上げる心を、道案内人として、十分な仲介者もないままに、大原の山里へと向かった。少しずつ、大原に近づくにつれて、山道の気配が濃くなってくる。そして気づいたのだが、私の目からは、早くも涙が落ちていた。この涙、正確には私に涙を零《こぼ》させる心こそが、真実の「道案内人」だったのだ。

大原の庵《いおり》は、信じられないくらい質素な造りだった。中宮様《みやさま》がお暮らしになっているお部屋の様子や、ふだん使っておられる調度品などは、倹《つま》しくて、まったく正視することができない。中宮様《みやさま》が、主上様《うえさま》――高倉天皇――と、「雲の上」の世界で、仲睦まじく過ごしていらっしゃった華やかな日々を知らない人が見ても、今の中宮様《みやさま》のお暮らしが、どうして普通であると思えるだろうか。まして、昔の日々を知る私であるから、今のお暮らしとの落差の大きさには、衝撃を受けた。昔の華やかな日々が夢で、今の暮らしが現実とは、とても思えない。私は、昔の華やかな日々が現実であることを知っているから、今のお暮らしが悪い夢であるように思える。

ここは、人の声のしない世界である。自然界の音や声ばかりが、聞こえてくる。秋も深まっているので、山から吹き下ろす風は、庵の近くの木々の梢を撓《しな》わせ、凄絶な響きを立てている。庵まで水を引いてくる懸樋《かけひ》（筧）を、水が流れる寂しい音。奥山で、牝鹿《めじか》を求めて鳴いている牡鹿《おじか》の鳴き声。庵の近くの草叢《くさむら》から聞こえる虫の鳴き声。これらは、秋の山里では、ごくありきたりのものだが、ここ、中宮様《みやさま》、正確には、かつて中宮でおありであったお方、そして、天皇の母君として「国母《こくも》」と仰がれたお方がお住まいの庵で聞くと、比類のない悲しみが込《こ》み上《あ》げてくる。

かつて、「雲の上」でお暮らしだった頃には、中宮様《みやさま》の周囲には、ざっと六十人以上の女房たちがお仕えしていた。「見渡《みわた》せば柳桜《やなぎさくら》を扱《こ》き交《ま》ぜて都《みやこ》ぞ春《はる》の錦《にしき》なりける」という歌があり、先ほどは、資盛様の別荘の跡を訪ねれる場面で思い出したものだった（「48—3」参照）。中宮様《みやさま》にお仕えする女房たちは、まさに「春の錦」のように、それぞれが色鮮やかな衣服を身に纏い、中宮様《みやさま》を取り巻いていた。私は、錦こそ着ていなかったけれども、その六十人あまりの女房の一人だった。

ところが、今、この庵で、中宮様《みやさま》にお仕えしているのは、わずか、三、四人だけ。しかも、墨染《すみぞめ》の地味な尼衣《あまごろも》である。彼女たちは、顔を見知っている私の目からも、衰え果てていて、誰なのかがすぐには思い出せないほどである。その人たちと、私は、顔を見合わせるばかりで、会話もできない。「まあ」「さてさて」「それにしても」などという溜息《ためいき》が、互いの口をついて出てくるだけだった。

皆、胸が詰まってしまい、涙の海に溺れてしまい、まったく長い会話ができない。

（右京大夫）今《いま》や夢昔《ゆめむかし》や夢《ゆめ》と迷《まよ》はれて如何《いか》に思《おも》へど現《うつつ》とぞ無《な》き

（在原業平は、この大原の近くの小野に、出家した惟喬《これたか》親王を訪ね、「忘《わす》れては夢《ゆめ》かとぞ思《おも》ふ思《おも》ひきや雪踏《ゆきふ》み分《わ》けて君《きみ》を見《み》むとは」と詠んだ。今が夢であるならば、昔も夢であろう。私の頭は混乱して、現《うつ》し心《ごころ》を失っているが、どう考えても、今、私が目にしているのが「現実」だとは、とうてい信じられないのである。）

（右京大夫）仰《あふ》ぎ見《み》し昔《むかし》の雲《くも》の上《うへ》の月《つき》斯《か》かる《懸かる》深山《みやま》の影ぞ悲《かな》しき

（かつて、華やかな宮中で、私は中宮様《みやさま》にお仕えした。中宮様《みやさま》は、「雲の上」の「月」にも喩えられる、輝かしいお方だった。その中宮様《みやさま》を、比叡山の西の麓である大原の山里で、尼姿で拝見することになろうとは、まことに悲しい人間世界の運命だった。大原の山に懸かっている月は、昔、平家一門が全盛であった頃の月の光と同じものなのに。）

かつて、私が仰ぎ見た中宮様《みやさま》の素晴らしさは、満開の桜の花が放つ圧倒的な艶《つや》やかさと、秋の名月の放つ澄みきった光の、どちらか一つだけでは形容できなかった。圧倒的な美貌を誇った中宮様《みやさま》は、いくら見ても見飽きない、底なしの華やかさを持っておられた。

ところが、私が大原まで訪ねていってお会いできた中宮様《みやさま》は、「もしかしたら、別人ではあるまいか」と疑問に思うほどに、昔の中宮様《みやさま》から変貌しておられた。大いなる悲劇が、中宮様《みやさま》から光と輝きを奪い去ったのか。それとも、亡き安徳天皇様と平家一門の人々を弔う新しい生き方を、「自分の本当の生き方」だと見定められ、生き方を変えられたのか。

このように、新しい生き方を発見され、実践しておられる中宮様《みやさま》と、この大原でお別れし、私は、何の生き甲斐もない都へと引き返そうとしている。「ここで、中宮様《みやさま》と共に暮らす決心をせず、都に戻る私に、これからどんな素晴らしい人生が残されている、などと、私は錯覚しているのだろうか」と思うと、弱い自分が情けなくなる。私には、出家して尼となり、中宮様《みやさま》と共に大原で過ごす覚悟が定まっていなかった。恥ずかしい限りである。

（右京大夫）山深《やまふか》く留《とど》め置《お》きぬる我《わ》が心《こころ》やがて住《す》む《澄む》べき導《しるべ》とを知《し》れ

（私の体は、心ならずも中宮様《みやさま》とお別れして、都に戻ってゆく。だが、私の心は、この大原の山里の中宮様《みやさま》のお側《そば》に、残しておくつもりだ。その心が、いつの日にか、私が尼となり、中宮様《みやさま》と共にこの庵で、澄みきった心境で暮らす道を、照らしだすだろう。）

［評］『平家物語』の「大原御幸」と重ね合わせて読むと、いっそう哀れ深い。大原で再会した建礼門院の言葉や、彼女が詠んだ和歌を書き記さないのが、右京大夫の流儀であり、礼儀である。『枕草子』が、清少納言による中宮定子への称賛だったように、『建礼門院右京大夫集』もまた、輝かしい建礼門院の姿を言葉として後世に残すものだった。光は書けても、影や闇の領域を書くのは忍びない。右京大夫が、あえて書かなかった建礼門院の心の闇は、言葉に書かれるよりも重く、読者に手渡される。私個人は、『平家物語』の「大原御幸」よりも、『建礼門院右京大夫集』のほうが心に沁みる。

ただし、大原富枝の小説『建礼門院右京大夫』では、建礼門院は最小限の言葉を発している。

なお、「目《め》も見開《みあ》けられず」の部分には、「目《め》も当《あ》てられず」「目《め》も見当《みあ》てられず」などの本文もある。「導《しるべ》とを知《し》れ」にも、「導《しるべ》とを成《な》れ」「導《しるべ》とも成《な》れ」という本文がある。

49—2 生き延びる辛《つら》さ

何事《なにごと》に付《つ》けても、「世《よ》に、唯《ただ》、亡《な》くも成《な》らばや」とのみ覚《おぼ》えて。

（右京大夫）嘆《なげ》き侘《わ》び亡《な》からましかばと思《おも》ふまでの身《み》ぞ我《われ》ながら悲《かな》しかりける

［訳］大原に、中宮様《みやさま》をお訪ねしてからというもの、私には死の願望が取り憑《つ》いたと見え、「もう、この世界には、未練がなくなった。この世に人間として生まれてきて、見る

べきほどのものは、悉《ことごと》く見尽くした」という心境だった。

（右京大夫）嘆《なげ》き侘《わ》び亡《な》からましかばと思《おも》ふまでの身《み》ぞ我《われ》ながら悲《かな》しかりける

（生きるのは、苦しい、いや、「生きる」こと自体が、「苦しむ」ことの同義語である。だから、苦悩や悲哀、絶望と絶縁したいのならば、生きてゆくのを自分の強い意思で断ち切るしかない。ここまで追い詰められた我が身が、つくづく悲しい。けれども、中宮様《みやさま》は、それでもなお、生き続けておられる。そのお心の強さを、私は学べるだろうか。）

［評］　作者の歌は、「58677」の音律だから、字余りが二箇所もある。二句目の「亡《な》からましかばと」を「我《が》が亡《な》からましと」とする本文もあるが、字余りであることは変わらない。作者の溢れる情念が、「57577」という和歌の定型を突き崩し、膨張したのだろう。

訳文は、壇ノ浦で入水した平知盛《とももり》の、「見《み》るべき程《ほど》の事《こと》は見《み》つ」（「見《み》るべき程《ほど》の事をば見《み》つ」とも）という言葉を借りた。男は戦い（政《まつりごと》）で、女は恋で、この世で見るべき程のことを見尽くす。

作者の「世《よ》に、唯《ただ》、亡《な》くも成《な》らばや」という思いは、入水する瞬間の資盛だけでなく、兄の維盛や弟の清経の思いでもあっただろう。

50　再生への道

50—1　都を離れる

「慰《なぐさ》む事《こと》は、如何《いか》にしてか有《あ》らむ」なれば、有《あ》らぬ所《ところ》訪《たづ》ねがてら、遠《とほ》く思《おも》ひ立《た》つ事有《ことあ》るにも、先《ま》づ、思《おも》ひ出《い》づる事有《ことあ》りて。

（右京大夫）帰《かへ》るべき道《みち》は心《こころ》に任《まか》せても旅立《たびだ》つ程《ほど》は猶哀《なほあは》れなり

（右京大夫）都《みやこ》をば厭《いと》ひても又名残有《またなごりあ》るを増《ま》して物《もの》を思《おも》ひ出《い》でつる

［訳］　大原で中宮様《みやさま》とお会いしたので、「私の心は、このままではいつまで経《た》っても、慰められることはないだろう」という事実に、やっと気づいた。そこで、これまで住み馴

れた都での生活に、一区切りを付けることにした。

都ではない、どこか遠くへ旅立とうと決心して、はっと気づいた。「ああ、資盛様は、都を落ちるに際しても、こういう心境だったのだな。そして、壇ノ浦で、海に身を投げる瞬間も、こういう心境だったのだな」と、資盛様の心が自分自身の心として共感できたのである。

（右京大夫）帰《かへ》るべき道《みち》は心《こころ》に任《まか》せても旅立《たびだ》つ程《ほど》は猶哀《なほあは》れなり

（資盛様は、もう二度と都へは戻れないと覚悟を決めて、都を落ちて行かれた。私は、いつでも都に戻れると思いながら、かりそめの旅に出る。それでも、都を離れるのは、辛《つら》いことだ。資盛様は、どれほどの心残りを胸に、西国へと旅立たれたことだろう。）

（右京大夫）都《みやこ》をば厭《いと》ひても又名残有《またなごりあ》るを増《ま》して物《もの》を思《おも》ひ出《い》でつる

（私は、都での絶望的な暮らしを諦めて、旅立とうとしている。それでも、都での暮らしに、大いなる未練を感じている。まして、資盛様は、都での生活の前途に、大いなる希望を抱いておられたのだから、都落ちに際しての落胆は、想像するにあまりあることだ。）

［評］　作者の鎮魂の旅が始まった。亡き資盛は、西国各地をさすらい続けた。作者は、琵琶湖の西岸の比叡坂本で、鎮魂の日々を過ごす決心をした。「籠《こ》もり」ではあるが、都を離れて、亡き人を思う「心の旅」である。

50―2　比叡坂本《ひえさかもと》にて

志《こころざし》の所《ところ》は、比叡坂本《ひえさかもと》の辺《わた》りなり。雪《ゆき》は、掻《か》き暗《くら》し降《ふ》りたるに、都《みやこ》は、遥《はる》かに隔《へだ》たりぬる心地《ここち》して、（右京大夫）「何《なに》の思《おも》ひ出《い》でにか」と、心細《こころぼそ》し。

夜《よ》、更《ふ》くる程《ほど》に、雁《かり》の一列《ひとつら》、此《こ》の居《ゐ》たる上《うへ》を過《す》ぐる音《おと》のするも、先《ま》づ、（右京大夫）「哀《あは》れ」とのみ聞《き》きて、漫《すず》ろに、しほしほとぞ泣《な》かるる。

（右京大夫）憂《う》き方《かた》は所柄《ところから》かと逃《のが》るれど何処《いづく》も仮《かり》の宿《やど》と聞《き》こゆる　雁

［訳］　私が都を離れて、暫く滞在しようとしている旅先は、比叡山《ひえいざん》の東の麓である坂本《さかもと》

（東坂本）のあたりである。琵琶湖の西岸に当たっている。雪は、空を真っ暗に閉ざして降っている。自分は、都から遠く離れた所にいる、という実感が湧いてくる。

私は、都には、何の思い出もない。だから、比叡坂本《ひえさかもと》までやって来た。けれども、いざ、旅に出てみると、不安になって、都のことを懐《なつ》かしく思い出してしまう。都には、私の人生の何が残っているのだろう。

夜が更けてくると、私が滞在している宿の上空を、雁《かり》の一群が飛び過ぎてゆく羽音や鳴き声が聞こえてくる。それらの音を聞くと、最初に、「ああ」と胸が締め付けられるような感情に襲われ、そのあとで、わけもなく涙がこぼれてきて、しおしおと泣いてしまうのだった。

（右京大夫）憂《う》き方《かた》は所柄《ところから》かと逃《のが》るれど何処《いづく》も仮《かり》《雁》の宿《やど》と聞《き》こゆる

（私が辛《つら》くてたまらないのは、世知辛《せちがら》い都に住んでいるためだろうかと思って、都を離れる決心をした。そして、比叡坂本までやって来たものの、ここでも雁が鳴き渡って、「あなたは、どこに住もうが、辛い人生から自由になることはできませんよ。この世界は、どこもかしこも、仮の世なのですから」と教えてくれる。ならば、この旅の宿りも、仮のものなのだろう。）

［評］和歌の初句「憂《う》き方《かた》は」を「憂《う》き事《こと》は」とする写本がある。歌の表現としては、「憂《う》き事《こと》は」のほうが自然である。和歌の下の句では、「雁」と「仮」の掛詞が見られるが、和歌の常套表現である。「秋霧《あきぎり》の晴《は》れぬ雲居《くもゐ》にいとどしく此《こ》の世《よ》を仮《かり》と言《い》ひ知《し》らすらむ」（『源氏物語』椎本《しいがもと》の巻）。また、「しほしほ」と泣くことの先例としては、『源氏物語』明石の巻に、「しほしほと先《ま》づぞ泣《な》かるる仮初《かりそめ》の海松布《みるめ》は海人《あま》の遊《すさ》びなれども」という、光源氏の歌がある。

50―3　逢坂の関を越えて

関一《せきひと》つこそ越《こ》えぬるは、幾程《いくほど》ならじを、梢《こずゑ》に響《ひび》く嵐《あらし》の音《おと》も、都《みやこ》よりは、殊《こと》の外《ほか》に激《はげ》しきに。

（右京大夫）関越《せきこ》えて幾雲居《いくくもゐ》まで隔《へだ》てねど都《みやこ》には似《に》ぬ山颪《やまおろし》かな

［訳］私のいる宿を取り巻く自然は、都でのそれとは隔絶している。都と比叡坂本の距離は、そんなに大きなものではない。ここに来る途中には、逢坂《おうさか》の関があったが、「ここが関所であり、ここを越えれば、別の世界になる」などとは、特に意識しなかった。けれども、比叡坂本で梢を鳴らす嵐の音は、都で聞く風の音よりも、何倍も激しいように感じられた。

（右京大夫）関越《せきこ》えて幾雲居《いくくもゐ》まで隔《へだ》てねど都《みやこ》には似《に》ぬ山颪《やまおろし》かな
（逢坂の関を越えたら「東国」に入ると聞いてはいるが、この比叡坂本は、逢坂の関からほんの少しの距離である。まだ都に近いはずなのに、山から吹き下ろす風は、都では想像もつかないくらいに激しい。）

［評］逢坂の関と比叡坂本の距離は、十キロあるかないか、である。

50―4　雪の日の橘の木の思い出

熟々《つくづく》と行《おこな》ひて、唯一筋《ただひとすぢ》に、(右京大夫)「見《み》し人《ひと》の、後《のち》の世《よ》」とのみ祈《いの》らるるにも、猶《なほ》、甲《か》斐無《ひな》き事《こと》のみ。(右京大夫)「思《おも》はじ」とても、又《また》、如何《いか》がは。

外面《そとも》を、立《た》ち出《で》て見《み》れば、橘《たちばな》の木《き》に、雪《ゆき》の深《ふか》く積《つ》もりたるを見《み》るにも、何時《いつ》の年《とし》ぞや、大内《おほうち》にて、雪《ゆき》の、いと高《たか》く積《つ》もりたりし朝《あした》、宿直姿《とのゐすがた》の、萎《な》えばめる直衣《なほし》にて、此《こ》の木《き》に降《ふ》り掛《か》かりたりし雪《ゆき》を、然《さ》ながら、折《を》りて、持《も》ちたりしを、(右京大夫)「何《な》ど、其《そ》れをしも折《を》られけるにか」と申《まう》ししかば、(資盛)「我《わ》が立《た》ち馴《な》らす方《かた》の木《き》なれば、契《ちぎ》り懐《なつ》かしくて」と言《い》ひし折《をり》、唯今《ただいま》と覚《おぼ》えて、悲《かな》しき事《こと》ぞ言《い》ふ方無《かたな》き。

(右京大夫)立《た》ち馴《な》れし御垣《みかき》の内《うち》《内裏(うち)》の橘《たちばな》も雪《ゆき》と消《き》えにし人《ひと》や恋《こ》ふらむ

と、先《ま》づ、思《おも》ひ遣《や》る。此《こ》の、見《み》る木《き》は、葉《は》のみ繁《しげ》りて、色《いろ》も寂《さび》し。

(右京大夫)言問《ことと》はむ五月《さつき》ならでも橘《たちばな》に昔《むかし》の袖《そで》の香《か》は残《のこ》るやと

［訳］　私は、ここでは、心を集中させて、お勤めに励んだ。ひたすら、「亡き恋人である資盛様が、極楽往生されますように」とだけ念じて、仏様にお仕えするのだった。「煩悩や執着を断て」と仏様は説いておられるが、「もう資盛様のことは思い出すまい」と思っていても、どうして思い出さないわけがあるだろうか。こういう心でお祈りしても、お勤めは無駄なことになり、功徳《くどく》は得られないかもしれない。

気分転換のために、宿の部屋から外に出て、周囲の様子を眺めていたら、橘の木に、雪が高く積もっているのが、目に入った。その瞬間、私の意識は、一気に過去へと遡っていった。私の目は資盛様の姿を幻視し、私の耳は資盛様の声を幻聴していた。

あれは、何年前になるだろうか。場所は、内裏《だいり》。平家一門の全盛期だった。登場人物は、資盛様と私。その日の朝、私が目を覚まして、中宮様《みやさま》から賜《たまわ》った局《つぼね》から、外へ出てみると、雪がたいそう高く積もっていた。

そこへ、昨夜から宿直《とのい》を勤めていた資盛様が、よれよれになった宿直姿《とのいすがた》のままで、私の局の前にやって来られた。その手に、橘の木を折り取った枝を持っておられたが、その枝の上には降り積もった雪が落ちずにそのまま残っていた。

「内裏には、ほかにも木はたくさんありますのに、なぜ、橘の木を選んで折ったのですか」と尋ねた私に対する、資盛様のお返事が、今でも忘れられない。「私の官職は、右近《うこん》衛権少将《えのごんのしょうしょう》ですから、いつも大切な儀式の時には、紫宸殿《ししんでん》の前庭の右近の橘の木の近くに立ち並びます。いつも馴れ親しんでいる木なので、橘が好きなんですよ」。その言葉を聞いたのが、今、この瞬間かと錯覚される。でも、それは幻視であり、幻聴にすぎない。何という悲しさ。

（右京大夫）立《た》ち馴《な》れし御垣《みかき》の内《うち》の橘《たちばな》も雪《ゆき》と消《き》えにし人《ひと》や恋《こ》ふらむ

内裏（うち）

（菅原道真公《すがわらのみちざね》を慕った飛び梅のように、木には心があり、自分を愛翫してくれる人には好意を持っていると言われる。亡き資盛様は、右近の橘の木を愛された。ならば、右近の橘のほうでも、いつも自分の近くに立っていた資盛様のことを恋い慕っているだろうか。かつて、資盛様は、橘の木に積もった雪を、落とさずに折り取って、私に見せてくれた。その資盛様は、雪がはかなく消えてしまうように、あっけなく命を失ってしまわれた。）

と、このように、昔の事が思い出される。今、比叡坂本《ひえさかもと》で、私が見ている橘の木は、葉っぱだけが繁っていて、花も実もない。緑の葉、白い花、黄金色の実。この三色の鮮烈な対比は、望むべくもない。

（右京大夫）言問《ことと》はむ五月《さつき》ならでも橘《たちばな》に昔《むかし》の袖《そで》の香《か》は残《のこ》るやと

（『古今和歌集』に、「五月《さつき》待《ま》つ花橘《はなたちばな》の香《か》を嗅《か》げば昔《むかし》の人《ひと》の袖《そで》の香《か》ぞする」という名歌がある。今は五月ではなく、冬。冬でも、橘の木には、昔、交際していた恋人の袖の残り香が漂っているだろうか。橘の木よ、知っているならば答えてほしい。）

【評】　本文は、「猶《なほ》、甲斐《かひ》無《な》き事《こと》のみ。（右京大夫）『思《おも》はじ』とても」としたが、「『猶《なほ》、甲斐《かひ》無《な》き事《こと》のみ思《おも》はじ』とても」とすることも、可能である。

和歌で「立《た》ち馴《な》らす」（立《た》ち平《な》らす）という言葉は、鹿がいつも同じ場所に立ち現れる、という意味であることが多い。男が恋人のあたりをうろうろする、という場合もある。『源氏物語』賢木《さかき》の巻に、野宮《ののみや》の秋の風情を初めて知った光源氏が、「などて、今《いま》まで立《た》ち馴《な》らさざりつらむ」と後悔する場面があるが、これは後者か。資盛も、橘の木が、まるで自分の恋人のように思われる、と戯れたのだろう。

50—5 鳴子に寄せて

風《かぜ》に従《したが》ひて、鳴子《なるこ》の音《おと》のするも、漫《すず》ろに物悲《ものがな》し。
（右京大夫）有《あ》りし世《よ》に有《あ》らず成《な》る鳴子《なるこ》の音聞《おとき》けば過《す》ぎにし事《こと》ぞいとど悲《かな》しき

［訳］これも比叡坂本での一齣《ひとこま》。風がない時には、音もしないのに、風が吹くと、それにつれて、鳴子《なるこ》（引板《ひた》）が鳴り始める。弱い風の時には、そっと。強い風の時には、盛大に鳴り渡る。どれが、鳴子本来の音なのだろうか。聞いていると、なぜか悲しくなってくるのだった。
（右京大夫）有《あ》りし世《よ》に有《あ》らず成《な》る鳴子《なるこ》の音聞《おとき》けば過《す》ぎにし事《こと》ぞいとど悲《かな》しき
（鳴子の音は、風次第で、さまざまに変化する。変化するのは、人の世も同じ。昔の世の中と、今の世の中では、まったく違ってしまった。かつて、平家一門が栄えていた頃には、資盛様も、私も、幸福に暮らしていた。今では、資盛様はこの世の人ではなく、私も絶望を心に抱えて、打ち萎《しお》れている。ああ、毎日のように、胸を高鳴らせて生きていた昔が、恋しい。)

[評]「有《あ》りし世《よ》に有《あ》らず鳴子《なるこ》」と「有《あ》らず成《な》る」の掛詞だが、和歌では「有《あ》りし世《よ》に有《あ》らず鳴戸《なると》」や「鳴海《なるみ》」という地名との掛詞が、普通である。「鳴子」との掛詞は少ない。作者が目にした実景を詠んだからだろう。

50―6 雲に寄せて

遥《はる》かに、都《みやこ》の方《かた》を眺《なが》むれば、遥々《はるばる》と隔《へだ》たりたる雲居《くもゐ》にも。

(右京大夫)我《わ》が心《こころ》浮《う》き(憂き)立《た》つままに眺《なが》むれば何処《いづく》を雲《くも》の果《は》てとしも無《な》し

[訳] これも、やはり比叡坂本での一齣である。ここから、遠く都の方角を、ぼんやりと眺めやると、雲が行き来している空は、果てしなく広い。その遠くの、さらに遠くが、

都の上空なのだろう。

（右京大夫）我《わ》が心《こころ》浮《う》き《憂き》立《た》つままに眺《なが》むれば何処《いづく》を雲《くも》の果《は》てとしも無《な》し

（私の心は、絶えず流れ動いている。雲が、大空を絶えず動き続けるように。揺れ動く心を持った私が、揺れ動く雲の浮かんでいる空を眺めていると、空の輪郭も境界も、少しずつ解けて無くなってしまう。だから、空の果ても、雲の果ても、私には見つけることができない。だとすれば、私の心の果ては、どこにあるのだろうか。）

【評】「雲《くも》の果《は》て」の用例としては、『後撰和歌集』に、「思《おも》ひ出《い》づる時《とき》ぞ悲《かな》しき世《よ》の中《なか》は空行《そらゆ》く雲《くも》の果《は》てを知《し》らねば」（読み人知らず）などがある。「浮《う》き立《た》つままに」を「浮《う》きたるままに」とする写本がある。ただし、「浮《う》き立《た》つままに」も、「浮《う》きたるまま」も、和歌の用例はこの右京大夫の歌以外には、まだ確認できていない。

51　星と雪の哀れ

51—1　星月夜《ほしづきよ》の哀れ

十二月朔日頃《しはすついたちごろ》なりしやらむ、夜《よ》に入《い》りて、雨《あめ》とも雪《ゆき》とも無《な》く打《う》ち散《ち》りて、村雲《むらくも》騒《さわ》がしく、偏《ひと》へに、曇《くも》り果《は》てぬものから、斑々《むらむら》、星《ほし》、打《う》ち消《き》えしたり。引《ひ》き被《かづ》き、臥《ふ》したる衣《きぬ》を、更《ふ》けぬる程《ほど》、(右京大夫)「丑二《うしふた》つ許《ばか》りにや」と思《おも》ふ程《ほど》に、引《ひ》き退《の》けて、空《そら》を見上《みあ》げたれば、殊《こと》に晴《は》れて、浅葱色《あさぎいろ》なるに、光《ひかり》事々《ことごと》しき星《ほし》の、大《おほ》きなるが、斑《むら》も無《な》く出《い》でたる、斜《なの》めならず面白《おもしろ》く、花《はな》の紙《かみ》に、箔《はく》を打《う》ち散《ち》らしたるに、良《よ》う似《に》たり。今宵《こよひ》、初《はじ》めて、見初《みそ》めたる心地《ここち》す。前々《さきざき》も、星月夜《ほしづきよ》見馴《みな》れたる事《こと》なれど、此《これ》は、折柄《をりから》にや、殊《こと》なる心地《ここち》するに付《つ》けても、唯《ただ》、物《もの》のみ覚《おぼ》ゆ。

(右京大夫)月《つき》をこそ眺《なが》め馴《な》れしか星《ほし》の夜《よ》の深《ふか》き哀《あは》れを今宵《こよひ》知《し》りぬる

［訳］　あれは、十二月になったばかりの夜だった。月が立ったばかりなので、新月で、空には月の姿も光もなかった。雨だろうか、あるいは雪だろうか、よくわからないけれども、空からは冷たいものが、ちらつきながら落ちていた。雲が、いくつも重なって、激しく動いていた。その雲は、空全体を覆い隠すことはなかったけれども、点々と広がっている星々は、見えつ隠れつしていた。

私は、昼間着ていた衣を頭からすっぽり被《かぶ》って横になり、臥《ふ》していた。かなり夜が更けて、「おそらく、午前二時半頃だろうか」と思われる時間帯に、ふと目が覚めた。布団の替わりに被っていた衣を引き退《の》けて、何気なく空を見上げた。すると、そこには、思いも寄らぬ光景が広がっていた。

雲一つない、夜空だった。むろん、月の初めなので、月は出ていない。浅葱色《あさぎいろ》の夜空いっぱいに、きらきらと輝くばかりの星が、ちりばめられているではないか。はなはだ、心が魅了された。縹色《はなだいろ》（花田色《はなだいろ》）、つまり薄《うす》い藍色の紙の上に、金や銀などの箔《はく》をふんだんに散らした光景と、よく似ている。

星の美しさには、この夜に初めて気づいたように思う。これまでにも、星が月のように明るく夜空で輝く光景は、何度も見たことがあった。けれども、資盛様との悲しい別れがあって、その悲しさを心に抱いて生きてゆく決心をしたからこそ、星月夜《ほしづきよ》の哀れに衝撃を受けたのではないだろうか。また、資盛様の菩提を弔う気持ちもあって、比叡坂本《ひえさかもと》に来ているという場所柄も、感動にあずかっているだろう。星空を眺めている私の心には、異様な感情が湧き上がってきた。それにつけても、亡き資盛様のことを思った。

（右京大夫）月《つき》をこそ眺《なが》め馴《な》れしか星《ほし》の夜《よ》の深《ふか》き哀《あは》れを今宵《こよひ》知りぬる

（私は、これまで悲しいことがあると、夜空の月を見上げて、月に向かって悲しみを訴え、それによって心が癒《いや》されるのが常だった。今夜、私は、満天の星を眺めることによっても、悲しみが癒されるのだ、と知った。たくさんの星の中のどの一つの星が、あの人の魂が天界に上《のぼ》ったものなのだろうか。）

［評］「星月夜」は、「ほしづきよ」「ほしづくよ」、両方に読む。

新村出《しんむらいずる》は、『南蛮更紗』（大正十三年）に収録した「星夜讃美の女性歌人」の中で、この歌を絶賛している。改造社の初版では、『建礼門院右京大夫集』の評価が低かったことを嘆き、「明治以後の国文学史家は、この家集をさへ星すごしてしまつた」と書いている。改訂版では、「見すごしてしまつた」と直っているが、芸術的な誤植だと思う。「花《はな》の紙《かみ》に、箔《はく》を打《う》ち散《ち》らしたるに、良《よ》う似《に》たり」という比喩表現は、右京大夫が親しんだ書道と深く結びついていて、料紙の美しさを星空と重ねているのだ、と新村は述べている。

加藤周一『日本文学史序説』は、右京大夫の歌を「月をこそながめ馴れしが」という本文で引用し、「社会を失ったときに、自然を見出した」と述べている。

51―2　横雪の哀れ

日吉《ひよし》へ参《まゐ》るに、雪《ゆき》は、掻《か》き暗《くら》し、輿《こし》の前板《まへいた》に、事痛《こちた》く積《つ》もりて、通夜《つや》したる曙《あけぼの》に、宿《やど》へ出《い》づる道《みち》すがら、簾《すだれ》を上《あ》げたれば、袖《そで》にも、懐《ふところ》にも、横雪《よこゆき》にて入《い》りて、袖《そで》の上《うへ》は、払《はら》へども、やがて、斑々《むらむら》氷《こほ》るが、面白《おもしろ》きにも、（右京大夫）「何事《なにごと》も見《み》せばや」と思《おも》ふ人《ひと》の無《な》き、哀《あは》れなり。

（右京大夫）何事《なにごと》を祈《いの》りかすべき我《わ》が袖《そで》の氷《こほり》は解《と》けむ方《かた》も有《あ》らじを

［訳］　日吉《ひえ》（ヒヨシ、とも）神社は、比叡山の守護神である。そこに、お参りにした時のことである。雪が、空を真っ暗にして降りしきっていた。私が乗っていた輿《こし》の前板にも、うずたかく雪が積もっていた。

日吉神社で、夜通しお籠《こ》もりをしてから、宿所に退出する道中、輿の簾《すだれ》を上げて、外の景色を見ようとしたところ、どっと、強い風が私に吹き付けてきた。私の袖だけでなく、衣の隙間《すきま》から、素肌にまで雪が吹き込んでくる。横から吹き付けるので、これは「横雪《よこゆき》」と言うのだろう。「横雨《よこあめ》」という言葉は『源氏物語』野分《のわき》の巻などにあるが、「横雪」の実物にお目にかかったのは、これが最初である。

私の袖の上には、払っても払っても、新たに雪が降りかかる。それが、寒さのために斑《まだら》に氷ってゆく。まるで夜空に散らばっている星のようだ。見ていても飽きない。「自分が面白いと思うものは、愛する人と一緒に眺めたい」というのが、私の信条である。だが、資盛様は、もう、この世の人ではないので、この情景を見せられないし、二人で感想を語り合って興じることもできない。それが、悲しい。

（右京大夫）何事《なにごと》を祈《いの》りかすべき我《わ》が袖《そで》の氷《こほり》は解《と》けむ方《かた》も有《あ》らじを

（私は、夜通し、日吉神社にお祈りを捧げてきた。私は、何を祈ってきたのだろうか。そして、それは正しい願いだったのだろうか。そもそも、私は神仏に向かって、何を祈るべきなのだろうか。死んだ人が蘇ることはない。私の袖で氷った雪は、いつの日か解《と》けることもあるだろう。けれども、私の心の中で氷結した悲しみは、私が生きている限り、解けることはないのだ。）

［評］「横雪《よこゆき》」の用例は、『日本国語大辞典』でも『広辞苑』でも、『建礼門院右京大夫集』のこの箇所である。『新編国歌大観』には、「横雨《よこあめ》」の用例はあるが、「横雪」の用例は、右京大夫の歌以外にはない。

52　雪と雲

52―1　雪に寄せて

甚《いた》く心細《こころぼそ》き旅《たび》の住《す》まひに、「友待《ともま》つ雪《ゆき》」消《き》えやらで、且《か》つ且《が》つ、天霧《あまぎ》る空《そら》を眺《なが》めつつ。

（右京大夫）然《さ》らでだに古《ふ》り《降り》にし事《こと》の悲《かな》しきに雪掻《ゆきか》き暗《くら》す空《そら》は眺《なが》めじ

【訳】「横雪」からの連想で、その頃に詠んだ雪の歌を思い出した。

比叡坂本での日々は、生活の本拠地である都を離れて暮らしているので、心細いこと、この上もない。

大伴家持《おおとものやかもち》に、「白雪《しらゆき》の色分《いろわ》き難《がた》き梅《むめ》が枝《え》に友待《ともま》つ雪《ゆき》ぞ消《き》え残《のこ》りたる」（『家持集』）という歌がある。降った雪が、地上で消えずにいて、次に降ってくる「友」の雪を待ち侘《わ》びている、という意味である。私の旅先の仮寓にも、「友待つ雪」が残っている。曇っている空は、今にも、古い雪が待ち続けている「友＝新たな雪」を、降らせそうな気配なのだが、なぜか曇ったままで雪は降ってこない。

ああ、私は今、何を、いや誰を、待っているのだろうか。私の友、恋人、いや分身は、なぜ私の目の前に姿を現してくれないのだろう。

(右京大夫)然《さ》らでだに古《ふ》り《降り》にし事《こと》の悲《かな》しきに雪搔《ゆきか》き暗《くら》す空《そら》は眺《なが》めじ

(雪模様なのに、雪を降らせてくれない暗い空を、私は眺めないことにしよう。そうでなくてさえ、私は昔のことが懐かしく偲《しの》ばれてならない。暗い空を眺めていると、かつて、私の心の中に降り積もって、いまだに消えないでいる資盛様の思い出が、いとしくも、切ない。)

[評]「友待《ともま》つ雪《ゆき》」の歌は、『源氏物語』若菜上の巻でも、「『友待《ともま》つ雪《ゆき》』の仄《ほの》かに残《のこ》れる上《うへ》に、打《う》ち散《ち》り添《そ》ふ空《そら》を眺《なが》め給《たま》へり」と、引歌《ひきうた》されている。

52―2　雲に寄せて

夜《よ》もすがら眺《なが》むるに、掻《か》き曇《くも》り、又《また》、晴《は》れ退《の》き、一方《ひとかた》ならぬ雲《くも》の気色《けしき》にも。

（右京大夫）大空《おほぞら》は晴《は》れも曇《くも》りも定《さだ》め無《な》きを身《み》の憂《う》き事《こと》ぞ何時《いつ》も変《か》はらぬ

［訳］　雪の次には、雲の歌を記そう。

眠れぬ夜が、続いていた。私は、夜通し、空を眺めては時間をやり過ごしていた。すると、「夜空」というものの真実が、私にもわかってきた。雲が懸かって全体が暗くなったかと思うと、雲の塊《かたまり》は、さっと遠ざかってゆく。変転定めない、と言うか、絶えず、姿を変え続けているのである。

（右京大夫）大空《おほぞら》は晴《は》れも曇《くも》りも定《さだ》め無《な》きを身《み》の憂《う》き事《こと》ぞ何時《いつ》も変《か》はらぬ

（夜空というものは、昼の空も同じなのではあろうが、常に、その姿を変えている。空を漂う雲を観察し続けた私は、空が無常であることを身に沁《し》みて痛感した。そして、私の視点は、空を見ている私自身の心の中へと向かってゆく。悲しいまでに愚かな私の心は、雪の去来する空とは対照的に、まったく変化がない。進歩も成長もない。私は、「生きるのが辛《つら》い人間」として、これまでも生きてきたし、これからも生きてゆくのだろう。）

［評］　歌の三句目「定《さだ》め無《な》きを」が、字余りになっている。作者の溢れ出る情念が、「57677」の字余りとなって表れたのだろう。

53　鳴子の音と、谷川の音

53—1　鳴子に寄せて

外面《そとも》の鳴子《なるこ》の音《おと》なひも、寂《さび》しさ添《そ》ふ心地《ここち》して、大方《おほかた》の四方《よも》の梢《こずゑ》、野辺《のべ》の気色《けしき》も、歳《とし》の暮《くれ》なれば、皆《みな》、枯野《かれの》にて、吹《ふ》き払《はら》ひたる。

何《なに》と無《な》く、名残《なごり》無《な》き世《よ》の気色《けしき》も、思《おも》ひ比《よそ》へらるる事多《ことおほ》し。

（右京大夫）秋過《あきす》ぎて鳴子《なるこ》は風《かぜ》に残《のこ》りけり何《なに》の名残《なごり》も人《ひと》の世《よ》ぞ無《な》き

［訳］　私が身を寄せている仮寓の外には、稲穂を鳥たちから守るための鳴子《なるこ》（引板《ひた》）がある。風が吹くと、鳴子が音を立てる。その音は、秋に鳥を遠ざけるために鳴らせていたのだが、今は冬。稲は枯れているので、鳴子がいくら鳴っても、役に立たない。それでも、残されている鳴子は鳴っている。それが、なぜか、資盛様の亡き後も、無意味な人生を生きている私の姿と、重なる。

今は、歳《とし》の暮《くれ》なので、このあたり一帯の木々の梢も、枝から葉が落ち尽くし、野辺の気色も、白く枯れ果てている。その枯木や枯野を、寂しい音を立てて、風が渡ってゆく。考えてみると、冬の光景は、この世に、もはや思い残すことなどまったく残っていない私の姿と、たくさんの点で似ている。

（右京大夫）秋過《あきす》ぎて鳴子《なるこ》は風《かぜ》に残《のこ》りけり何《なに》の名残《なごり》も人《ひと》の世《よ》ぞ無《な》き

（秋が過ぎて冬となり、自然界には、美しい物や、充実した物などは、何一つとして残っていない。けれども、鳴子の音だけは、何の役にも立たないのに、鳴り続けている。私の人生にも、意味はない。惰性で生きている私の泣き声も、冬の鳴子と同じである。)

［評］『源氏物語』手習の巻に、蘇生した浮舟が、「引板《ひた》」を引き鳴らす音を聞く場面がある。この「引板《ひた》」が、鳴子である。

53―2　谷川の音に寄せて

纔《わづ》かなる谷川《たにがは》の、氷《こほり》は結《むす》びながら、さすが、心細《こころぼそ》き音《おと》は、絶《た》え絶《だ》え聞《き》こゆるに、思《おも》ふ事《こと》のみ有《あ》りて。

(右京大夫)谷川《たにがは》は木《こ》の葉《は》閉《と》ぢ交《ま》ぜ氷《こほ》れども下《した》には絶《た》えぬ水《みづ》の音《おと》かな

［訳］比叡坂本の仮寓の近くには、ちょっとした小川が流れている。今は真冬なので、凍結している。けれども、表面は氷っているものの、氷の下では、流れ続けている水の音

が、時折、かすかに聞こえてくる。私の心も、それと同じようなものだ。表面では、資盛様と死別した哀しみを、忘れているように見えるかもしれない。けれども、私の心には、間歇的《かんけつてき》に、悲しみの奔流が押し寄せてくるのだ。

（右京大夫）谷川《たにがは》は木《こ》の葉《は》閉《と》ぢ交《ま》ぜ氷《こほ》れども下《した》には絶《た》えぬ水《みづ》の音《おと》かな

（この小川の水は、氷っている。よく見ると、氷の中に、秋の木の葉までが閉じ込められている。ただし、その氷の下では、小さな音で、しかも、途切れがちではあるけれども、絶えず、水が伏流している音が聞こえてくる。それは、私の歔欷《きょき》の声だ。）

［評］「氷《こほり》は結《むす》びながら」を、「氷《こほり》は噎《むせ》びながら」とする写本がある。『狭衣《さごろも》物語』には、「湧《わ》き返《かへ》り氷《こほり》の下《した》に噎《むせ》びつつ然《さ》も侘《わ》びさする吉野川《よしのがは》かな」という用例がある。また、歌の第二句にある「閉《と》ぢ交《ま》ぜ」は、藤原俊成に、「何時《いつ》しかと冬のしるしに龍田川《たつたがは》紅葉《もみぢ》閉《と》ぢ交《ま》ぜ薄氷《うすごほり》せり」という用例がある。

54　都へ戻る

54―1　志賀の浦にて

未《ま》だ夜《よ》を籠《こ》めて、都《みやこ》へ出《い》づる道《みち》は、志賀《しが》の浦《うら》なるに、入江《いりえ》に氷《こほり》しつつ、寄《よ》せ来《く》る波《なみ》の返《かへ》らぬ心地《ここち》して、雪《ゆき》積《つ》もりて、見渡《みわた》したれば、白妙《しろたへ》なり。

（右京大夫）羨《うらや》まし志賀《しが》の浦路《うらぢ》の氷《こほり》閉《と》ぢ返《かへ》らぬ波《なみ》も又《また》返《かへ》りなむ

【訳】比叡坂本《ひえさかもと》から都へ戻る日になった。まだ暗いうちに、宿所を後《あと》にした。琵琶湖の西の湖岸を通ってゆくので、どうしても湖畔の景色が目に入る。入江は、寒さのために凍結していた。岸辺に打ち寄せる波も、かつがつ凍結してしまいそうで、寄せてきた元の場所へは戻れそうにはなかった。

その氷った湖面の上に、雪が降り積もってゆく。あたりを見渡すと、真っ白な世界が現前していた。

（右京大夫）羨《うらや》まし志賀《しが》の浦路《うらぢ》の氷閉《こほりと》ぢ返《かへ》らぬ波《なみ》も又返《またかへ》りなむ

（琵琶湖の西岸は、湖面が氷っている。だから、岸辺に打ち寄せる波もなく、返ってゆく波もない。けれども、春になれば、湖面を覆《おお》っていた氷は解《と》け、打ち寄せる波は、元来《もとき》た方角へと戻ってゆくだろう。ああ、羨ましい。一度死んだあの人は、二度とこの世に戻ってくることはないのだ。）

【評】本文の違いが、目立つ箇所である。「都《みやこ》へ出《い》づる道《みち》」を「都《みやこ》の中《うち》へ出《い》づる道《みち》」、「雪《ゆき》積《つ》もりて」を「薄雪《うすゆき》積《つ》もりて」、「志賀《しが》の浦路《うらぢ》」を「志賀《しが》の浦廻《うらわ》」とする写本がある。

和歌に、「返《かへ》らぬ波《なみ》」の用例は多い。作者よりも時代は下るが、後小松院《ごこまついん》（一三七七～一四三三）に、「志賀《しが》の浦《うら》や寄《よ》せて返《かへ》らぬ波《なみ》の間《ま》に氷打《こほりう》ち解《と》け春《はる》は来《き》にけり」という類歌がある。

54—2　湖の幻想……水底に沈んだ人

海《うみ》の面《おもて》は、深緑《ふかみどり》に、黒々《くろぐろ》と、恐《おそ》ろし気《げ》に荒《あ》れたるに、程無《ほどな》き見渡《みわた》しの向《む》かひに、麗《うるは》しき舟路《ふなぢ》にて、空《そら》は、彼方《あなた》の端《はた》に一《ひと》つにて、雲路《くもぢ》に漕《こ》ぎ消《き》ゆる小舟《をぶね》の、余所目《よそめ》に、波風《なみかぜ》荒《あら》く、懐《なつ》かしからぬ気色《けしき》にて、木草《きぐさ》も無《な》き浜辺《はまべ》に、堪《た》へ難《がた》く、風《かぜ》は強《つよ》きに、（右京大夫）「如何《いか》にぞ。（噂）『波《なみ》に入《い》りにし人《ひと》の、斯《か》かる辺《わた》りにも有《あ》る』と、思《おも》ひの外《ほか》に聞《き》きたらば、如何《いか》に住《す》み憂《う》き辺《わた》りなりとも、留《とど》まりこそせめ」とさへ、案《あん》ぜられて。

（右京大夫）恋《こ》ひ偲《しの》ぶ人《ひと》に近江《あふみ》《逢ふ身》の海《うみ》ならば荒《あら》き波《なみ》にも立《た》ち交《ま》じらまし

【訳】　琵琶湖の表面は、深緑色で、黒々としている。それだけでも恐ろしいのに、波は高く荒れている。私のいる場所からそれほど遠くない湖上に、くっきりとした航路が、一筋見えている。その航路を作った小舟は、どこに向かうのだろうかと思って、水脈《みお》の筋を目で辿ると、かなたの空が琵琶湖の水面と一つになるあたり、言わば、この世とあの世の境目《さかいめ》のあたりに、一艘の小舟が浮かんでいるのだった。波風が荒いので、小舟がこれから無事に進めるのかどうか、はなはだ危ぶまれた。その小舟を見ている私は、木も草も生えていない、荒涼・蕭条たる冬の湖岸にいる。まともに風を受けると、立っていることもできないほどの強風が、吹き付けてくる。

私は、不思議な思いに捕らわれた。「ここは、この世とあの世の境目であり、生きている人間と死んだ人間とが巡り会える場所なのかもしれない。そんなことがあるのだろうか。もしも、私が、他人から、『ここは、不思議な場所なので、西の国の海に沈んだ人の魂が、この湖底にも漂っているらしいですよ』などと、ふだんならば信じられない話を聞いたとしても、真《ま》に受けてしまいそうだ。こんなに暗鬱で、とても住むことができそうにない場所ではあっても、亡き資盛様の魂がこの湖底に沈んでいるのならば、ずっとこの岸辺に留《とど》まり、菩提を祈り続ける生き方もできるだろう」などと、思い続けたのだった。

（右京大夫）恋《こ》ひ偲《しの》ぶ人《ひと》に近江《あふみ》〔逢ふ身〕の海《うみ》ならば荒《あら》き波《なみ》にも立《た》ち交《ま》じらまし

（ここは、琵琶湖、つまり、「近江《あふみ》の海《うみ》」「淡海《あふみ》の海《うみ》」である。その名前の通り、私が恋しい人と「逢《あ》ふ」ことのできる「身《み》」であるのならば、この荒い波の打ち寄せる湖岸にでも、住むことができるだろう。いや、湖底に沈んでいる恋しい人と逢うためならば、この荒い波の下にも分け入ってゆくことさえ、恐くはない。)

［評］ 琵琶湖で入水して死んだ人たちは少なくない。古代の忍熊皇子《おしくまのみこ》は木津川で入水しているし、南北朝期の勾当《こうとう》の内侍《ないし》（新田義貞の妻）は琴ヶ浜（今堅田《いまかたた》の沖）で入水している。そういう水死者たちの霊が集合していると信じられていたパワー・スポットがあったのだろうか。

55 後鳥羽天皇の女房と

一月《むつき》の半《なか》ば 過《す》ぐる頃《ころ》、何《なに》と無《な》く、春《はる》の気色《けしき》 うらうらと霞《かす》み渡《わた》りたるに、高倉《たかくら》の院《ゐん》の中《ちゆう》納言《なごん》の典侍《すけ》と言《い》ひし人《ひと》、今《いま》の内裏《うち》に候《さぶら》はるるが、(中納言の典侍)「逢《あ》はむ」と有《あ》りしかば、昔《むかし》の事《こと》 知《し》れる人《ひと》も懐《なつ》かしくて、其《そ》の日《ひ》を待《ま》つ程《ほど》に、差《さ》し合《あ》ふ事《こと》有《あ》りて、止《とど》まりぬ。

(右京大夫)「今宵《こよひ》にて 有《あ》らまし」と思《おも》ふ夜《よ》、荒《あ》れたる家《いへ》の軒端《のきば》より、月《つき》、差《さ》し入《い》りて、梅《むめ》、薫《かを》りつつ、艶《えん》なり。

眺《なが》め明《あ》かして、翌朝《つとめて》、申《まう》し遣《や》る。

（右京大夫）哀《あは》れ如何《いか》に今朝《けさ》は名残《なごり》を眺《なが》めまし昨日《きのふ》の暮《くれ》の真《まこと》なりせば

返《かへ》し。

（中納言の典侍）思《おも》へ唯《ただ》然《さ》ぞ有《あ》らましの名残《なごり》さへ昨日《きのふ》も今日《けふ》も有明《ありあけ》《有り》の空《そら》

【訳】　私は、都に戻ってきた。一月の半ばも過ぎると、空には春霞が棚引《たなび》きだし、一挙に春の雰囲気が漂い始める。その頃、高倉院に仕えていた頃に「中納言の典侍《すけ》」という女房名で宮仕えしていた人から、連絡があった。彼女は現在、当代《とうだい》（後鳥羽天皇）の御所でお仕えなさっている。その人が、「久しぶりに、お逢いしませんか」と言ってきたのである。私は、懐かしい昔の事を語り合う知人も、少なくなっているので、彼女と逢うのを楽しみにしていた。約束の日を楽しみに待っていたところ、突然、「差し障《さわ》りが生じて、逢えなくなった」という連絡が入った。

「当初の予定ならば、今夜、私たちは逢って、高倉院様のことや、建礼門院様などの思い出話に花を咲かせていたことだろうに」と思うと、残念でならない。
我が家は、朽ち果てているので、軒の隙間《すきま》から月の光が、漏れ入ってくる。庭では、梅の花が薫ってる。月の光と、梅の薫りとの交響は、まことに優美である。『伊勢物語』の第四段で、在原業平が、失われた恋人の思い出に耽《ふけ》ったのは、こういう夜だったのだろうと思われた。
私も、業平と同じように、月を眺めながら夜を過ごした。翌朝、中納言の典侍に、歌を贈った。

（右京大夫）哀《あは》れ如何《いか》に今朝《けさ》は名残《なごり》を眺《なが》めまし昨日《きのふ》の暮《くれ》の真《まこと》なりせば

（昨夜の風情は、月の光と梅の薫りが、一つに溶け合って、とても素晴らしいものでした。そういう夜更けに、懐かしい昔の事を、あなたと語り合えたのならば、今頃は、どんなに対面の名残に浸っていられたことでしょう。あなたとお逢いできなかったのは、本当に、差し障りがあったのですか。急に、私と逢うのが嫌になったからではないのですか。）

彼女からは、巧みに切り返す返事が届いた。

（典侍）思《おも》へ唯然《たださ》ぞ有《あ》らましの名残《なごり》さへ昨日《きのふ》も今日《けふ》も有明《ありあけ》《有り》の空《そら》

（あなたは、今朝だけの「名残」を、大げさに強調しておられますが、私は、あなたと逢えたならば、どんなにか話が尽きず、別れた後も名残惜しいことだろうと、昨日も、今日も思いながら、有明の月を見上げておりますのよ。）

【評】この女房は、おそらく後鳥羽天皇の宮廷で宮仕えを再開しないか、と作者を誘うつもりだったのだろう。作者の「喪《も》」の期間が、やっと終わろうとしている。

56　とどまらぬ涙、二題

56―1　理由なき涙

異《こと》なる事無《ことな》き物語《ものがたり》を、人《ひと》のするに、思《おも》ひ出《い》でらるる事有《ことあ》りて、漫《すず》ろに、涙《なみだ》の零《こぼ》れ初《そ》めて、止《とど》め難《がた》く流《なが》るれば。

（右京大夫）憂《う》き事《こと》の何時《いつ》も添《そ》ふ身《み》は何《なに》としも思《おも》ひ敢《あ》へでも涙落《なみだお》ちけり

【訳】いつの間《ま》にか、私は、「泣く女」になっていた。しかも、「一度泣き始めたら、泣き止《や》まない女」にである。

ある時は、何ということのない世間話を、人が口にしているのを、横で聞いていた。その時、何が、私の心を刺激したのか、わからないのだけれども、昔の事、はっきり言えば、資盛様のことが、むしょうに思い出されたのだった。そうなると、涙が零《こぼ》れてしまう。そして、いつまでも、涙は止《と》まらかった。

（右京大夫）憂《う》き事《こと》の何時《いつ》も添《そ》ふ身《み》は何《なに》としも思《おも》ひ敢《あ》へでも涙落《なみだお》ちけり

（資盛様が亡き後《あと》、私は、生きることの辛《つら》さを、常に感じ続けていた。私は、憂愁という観念に取り憑かれ、我が心を乗っ取られてしまった。だから、ほかの人ならば、何の反応もしないであろう時にも、私の心の奥に棲み着いた憂愁が、ちょっとした言葉をきっかけとして外部に噴出し、大量の涙となってしまうのである。）

【評】「思《おも》ひ敢《あ》ふ」を和歌で用いた用例としては、清少納言に、「忘《わす》らるる身《み》の理《ことわり》と知《し》りながら思《おも》ひ敢《あ》へぬは涙《なみだ》なりけり」、慈円に、「思《おも》ひ敢《あ》へず袖《そで》ぞ濡《ぬ》れぬる狩衣交野《かりごろもかたの》の御野《みの》の暮《く》れ方《がた》の空《そら》」という和歌などがある。

56—2 法話を聞いて

二月十五日《きさらぎとをかあまりいつか》、涅槃会《ねはんゑ》とて、人《ひと》の参《まゐ》りしに、誘《さそ》はれて、参《まゐ》りぬ。

行《おこな》ひ、打《う》ちして、思《おも》ひ続《つづ》くれば、釈迦仏《しやかぼとけ》の入滅《にふめつ》せさせ給《たま》ひけむ折《をり》の事《こと》、僧《そう》などの語《かた》るを聞《き》くにも、何《なに》も、唯《ただ》、物《もの》の哀《あは》れの事《こと》に覚《おぼ》えて、涙《なみだ》、止《とど》め難《がた》く覚《おぼ》ゆるも、然程《さほど》の事《こと》は、何時《いつ》も聞《き》きしかど、此《こ》の頃《ごろ》聞《き》くは、甚《いた》く、しみじみと覚《おぼ》えて、物悲《ものがな》しく、涙《なみだ》の止《と》まらぬも、「永《なが》らふまじき我《わ》が世《よ》の程《ほど》にや」と、其《そ》れは、嘆《なげ》かしからず覚《おぼ》ゆ。

（右京大夫）世《よ》の中《なか》の常無《つねな》き事《こと》の例《ためし》とて空隠《そらがく》れせし月《つき》にぞ有《あ》りける

［訳］　とどまらぬ涙の具体例、その二である。

ある年の二月十五日、私は、人から誘われて、涅槃会《ねはんえ》に参列した。この日は、お釈迦様が入滅された日である。仏前で、型《かた》の如くお勤めをして、その後《あと》で、法話を聴聞した。世の中が無常であること、この世に生を受けた人は、必ず死ぬこと、その運命は、お釈迦様でも免れなかったことなどを、僧侶が説き聞かせている。

それを聞いていた私は、資盛様の死の事実を思い出し、感動というか、悲哀というか、切羽詰まった感情で、心がいっぱいになった。すると、涙が止《と》めどなく溢れてきたのである。

「生あるものは、必ず滅す」。こういう話は、幼い頃から繰り返し耳にしてきたけれども、聞いていて泣くことはなかった。資盛様が亡くなった後《あと》で、私は涙もろくなったのである。死は、伝染する。死は、伝播《でんぱ》する。死んだ人を思い続ければ、自分の心の中に死の種が播《ま》かれる。いつの間《ま》にか、死への恐怖心が失われ、自分は死の世界に親近感を抱くようになった。「私の残りの命も、永くないのだろうか」と自分の心に訊《たず》ねれば、「死は、そんなに悲しいことではありません」という答が返ってくる。

（右京大夫）世《よ》の中《なか》の常無《つねな》き事《こと》の例《ためし》とて空隠《そらがく》れせし月《つき》にぞ有《あ》りける

（この世は無常である。この厳粛な真実をお示しになるために、お釈迦様は月の光が雲に隠れるように、入滅された。そして、資盛様もまた、無常の理《ことわり》を明らかにするために、入水《じゆすい》された。私は、死を恐れてはいない。）

［評］「空隠《そらがく》れせし」を「空隠《そらがく》れにし」とする写本もある。釈迦の入滅を「空隠れ」と表現することがある。『詞花和歌集』に、「常在霊鷲山の心を詠める」という詞書の、「世《よ》の中《なか》の人《ひと》の心《こころ》の浮雲《うきぐも》に空隠《そらがく》れする有明《ありあけ》の月《つき》」（登蓮《とうれん》法師）とある。明恵《みようえ》（一一七三〜一二三二）にも、「二月十五日近くなる頃《ころ》ほひ」に詠まれた、「曇《くも》る夜《よ》に空隠《そらがく》れする月《つき》なれば濡《ぬ》らす袖《そで》にぞ影《かげ》は落《お》つらむ」とある。

57　もう一人の私

殷富門院《いんぷもんゐん》、皇后宮《くわうごうぐう》と申《まう》しし頃《ころ》、其《そ》の御方《おんかた》に候《さぶら》ふ上﨟《じやうらふ》の、知《し》る由《よし》有《あ》りて、聞《き》こえ交《か》はししが、行《ゆ》き逢《あ》ひて、日暮《ひぐ》らし、物語《ものがたり》して、帰《かへ》り給《たま》ひぬる名残《なごり》、雨《あめ》、打《う》ち降《ふ》りて、物哀《ものあは》れなり。

此《こ》の人《ひと》も、殊《こと》に、我《わ》が思《おも》ふ同《おな》じ筋《すぢ》なる事《こと》を思《おも》ふ人《ひと》なりしかば、懐《なつ》かしくも有《あ》り、様々《さまざま》其《そ》れも恋《こひ》しく思《おも》ひ出《い》でられて、申《まう》し遣《や》る。

（右京大夫）如何《いか》にせむ眺《なが》め《長雨(ながめ)》かねぬる名残《なごり》かな然《さ》らぬだにこそ雨《あめ》の夕暮《ゆふぐれ》

返《かへ》し。

（さる女房）眺《なが》め侘《わ》ぶる雨《あめ》の夕《ゆふ》べに哀《あは》れ又《また》古《ふ》り《降り》にし事《こと》を言《い》ひ合《あ》はせばや

［訳］現在、「殷富門院《いんぷもんいん》」と申し上げている亮子《りょうし》内親王様（後白河天皇の皇女）が、「皇后宮」と申し上げていた頃、すなわち、寿永元年（一一八二）から文治三年（一一八七）までの間《あいだ》であるが、皇后宮にお仕えしていた身分の高い女房がいた。その人は、私とはしかるべき事情があって、昵懇《じっこん》の仲であった。

私は、その人と、ある所で偶然に出会った。そうなると、一日中、語り合うことになった。やがて暗くなったので、その人が戻っていかれた。むしょうに名残惜しく感じられた。しかも雨までが降ってきたので、しみじみとした気持ちになり、私は感傷的になった。
その人は、私とよく似た境涯なのだった。平家の公達《きんだち》の一人と、深く愛し合う仲となり、平家一門の都落ちで生き別れとなり、壇ノ浦の戦いで愛する男性と、死別したのだった。私と同じような恋の喜びと、恋の苦しみを体験した方なので、親近感が感じられる。私は、資盛様と二人で過ごした時間が、あれやこれやと思い出されて仕方がないのだが、それは、その人もまた同じであろう。その人は、私の分身、いや、もう一人の私である。私は、その人に歌を贈った。

(右京大夫)如何《いか》にせむ眺《なが》め《長雨(ながめ)》かねぬる名残《なごり》かな然《さ》らぬだにこそ雨《あめ》の夕暮《ゆふぐれ》

(あなたとは、もっともっと、私たちが幸せだった日々の思い出を、語り尽くしたかった。あなたがお戻りになった後は、もう、どうやって時間をやり過ごせば良いのか、わからなくなりました。ただでさえ、雨の日の夕暮は寂しいのですが、あなたとお別れした後の私は、降りくる雨をぼんやり眺めながら、悲しく空を眺めております。)

その人からは、返事があった。

(さる女房)眺《なが》め侘《わ》ぶる雨《あめ》の夕《ゆふ》べに哀《あは》れ又《また》古《ふ》り《降り》にし事《こと》を言《い》ひ合《あ》はせばや

（私のほうでも、懐かしいあの頃の思い出を、あなたと、もっともっと語っていたかった。今、雨を降らせている空を、ぼんやり眺めながら、あなたと同じような寂しさを感じています。また、機会がありましたら、この閉塞感から自由になれますように、あなたと昔の思い出を語り尽くしたいものです。）

［評］「眺《なが》めかねぬる」という言葉を和歌で用いた、他の歌人の用例を見つけていないが、右京大夫は「59―1―5」でも「眺《なが》めかねぬる」と詠んでいる。また、「然《さ》らぬだに」や「然《さ》らでだに」の用例はあるが、「然《さ》らぬだにこそ」は珍しい。

58　死を思う日々

58―1　時鳥《ほととぎす》の初音を聞いて

四月二十三日《うづきはつかあまりみか》、明《あ》け離《はな》るる程《ほど》に、雨《あめ》、少《すこ》し降《ふ》りたるに、東《ひんがし》の方《かた》の空《そら》に、時鳥《ほととぎす》の初音《はつね》鳴《な》き渡《わた》る。珍《めづら》しく、哀《あは》れに聞《き》くにも。

（右京大夫）明《あ》け方《がた》に初音《はつね》聞《き》きつる時鳥《ほととぎす》死出《しで》の山路《やまぢ》の事《こと》を問《と》はばや

（右京大夫）有《あ》らず成《な》る憂《う》き世《よ》の果《は》てに時鳥《ほととぎす》如何《いか》で鳴《な》く音《ね》の変《か》はらざるらむ

［訳］　私の手元にある備忘録《メモ》によれば、それは、四月二十三日のことだった。資盛様が壇ノ浦で入水されたのが、三月二十四日なので、月命日《つきめいにち》である二十四日の前後は、私も眠れない夜を過ごしている。

その夜も、私は夜通し起きていた。ふと意識が途絶えたので、眠っていたらしい、はっと我に返ると、空は明るくなっていた。雨も、少しは降ったらしい。東のほうの空から、鳴きながら飛んでゆく時鳥《ほととぎす》の鳴き声が聞こえてきた。「まあ珍しい」と思った。それが、その年の時鳥の初音《はつね》だったからである。その声を、私は、しみじみと聞いた。

（右京大夫）明《あ》け方《がた》に初音《はつね》聞《き》きつる時鳥《ほととぎす》死出《しで》の山路《やまぢ》の事《こと》を問《と》はばや

（三月二十四日、資盛様の月命日の前日、私は、今年の時鳥の初音を聞いた。時鳥は、人間が死んで冥土《めいど》へ赴く際に越える「死出《しで》の山《やま》」を、自由に往還《おうかん》できる、と言われる。人間の世界と、死者の世界の両方を知っている鳥である。ならば、時鳥に尋ねたい。資盛様は、今、死者の世界で、どのようにお過ごしであるのか、と。）

（右京大夫）有《あ》らず成《な》る憂《う》き世《よ》の果《は》てに時鳥《ほととぎす》如何《いか》で鳴《な》く音《ね》の変《か》はらざるらむ

（この世界は、まったく変わってしまった。私も変わり、資盛様もお変わりになった。それにもかかわらず、毎年、耳にする時鳥の声だけは、どうして昔と変わらないのだろうか。）

［評］　ここから、暫く「死」のイメージが連鎖してゆく。「四月二十三日《うづきはつかあまりみか》」と日付を明記したのには、何か理由があるだろう。［訳］では、仮に、資盛の月命日の前日としたが、四月二十三日が資盛以外の人物の祥月命日だった可能性

もある。

58―2　母の忌日に

五月二日《さつきふつか》、昔《むかし》の母《はは》の忌日《きにち》なり。

心地《ここち》、悩《なや》ましかりしかど、手《て》など洗《あら》ひて、念仏《ねんぶつ》申《まう》し、経《きやう》誦《よ》む。法師《ほふし》呼《よ》びて、経《きやう》誦《よ》ませて、聴聞《ちやうもん》するにも、「又来《またこ》む年《とし》の営《いとな》みは、えせぬ事《こと》もや」と思《おも》ふも、さすが哀《あは》れにて、袖《そで》も、又《また》、濡《ぬ》れぬ。

（右京大夫）別《わか》れにし年月日《としつきひ》には逢《あ》ふ事《こと》も此《これ》ばかりやと思《おも》ふ悲《かな》しさ

［訳］　五月二日は、亡き母の命日である（「40」参照）。

この日、私は体調が優れなかったけれども、手を洗ってお清めをし、心を込めて念仏を唱え、母の菩提を弔った。また、自分でも、お経を唱えたりした。法師を呼んで、正式のお経を誦《よ》んでもらい、法話を聴聞した。

こういう仏事を営むにつけても、「来年の母の命日を、私が修《しゅう》することができるだろうか」という不安が、脳裏をよぎる。というのは、私の命が、あと一年、保《も》つとはとても思えないからである。亡き人の霊魂を、この世で弔ってくれる者が一人もいなくなってしまえば、亡き人の霊魂はどうなるのだろうか。そう思うと、母への思いゆえに濡れていた私の袖が、また、新しい涙で濡れてしまった。

（右京大夫）別《わか》れにし年月日《としつきひ》には逢《あ》ふ事《こと》も此《これ》ばかりやと思《おも》ふ悲《かな》しさ

（亡き母の数年おきの周忌や、毎年の祥月命日《しょうつきめいにち》は、これからも巡ってくるが、私が仏事を営めるのは、今年が最後かもしれない。そう思うと、悲しさが込《こ》み上げてくる。）

【評】　本文を、「念仏《ねんぶつ》申《まう》し、経《きやう》誦《よ》む。法師《ほふし》呼《よ》びて」として、「経《きやう》誦《よ》む」の主語を作者だと考えたが、「念仏《ねんぶつ》申《まう》し、経《きやう》誦《よ》む法師《ほふし》呼《よ》びて」とする解釈がある。

58—3　資盛の命日に

三月《やよひ》の二十日《はつか》余《あま》りの頃《ころ》、儚《はかな》かりし人《ひと》の、水《みづ》の泡《あわ》と成《な》りける日《ひ》なれば、例《れい》の、心一《こころひと》つに、とかく思《おも》ひ営《いとな》むにも、我《わ》が亡《な》からむ後《のち》、誰《たれ》か、此《こ》れ程《ほど》も思《おも》ひ遣《や》らむ。斯《か》く、思《おも》ひし事《こと》とて、思《おも》ひ出《い》づべき人《ひと》も無《な》きが、堪《た》へ難《がた》く悲《かな》しくて、しくしくと泣《な》くより他《ほか》の事《こと》ぞ無《な》き。我《わ》が身《み》の亡《な》くならむよりも、此《これ》が覚《おぼ》ゆるに。

(右京大夫) 如何《いか》にせむ我《わ》が後《のち》の世《よ》は然《さ》ても猶昔《なほむかし》の今日《けふ》を弔《と》ふ人《ひと》もがな

[訳]　三月二十四日は、資盛様が壇ノ浦に入水された命日である。二十五歳を一期《いちご》として、水の泡と消えてしまわれた資盛様の命日には、私は一人で、毎年、心を込めて、できる限りの仏事を営んできた。それにつけても、もし私の命が尽きたならば、誰が私に替わって、これほどまでに資盛様を弔《とむら》ってくれるのだろうか。

資盛様の正室でもない私が、これほどまでに亡き資盛様のことを大切に思い、毎年供養していることを、誰かが漏れ聞いて共感することは、あるかもしれない。けれども、その人が、毎年、三月二十四日が資盛様の命日であることを思い出し、供養し続けてくれるだろうか。そんなことは、望むべくもない。それが、堪《た》えきれないほどに悲しくて、私は、しくしく泣くばかりであった。

最近、私の健康は目に見えて悪化している。来年まで、命が保《も》つだろうとは、とても思えない。でも、私は自分が死ぬことなど、悲しくはない。私が死んだら、資盛様の菩提を弔う人が、この世から誰もいなくなることが、悲しいのだ。

（右京大夫）如何《いか》にせむ我《わ》が後《のち》の世《よ》は然《さ》ても猶昔《なほむかし》の今日《けふ》を弔《と》ふ人《ひと》もがな

（どうしたらよいものだろうか。私が死んだ後に、私を弔ってくれる人など、いなくとも、まったく構わない。けれども、亡き資盛様の菩提を弔う人がいなくなったら、困る。誰か、私の資盛様への深い思いを、受け継いでくれる人が、いないものだろうか。資盛様が、壇ノ浦の海に入水された瞬間の「無念」を、毎年、新たにすることが、資盛様への最大の供養となるからだ。）

［評］「しくしくと泣《な》く」という表現は、現代では一般的であるが、私は、『建礼門院右京大夫集』より以前に、「しくしくと泣《な》く」の用例を見つけられて

いない。『日本国語大辞典』の「しくしく」の項の「勢いなくあわれげに泣くさまを表す語」の用例としては、『建礼門院右京大夫集』のこの箇所が挙げられている。

58―4 世界は、こんなにも明るいのに

四方《よも》の梢《こずゑ》も、庭《には》の気色《けしき》も、皆《みな》、心地良気《ここちよげ》にて、青緑《あをみどり》なるに、何《なに》と無《な》き小鳥《ことり》どもの囀《さへづ》る声々《こゑごゑ》も、思《おも》ふ事無気《ことなげ》なるにも、先《ま》づ、涙《なみだ》に掻《か》き暗《くら》されて。

(右京大夫)晴《は》れ渡《わた》る空《そら》の気色《けしき》も鳥《とり》の音《ね》も羨《うらや》ましくぞ心適《こころゆ》くめる

(右京大夫)尽《つ》きもせず憂《う》き事《こと》をのみ思《おも》ふ身《み》は晴《は》れたる空《そら》も掻《か》き暗《くら》しつつ

[訳] 私は、自分の亡き後《あと》には、自分にとって大切だった故人の菩提を弔う術《すべ》がなくなることを、悲しみ続けていた。けれども、そんな私が例外であるかのように、世界は光と

明るさに満ち溢れていた。
私の目に入る木々の梢も、庭の草の様子も、みずみずしい青緑色をしていて、生きる喜びを満喫しているようだ。私の耳に聞こえてくる、名前も知らない小鳥たちも、何一つ悩み事がないかのように、快活に囀《さえず》っている。
こんなにも世界は明るくて、幸せに満ちているというのに、どうして、私だけが例外的に、こんなにも暗い思いを抱えて、不幸せなのだろうか。そう思うと、涙が溢れてきて、私の視界を真っ暗に鎖《とざ》してしまう。

（右京大夫）晴《は》れ渡《わた》る空《そら》の気色《けしき》も鳥《とり》の音《ね》も羨《うらや》ましくぞ心適《こころゆ》くめる
（青く晴れ渡った空の様子も、元気に鳴き交《か》わしている鳥の声も、私が羨ましくなるほどに、生きる喜びを謳歌《おうか》しているようだ。）

（右京大夫）尽《つ》きもせず憂《う》き事《こと》をのみ思《おも》ふ身《み》は晴《は》れたる空《そら》も掻《か》き暗《くら》しつつ
（空は、こんなにも明るく澄み渡っているのに、絶えることなく、生きる辛《つら》さを反芻《はんすう》している私の心の空は、自然界の空とは裏腹に、真っ暗に鎖《とざ》されている。）

【評】『枕草子』に、「心適《こころゆ》く物《もの》」という列挙章段（物尽《ものづ》くし）がある。そこで具体例として挙がっているのは、人間が満足する場面の数々である。同じく『枕草子』に、「心地良気《ここちよげ》なる物《もの》」という段もある。やはり、人間の心が満足する場合が多いが、「池《いけ》の蓮《はちす》の、村雨《むらさめ》に遭《あ》ひたる」という、自然に関する具体例が交じっている。

59　七夕《たなばた》に寄する恋、五十首

59—1—0　はじめに

年々《としどし》、七夕《たなばた》に歌《うた》を詠《よ》みて参《まゐ》らせしを、思《おも》ひ出《い》づる許《ばか》り、少々《せうせう》、此《これ》も書《か》き付《つ》く。

[訳]　今日は七月七日である。私は、これまで、毎年、七夕の日の乞巧奠《きこうでん》には、七首ずつ歌を詠んで梶《かじ》の葉の裏に書き記し、彦星と織女に捧げてきた。二人は、年に一度しか逢

えないものの、永遠に逢い続けることのできる、幸運なカップルである。私の記憶に残っている七夕の歌を、これから書き記そう。全部で五十首ある。これらの歌が、資盛様と私の愛の永遠を記念するものであれば、と願っている。

［評］ここから、七夕に関する大連作が続く。七夕と言えば、『長恨歌』。

七月七日《しちぐわつなぬか》　長生殿《ちやうせいでん》　夜半《やはん》　人無《ひとな》く私語《しご》の時《とき》
天《てん》に在《あ》りては　願《ねが》はくは　比翼《ひよく》の鳥《とり》と作《な》り
地《ち》に在《あ》りては　願《ねが》はくは　連理《れんり》の枝《えだ》と為《な》らんと
天《てん》は長《なが》く　地《ち》は久《ひさ》しきも　時有《ときあ》りて　尽《つ》く
此《こ》の恨《うら》みは　綿綿《めんめん》として　尽《つ》くる期無《ときな》からん

これから、右京大夫は、資盛と自分の悲恋を、彦星と織女、玄宗皇帝と楊貴妃になぞらえつつ、歌い続ける。

59—1—1　喜びと悲しみ

七夕《たなばた》の今日《けふ》は嬉《うれ》しさ包《つつ》むらむ明日《あす》の袖《そで》こそ予《かね》て知《し》らるれ

[訳]　織女は、彦星と逢える今日は、袖にも余る嬉しさを抱えていることだろう。けれども、別れなければならない明日の朝は、袖にも余る悲しさを抱えなければならない。それが、あらかじめ定められている、二人の宿命である。

59—1—2　朝を告げるな

鐘《かね》の音《ね》も八声《やこゑ》の鶏《とり》も心有《こころあ》れな今宵許《こよひばか》りは物忘《ものわす》れして

[訳]　朝を告げる、お寺の鐘の音も、同じく朝を告げる、けたたましい鶏の声も、七夕

の翌朝だけは、二人の心を思いやって、撞《つ》くことと鳴くことを忘れてほしい。二人には、少しでも長く、愛の夢を見させてあげてほしいから。

［評］「心有《こころあ》れな」を「心有《こころあ》らば」とする写本もある。また、「物忘《ものわす》れして」を、「物忘れなれ」「物忘れすな」とする本文があるが、「物忘れすな」だと意味が正反対になってしまう。

59―1―3　なぜ一年に一日なのか

契《ちぎ》りけむ故《ゆゑ》は知《し》らねど七夕《たなばた》の年《とし》に一夜《ひとよ》ぞ猶《なほ》もどかしき

［訳］どうして、彦星と織女の二人は、「一年に一日しか逢わない」という約束を交わしたのだろうか。どちらが提案し、どちらが承諾したのだろうか。そんな提案をしたほう

を、私は断固として弾劾《だんがい》したい。真実の愛ならば、もっと頻繁に逢いたい、と提案するはずだからだ。

59—1—4 機織《はたおり》虫は、機《はた》を織らない

声《こゑ》の文《あや》《綾》は音許《おとばか》りして機織《はたおり》虫の露《つゆ》の衣《きぬ》をや星《ほし》に貸《か》すらむ

[訳] ギッチョ、ギッチョンという、「機織虫《はたおりむし》＝きりぎりす」の鳴き声の調子は、ちょっと聞いたところでは、機《はた》を織っているように聞こえるけれども、実際に、機を織っているわけではない。それでも、虫が織る織物の緯糸《ぬきいと》（横糸《よこいと》）には「露」を、経糸《たていと》（縦糸）には「霜」を用いる、と言われている。ただし、「露＝涙」を彦星と織女の二つの星に貸したからだろうか、秋の野原で綾織物はまったく織れていない。

［評］「露《つゆ》の衣《きぬ》」を、「露《つゆ》の緯《ぬき》」とする本文がある。

59―1―5　他人事《ひとごと》ではない星合《ほしあい》

様々《さまざま》に思《おも》ひ遣《や》りつつ余所《よそ》ながら眺《なが》めかねぬる星合《ほしあひ》の空《そら》

［訳］　彦星と織女の愛の来し方・行く末に、思いを馳せながら、二つの星が出会う「星《ほし》合《あい》」の空を見上げていると、とても他人事《ひとごと》とは思えなくなる。資盛様と私の二人の愛の来し方・行く末が、どうしても重ね合わされてしまうからだ。

59—1—6　血の涙

天《あま》の川《がは》漕《こ》ぎ離《はな》れ行《ゆ》く舟《ふね》の中《うち》の飽《あ》《赤》かぬ涙《なみだ》の色《いろ》をしぞ思《おも》ふ

［訳］　七夕の夜は、彦星が天の川を渡って織女に逢いに来るとも言われるが、中国の本来の言い伝えでは、織女のほうが彦星に逢いに行くのである。今朝、一夜だけの逢瀬が終わって、織女が舟に乗って天の川を漕ぎ帰ってゆく。その舟の中では、これからの逢えない日々を思って、織女は真っ赤な血の涙を、袖の上に零《こぼ》していることだろう。

［評］　訳文にあるように、本来は、織女が彦星に逢いに行くのである。ここでは、織女の流す「紅涙＝血涙」だと解釈したい。

59—1—7　盥《たらい》の水

聞《き》かばやな二《ふた》つの星《ほし》の物語《ものがたり》盥《たらひ》の水《みづ》に映《うつ》らましかば

[訳]　七夕の夜には、盥に水を浮かべ、そこに彦星・織女の星を映す風習がある。私も、盥に水を入れて、二つの星を我が家にお迎えしよう。もし、二星が盥の水鏡《みずかがみ》に映ったならば、二人には、たっぷりと「愛の物語」を聞かせてもらいたい。

59—1—8　五色の麻糸

世々《よよ》経《ふ》とも絶《た》えむものかは棚機《たなばた》の麻《あさ》《朝》引《ひ》く糸《いと》の長《なが》き契りは

[訳]　これからどれほど長い年月が経過したとしても、彦星と織女の二つの星の愛は、

絶えないだろう。七夕の日の朝には、五色の長い糸を飾って供えるけれども、その麻糸が長く垂れているように、二人の愛もまた長く続くのだから。

59—1—9　里芋の葉

押《お》し並《な》べて草叢毎《くさむらごと》に置《お》く露《つゆ》の芋《いも》の葉《は》のしも今日《けふ》に逢《あ》ふらむ

［訳］　七夕の日には、里芋の葉に露を含ませて供え、その露で墨を磨《す》って、短冊に和歌を書き記す風習がある。秋の野原には、露が宿る草はたくさんあるのに、どうして里芋の葉だけが、七夕に供えられる大役を担うようになったのだろうか。

［評］　「芋《いも》の葉《は》のしも」を「芋《いも》の葉《は》しもの」とする本文がある。「しも」は強意の助詞。

59―1―10　衣を貸したくても貸せない

人数《ひとかず》に今日《けふ》は貸《か》さまし唐衣《からごろも》涙《なみだ》に朽《く》ちぬ袂《たもと》なりせば

［訳］　七夕の日に、着物を供えることを、「七夕に衣を貸す」と言い習わしている。私も、人並みに、「自分の着ている唐衣《からごろも》を、織女に貸してあげたい」と思うのだけれども、私の衣は資盛様と別離して依頼、ずっと濡れ続けているので、ぼろぼろに朽ち果ててしまった。だから、貸したくても貸すことはできないのだ。

59―1―11　彦星のような資盛を失って

彦星《ひこぼし》の行《ゆ》き合《あ》ひの空《そら》を眺《なが》めても待《ま》つ事《こと》も無《な》き我《われ》ぞ悲《かな》しき

［訳］　彦星が織女に逢いにくる「行《ゆ》き合《あ》いの空」を見上げていると、私の心には苦い切なさが、こみ上げていくる。織女は、毎年、彦星の訪れを待つことができる。けれども、私には、資盛様の訪れを待つことが、できない。なぜならば、資盛様はこの世の人ではなく、星の世界へと去ってしまわれたのだから。

59―1―12　天の羽衣

年《とし》を待《ま》たぬ袖《そで》だに濡《ぬ》れし東雲《しののめ》に思《おも》ひこそ遣《や》れ天《あま》の羽《は》衣《ごろも》

［訳］　この東雲《しののめ》に、彦星と別れなければならない織女が着ている「天の羽衣」は、さぞかし涙で、びっしょりなことだろう。次に逢えるのが、一年先なのだから。思い返せば、資盛様と私との愛は、途絶えがちであるとは言いながら、都落ちされる以前には、一年間も資盛様の足が遠のいたことはなかった。それでも、私の袖は「待つ苦しみ」で濡れそ

ぼっていた。織女の悲しみは、いかばかりの大きさであることか。

59—1—13　織女に、私の悲しみを訴える

哀《あは》れとや思《おも》ひもすると七夕《たなばた》に身《み》の嘆《なげ》きをも憂《うれ》へつるかな

[訳]　ここ二首ほど、資盛様と私の悲恋を、七夕に重ねて歌ってきた。織女は、別れの悲しみを知る人である。だから、資盛様と死に別れた私の悲しみを、理解してくれるのではないか。そういう思いから、この二首は、個人的な悲しみを織女にぶつけてみたのである。

59―1―14　天の川原の岩枕

七夕《たなばた》の岩《いは》の枕《まくら》は今宵《こよひ》こそ涙掛《なみだか》からぬ絶《た》え間《ま》なるらめ

［訳］織女は、一年のうちで、七夕を除くすべての日は、彦星と逢えぬ悲しみで泣いている。彼女が頭を乗せる枕は、織女の涙で濡れている。けれども、七夕の夜だけは、二人は共寝しているので、織女は涙と無縁の夜を過ごしていることだろう。逢瀬の場所が天の川原なので、枕と言っても、固い「岩」の枕である。愛があれば、岩の枕も柔らかい枕に感じられることだろう。

［評］「絶《た》え間《ま》なるらめ」を「袂《たもと》なるらめ」とする本文もある。

59—1—15　心の使者

幾返《いくかへ》り行《ゆ》き帰《かへ》るらむ七夕《たなばた》の暮《く》れ急《いそ》ぐ間《ま》の心遣《こころづか》ひは 使者(つかひ)

[訳]　七夕の日の暮《くれ》に、彦星が来るのを待つ織女の気持ちを推測してみた。「彦星と逢いたいから、早く暗くなってほしい」「彦星よ、早く来てください」と、何度も心の中で彦星と会話を交わしていることだろう。織女が心の中で、彦星に遣《つか》わしている「文使《ふみづか》い」は、一日に何度も天の川を往復して、さぞかし忙しいことだろう。

[評]　「幾返《いくかへ》り」を「幾度《いくたび》か」とする本文がある。

59—1—16　鵲《かささぎ》の橋と、盥の水

彦星《ひこぼし》の逢《あ》ひ見《み》る今日《けふ》は何故《なにゆゑ》に鳥《とり》の渡《わた》らぬ水結《みづむす》ぶらむ

［訳］　七夕の夜は、天の川に鵲《かささぎ》が並んで橋を架け、そこを渡って彦星と織女が逢う、と言われている。ところが、まだ夜になって、鵲の橋が架かる前に、その日の朝から、夜にならないと空に光らない星を映す盥の水を汲むのは、どういう理由からなのだろうか。夜になってから、盥に水を汲んでも間に合うはずなのに。

59—1—17　織女に同情される私

哀《あは》れとや棚機《たなばた》つ女《め》も思《おも》ふらむ逢《あ》ふ瀬《せ》も待《ま》たぬ我《わ》が契《ちぎ》りをば

[訳] 織女は、おそらく、資盛様との逢瀬が無くなって絶望している私のことを、「可哀想な女だ」と同情してくれていることだろう。

59—1—18　機織虫《はたおりむし》が織る衣

七夕《たなばた》に今日《けふ》や貸《か》すらむ野辺《のべ》毎《ごと》に乱《みだ》れ織《お》るなる虫《むし》の衣《ころも》は

[訳] 七夕の日も、機織虫《はたおり》が、野辺という野辺で、盛大に鳴いている。その鳴き声から考えて、虫たちが野辺で織り上げる衣の総量は、膨大なものだろう。その衣は、今日の二人のお召し物として供えられ、実際に着られているのだろうか。

59―1―19　私の衣服を供えてよいものか

厭《いと》ふらむ心《こころ》も知《し》らず七夕《たなばた》に涙《なみだ》の袖《そで》を人並《ひとなみ》に貸《か》す

[訳]　世間の人たちは、七夕の日には、自分の衣服を供えている。私も、それに倣《なら》って、自分の衣服を供える。織女は、恋人と死別して泣いてばかりの私の、涙で湿った衣服など、「縁起でもないので、供えられるのは迷惑だ」と嫌がっているかもしれないのに。

59―1―20　二人の最初の話題は

何事《なにごと》を先《ま》づ語《かた》るらむ彦星《ひこぼし》の天《あま》の河原《かはら》に岩枕《いはまくら》して

[訳]　一年ぶりに天の川原で、再会した彦星と織女は、河原の岩を枕に共寝しながら、

きっと一年間のうちに積もり積もった話を、夜通し、交《か》わしていることだろう。でも、二人が最初に口にするのは、どんな話題なのだろうか。

59—1—21　織女の涙雲《なみだぐも》

七夕《たなばた》の飽《あ》《赤》かぬ別《わか》れの涙《なみだ》にや雲《くも》の衣《ころも》の露《つゆ》けかるらむ

［訳］　七夕の翌朝、空に懸かっている雲が湿っぽく見え、今にも雨が降ってきそうである。いくら語り合っても語り飽きない別れの辛《つら》さで、織女の着ている「衣＝雲」に、大量の涙が降り掛かったのだろう。紅涙がこぼれたのだろうか、雲も、心なしか赤みを帯びている。

［評］　織女の衣を雲に喩えるのは、「織女《たなばた》は雲《くも》の衣《ころも》を引《ひ》き重《かさ》ね返《かへ》さで寝《ぬ》るや

今宵《こよひ》なるらむ」（『後拾遺和歌集』）などの用例がある。

59―1―22 永遠に変わらない愛

何事《なにごと》も変《か》はり果《は》てぬる世《よ》の中《なか》に契《ちぎ》り違《たが》へぬ星合《ほしあひ》の空《そら》

［訳］ 永劫《えいごう》の昔から今も変わらず、彦星と織女の二つの星は、七夕の夜に逢い続けている。二人の愛は変わらず、一年前に交わした再会の約束を、どちらかが破ることもない。どんなに愛し合っていても、別れがあって、永遠には逢い続けることができない人間の世界とは、大きく違っている。星の世界が羨ましい。

59―1―23　笹の葉に掛ける五色の糸

今日《けふ》来《く》れば《繰れば》草葉《くさば》に掛《か》くる糸《いと》よりも長《なが》き契《ちぎ》りは絶《た》えむものかは

[訳]　今日――七月七日――が来れば、人々は笹の竿《さお》に五色の糸を繰《く》りながら掛けて、飾り付けをする。その糸は、長い。けれども、その糸の長さよりも長いのが、彦星と織女の愛の契りである。この二人の愛が絶える日が来ることは、永遠に無いだろう。

59―1―24　星の世界と人間の世界

心《こころ》とぞ稀《まれ》に契《ちぎ》りし仲《なか》なれば恨《うら》みもせじな逢《あ》はぬ絶《た》え間《ま》を

[訳]　「一年のうち、七夕の夜の一日だけ逢うことにしよう。その替わりに、私たちの

愛は永遠に続く」と、彦星と織女は固い約束を交わし、今でも守り続けている。この約束は、他人から強制されたのではなく、二人の自由意志からなされたものである。だから、彼らは、逢えないでいる永い空白を、決して恨みに思ったり、相手の心を疑ったりすることはない。それに対して、資盛様と私は、運命――歴史の苛酷さ――によって引き裂かれてしまった。この恨みは絶える時がない。星の世界が羨ましい。

59―1―25 私の涙の掛かった衣

哀《あは》れとも且《か》つは見《み》よとて七夕《たなばた》に涙然《なみださ》ながら脱《ぬ》ぎて貸《か》しつる

［訳］ 私の涙が掛かっている衣を、そのまま脱いで、七夕にお供えした。もしかしたら、私の心の奥底では、「織女に、私の悲恋の顚末《てんまつ》を同情してもらいたい」という願望があったのかもしれない。

59—1—26　それでも、七夕の夜を待つ

天《あま》の川今日《がはけふ》の逢《あ》ふ瀬《せ》は外《よそ》なれど暮《く》れ行《ゆ》く空《そら》を猶《なほ》も待《ま》つかな

［訳］　資盛様との別れがあってから後は、私は恋しい人との逢瀬を持てないでいる。ところで、今夜は七夕。年に一度、彦星と織女が逢瀬を持つ日である。私の不幸を際立たせるような七夕の逢瀬ではあるが、それでも私は、夜が来て、二つの星が逢うことを楽しみに待っている。心のどこかで、自分と資盛様が、二人とも天界の星に先に転生して、後から転生してくる私と永遠に逢い続ける夢を見ているからだろうか。

59—1—27　恋心を抑制できるか

羨《うらや》まし恋《こひ》に堪《た》へたる星《ほし》なれや年《とし》に一夜《ひとよ》と契《ちぎ》る心《こころ》は

［訳］　資盛様と別離した後、私は恋心が溢れ出てしまい、それを抑制できないことに苦しんでいる。ところが、彦星と織女の二人は、年に一度しか逢えないのに、「それ以外の日にも、どうしても逢いたい」という恋心を持て余して苦しんでいる、という話を聞かない。彼らは、どのようにして、恋心の爆発を抑制できているのだろうか。破壊衝動とも言える恋心に苦しむ私には、おっとりした彦星と織女が、羨ましい。

59—1—28　無情な夜明け

逢《あ》ひに逢《あ》ひて未《ま》だ睦言《むつごと》も尽《つ》きじ夜《よ》にうたて明《あ》け行《ゆ》く天の戸《あまのと》ぞ憂《う》き

［訳］　一年間、待ちに待って、やっと逢えた彦星と織女は、逢っている時間が愛《いと》おしく感じられることだろう。話しても話しても、話題が尽きることがない二人には、あっとい

う間《ま》に、夜明けが訪れる。天の戸が開いて、お日様が顔を出すと、二人は別れなければならない。資盛様と私の場合には、何が、無慈悲な「天の戸」だったのだろう。歴史の非情さを恨めしく思う。

［評］「尽《つ》きじ夜《よ》に」という表現は、舌足らずだが、面白い。「心余りて、言葉足らず」の典型的な表現。溢れる思いを、言葉が捕らえきれていない。

59―1―29　岩枕の苔

打《う》ち払《はら》ふ袖《そで》や露《つゆ》けき岩枕苔《いはまくらこけ》の塵《ちり》のみ深《ふか》く積《つ》もりて

［訳］七夕の夜、一夜限りの逢瀬を持った後《あと》、織女は次に逢える来年の七夕まで、待ち続けなければならない。二人が契りを交わした天の川原にある岩の枕には、さぞかし塵が

積もりに積もっていることであろう。それを、時折、織女は払って綺麗に掃除《そうじ》するのだろうが、逢えない辛さから、塵を払う袖は涙で濡れがちであろう。そうそう、岩の枕に積もるのは、塵と言うよりも「苔」と言ったほうがよいかもしれない。

59―1―30　日暮を待ち侘びる男心

曇《くも》るさへ嬉《うれ》しかるらむ彦星《ひこぼし》の心《こころ》の中《うち》を思《おも》ひこそ遣《や》れ

［訳］『拾遺和歌集』に、「何時《いつ》しかと暮《くれ》を待つ間《ま》の大空《おほぞら》は曇《くも》るさへこそ嬉《うれ》しかりけれ」（読み人知らず）という歌がある。空が曇ると、二人が逢える夕方が近くなったと錯覚して、嬉しい気持ちになる、という歌である。彦星も、一年に一度の逢瀬を楽しみに待つあまり、七日の昼間、空が曇ったとしても、夕暮れが近いと錯覚して喜んでいることだろう。その男心を思いやると、微笑《ほほえ》ましい気分になる。

59―1―31　宵のうちに沈む月

宵《よひ》の間《ま》に入《い》りぬる月《つき》の影《かげ》までも飽《あ》かぬ恨《うら》みや深《ふか》き七夕《たなばた》

［訳］　七夕の夜に、一夜だけ逢う彦星と織女は、夜通しずっと、お互いの顔を見ていたいと、思っていることだろう。それなのに、七日の月は、まだ宵の時間帯に、山の端《は》に沈んで光を隠してしまう。それから後《あと》は、二人は、暗闇の中で向かい合うので、「もっと相手の顔を見ていたかった」という強い不満を抱くことだろう。

59―1―32　織女に同情したばかりに

七夕《たなばた》の契《ちぎ》り嘆《なげ》きし身《み》の果《は》ては逢《あ》ふ瀬《せ》を外《よそ》と聞《き》き渡《わた》りつつ

［訳］織女は、年に一夜だけしか、彦星と逢うことができない。そのような関係に、私は、かつて心から同情したものだった。その頃、私は資盛様とお付き合いしていた。彼の訪れは、彦星ほどではないが、途絶えがちだったので、織女の悲しみが自分のことのように可哀想に思われた。ところが、資盛様と私は、永《なが》のお別れをする運命だった。そうなると、私たちは一年に一度はおろか、一生に一度も逢えなくなった。一年に一度の織女の逢瀬を、今の私は、自分の境涯とは無縁の幸福なものだと思っている。

59―1―33　空に吸われた私の心

眺《なが》むれば心《こころ》も尽《つ》きて星合《ほしあひ》の空《そら》に満《み》ちぬる身《み》の思《おも》ひかな

［訳］『古今和歌集』に、「我《わ》が恋《こひ》は虚《むな》しき空《そら》に満《み》ちぬらし思《おも》ひ遣《や》れども行《ゆ》く方《かた》も無《な》し」（読み人知らず）という歌がある。私の心もまた、七夕の空を見つめ続けているうちに、私

の体から遊離して、大空に吸われてゆく。とうとう、空中《そらじゅう》を、いっぱいに満たしてしまった。だから、今夜の空は、こんなに悲しい色に染まっているのだ。

［評］石川啄木は『一握の砂』で、「不来方《こずかた》のお城の草に寝ころびて／空に吸はれし／十五の心」と歌っている。

59―1―34　織女の涙と、秋草の露

露《つゆ》けさは秋《あき》の野辺《のべ》にも増《ま》さるらし立《た》ち《裁ち》別《わか》れ行《ゆ》く天《あま》の羽衣《はごろも》

［訳］『後撰和歌集』に、「天《あま》の川流《がはなが》れて恋《こ》ふる織女《たなばた》の涙《なみだ》なるらし秋《あき》の白露《しらつゆ》」（読み人知らず）という歌がある。「流《なが》れて」は「泣《な》かれて」との掛詞である。

この歌のように、地上の秋草に置く露は、天界で織女が、去ってゆく彦星との別れを悲

しんで、自分の着ている衣の上に流す涙だとされている。けれども、地上にまで届いたのは、ごく一部だろうから、天界で零《こぼ》れた織女の涙は、もっと大量だったことだろう。

59―1―35　もう朝が来たのか

彦星《ひこぼし》の思《おも》ふ心《こころ》は夜深《よぶか》くて如何《いか》に明《あ》けぬる天《あま》の戸《と》ならむ

［訳］　時間というものは、人間が思っている以上に速く進んでゆくものだ。彦星が、「夜明けまでには、かなりの時間があるから、織女とは、まだまだ一緒にいられる」と思っていても、実際には、夜明けがすぐそこまで近づいている。天の戸が開き、太陽が顔を出し、世界は明るさに包まれる。そうなる前に、彦星は織女に心を残して別れなければならないのだ。

59―1―36　風よ、激しく吹け

七夕《たなばた》の逢《あ》ひ見《み》る宵《よひ》の秋風《あきかぜ》に物思《ものおも》ふ袖《そで》の露払《つゆはら》はなむ

［訳］七夕の夜には、彦星と織女は、相見《あいみ》ることができる。二人の衣の袖は、ほかの日は、逢えない辛《つら》さのために、零《こぼ》れる涙で濡れていても、この日ばかりは濡れていないだろう。ところが、私は、資盛様と逢えなくなって久しい。だから、七夕の宵も、私の袖は涙で濡れている。秋風よ、もっと激しく吹いたら良い。そして、私の袖に溜《た》まっている涙の露を、一気に吹き飛ばしてほしい。

59―1―37　七月は残酷な月

秋毎《あきごと》に別《わか》れし頃《ころ》と思《おも》ひ出《い》づる心《こころ》の中《うち》を星《ほし》は見《み》るらむ

［訳］　平家一門の「都落ち」は、寿永二年（一一八三）七月の下旬だった。その日から、私は資盛様と逢えていない。それ以来、七月になり秋が巡ってくると、私は、「七月は残酷極《きわ》まる月だ」と悲しくなる。彦星と織女は、空の上から、私たちを襲った運命を「哀れ」と思ってくれているだろうか。

59—1—38　悲しみは言葉にできない

七夕《たなばた》に心交《こころか》はして嘆《なげ》くとも斯《か》かる思《おも》ひをえしも語《かた》らぬ

［訳］　私のほうでは、彦星と織女の二人が置かれている境遇に心から同情しているし、彦星と織女のほうでも、残酷な運命によって引き裂かれた私たちに同情してくれていると思う。けれども、いざ、星と語り合って、心を慰めようとしても、資盛様と私を襲った出

来事を言葉にして語ることには大きな抵抗感がある。深すぎる悲しみは、言葉にならないからだ。

［評］「心交《こころか》はして」を「心《こころ》は貸《か》して」とする写本がある。

59―1―39　自然は変わらないのに、人は変わる

世《よ》の中《なか》は見《み》しにも有《あ》らず成《な》りぬるに面変《おもが》はりせぬ星合《ほしあひ》の空《そら》

［訳］人の世は、昔と今では、様相が一変した。けれども、彦星と織女が年に一度だけ出会う星の世界は、昔も今も、変わらぬ姿を見せている。これからも、変わらないだろう。

59—1—40　別れの予感

重《かさ》ねても猶《なほ》や露《つゆ》けき程《ほど》も無《な》く袖別《そでわか》るべき天《あま》の羽衣《はごろも》

［訳］織女は、七夕の夜、彦星と袖を重ねて共寝していても、心の中は喜びだけでなく、不安が同居している。楽しい語らいをしている間にも、刻一刻と、別れの朝が近づいてくるからだ。天の羽衣を脱いで布団替わりにして、共寝していた二人は、朝、それぞれの衣を着て別れなければならない。「後朝《きぬぎぬ》の別れ」は、地上の恋人たちだけでなく、七夕の二人にも訪れるのだ。不安の種《たね》は、最初は小さいのだが、あっという間に芽吹き、生長して大きくなり、遂には織女の心を支配して、涙を零《こぼ》させるに到る。

59—1—41　梶の葉に書く歌

思《おも》ふ事《こと》書《か》けど尽《つ》きせぬ梶《かぢ》の葉《は》の今日《けふ》に逢《あ》ひける故《ゆゑ》を知《し》らばや

［訳］　七夕の日には、七枚の梶《かじ》の葉の裏に、和歌を書いて供える風習がある。私も、毎年、七首ずつの和歌を手向《たむ》けてきたので、ここに纏めた「七夕に寄する恋」五十首を詠むことができた。私は、言葉にならない大きな悲しみを、かろうじて「五七五七七」の和歌の中に収めて、梶の葉に書いてきた。私が歌に込めた悲哀と絶望の総量は、巨大なものがある。それに耐えて、よくぞこれまで生きてこられたものだ。今年もまた、七首の和歌を、こうして梶の葉に書き付けながらも、私は「自分が生きている」という実感を得られないでいる。

59—1—42　織女から嫌われているのでは

縦貸《よしか》さじ斯《か》かる憂《う》き身《み》の衣手《ころもで》は棚機《たなばた》つ女《め》に忌《い》まれもぞする

[訳]「不幸な女」である私は、織女から「あなたの着ている衣など、借りたくありません。供えなくて結構です。縁起でもない。もう近づかないで」と忌避されている可能性がある。ならば、それでも、私は一向に構わない。今年は、私の衣を供えて織女に貸すことは止《や》めておこうか。

59—1—43　私の歌は、彦星と織女からどう評価されているのか

斯《か》く許《ばか》り書《か》きて手向《たむ》くる泡沫《うたかた》《歌》を二《ふた》つの星《ほし》の如何《いか》が見《み》るらむ

［訳］　これまで四十二首の七夕の歌を掻き集めてきたが、泡のように儚《はかな》い人生を生きてきた私から、こういう悲しみに満ちた歌ばかりを手向《たむ》けられた彦星と織女のほうでは、私の歌について、どのような評価を下しているのだろうか。

［評］　「斯《か》く許《ばか》り」を「形許《かたばか》り」とする写本がある。意味が大きく違ってくる。「斯《か》く許《ばか》り」では、作者の悲しみが強調されるが、「形《かた》許り」だと、形式だけの、通り一遍の、という意味になる。「群書類従」の本文に従って、「斯《か》く許《ばか》り」で解釈したい。

59―1―44　七夕の夜空を見ていられない

何《なに》と無《な》く夜半《よは》の哀《あは》れに袖濡《そでぬ》れて眺《なが》めかねぬる星合《ほしあひ》の空《そら》

［訳］「これと言った理由は無いのだが」と書くしかないのだが、本当の理由は、私にはわかっている。「資盛様との別れ」である。この悲劇が起きて以来、涙もろくなった私は、七夕の日に、彦星と織女が、幸福な語らいを交わしている夜空を、平静に眺めてはいられなくなったのである。

59―1―45　男心の不思議さ

えぞ知《し》らぬ忍《しの》ぶ故無《ゆゑな》き彦星《ひこぼし》も稀《まれ》に契《ちぎ》りて嘆《なげ》く心《こころ》を

［訳］私は女だから、男心というものが、今ひとつ理解できていない。だから、資盛様も、私の扱いには困っていたのかもしれない。とにかく、私には、彦星の心が理解できないのだ。彦星は、自分から、「年に一度、お逢いしましょう」と、織女に提案し、受け入れられた。自分が提案したことであるにもかかわらず、「一年に一夜しか逢えないのは、

理不尽だし、とても苦しい」などと嘆いているのは、おかしい。すべては、自分のせいではありませんか。

59—1—46　天の川の渡り

嘆《なげ》きても逢《あ》ふ瀬《せ》を頼《たの》む天《あま》の川《かは》此《こ》の渡《わた》りこそ悲《かな》しかりけれ

［訳］　彦星と織女は、自分たちが一年に一夜しか逢えないことを嘆いているようだが、それでも一年に一夜は、確実に天の川を渡って、逢瀬を持つことができる。それなのに、資盛様と私ときたら、二人の間には深くて暗い川が横たわっていて、渡し舟もないのだ。

59—1—47　歌にならない思い

書《か》き付《つ》けば猶《なほ》も慎《つつ》まし思《おも》ひ嘆《なげ》く心《こころ》の中《うち》を星《ほし》よ知《し》らなむ

［訳］　私が心の中に抱き続けている辛《つら》い気持ちを、梶の葉に書き付けて、愛の真実を熟知している彦星と織女に捧げるのだけれども、それでも、自分の心のすべてを言葉にして歌うことは、ためらわれる。彦星と織女よ。私が言葉にして歌うことをためらった「心の真実」を、どうか、汲み取って理解してほしい。

59—1—48　一筋の恋

引《ひ》く糸《いと》の唯一筋《ただひとすぢ》に恋《こ》ひ恋《こ》ひて今宵逢《こよひあ》ふ瀬《せ》も羨《うらや》まれつつ

［訳］ 七夕に供えるために、五色の糸を笹の竿《さお》に引き掛ける。その糸の「筋《すじ》」ではないけれども、「ただ一筋《ひとすじ》」、ただひたすら純粋に、相手を恋い慕って逢瀬を持つ、彦星と織女の二人が私には羨ましい。私が、どんなに資盛様を「一筋」に慕っても、もはや逢うことはできないのだから。

59—1—49 私は「忌《い》まわしい女」

類無《たぐひな》き嘆《なげ》きに沈《しづ》む人《ひと》ぞとて此《こ》の言《こと》の葉《は》を星《ほし》や忌《い》まはむ

［訳］ 私は今年も梶の葉に歌を書いて、織女に手向《たむ》けるつもりだが、「あの女は、途方もない不幸を心に抱え込んで嘆いている、忌《い》まわしい女だ」と織女から思われ、歌を捧げることを忌避されてしまうのではないかと、私はひそかに懼《おそ》れている。

［評］「忌《い》まはむ」を「厭《いと》はむ」とする本文がある。「59―1―42」と同じ発想。

59―1―50 織女と慰め合いたい

縦《よし》や又慰《またなぐさ》め交《か》はせ七夕《たなばた》よ斯《か》かる思《おも》ひに迷《まよ》ふ心《こころ》を

［訳］今年もまた、七夕の日が巡ってきた。私は、愛する人と逢えない苦しみで、心の中は乱れに乱れているが、慰め合う相手は、この世には誰もいない。せめて、彦星と織女の二人は、お互いで、お互いを慰め合ってください。

［評］「慰《なぐさ》め交《か》はせ」の意味が、今ひとつ不明瞭である。彦星と織女が慰め合うのか、彦星と織女の二人と作者が慰め合うのか、織女と作者が慰め合うのか、三つの解釈が可能である。

59―2　五十首の歌の最後に

「此《こ》の度許《たびばか》りもや」と思《おも》ひても、又《また》、斯《か》く、数積《かずつ》もれば、
何時《いつ》までか七《なな》つの歌《うた》を書《か》き付《つ》けむ知《し》らばや告《つ》げよ天《あま》つ彦星《ひこぼし》

［訳］　資盛様と死別した後は、嘆きのあまり、一日も生きていられないような心境になり、絶えず死と向かい合ってきた。「七夕の日に歌を供えるのも、今年が最後だろう」と、何度も思った。けれども、私は死ななかった。死ねずに、今年もまた、梶の葉を七枚用意して、歌を七首書き付けている。毎年、七首ずつ、「七夕に寄する恋」の歌が増え続けてゆく。

何時《いつ》までか七《なな》つの歌《うた》を書《か》き付《つ》けむ知《し》らばや告《つ》げよ天《あま》つ彦星《ひこぼし》
（私は、いったいいつまで、七首の歌を、七夕の日に詠み続けるのだろうか。もしも、私の運命、寿命を知っているのであれば、教えてください、天界の彦星よ。そして、星の世界へと昇っていった、我が恋うる資盛様よ。）

［評］　五十首の大連作の終わりに置かれている。五十首の歌を、トータルとして「長歌」のようなものだと認識すれば、これが「反歌」に該当する。七夕は「七」という数字が基本であり、歌も毎年、七首を手向《たむ》ける。とすれば、七掛《か》ける七で、四十九首（「59―1―2」から「59―1―50」まで）が一纏《ひとまと》まりの「長歌」だとも考えられる。その場合には、四十九首を挟み、「59―1―1」が序歌で、この「59―2」が反歌という構成になる。

60　後鳥羽天皇の宮中への再出仕

60―1　変わらぬ「世の気色《けしき》」

若《わか》かりし程《ほど》より、身《み》を要無《えうな》き物《もの》に、思《おも》ひ取《と》りにしかば、唯《ただ》、心《こころ》より外《ほか》の命《いのち》の有《あ》らるるだにも厭《いと》はしきに、増《ま》して、人《ひと》に知《し》らるべき事《こと》とは、掛《か》けても思はざりしを、然《さ》るべき人々《ひとびと》、避《さ》り難《がた》く言《い》ひ計《はか》らふ事有《ことあ》りて、思《おも》ひの外《ほか》に、年経《としへ》て後《のち》、又《また》、九重《ここのへ》の中《うち》を見《み》し身《み》の契《ちぎ》り、返《かへ》す返《がへ》す定《さだ》め無《な》く、我《わ》が心《こころ》の中《うち》も、つれなく、漫《すぞ》ろはし。

藤壺《ふぢつぼ》の方様《かたざま》など見《み》るにも、昔《むかし》、住《す》み馴《な》れし事《こと》のみ思《おも》ひ出《い》でられて、悲《かな》しきに、御設《おんしつら》ひも、世《よ》の気色《けしき》も、変《か》はりたる事《こと》も無《な》きに、唯《ただ》、我《わ》が心《こころ》の中許《うちばか》り、砕《くだ》け増《ま》さる悲《かな》しさ。月《つき》の隈無《くまな》きを眺《なが》めて、覚《おぼ》えぬ事《こと》も無《な》く、掻《か》き暗《くら》さる。

昔《むかし》、軽《かろ》らかなる上人《うへびと》などにて見《み》し人々《ひとびと》、重々《おもおも》しき上達部《かんだちめ》にて、皆《みな》有《あ》るにも、「とぞ有《あ》らまし。斯《か》くぞ、有《あ》らまし」など、思《おも》ひ続《つづ》けられて、有《あ》りしよりも異《け》に、心《こころ》の中《うち》は、遣《や》らむ方《かた》も無《な》く、悲《かな》しき事《こと》、何《なに》にかは似《に》む。

高倉《たかくら》の院《ゐん》の御気色《みけしき》に、いと良《よ》う似参《にまゐ》らせさせ御座《おは》しましたる主上《うへ》の御様《おほんさま》にも、数《かず》ならぬ心《こころ》の中一《うちひと》つ、堪《た》へ難《がた》く、来《き》し方恋《かたこひ》しく、月《つき》を見《み》て。

（右京大夫）今《いま》は唯強《ただし》ひて忘《わす》るる古《いにしへ》を思《おも》ひ出《い》でよと澄《す》める《住める》月《つき》かな

［訳］私は、若かった頃、高倉天皇様の中宮である建礼門院様に、女房としてお仕えしていた。資盛様との恋もあった。隆信殿とのことで、「武蔵鐙《むさしあぶみ》」（二股を掛ける三角関係）の状況になったこともあった。宮仕えを止《や》めた後で、平家一門の都落ちがあり、さらには平家一門の全滅があった。

その頃から、私は、『伊勢物語』の在原業平ではないが、「身《み》を要無《ような》き者《もの》」、この世に生きていても仕方のない、無用の人間だと、思い定めてきた。心の中では、「早く、自分の命が失われたら良い」と願っていたが、天は私を死なせてくれず、おめおめと生き延びさせた。そのことが、心底《しんそこ》、厭《いと》わしい。だから、他人様《ひとさま》の前に出て行って、何かをしようなどとは、これっぽっちも思わなかった。

それなのに、私がこれまでお世話になり、その依頼を無下《むげ》にもできない、しかるべき人々が、私がどうしてもお断《ことわ》りできないような段取りを践《ふ》んで、後鳥羽天皇様の宮中に、私が女房としてお仕えするように取り計らったのである。自分でも、まったくもって思いも寄らない成り行きだった。

建礼門院様への宮仕えを止《や》めてから、約二十年ぶりであろうか。長い空白期間の後に、再び、華やかな宮中を見ることになった我が身の宿命は、考えれば考えるほど、変転定まりないものだった。自分でも、自分の心が統率できず、落ち着かない。

建礼門院様がお住まいであった藤壺《ふじつぼ》（飛香舎《ひぎょうしゃ》）のあたりなどを拝見すると、かつて、ここで私も宮仕えをして、高倉天皇様や殿上人の方々とお話をした記憶が、蘇る。ここに立ち慣れていた頃の、過ぎ去り、消え去った出来事ばかりが思い出され、悲しくなる。お部屋のインテリアも、あたりの雰囲気も、私がお仕えしていた昔と、何一つ変わっていない。それなのに、私の心だけは、千々《ちぢ》に思い乱れて、粉々に砕け散ってしまう。何という悲しさ。

宮中の空に懸かる月は、隈《くま》も無く、明るく照り渡っている。それを眺めていると、私が宮仕えしていた昔、ここで起きた出来事が次々に思い出され、その最後に位置する大いなる悲劇に、私の心は真っ暗になる。

私が宮仕えしていた頃には、殿上を許されてはいるものの、まだ若輩として、気軽にお付き合いしていた方たちが、今では立派な公卿《くぎょう》になっていらっしゃるのを見るにつけ、「もしも源平の争乱などが起きず、資盛様が今もお元気であるならば、今頃はどういう高い役職についておられることだろうか」などと、ついつい考えてしまう。そうなると、二度目の宮仕えに出る以前よりも、私の心はどうしようもなく塞《ふさ》ぎ込んでしまう。こんな悲しさは、何にも喩《たと》えられない。

今上《きんじょう》天皇（後鳥羽天皇）のお顔も、拝見する機会があった。私が最初の宮仕えをしていた頃、太陽のように輝かしかった高倉天皇（高倉院）の第四皇子でいらっしゃる。当然、父君である高倉天皇様にお顔がとてもよく似ておいでになる。後鳥羽天皇様のご尊顔を拝するにつけても、昔のことが恋しくて堪《たま》らない。

そんな時に、月を見ながら詠んだ歌。

（右京大夫）今《いま》は唯強《ただし》ひて忘《わす》るる古《いにしへ》を思《おも》ひ出《い》でよと澄《す》める《住める》月《つき》かな

（私は、今となっては、昔の思い出を強《し》いて忘れようと努めている。それなのに、宮中の主《ぬし》のような月が、「かつて、この宮中で繰り広げられていた出来事を、たくさん思い出しなさい」と言わんばかりに、澄みきった光を降り注ぎ続けている。）

［評］作者が女房として再出仕した正確な時期は、わからない。「七夕」の五十首で、心の区切りが付いたのだろう。女房名は、「右京大夫」のままであっただろう。

右京大夫は、ここから、新しい人生をスタートさせる。ここに、『建礼門院右京大夫集』の大きな区切りがある。そのことと関連するが、この場面は、『徒然草』第百六十九段にも引用されている。

「『何事《なにごと》の式《しき》』と言《い》ふ事《こと》は、後嵯峨《ごさが》の御代《みよ》までは言《い》はざりけるを、近《ちか》き程《ほど》より、言《い》ふ言葉《ことば》なり」と、人《ひと》の申《まう》し侍《はべ》りしに、建礼門院《けんれいもんゐん》の右京大夫《うきやうのだいぶ》、後《ご》鳥羽院《とばのゐん》の御位《おほんくらゐ》の後《のち》、また内裏《うち》住《ず》みしたる事《こと》を言《い》ふに、「世《よ》の式《しき》も、変《か》はりたる事《こと》は無《な》きにも」と書《か》きたり。

ただし、現存する『建礼門院右京大夫集』の諸本には、ここで書かれている「世《よ》の式《しき》」はなく、「世《よ》の気色《けしき》」となっている。兼好が読んだ写本では、「け」が脱落していたのだろうか。兼好が、この言葉を記憶に留めていたのは、『建礼門院右京大夫集』を読むと、ここが大きな節目であることがわかり、そこに「世《よ》の式《しき》」という印象的な言葉が用いられていたからだろう。

60—2　昔通りの五節《ごせち》の淵酔《えんずい》

五節《ごせち》の頃《ころ》、霜夜《しもよ》の有明《ありあけ》に、中宮《みや》の御方《おんかた》の淵酔《ゑんずい》にて、「白薄様《しらうすやう》」の声《こゑ》などの聞《き》こゆるにも、年々《としどし》聞《き》き馴《な》れし事《こと》、先《ま》づ、覚《おぼ》えざらむや。

（右京大夫）霜冴《しもさ》ゆる白薄様《しらうすやう》の声聞《こゑき》けば有《あ》りし雲居《くもゐ》ぞ先《ま》づ覚《おぼ》えける

［訳］　宮中の儀式は、昔と変わらずに、今も粛々《しゆくしゆく》と執《と》り行われている。十一月の新嘗《にいなめ》祭《まつり》に、五節《ごせち》の舞姫が舞を披露するのも、私が若かった頃に見たのと同じである。二日目には「淵酔《えんずい》」（清涼殿での酒宴）があるが、参加者はあちこちを巡られる。冴《さ》えきった霜夜の明け方に、中宮（藤原任子《にんし》）様の御所《ごしょ》に巡ってきて、「白薄様《しらうすよう》」を謡《うた》う声が、聞こえてきた。「白薄様《しらうすやう》　こぜんじの紙《かみ》　巻上《まきあ》げの筆《ふで》　鞆絵《ともゑ》描《か》いたる筆《ふで》の軸《ちく》　やれことうとう」という歌詞である。かつて、宮仕えしていた頃に、毎年、五節の儀式の際に聞き慣れていた節回しと歌詞と、まったく同じである。この謡《うた》を聞くと、どうして昔の事を思い出さずにはいられようか。

（右京大夫）霜冴《しもさ》ゆる白薄様《しらうすやう》の声《こゑ》聞《き》けば有《あ》りし雲居《くもゐ》ぞ先《ま》づ覚《おぼ》えける

（霜が降りて寒い明け方に、「白薄様《しらうすよう》」を謡《うた》う声を聞くと、平家全盛期の高倉天皇様の宮中で聞いた「白薄様」を謡う声と、それを謡っていた方々のお顔を、まず思い出してしまうのである。）

【評】「白薄様《しらうすやう》」を、「しろうすやう」と表記した写本がある。「白うすやう」という表記の写本も多く、その場合には、「しら」か「しろ」か、はっきりしない。

藤原任子《にんし》は、藤原（九条）兼実《かねざね》の娘である。兼実は、鎌倉側の公家勢力の筆頭である。慈円の兄、良経の父である。

61　宮中で変わらない物と、変わる物

61―1　斑《まだら》な犬

とにかくに、物《もの》のみ思《おも》ひ続《つづ》けられて、見出《みい》だしたるに、斑《まだら》なる犬《いぬ》の、竹《たけ》の台《だい》の許《もと》など、し歩《あり》くが、昔《むかし》、主上《うち》の御方《おほんかた》に有《あ》りしが、御使《おんつか》ひなどに参《まゐ》りたる折々《をりをり》、呼《よ》びて、袖《そで》打《う》ち着《き》せなどせしかば、見知《みし》りて、馴《な》れ睦《むつ》れ、尾《を》を働《はたら》かしなどせしに、いと良《よ》う覚《おぼ》えたる。見《み》るも、漫《すず》ろに哀《あは》れなり。

（右京大夫）犬《いぬ》は猶姿《なほすがた》も見《み》しに通《かよ》ひけり人《ひと》の気色《けしき》ぞ有《あ》りしにも似《に》ぬ

［訳］　再び宮仕えに出た私は、昔と変わらない物と、変わってしまった物とを、宮中でいくつも見ることになった。

ある時、懐古の念に駆られて物思いに耽っていたが、ふと、局《つぼね》から外《そと》のほうに視点を向けた。何かが、視界の隅《すみ》をよぎったような気がしたからだ。すると、清涼殿の東庭《とうてい》にある

「河竹《かわたけ》の台《だい》」と「呉竹《くれたけ》の台《だい》」のあたりを、斑《まだら》な犬が歩き回っているではないか。

それを見た瞬間、二十年近く前の思い出が、まざまざと記憶に蘇ってきた。主上様《うえさま》（高倉天皇）がお飼いになっていたのが、こんな斑の犬だった。私が中宮様《みやさま》（建礼門院）のお使いとして、主上様《うえさま》の御座所を訪れた時など、その犬を見かけては、呼び寄せ、私の袖で包《くる》んで、抱いて遊んであげたりした。何度も、そういうことをしていると、犬のほうでも私のことを覚えたようで、私を見かけると、一散に走り寄ってきて、じゃれつき、尻尾《しっぽ》を大きく振り、歓迎の気持ちを表していた。その犬に、よく似ていたのである。

まさか、同じ犬が今まで生きていることはないだろう。でも、同じような犬が、宮中では飼い続けられている。見ていて、むしょうに感動した。

（右京大夫）犬《いぬ》は猶姿《なほすがた》も見《み》しに通《かよ》ひけり人《ひと》の気色《けしき》ぞ有《あ》りしにも似《に》ぬ

（宮中の人々の様子は、昔と大きく変わっているけれども、犬だけは、昔、私が可愛がっていた犬とそっくりである。犬だけが、私の知己《ちき》なのだ。）

［評］　犬の寿命は、二十年近くはないだろうから、かつて見た斑《まだら》な犬の子どもか、何かであろう。宮中で飼われている犬と言えば、『枕草子』の「翁丸《おきなまろ》」が

連想される。江戸時代に描かれた、翁丸が桃の花や桜の枝で飾られて、凜々《りり》しく歩く姿を描いた絵を、私は見たことがある。

61―2　友のいない宮中

其《そ》の世《よ》の事《こと》、見《み》し人《ひと》、知《し》りたるも、自《おの》づから有《あ》りもやすらめど、語《かた》らふ由《よし》も無《な》し。
唯《ただ》、心《こころ》の中《うちばか》許り、思《おも》ひ続《つづ》けらるるが、晴《は》るる方《かたな》無く、悲《かな》しくて。
（右京大夫）我《わ》が思《おも》ふ心《こころ》に似《に》たる友《とも》もがなそよやとだにも語《かた》り合《あ》はせむ

［訳］　私は、二十年近く前の、平家一門が全盛を極めていた宮中を知っている。その頃の記憶を今でも持ち続けている人物も、広い宮中の中のどこかには、あるいは何人かいるだろう。けれども、そういう人を見つける術《すべ》が、私には無い。だから、昔話を交わす知己が、どこにも見当たらない。

当然の成り行きとして、私は一人、心の中だけで、懐古と懐旧の念に浸《ひた》り続ける。他人と会話すると、心の中で堆積していたもやもやが、少しは晴れる気もするが、一人で考えていても、もやもやが増大する一方で、解消されない。それが、悲しい。

（右京大夫）我《わ》が思《おも》ふ心《こころ》に似《に》たる友《とも》もがなそよやとだにも語《かた》り合《あ》はせむ

（私と同じようなことを心の中で考えている友が、宮中のどこかにいないだろうか。もしも、そういう友と巡り会えたら、「昔、こんなことがありましたね」「そうそう、そうだったわね」程度でも良いから、語り合えるのに。）

［評］『徒然草』第十二段に、「同《おな》じ心《こころ》ならむ人《ひと》と、しめやかに物語《ものがたり》して、をかしき事《こと》も、世《よ》の儚《はかな》き事《こと》も、心無《うらな》く言《い》ひ慰《なぐさ》まむこそ嬉《うれ》しかるべきに、然《さ》る人《ひと》、有《あ》るまじければ」とある。「まめやかの心《こころ》の友《とも》」は、なかなか見つからない、というのが、兼好の結論である。

61―3　菖蒲の御輿《みこし》

五月五日《さつきいつか》、菖蒲《さうぶ》の御輿《みこし》立《た》てたる御階《みはし》の辺《あた》り、軒《のき》の気色《けしき》も、見《み》し世《よ》に変《か》はらぬにも。

（右京大夫）菖蒲《あやめ》葺《ふ》く軒端《のきば》も見《み》しに変《か》はらぬに憂《う》き音《ね》《埿根（うきね）》の掛《か》かる袖《そで》ぞ悲《かな》しき

[訳]　五月五日は、端午《たんご》の節句である。それに先立つ五月三日の明け方に、紫宸殿《ししんでん》（南殿）の階《きざはし》の両側（東と西）に、「菖蒲《しょうぶ》の御輿《みこし》」が立てられる。菖蒲や蓬《よもぎ》を盛った輿《こし》である。軒にも、菖蒲が葺《ふ》いてある。そのありさまは、昔とまったく変わっていない。

（右京大夫）菖蒲《あやめ》葺《ふ》く軒端《のきば》も見《み》しに変《か》はらぬに憂《う》き音《ね》《埿根（うきね）》の掛《か》かる袖《そで》ぞ悲《かな》しき

（宮中の軒端に葺いてある菖蒲の様子は、昔、私が見たのとまったく変わっていない。端午の節句なので、薬玉《くすだま》の菖蒲を袖（肘《ひじ》）に掛ける風習がある。私の袖には、泥から掘り出された菖蒲の根が掛かるだけでなく、懐旧の悲しい涙も降り掛かっている。）

[評]　「菖蒲《しょうぶ》の御輿《みこし》＝菖蒲の輿《こし》」は、宮中行事などの有職故実《ゆうそくこじつ》を描いた日本

画などで、しばしば描かれている。

62 偶然に、資盛の名前を聞く

人《ひと》の、憂《うれ》へ申《まう》す事《こと》の有《あ》るを、然《さ》るべき人《ひと》の、申《まう》し沙汰《さた》するを聞《き》けば、「後白河《ごしらかは》の院《ゐん》の御《おほん》時《とき》、仰《おほ》せ下《くだ》されける」などして、覚《さ》め遣《や》らぬ夢《ゆめ》と思《おも》ふ人《ひと》の、「蔵人《くらうど》の頭《とう》にて、書《か》きたりける」とて、其《そ》の名《な》を聞《き》くに、如何《いか》が、哀《あは》れの事《こと》も、斜《なの》めならむ。

（右京大夫）水《みづ》の泡《あわ》と消《き》えにし人《ひと》の名許《なばか》りをさすが《刺鉄(さすが)》に留《と》めて聞《き》くも悲《かな》しき

（右京大夫）面影《おもかげ》も其《そ》の名《な》も然《さ》らば消《き》えもせで聞《き》き見《み》る毎《ごと》に心惑《こころまど》はす

（右京大夫）憂《う》かりける夢《ゆめ》の契《ちぎ》りの身《み》を去《さ》らで覚《さ》むる世《よ》《夜》も無《な》き嘆《なげ》きのみする

［訳］これも、宮中に再出仕してからの体験である。ある人物が、訴訟を起こして争ったのを、しかるべき立場の人物が公正に裁く場面に、私は立ち会った。

すると、訴訟を起こした人は、自分の主張を裏付ける証拠の物件を提出したのだが、「後白河院が、院政を布《し》いていらっしゃった時に、こういう仰《おお》せ言《ごと》を、自分は受け取ったのだ」などと言っている。なおも聞いていると、「この書き付けは、当時、蔵人《くろうど》の頭《とう》だった平資盛殿が、書かれたのだ」と、私がいつまでも覚めない夢として見続けている、あの資盛様の名前を口にするではないか。驚きと同時に、大きな感動に捉えられた。

その思いを、三首の和歌に詠んだ。

（右京大夫）水《みづ》の泡《あわ》と消《き》えにし人《ひと》の名許《なばか》りをさすが《刺鉄（さすが）》に留《と》めて聞《き》くも悲《かな》しき

（西の海に入水して、この世から泡のように消えてしまわれた資盛様のお姿は、もう見られない。けれども、そのお名前が、今でも、まだ宮中でも語り継がれているのを聞くのは、さすがに悲しいことである。馬具には、掛《か》け留《と》めるための「刺鉄《さすが》」という留《と》め金《がね》があるが、あの人の名前も、まだ、この世に掛け留められている。）

（右京大夫）面影《おもかげ》も其《そ》の名《な》も然《さ》らば消《き》えもせで聞《き》き見《み》る毎《ごと》に心惑《こころまど》はす

（資盛様の命が、この世から失われているので、その面影もお名前も、この世から消えてしまうのが、よいのかもしれない。けれども、今日のように、その面影が心に浮かんだり、お名前を耳にする機会があるので、私の心は惑い乱れてしまう。）

（右京大夫）憂《う》かりける夢《ゆめ》の契《ちぎ》りの身《み》を去《さ》らで覚《さ》むる世《よ》《夜》も無《な》き嘆《なげ》きのみする

（資盛様と私を翻弄した運命は、悪夢のように辛《つら》いものだった。その悪夢は、いつまでも私を解放してくれず、夜ごと夜ごと、おそらく私の命がある限り、私を苦しめるだろう。）

［評］　資盛が「蔵人《くろうど》の頭《とう》」だったのは、寿永二年（一一八三年）一月から七月までである。この年の七月下旬に、平家一門の都落ちがあった。

作者が、たまたま、この訴訟の場に立ち会ったとするのは、偶然すぎて、不自然である。彼女本人、あるいは彼女の関係者が、資盛とのゆかりで訴訟を提起したのだろうか。

63　失意の人を弔《とむら》う

63—1　藤原隆房を

隆房《たかふさ》の中納言《ちゅうなごん》の、嘆《なげ》く事《こと》有《あ》りて、籠《こ》もり居《ゐ》たる許《もと》へ、此《こ》れ許《ばか》りは、昔《むかし》の事《こと》も、自《おの》づから、言《い》ひなどする人《ひと》なれば、弔《とぶら》ひ申《まう》すとて。

五月五日《さつきいつか》。

（右京大夫）尽《つ》きもせぬ憂《う》き音《ね》〔涅根（うきね）〕は袖《そで》に掛《か》けながら外《よそ》の涙《なみだ》を思《おも》ひ遣《や》るかな

返《かへ》し。

（藤原隆房）掛《か》けながら憂《う》き音《ね》〔涅根（うきね）〕に付《つ》けて思《おも》ひ遣《や》れ菖蒲《あやめ》〔文目〕も知《し》らで暗《くら》す〔暮らす〕心《こころ》を

［訳］　これから暫くは、哀傷歌を、ある程度纏めて書き記したい。

藤原隆房《たかふさ》中納言は、平清盛公のご息女を、妻としておられた。その隆房様が、父である隆季《たかすえ》様の喪《も》に服したのは、元暦二年（一一八五）だった。その後、面白くないことがあって、宮中にも顔を見せず、蟄居《ちっきょ》しておられた時期があった。私が、後鳥羽天皇様に再出仕した頃だった。

私は、自分がかつて宮仕えしていた、平家一門の全盛時代の思い出を語り合う「心の友」に恵まれていないのだが、この隆房様だけは、私が昔のことを語り合える数少ない知己《ちき》だった。それで、気落ちしているだろう隆房様を励まそうと思って、歌を贈った。

時あたかも、五月五日の端午の節句の日だった。

（右京大夫）尽《つ》きもせぬ憂《う》き音《ね》《埿根（うきね）》は袖《そで》に掛《か》けながら外《よそ》の涙《なみだ》を思《おも》ひ遣《や》るかな

（私は、相も変わらず、人生の辛《つら》さを嘆く涙が、尽きることなく袖に掛かり続けています。そう言えば、今日は泥から掘り出された菖蒲の根を、袖に掛ける端午の節句です。あなたが、ここのところ大きな嘆きを抱えているとお聞きしましたが、あなたの袖には、どれほどの涙が掛かっていることでしょう。）

返事には、思った通り、彼の沈んだ気持ちが表れていた。

（藤原隆房）掛《か》けながら憂《う》き音《ね》《埿根（うきね）》に付《つ》けて思《おも》ひ遣《や》れ菖蒲《あやめ》《文目》も知《し》らで暗《くら》《暮らす》す心《こころ》を

（あなたの袖には、辛《つら》さに泣く涙と、菖蒲の根が掛かっているとのこと。今日は五月五日なのですね。私は、今日が端午の節句で、菖蒲の根を袖に掛ける日だということも、忘れていました。そんなこともわからずに暮らしている私の窮状を、ご理解ください。）

［評］ 少し前の「61―3」との「菖蒲」繋がりでもある。隆房は、以前にも登場していた（「4―2」・「19―1」）。

この「嘆《なげ》く事《こと》有《あ》りて」については、隆房が父の喪《も》に服していたとする説と、政治的に面白くなくて、閉じこもっていたとする説とがある。ここでは、後者で訳した。

「掛《か》けながら」を「掛《か》け慣《な》る」とする本文もある。

63―2 西園寺公経を

大宮《おほみや》の入道内大臣《にふだうないだいじん》、失《う》せられたりし頃《ころ》、公経《きんつね》の中納言《ちゆうなごん》も、掻《か》き籠《こ》もりて、五節《ごせち》なども参《まゐ》られざりしに、白き薄様《うすやう》の、色々《いろいろ》の櫛《くし》を描《か》きたるに、書《か》きて、人《ひと》の遣《つか》はししに、代《か》はりて。

（右京大夫）迷《まよ》ふらむ心《こころ》の闇《やみ》を嘆《なげ》くかな豊《とよ》の明《あ》かりの清《さや》かなる頃《ころ》

返《かへ》し。薄鈍《うすにび》の薄様《うすやう》に。

（西園寺公経）搔《か》き籠《こ》もる闇《やみ》も外《よそ》にぞ成《な》りぬべき豊《とよ》の明《あ》かりに仄《ほの》めかされて

［訳］「大宮《おおみや》の入道内大臣《にゅうどうないだいじん》」と呼ばれた西園寺実宗《さねむね》様（一一四九～一二一二）がお亡《な》くなりになったので、次男の公経《きんつね》中納言も喪に服して、参内《さんだい》を控えておられた時期があった。その年の五節《ごせち》の舞《まい》の催しにも、顔を見せなかった。

この公経様の母君は、何と、私の恋人だった平資盛様の「正室」と姉妹であった。公経様を慰めようと、ある人が企画して、白い薄様《うすよう》に、色とりどりの櫛の絵を描き、それに歌を書いて贈ろう、ということになった。櫛は、五節の行事に付き物である（「8—4」参照）。歌は、その提案者の意向で、私が代作した。

（右京大夫）迷《まよ》ふらむ心《こころ》の闇《やみ》を嘆《なげ》くかな豊《とよ》の明《あ》かりの清《さや》かなる頃《ころ》

（今日は、「五節」の中心である「豊《とよ》の明《あ》かりの節会《せちえ》」が行われ、宮中は明るく華やいでいます。その一方で、あなたがどれほど心の闇に沈んでいるか、思いやると、いたわしくてなりません。「親《おや》の思《おも》ふ心《こころ》は闇《やみ》にあらねども子《こ》を思《おも》ふ道《みち》に惑《まど》ひぬるかな」（『後撰和歌集』藤原兼輔《かねすけ》）という名歌があり、「子《こ》ゆえの闇」で親は苦しむとされますが、あなたは、亡き親を思う「親ゆえの闇」に苦しんでおられるのですね。）

返事は、喪中の人にふさわしく、薄鈍《うすにび》色の薄様《うすやう》に書かれていたが、歌の内容は明るかった。

（西園寺公経）掻《か》き籠《こ》もる闇《やみ》も外《よそ》にぞ成《な》りぬべき豊《とよ》の明《あ》かりに仄《ほの》めかされて

（私は父の喪に服するために、家に籠《こ》もっていて、外の世界の光を浴びることはできません。そのため、どうしても、心は暗くなりがちです。けれども、あなたがたの心の籠《こ》もった歌を拝見したので、「豊《とよ》の明《あ》かり」という言葉そのもので、私の心にも明《あ》かりが燈《とも》ったような気がします。）

【評】西園寺公経は、「親《しん》鎌倉派」の公卿の筆頭格である。藤原定家の妻は、公経の姉であった。定家が撰んだ『小倉百人一首』には、公経の「花誘《はなさそ》ふ嵐《あらし》の庭《には》の雪《ゆき》ならで古《ふ》り行《ゆ》くものは我《わ》が身《み》なりけり」が入っている。

63―3　平親長を

親宗《ちかむね》の中納言《ちゆうなごん》、失《う》せて後《のち》、昔《むかし》も、近《ちか》く見《み》し人《ひと》にて、哀《あは》れなれば、親長《ちかなが》の許《もと》へ、九月《ながつき》尽《つ》くる頃《ころ》、申《まう》し遣《や》る。

空《そら》の気色《けしき》も、打《う》ち時雨《しぐ》れて、様々《さまざま》の哀《あは》れも、殊《こと》に忍《しの》び難《がた》ければ、色《いろ》なる人《ひと》の袖《そで》の上《うへ》も、推《お》し量《はか》られて。

（右京大夫）暗《くら》き雨《あめ》の窓《まど》打《う》つ音《おと》に寝覚《ねざめ》して人《ひと》の思《おも》ひを思《おも》ひこそ遣《や》れ

（右京大夫）露《つゆ》けさの泣《な》ける姿に紛《まが》ふらむ花《はな》の上《うへ》まで思《おも》ひこそ遣《や》れ

（右京大夫）露《つゆ》消《き》えし庭《には》の草原《くさはら》末枯《うらが》れて繁《しげ》き嘆《なげ》き《木》を思《おも》ひこそ遣《や》れ

（右京大夫）侘《わ》びしらに猿《ましら》だに鳴《な》く夜《よる》の雨《あめ》に人《ひと》の心《こころ》を思《おも》ひこそ遣《や》れ

（右京大夫）君《きみ》が事嘆《ことなげ》き嘆《なげ》きの果《は》て果《は》ては打《う》ち眺《なが》めつつ思《おも》ひこそ遣《や》れ

（右京大夫）又《また》も来《こ》む秋《あき》の暮《くれ》をば惜《を》しまじな帰《かへ》らぬ道《みち》の別《わか》れだにこそ

返《かへ》し。親長《ちかなが》。

(平親長)板庇《いたびさし》時雨《しぐれ》許《ばか》りは音《おと》づれて人目《ひとめ》稀《まれ》なる宿《やど》ぞ悲《かな》しき

(平親長)植《う》ゑ置《お》きし主《ぬし》は枯《か》れ《離(か)れ》つつ色々《いろいろ》の花咲《はなさ》く庭《には》を見《み》るぞ悲《かな》しき

(平親長)晴《は》れ間無《まな》き憂《うれ》への雲《くも》に何時《いつ》と無《な》く涙《なみだ》の雨《あめ》の降《ふ》るぞ悲《かな》しき

(平親長)秋《あき》の庭払《にははら》はぬ宿《やど》に跡絶《あとた》えて苔《こけ》のみ深《ふか》く成《な》るぞ悲《かな》しき

(平親長)夜《よ》もすがら嘆《なげ》き明《あ》かせる暁《あかつき》に猿《まし》の一声《ひとこゑ》聞《き》くぞ悲《かな》しき

(平親長)梔《くちなし》の花色衣《はないろごろも》脱《ぬ》ぎ替《か》へて藤《ふち》の袂《たもと》に成《な》るぞ悲《かな》しき

(平親長)思《おも》ふらむ余所《よそ》の嘆《なげ》きも有《あ》るものを弔《と》ふ言《こと》の葉《は》を見《み》るぞ悲《かな》しき

(平親長)暮《く》れぬとも又《また》も逢《あ》ふべき秋《あき》にだに人《ひと》の別《わか》れを成《な》す由《よし》もがな

【訳】　平親宗《たいらのちかむね》様(一一四四〜一一九九)は、私がかつてお仕えした建礼門院様の母上である平時子《ときこ》様(二位の尼)の弟であられた。また、高倉天皇様の母君である建春門院様(滋子)の弟でもあった。親宗様の娘は、資盛様の兄・維盛様の妻の一人であった。

私が若かりし頃から、そして二度目の宮仕えでも、身近に拝見してきた親宗中納言がお亡くなりになったのは、悲しいことだった。そこで、その次男である親長《ちかなが》様のもとへ、哀傷歌を届けた。

時は、九月が終わる頃、すなわち、秋が終わり、冬が始まろうとする頃だった。空からは、早くも時雨《しぐれ》のような雨が降ってくるし、さまざまなものが「もののあはれ」を感じさせるので、悲しみを堪《こら》えようがない。喪中につき、黒や灰色の衣を着ているであろう親長様の悲しみも、我が事のように理解できる。

私は全部で八首を贈ったのだが、ここには六首を記しておく。最後の一首を除いて、第五句を「思《おも》ひこそ遣《や》れ」で結んだ。

(右京大夫)暗《くら》き雨《あめ》の窓《まど》打《う》つ音《おと》に寝覚《ねざめ》して人《ひと》の思《おも》ひを思《おも》ひこそ遣《や》れ

(『白氏文集』の「上陽白髪人《しょうようはくはつじん》」に、「耿耿《かうかう》たる残《のこ》んの燈《ともしび》の壁《かべ》に背《そむ》けたる影《かげ》、蕭蕭《せうせう》たる暗《くら》き雨《あめ》の窓《まど》を打《う》つ声《こゑ》」という詩句があります。孤独な女性の寂寥《せきりょう》を歌っています。私は、「上陽白髪人」ほどではありませんが、寂しい人生を生きてきました。ですから、心の中に寂しさを抱いている人のことが、よくわかります。あなたの感じている寂しさに、心から同情します。)

(右京大夫)露《つゆ》けさの泣《な》ける姿に紛《まが》ふらむ花《はな》の上《うへ》まで思《おも》ひこそ遣《や》れ

（お庭の秋の草花の上には、たくさんの露が、まるで庭の主であるあなたの父君の逝去を悼んで泣いているかのように、びっしりと置いていることでしょう。そのことを想像するだけでも、悲しいです。あなたご自身の感じている悲しさにも、心から同情します。）

（右京大夫）露《つゆ》消《き》えし庭《には》の草原《くさはら》末枯《うらが》れて繁《しげ》き嘆《なげ》き《木》を思《おも》ひこそ遣《や》れ

（冬になると、秋の露が宿る草が枯れてしまうので、地上には下《お》りなくなります。あなたのお父君も、露のようにはかなく消えて、亡《な》くなられました。草は枯れても、「嘆き」という「き＝木《き》」だけは、あなたの心に生《お》い繁っていることでしょう。その嘆きの大きさに、心から同情します。）

（右京大夫）侘《わ》びしらに猿《ましら》だに鳴《な》く夜《よる》の雨《あめ》に人《ひと》の心《こころ》を思《おも》ひこそ遣《や》れ

（『長恨歌』に、「行宮《あんぐう》に月《つき》を見《み》れば傷心《しやうしん》の色《いろ》、夜雨《やう》に猿《ましら》を聞《き》けば断腸《だんちやう》の声《こゑ》」とあります。玄宗皇帝が楊貴妃と死別した悲しみを歌ったものです。あなたも、同じように、眠れぬ夜に、雨の音を聞いては、深い喪失感に捉えられていることでしょう。その悲しさに、心から同情します。）

（右京大夫）君《きみ》が事嘆《ことなげ》き嘆《なげ》きの果《は》て果《は》ては打《う》ち眺《なが》めつつ思《おも》ひこそ遣《や》れ

（お父君を失われたあなたの悲しみを、私も同じように、毎日嘆いています。その嘆きの極限は、心が虚《うつ》ろになって、ぼんやりすることです。あなたも今、そういう状態でしょうか。その虚脱感に、心から同情します。）

（右京大夫）又《また》も来《こ》む秋《あき》の暮《くれ》をば惜《を》しまじな帰《かへ》らぬ道《みち》の別《わか》れだにこそ

（まもなく九月尽《くがつじん》。秋の最後の日ですから、秋との別れを惜しむ人は多いでしょう。けれども、来年になれば、そして再来年になっても、秋という季節は必ず訪れます。ですから、今年の秋との別れを、それほど悲しむ必要はないのです。ただし、愛する人との死別は、一度別れたら、二度とその人と逢うことはできません。その死別の悲しみの大きさに、あなたは耐えていることでしょう。）

親長《ちかなが》様からの返事は、八首とも手元に残っている。最後の一首を除いて、第五句の結びは「…ぞ悲しき」で統一されていた。

（平親長）板庇《いたびさし》時雨《しぐれ》許《ばか》りは音《おと》づれて人目《ひとめ》稀《まれ》なる宿《やど》ぞ悲《かな》しき

（我が家の板庇を激しく打つ時雨の音は、いつも聞こえています。けれども、我が家を訪れてくれる知人は誰もいません。あなたからのお悔やみの便りは嬉しく読みましたが、孤独を噛みしめるのが、悲しくてなりません。）

（平親長）植《う》ゑ置《お》きし主《ぬし》は枯《か》れ（離(か)れ）つつ色々《いろいろ》の花咲《はなさ》く庭《には》を見《み》るぞ悲《かな》しき

（我が家の庭に美しい花を植え、観賞するのを楽しみにしていた主人――父の親宗のことです――は、人間世界を離れてしまいました。でも、花は、枯れ色になりつつも、さまざまな色で懸命に咲いています。その花を、鑑賞すべき我が家の主人が永遠に不在であることが、悲しくてなりません。）

（平親長）晴《は》れ間《ま》無《な》き憂《うれ》への雲《くも》に何時《いつ》と無《な》く涙《なみだ》の雨《あめ》の降《ふ》るぞ悲《かな》しき

（亡き父を火葬した煙が空に昇ってゆき、雲となりました。その雲が、晴れることなく、ずっと我が家の上空に懸かり続けています。その雲から、涙雨が絶えず降り続けているのが、悲しくてなりません。）

（平親長）秋《あき》の庭払《にははら》はぬ宿《やど》に跡絶《あとた》えて苔《こけ》のみ深《ふか》く成《な》るぞ悲《かな》しき

（秋が深まり、手入れも掃除もしない我が家の庭では、落葉が積もって道も見えなくなり、訪れる人がいないので、苔は誰からも踏まれることなく、生《は》え放題です。そんな家で暮らしていることが、悲しくてなりません。）

（平親長）夜《よ》もすがら嘆《なげ》き明《あ》かせる暁《あかつき》に猿《まし》の一声《ひとこゑ》聞《き》くぞ悲《かな》しき

（夜通し、眠ることができず、亡き父のことを偲んでいました。いつの間にか、うとうとしていたようで、はっと気づくと、猿が一声、鳴いていたのでした。その声の響きが鋭く胸に刺さり、悲しくてなりません。）

（平親長）梔《くちなし》の花色衣《はないろごろも》脱《ぬ》ぎ替《か》へて藤《ふち》の袂《たもと》に成《な》るぞ悲《かな》しき

（父が逝去したあと、梔《くちなし》で染めた華やかな衣を脱ぎ、喪中であることを示す藤色の衣に着替えました。何とも悲しくてなりません。）

（平親長）思《おも》ふらむ余所《よそ》の嘆《なげ》きも有《あ》るものを弔《と》ふ言《こと》の葉《は》を見《み》るぞ悲《かな》しき

（あなたからの弔問の歌は、うれしく拝読しました。本当に、ありがとうございました。あなたは、資盛殿と死別された後、そのことだけでも心が一杯でしょうに、わざわざ私の父にまで追悼歌を寄せてくれました。その歌の言葉を読むと、嬉しいながらも、悲しくてなりません。）

（平親長）暮《く》れぬとも又《また》も逢《あ》ふべき秋《あき》にだに人《ひと》の別《わか》れを成《な》す由《よし》もがな

（あなたが言われるように、今年の秋が暮れたとしても、来年にはまた秋に逢うことができます。同じように、大切な人との死別も、もう一度、どこかで逢えるのならば、どんなによいことだろうか、と思われます。）

［評］　歌の数が、対応していない。親長の返歌「晴《は》れ間《ま》無《な》き」と「梔《くちなし》の花色《はないろ》

衣《ごろも》」に対応するはずの右京大夫の贈歌が、見当たらないのである。右京大夫の二首目、「露《つゆ》けさの泣《な》ける姿《すがた》」を「露《つゆ》けさの嘆《なげ》く姿《すがた》」とする本文がある。

右京大夫の三首目「庭《には》の草原《くさはら》」を「庭《には》の草葉《くさば》は」とする本文がある。

右京大夫の五首目「君《きみ》が事《こと》」は、あるいは「君《きみ》が如《ごと》」かもしれない。

親長の二首目「色々《いろいろ》の花咲《はなさ》く庭《には》を」を「色々《いろいろ》の花《はな》さへ散《ち》るを」とする本文がある。

親長の七首目「余所《よそ》の嘆《なげ》き」を「夜半《よは》の嘆《なげ》き」とする本文がある。

63―4　平親長の思い出

九月《くがつ》の十三夜《じふさんや》、理《ことわり》のままに晴《は》れたりしに、親長《ちかなが》の、物《もの》の沙汰《さた》など、隙無《ひまな》くして、打《う》ち案《あん》じたる気色《けしき》も無《な》くて、きと、引《ひ》き側《そば》め、儚《はかな》き物《もの》の端《はし》に書《か》きて、若《わか》き人々《ひとびと》台盤所《だいばんどころ》に有《あ》りし中《なか》を、掻《か》き分《わ》け掻《か》き分《わ》け、後《うし》ろの方《かた》に寄《よ》りて、懐《ふところ》より、取《と》り出《い》でて、賜《た》びたりし。

(平親長)名《な》にし負《お》ふ夜《よ》を長月《ながつき》の十日余《とをかあま》り君見《きみみ》よ《三夜(みよ)》とてや月《つき》も清《さや》けき

返《かへ》し。此《これ》も、物《もの》の端《はし》に。

(右京大夫)名《な》に高《たか》き夜《よ》を長月《ながつき》の月《つき》は縦《よ》し憂《う》き身《み》に見《み》えば曇《くも》りもぞする

[訳] これは、喪中の人を弔《とむら》う歌ではないが、今、平親長様のことを書いていて、彼との交流の一齣《ひとこま》が思い出されたので、ここに書き付けておこう。

ある年の九月十三夜のことだった。この夜は、八月十五夜と並んで、名月が空に懸かることで知られている。その年の九月十三夜も、そうなるのが当然のように、空が晴れて、見事な名月が顔を出した。宮中でも、皆が誉めそやしていた。

その時、親長様は、仕事の指図などを、次から次へと、てきぱきと熟《こな》しているように見えた。そして、あまり考えることなく、ちょっとした紙切れに何事かを書き付け、さっと腋《わき》に隠したようだった。

それから、私たち女房の詰所《つめしょ》である台盤所《だいばんどころ》に、若い女房たちがたくさん控えていた中を、苦労して掻き分けながら私の所まで進んできた。そして、私の背後から、懐《ふところ》に入れていた紙切れを取り出して、「はい」と言ってお渡しになった。それは、歌であった。

（平親長）名《な》にし負《お》ふ夜《よ》を長月《ながつき》の十日余《とをかあま》り君見《きみみ》よ《三夜（みよ）》とてや月《つき》も清《さや》けき

（今夜は、名月として有名な九月十三夜。今、まさに、名月そのものの月が、空に昇っていますな。「十三夜」は、「十日余《とおかあま》り三夜《みよ》」、つまり、名月は、あなたに「見《み》よ」（見てくれ）と願いながら、空に昇ってきているのではないですかな。）

親長様は、「三夜《みよ》」と「見《み》よ」の掛詞を思いついたのが、よほど嬉しかったのだろう。それでも、得意な様子を押し隠して、歌のことを話し合う仲間である私に見せてくれたのだ。

私も、手元にあった紙切れに返事を書いて、手渡した。

（右京大夫）名《な》に高《たか》き夜《よ》を長月《ながつき》の月《つき》は縦《よ》し憂《う》き身《み》に見《み》えば曇《くも》りもぞする

（今夜は、有名な九月十三夜です。でも、長月というように、夜は長いです。今は晴れていても、私みたいな「不吉な女」に見られたならば、私の心の「曇り」が月にも伝染して、せっかくの名月が雲に隠れてしまうかもしれません。）

時間が無かったので、「三夜《みよ》」と「見よ」の掛詞を踏襲できなかったのが、残念だった。

【評】「九月《くがつ》の十三夜《じふさんや》」を「九月十三夜《くがつじふさんや》」とする写本がある。なお、「九月十三夜」の名月を愛《め》でる風習の起源については、「11—1」を参照されたい。

63—5　源通宗追悼

通宗《みちむね》の宰相中将《さいしやうちゆうじやう》の、常《つね》に参《まゐ》りて、女官《にようくわん》など尋《たづ》ぬるも、遥《はる》かに、えしも、ふと参《まゐ》らず。

常《つね》に、(通宗)「女房《にようばう》に、見参《げざん》せまほしき。如何《いか》がすべき」と言《い》はれしかば、(右京大夫)「此《こ》の御簾《みす》の前《まへ》にて、打《う》ち咳《しはぶ》かせ給《たま》へ。何時《いつ》も、聞《き》き付《つ》けむずる」由《よし》、申《まう》せば、(通宗)「真《まこと》しからず」と言《い》はるれば、(右京大夫)「唯《ただ》、此処許《ここもと》に、立《た》ち去《さ》らで、夜《よる》・昼《ひる》、候《さぶら》ふぞ」と言《い》ひて後《のち》、(他の女房)「露《つゆ》も未《ま》だ干《ひ》ぬ程《ほど》に参《まゐ》りて、立《た》たれにけり」と聞《き》けば、召次《めしつぎ》して、(右京大夫)「何処《いづく》へも、追《お》ひ付《つ》け」とて、走《はし》らかす。

(右京大夫)荻《をぎ》の葉《は》に有《あ》らぬ身《み》なれば音《おと》もせで見《み》るをも見《み》ぬと思《おも》ふなるべし

久我《こが》へ行《い》かれにけるを、やがて尋《たづ》ねて、文《ふみ》は、差《さ》し置《お》きて、帰《かへ》りにけるに、侍《さぶらひ》して、追《お》はせければ、（右京大夫）「あな、畏《かしこ》。返《かへ》り事《ごと》、取《と》るな」と教《をし》へたれば、（召次）「鳥羽殿《とばどの》の南《みなみ》の門《もん》まで、追《お》ひけれど、茨《むばら》・枳殻《からたち》に掛《か》かりて、藪《やぶ》に逃《に》げて、力車《ちからぐるま》の有《あ》りけるに紛《まぎ》れぬる」と言《い》へば、（右京大夫）「良《よ》し」とて、有《あ》りし後《のち》、（通宗）「然《さ》る文《ふみ》、見《み》ず」と抗《あらが》ひ、又《また》、（通宗）「参《まゐ》りたりしかども、人《ひと》も無《な》き御簾《みす》の中《うち》は、著《しる》かるしかば、立《た》ちにき」と言《い》へば、又《また》、（右京大夫）「働《はたら》かで見《み》しかども、余《あま》り物騒《ものさわ》がしくこそ、立《た》ち給《たま》ひしか」など、言《い》ひしろひつつ、五《ご》節《せち》の程《ほど》にも成《な》りぬ。

其《そ》の後《のち》も、此《こ》の事《こと》をのみ言《い》ひ争《あらそ》ふ人々《ひとびと》有《あ》るに、豊《とよ》の明《あ》かりの節会《せちゑ》の夜《よ》、冴《さ》え返《かへ》りたる有明《ありあけ》に、参《まゐ》られたりし気色《けしき》、優《いう》なりしを、程無《ほどな》く、儚《はかな》く成《な》られにし。哀《あは》れさ、敢《あ》へ無《な》くて、其《そ》の夜《よ》の有明《ありあけ》、雲《くも》の気色《けしき》まで、形見《かたみ》なる由《よし》、人々《ひとびと》、常《つね》に申《まう》し出《い》づるに。

（右京大夫）思《おも》ひ出《い》づる心《こころ》も実《げ》にぞ尽《つ》き果《は》つる名残留《なごりとど》めし有明《ありあけ》の月《つき》

など、思《おも》ひても、又《また》。

（右京大夫）限《かぎ》り有《あ》りて尽《つ》くる命《いのち》は如何《いか》がせむ昔《むかし》の夢《ゆめ》ぞ猶類無《なほたぐひな》き

（右京大夫）露《つゆ》と消《き》え煙《けぶり》とも成《な》る人《ひと》は猶《なほ》儚《はかな》き《墓無き》跡《あと》を眺《なが》めもすらむ

（右京大夫）思《おも》ひ出《い》づる事《こと》のみぞ唯《ただ》例《ためし》無《な》き並《な》べて儚《はかな》き《墓無き》人《ひと》を聞《き》くにも

［訳］源通宗《みちむね》様（一一六八～一一九八）は、土御門《つちみかど》天皇の外戚《がいせき》で内大臣に昇り、和歌にも優れていた源（久我《こが》）通親《みちちか》様のご子息である。宰相中将で、亡くなられた。この通宗様とは、楽しい押し問答の思い出がある。

通宗様は、頻繁に宮中に参内された。その都度《つど》、取り次ぎを依頼する女房たちを捜すのだけれども、女房たちは、遠くにいたりして、なかなか目の前に現れてくれない。それで、口癖のように、「女房殿と会って、しかるべきお方に取り次ぎをお願いしたい時には、どうすればよいでしょうか」と言っておられた。

それを聞いた私が、簾越しに、「この簾の前で、えへんと、咳払いをなさってください。それを聞き付けて、私が参上しましょう」と申し上げた。すると、通宗様は、「さあ、その言葉は、とても信じられませんな」と疑われた。私は、「いいえ、嘘ではありません。私は、この簾の前に、夜も昼も伺候《しこう》しておりますので」と答えた。

こういうやりとりがあった後、女房仲間から、「右京大夫さん、大変ですよ。通宗様が、朝露も、まだ消えていない早朝に、参内されて、この簾の前に立っておられましたよ」と教えてもらった。私は、「この簾の前に、夜も昼も伺候《しこう》しております」と言った手前、「朝早かったので、伺候していなかった」とは言《い》い訳《わけ》できない。宮中で雑用を務めている男を呼び寄せて、「つい先ほどまで、通宗様がいらっしゃったらしいので、そう遠い所へは行っていないと思う。どこまでも追いかけて、つかまえて、この手紙を押し付けなさい」と命じて、走って追いかけさせた。

その手紙に、私は歌を書き付けていた。

（右京大夫）荻《をぎ》の葉《は》に有《あ》らぬ身《み》なれば音《おと》もせで見《み》るをも見《み》ぬと思《おも》ふなるべし

（荻《おぎ》の葉ならば、風が吹くと、そよそよと音を立てることができます。けれども、私は荻の葉ではないので、あなたが簾の前に立っていただけでは、「そよ、そよ」（はいはい、そうですよ）などと言葉に出すことはできません。私は、そこにいましたのに、あなたは、私がいないと錯覚してしまっただけなのです。）

通宗様の屋敷は、久我《こが》（現在の伏見区にあり、鳥羽《とば》の西に位置する）にあった。この朝も、宮中から久我に戻られたのだった。私の使いは、まもなく久我に着いて、私の手紙を置いて戻りかけた。すると、通宗様は、私の歌に気づいて、自分に仕えている侍《さむらい》に、使いの男を追いかけさせて、通宗様の返事を手渡そうとした。私は前もって、使いの男に、「よいですか。何があっても、返事を受け取ってはいけません」と厳命していた。彼が戻ってきてから報告したことには、「仰《おお》せに従って、手紙を受け取りませんでした。案の定《じょう》、通宗様の侍が追いかけてきて、返事を押し付けようとしました。侍は、鳥羽殿《とばどの》（城南離宮《せいなんりきゅう》）の南の門まで、私を追いかけてきましたが、私は、茨《いばら》や枳殻《からたち》の藪《やぶ》があったので、その中に逃げ込んで、身を隠しました。その付近に、大きな荷車が置いてありましたので、それに入り込んで、見つからないようにして、侍をやり過ごしました」ということだった。私は、「それで良し。よくやった」と、使いの男を誉めた。

その後日譚《ごじつたん》である。通宗様は、「えっ、何ですか。荻の葉がどうしたこうしたとかいう歌など、私は受け取っていませんよ」と、受け取りの事実を否定した。また、「あの朝、私は参内して、あなたが必ずそこにいると断言した簾の前に立ちましたが、簾の向こうには誰もいないことがはっきりとわかったので、用件を諦めて退出したのです」と抗議する。私のほうでも、「実は、息を殺して、じっとあなたがどう振る舞われるか、観察しておりましたの。そうしますと、あなたは、いかにも不愉快そうな感じで、その場をお立ちになりました」などと言い返したりして、楽しいやりとりが繰り広げられた。

そのうち、十一月の五節の頃になった。その頃まで、この「簾の前」の出来事を大げさに話題にする女房たちもいた。五節の中心行事は、「豊《とよ》の明《あ》かりの節会《せちえ》」。その日の明け方に、有明の月のもと、参内してこられた通宗様のありさまは、まことに優美であり、皆から称賛されたものだった。それからまもなくして、通宗様は逝去された。その死去は、哀れとも、あっけなくも、感じられた。皆は、あの豊《とよ》の明《あ》かりの節会《せちえ》の際の優雅な姿を思い出しては、通宗様を惜しみ合うのだった。その時、空に懸かっていた有明の月や、雲のようすまでが、優美だった通宗殿の形見であると、女房たちは語り合ったものである。その時、私が詠んだ歌。

（右京大夫）思《おも》ひ出《い》づる心《こころ》も実《げ》にぞ尽《つ》き果《は》つる名残《なごりとど》留めし有明《ありあけ》の月《つき》

（亡き通宗様の名残を留めていて、その形見だと思われる有明の月を眺めていると、通宗様のさまざまの思い出が脳裏をよぎり、私の心も、多くの女房と同じように、悲しみの極限に達してしまう。）

このように、通宗様の死を惜しむ歌を書き記したが、私の心には、亡き資盛様を思う気持ちが、常に、存在している。私は、通宗様の死に触れることで、資盛様の死の意味を、改めて考え続けた。それが、三首の歌になった。

（右京大夫）限《かぎ》り有《あ》りて尽《つ》くる命《いのち》は如何《いか》がせむ昔《むかし》の夢《ゆめ》ぞ猶類無《なほたぐひな》き

（今、話題としていた源通宗様は、三十一歳で亡くなられた。持って生まれた定命《じょうみょう》が尽きた、というのではなく、突然の逝去だった。永く生きて、寿命が尽きたうえでの死ならば、残された者も諦めがつくが、非業《ひごう》の死ほど、切ないものはない。資盛様の場合には、さらに若くまだ二十五歳だった。栄華を極めながらも、若くして都を追われ、西の海で沈んでしまわれた資盛様の命は、まさに「夢」としか言えないほどに儚《はかな》かった。その凄絶な死は、ほかに比べるものがない。）

（右京大夫）露《つゆ》と消《き》え煙《けぶり》とも成《な》る人《ひと》は猶儚《なほはかな》き《墓無き》跡《あと》を眺《なが》めもすらむ

（露のように儚く命を終え、火葬された煙が空を漂って雲となる人は、少なくないだろう。それらの人は、遺骸があるので火葬できるし、火葬に伴う煙も空に立ちのぼってゆく。それを見て、残された人は故人を偲ぶことができる。ところが、資盛様の場合には、入水されたのだから、遺骸がない。火葬もできず、お墓すらない。私は、何を形見として、資盛様を偲べばよいのだろうか。）

（右京大夫）思《おも》ひ出《い》づる事《こと》のみぞ唯例無《ただためしな》き並《な》べて儚《はかな》き《墓無き》人《ひと》を聞《き》くにも

（この世に人として生まれてきて、亡くならなかった人はいない。そういう人の話を聞くにつけても、資盛様の場合は、ほかの人の死とはまったく異なる「死」であったことが痛感される。資盛様の「生」もまた、ほかの人とは異なっていた。その資盛様と関わった私は、資盛様を偲ぶことが自分に与えられた天命だと思うようになった。この『建礼門院右京大夫集』こそ、形見もお墓も残されなかった資盛様の「墓標」であり「墓碑銘」なのである。）

［評］　作者たち女房と、生前の通宗との、軽快でユーモラスなやりとりは、まるで『枕草子』の宮廷章段を読んでいるかのような気にさせる。清少納言と藤原行成《ゆきなり》や藤原斉信《ただのぶ》たちとの、打てば響く駆け引きも思い出されるし、時鳥の声を聞きに郊外に出かけた帰路で、藤原公信《きんのぶ》をからかう場面などを髣髴《ほうふつ》とさせる。

「茨《むばら》・枳殻《からたち》に掛《か》かりて、藪《やぶ》に逃《に》げて」の箇所は、『伊勢物語』の第六十三段（九十九髪《つくもがみ》）の「茨《むばら》・枳殻《からたち》に掛《か》かりて」をそのまま用いている。ユーモラスな思い出を書いたあとで、死別の悲しみに転調させる右京大夫の筆力には、見るべきものがある。

64　俊成九十の賀

建仁三年《けんにんさんねん》の年《とし》、霜月《しもつき》の二十日《はつか》余《あま》り幾日《いくか》の日《ひ》やらむ、五条《ごでう》の三位《さんゐ》の俊成入道《としなりにふどう》の、「九十《くじふ》に満《み》つ」と聞《き》かせ御座《おは》しまして、院《ゐん》より、賀《が》賜《たま》はするに、（後鳥羽院の意向）「贈《おく》り物《もの》の法服《ほふぶく》の装束《さうぞく》の袈裟《けさ》に、歌《うた》を書《か》かるべし」とて、師光入道《もろみつにふだう》の女《むすめ》、宮内卿殿《くないきやうどの》に、歌《うた》は召《め》されて、紫《むらさき》の糸《いと》にて、院《ゐん》の仰《おほ》せ言《ごと》にて、置《お》きて参《まゐ》らせたりし。

（宮内卿）永《なが》らへて今朝《けさ》《袈裟》ぞ嬉《うれ》しき老《お》いの波《なみ》八千代《やちよ》を懸《か》けて君《きみ》に仕《つか》へむ

と有《あ》りしが、（右京大夫）「賜《たまは》りたらむ人《ひと》の歌《うた》にてや、今少《いますこ》し、良《よ》からむ」と、心《こころ》の中許《うちばか》りに覚《おぼ》えしかども、其《そ》のままに置《お》くべき事《こと》なれば、置《お》きてしを、「『けさそ』の『そ』文字《もじ》、『つかへむ』の『む』文字《もじ》を、『や』と『よ』とに成《な》るべかりける」とて、俄《にはか》かに、其《そ》の夜《よ》に成《な》りて、「二条殿《にでうどの》へ、きと参《まゐ》るべき」由《よし》、「仰《おほ》せ言《ごと》」とて、「範光《のりみつ》の中納言《ちゆうなごん》の車《くるま》」とて、有《あ》れば、参《まゐ》りて、文字《もじ》二《ふた》つ、置《お》き直《なほ》して、やがて、賀《が》も床《ゆか》しくて、夜《よ》もすがら、候《さぶら》ひて見《み》しに、昔《むかし》の事《こと》覚《おぼ》えて、いみじく道《みち》の面目《めんぼく》斜《なの》めならず覚《おぼ》えしかば、翌朝《つとめて》、入道《にふだう》の許《もと》へ、申《まう》し遣《つか》はすとて。

（右京大夫）君《きみ》ぞ猶《なほ》今日《けふ》よりも又数《またかぞ》ふべき九返《ここのかへ》りの十《とを》の行《ゆ》く末《すゑ》

返《かへ》しに、（藤原俊成）「忝《かたじけな》き召《め》しに候《さぶら》へば、這《は》ふ這《は》ふ参《まゐ》りて、『人目《ひとめ》、如何許《いかばか》り見苦《みぐる》しく』と思《おも》ひしに、斯様《かやう》に、慶《よろこ》び言《い》はれたる。猶《なほ》、昔《むかし》の事《こと》も、物《もの》の故《ゆゑ》も、知《し》ると知《し》らぬとは、真《まこと》に、同《おな》じからずこそ」とて。

（藤原俊成）亀山《かめやま》の九返《ここのかへ》りの千年《ちとせ》をも君《きみ》が御代《みよ》にぞ添《そ》へ譲《ゆづ》るべき

【訳】　建仁三年《けんにんさんねん》（一二〇三）の十一月の二十日過ぎ、正確には二十三日に、和歌の老大家である「五条の三位《さんみ》」、こと藤原俊成様《しゅんぜい》（一一一四～一二〇四）の「九十《くじゅう》の賀」が、執《と》り行われた。数えで九十歳を迎えられたのである。

「俊成様が、めでたく九十歳を迎えた」ことをお聞きになった後鳥羽院様が、俊成様のこれまでの歌道への貢献を愛《め》でられ、晴れの儀式を主宰されたのである。

その儀式の際に、院から俊成様へ、法服が下賜《かし》されることになった。「俊成様に賜る袈《け》裟《さ》に、和歌を刺繍することになった」というので、源師光《もろみつ》入道の娘で、新進気鋭の歌人として脚光を浴びている宮内卿《くないきょう》に、和歌の制作が命じられた。その歌の文字を、浮線綾《ふせんりょう》の文様のある白い袈裟《けさ》に、紫の糸で刺繍して縫い付けるのである。その仕事を、ほかならぬ私が仰《おお》せつかった。後鳥羽院直々《じきじき》の御下命であった。

私が刺繍したのは、次のような歌だった。宮内卿は、袈裟を授かる俊成様の立場に成りきって、栄《は》えある儀式を催してくださる院への感謝の気持ちを、歌に詠んでいた。

（宮内卿）永《なが》らへて今朝《けさ》《袈裟》ぞ嬉《うれ》しき老《お》いの波八千代《なみやちよ》を懸《か》けて君《きみ》に仕《つか》へむ

（私は、命永らえまして、今朝《けさ》、九十の賀を賜る栄誉に浴しました。そして、素晴らしい袈裟《けさ》を、賜りました。まことに心の底から嬉しくてなりません。私はこれまで、微力ながら歌の道に精進し、歌の力で少しでも上皇様と国のお役に立ちたいと努めて参りました。その甲斐がありました。私の年齢は、毎年毎年、波が打ち寄せるように一年ずつ年を加えて、今朝に至りました。これからも、波が幾つも幾つも押し寄せてくるように、千代も八千代も長生きしまして、後鳥羽院様に歌の道でお仕え申しあげたいと、覚悟を新たにしています。)

確かに、よくできた歌ではあった。「今朝《けさ》」と「袈裟《けさ》」の掛詞だけでなく、「老いの波」の比喩も、効果的である。ただし、宮内卿の歌には、違和感があった。この歌は、袈裟を後鳥羽院から授かる俊成様の立場で詠まれている。だが、そうではなくて、別の立場で、もう少し、うまく詠めるのではないか。

私の正直な感想を言わせてもらえれば、「この袈裟を授かる俊成様の立場で詠むよりも、晴れの儀式で、この袈裟を俊成様に授ける側の後鳥羽院様の気持ちを詠んだほうがよいのではないか」と感じたのである。

私は、心の中では、宮内卿の歌の表現のまま、袈裟に文字を刺繡することにためらいがあったが、私が命じられたのは「宮内卿の詠んだ歌を、綺麗な文字で書いて、その字の形を袈裟に刺繡せよ」ということなので、違和感を押し殺しつつ、そのまま刺繡し終えた。

すると、その夜のこと、つまり、俊成様の九十の賀が翌朝に催される前日になって、私に急のお召しがあった。「けさそ」の「そ」を「や」に、「つかへむ」の「む」を「よ」へと、それぞれ刺繡し直すべきであるから、そうし直してほしい、というご下命なのだった。つまり、院は、宮内卿の歌を、院ご自身のお心を表す歌へと、推敲されたのである。

永《なが》らへて今朝《けさ》や嬉《うれ》しき老《お》いの波八千代《なみやちよ》を懸《か》けて君《きみ》に仕《つか》へよ
（俊成よ、そなたが、今年、九十歳になった、と聞いた。めでたいことだ。『千載和歌集』の撰者を務めたこと、『六百番歌合』の判者を務めたこと、それらが、今、私が編纂中の『新古今和歌集』の基礎になっていること、大儀に思う。そなたも、さぞかし、嬉しく思っていることであろう。これからも、波が無数に打ち寄せてくるように、千代も八千代も長生きして、歌の道で、「君＝私」に仕えるがよい。）

こう直すべきだ、というご下命なのだ。たった二文字を変えるだけで、晴れの儀式にふさわしい歌へと生まれ変わる。これで、私が抱いていた宮内卿の歌への違和感が、見事なまでに払拭された。

「儀式が行われる二条院に、すぐに参って、縫い直すように」、「これは院のご下命である」ということだった。後鳥羽院御所である二条院には、和歌所《わかどころ》が置かれていた。二条院の元の呼び名は、藤原道長が営んだ「小二条殿《こにじょうどの》」である。

「藤原範光《のりみつ》中納言の牛車を遣わすから、それに乗って参上するように」との仰せだった。到着後に、すぐさま刺繡に取りかかり、二文字を縫い直し、晴れの儀式には辛《かろ》うじて間に合わせることができた。

私は、作業を終えた後も、俊成様の九十の賀の儀式を、どうしても我が目で拝見したくて、帰宅せずに、夜通し、二条院に詰めていた。まことに素晴らしい儀式だった。

私は遠くから、拝見していたが、俊成様と私の家族との深い関わりを、感慨深く思い出していた。さらに言えば、俊成様が後白河院から『千載和歌集』を撰者として勅撰するようにと命じられた時、その奉書《ほうしょ》は、蔵人《くろうど》の頭《とう》であった資盛様が授けられたのだった。

まことに、このたびの賀は「歌の誉れ」であり、多少は歌の道と関わってきた私までも、はなはだ感動した。その感激を俊成様に伝えたくて、翌朝、俊成様に歌を贈った。

（右京大夫）君《きみ》ぞ猶《なほ》今日《けふ》よりも又数《またかぞ》ふべき九返《ここのかへ》りの十《とを》の行《ゆ》く末《すゑ》

（あなたは、九十歳になられたことを、後鳥羽院様から称賛され、栄《は》えある儀式を催していただけました。まことに、和歌の力だと存じます。あなたは、これからも齢を重ねられて、さらにもう一度「九十歳」を生きられ、百八十歳になるまで、歌の道の神髄を人々に示し続けてほしいと願っています。）

俊成様から、返事があった。「まことに名誉なお召しでありました。九十歳という高齢で、足腰が弱っていますので、足で歩くことはできず、這《は》うようにして参上しました。

『見ている人は、私のことをみっともない、醜い老人だ』と思うのではないかと、心配していました。儀式を御覧になったあなたから、「感動した。歌の道全体の名誉である」と言っていただいて、安心しました。やはり、昔の出来事も、歌の道が何であるかも、知っている人と知らない人、わかっている人とわかっていない人との違いは、歴然たるものがありますな」。そして、俊成様の歌が記されていた。

（藤原俊成）亀山《かめやま》の九返《ここのかへ》りの千年《ちとせ》をも君《きみ》が御代《みよ》にぞ添《そ》へ譲《ゆづ》るべき

（私は、後鳥羽院様から、九十の賀を賜る栄誉に浴しました。上皇がお住まいの仙洞御所《せんとう》は、蓬萊《ほうらい》にも喩えられる理想郷です。蓬萊の島は、十五匹の巨大な亀が支えていると伝えられます。その蓬萊に住む仙人たちは、九千歳の長寿を保つそうです。私が、院から祝っていただいた九十歳に加えて、蓬萊の仙人の寿命である九千歳を、後鳥羽院様の御代にお譲りします。）

［評］建礼門院右京大夫という女性を語る時に、必ず語られるエピソードである。ただし、文脈が、はなはだ読み取りにくい。

本文の違いとしては、「歌《うた》を書《か》かるべし」を、「歌《うた》置《お》かるべし」とする写本がある。書道の名門の家に生まれた右京大夫の筆蹟で書いた「文字」を、刺繡して袈裟に縫い付けるのだから、「書かるべし」と「置かるべし」は意味的には一致する。「うたをかゝるへし」の「ゝ」が脱落すると、「うたをかるへし」となる。右京大夫の歌の「今日《けふ》よりも又《また》」を「今日《けふ》より後《のち》も」とする写本もある。ただし、本文の最大の違いは、「賜《たまは》りたらむ人《ひと》の歌《うた》にてや」の部分を、「賜《たま》ひたらむ人《ひと》の歌《うた》にてや」とする本文がある点である。

普通に解釈すれば、「賜《たまは》りたらむ人《ひと》」は俊成であり、「賜《たま》ひたらむ人《ひと》」は後鳥羽院を指す。宮内卿が詠んだ、「永《なが》らへて今朝《けさ》ぞ嬉《うれ》しき老《お》いの波八千代《なみやちよ》を懸《か》けて君《きみ》に仕《つか》へむ」という歌は、袈裟を授かった俊成の立場で詠まれている。ところが、急遽、「ぞ」を「や」に、「む」を「よ」へと変更して完成した、「永《なが》らへて今朝《けさ》や嬉《うれ》しき老《お》いの波八千代《なみやちよ》を懸《か》けて君《きみ》に仕《つか》へよ」という歌は、袈裟を授けた後鳥羽院の立場で詠まれている。だから、右京大夫は、「袈裟を授かる俊成の立場ではなく、袈裟を授ける後鳥羽院の立場で詠むべきだ」と思ったはずである。

「群書類従」の本文である、「賜《たまは》りたらむ人《ひと》の歌《うた》にてや、今少《いますこ》し、良《よ》からむ」

は、「袈裟を授かる俊成の立場で詠まれているのだろうが、もう少し、良い詠み方があるのではないだろうか。俊成ならば、もっと良い歌を詠むはずだ」という意味でないと、解釈できない。

一方、「賜《たま》ひたらむ人《ひと》の歌《うた》にてや、今少《いますこ》し、良《よ》からむ」は、「袈裟を授ける後鳥羽院の立場で詠めば、もっと良いのではないだろうか」という意味で、すっきり解釈できるが、諸注は、なぜか、「賜《たまは》りたらむ人《ひと》の歌《うた》にてや、今少《いますこ》し、良《よ》からむ」と本文を改訂している。このあたり、解釈はさまざまである。［訳］では、一つの解決策を示した。

「や」と「よ」に二文字を書き換えたらよいのではないか、という意見は、右京大夫が述べたのではないか。だからこそ、二文字が、急遽、置き換えられたのではなかったか。

右京大夫は、藤原俊成と、さまざまな接点があった。『建礼門院右京大夫集』の本文が、俊成の九十の賀で結ばれるのは、感慨深い。

なお、俊成の返歌の初句「亀山《かめやま》の」の箇所は、「群書類従」では「亀山《かめやま》や」という異文があることを傍記している。

65 跋文《ばつぶん》

65—1 跋文・その一

返《かへ》す返《がへ》す、憂《う》きより外《ほか》の思《おも》ひ出《い》で無《な》き身《み》ながら、年《とし》は積《つ》もりて、徒《いたづ》らに、明《あ》かし暮《く》らす程《ほど》に、思《おも》ひ出《い》でらるる事《こと》どもを、少《すこ》しづつ書《か》き付《つ》けたるなり。

自《おの》づから、人《ひと》の、「然《さ》る事《こと》や」など言《い》ふには、甚《いた》く、思《おも》ふままの事《こと》、顔映《かは》ゆくも覚《おぼ》えて、少々《せうせう》をぞ、書《か》きて、見《み》せし。

此《これ》は、唯《ただ》、「我《わ》が目《め》一《ひと》つに見《み》む」とて、書《か》き付《つ》けたるを、後《のち》に見《み》て。

（右京大夫）砕《くだ》きける思《おも》ひの外《ほか》の悲《かな》しさも書《か》き《掻き》集《あつ》めてぞ更《さら》に知《し》らるる

[訳] いくら考えても、辛《つら》い思い出ばかりで、楽しかった思い出や、嬉しかった思い出のないのが、私の人生だった。それでも、時間だけは確実に過ぎ去っていった。年齢だけ

は、たくさん、私の身の上に降り積もった。何をするでもなく、無為に生きていたのだが、ある時、思い立って、忘れてしまっているようでも、忘れきってはいないこと、おのずと思い出されることを、言葉として書き付けようとした。一つ思い出すと、そこから別の思い出が引き出され、このような大部の文章になってしまったのである。

時折、私に向かって、「あなたは歌人ですから、これまでに詠まれた歌の数は、膨大でしょうね。それらを一冊に集めたものは、ありますか」などと尋ねられることがある。そういう時には、自分が思ったことを正直に書いたものは、他人に見せるのが気恥ずかしくて、全部ではなく一部だけを書き写して、見せるのが常だった。

けれども、この『建礼門院右京大夫集』は、他人に見せるために書かれたのではない。自分の人生を振り返るために、「私だけが、読者である」という自覚と覚悟をもって書かれたのである。そうやって、この『建礼門院右京大夫集』が書き上がった。

この『建礼門院右京大夫集』を書き上げてから、しばらく経《た》って、再読してみた。その読後感を、歌に詠んだ。

（右京大夫）砕《くだ》きける思《おも》ひの外《ほか》の悲《かな》しさも書《か》き集《あつ》めてぞ更《さら》に知《し》らるる

（私は、自分の心が音を立てて砕け散ってしまう体験を、何度もしてきた。心が砕ける音を聞いた後には、想像もできないほどの悲しみばかりが残った。そういう悲しさを掻き集めて、それを言葉として私は歌に詠んできた。改めて、自分の歌と人生を集成した『建礼門院右京大夫集』を読み返していると、私の心が、またしても砕け散ってゆく巨大な音を聞いてしまった。）

［評］「1　序文」と照応する「跋文」である。序文でも、「我《わ》が目《め》一《ひと》つに、見《み》む」と、書いてあった。

「思《おも》ひの外《ほか》の」を「思《おも》ひの程《ほど》の」とする本文がある。『新古今和歌集』に、藤原俊成の「限《かぎ》り無《な》き思《おも》ひの外《ほか》の夢《ゆめ》の中《うち》は驚《おどろ》かさじと嘆《なげ》き来《こ》しかな」という歌がある。この歌は、『秋篠月清集《あきしのげっせいしゅう》』では、二句目が「思《おも》ひの程《ほど》の」となっている。『建礼門院右京大夫集』と同じ本文の混同が起きたのである。

65—2　跋文・その二

老《お》いの後《のち》、民部卿定家《みんぶきやうさだいへ》の、「歌《うた》を集《あつ》むる事有《ことあ》り」とて、「書《か》き置《お》きたる物《もの》や」と尋《たづ》ねられたるだにも、人数《ひとかず》に思《おも》ひ出《い》でて言《い》はれたる情《なさ》け、有《あ》り難《がた》く覚《おぼ》ゆるに、『何時《いつ》の名《な》を』とか思《おも》ふ」と問《と》はれたる思《おも》ひ遣《や》りの、いみじう覚《おぼ》えて、猶《なほ》、唯《ただ》、隔《へだ》て果《は》てにし昔《むかし》の事《こと》の忘《わす》れ難《がた》ければ、「其《そ》の世《よ》のままに」など、申《まう》すとて。

（右京大夫）言《こと》の葉《は》の若《も》し世《よ》に散《ち》らば偲《しの》ばしき昔《むかし》の名《な》こそ留《と》めまほしけれ

返《かへ》し。民部卿定家《みんぶきやうさだいへ》。

（藤原定家）同《おな》じくは心留《こころと》めける古《いにしへ》の其《そ》の名《な》を然《さ》らば世々《よよ》に残《のこ》さむ

と有《あ》りしなむ、嬉《うれ》しく覚《おぼ》えし。

［訳］　あれは、貞永《じょうえい》元年（一二三二）の頃だったろうか。年老いた私に、藤原定家様から連絡があった。「このたび、後堀河天皇から、『新勅撰《しんちょくせん》和歌集』の撰進を下命《かめい》されました」。

そして、「ついては、歌人たちの詠んだ和歌を集める必要があります。あなたのお手元に、これまで詠まれた歌を集成したものはありますか」。

定家様から、こういうお訊ねを受けるのは、素人《しろうと》歌人である私を、一廉《ひとかど》の歌人のように扱っていただいているようで、その温情を、まことにありがたく思った。

この『建礼門院右京大夫集』を定家様にお見せしたところ、「勅撰和歌集に、あなたの歌を乗せる場合、作者名はどのようにすればよいですか」と、更《さら》なるお訊ねがあった。定家様の思いやりは、信じられないほどに厚情に満ちていた。私は、二度、宮仕えをした。最初は、建礼門院様に。二度目は、後鳥羽天皇様に。

私は、考えるまでもなく、すぐさま答えた。「最初、建礼門院様にお仕えしていた頃の女房名を名のりたいと思います。建礼門院右京大夫と」。

初めて雲の上の世界を仰ぎ見た日々、初めて恋の喜びと悲しみを知った日々、愛する人と引き裂かれて涙に暮れた日々。その頃のことが、今でも鮮明に私の記憶に残っていて、忘れることができない。だから、「建礼門院右京大夫」と作者名を表記されて勅撰和歌集に撰ばれるかもしれないことに感動し、心が震えた。

（右京大夫）言《こと》の葉《は》の若《も》し世《よ》に散《ち》らば偲《しの》ばしき昔《むかし》の名《な》こそ留《と》めまほしけれ

（もしも勅撰和歌集に、一首でも歌が撰ばれましたら、私の名前は永遠に残ります。いつまでも、私の名前が語り伝えられるでしょう。もし、そのような栄誉に浴することが可能なのでしたら、昔、最初に宮仕えしていた頃の女房名――建礼門院右京大夫――を名のらせていただきたいのです。）

定家様から、返事があった。

（藤原定家）同《おな》じくは心留《こころと》める古《いにしへ》の其《そ》の名《な》を然《さ》らば世々《よよ》に残《のこ》さむ

（そういうことでしたら、あなたが大切に心の中で温めておられる頃のお名前――建礼門院右京大夫――で、あなたの歌を勅撰和歌集に撰び、その名前を後世に残しましょう。）

この歌をもらった時には、心の底から嬉しかった。その思いを胸に、この文章を閉じることにする。

［評］「何時《いつ》の名《な》を」を、「何《いづ》れの名《な》を」とする写本がある。右京大夫は、建礼門院と後鳥羽天皇（院）に仕えた。「どちらにお仕えしていた頃のお名前にしますか」と、「どちらの名前にしますか」という、微妙な違いである。

定家からの依頼に応じて、この『建礼門院右京大夫集』が編まれた。定家は、ここから、二首、『新勅撰和歌集』に選んだ。作者名は、「建礼門院右京大夫」。「恋・三」に、詞書はなくて、「忘《わす》れじの契《ちぎ》り違《たが》はぬ世《よ》なりせば頼《たの》みやせまし君《きみ》が一言《ひとこと》」（「38―2」参照）。「雑・一」に、「高倉院御時《たかくらのゐんのおほんとき》、藤壺《ふぢつぼ》の紅葉《もみぢ》床《ゆか》しき由《よし》申《まう》しける人《ひと》に、結《むす》びたる紅葉《もみぢ》を遣《つか》はしける」という詞書で、「吹《ふ》く風《かぜ》も枝《えだ》に長閑《のど》けき御代《みよ》なれば散《ち》らぬ紅葉《もみぢ》の色《いろ》をこそ見《み》れ」（「21―2」参照）。

その後、『玉葉《ぎょくよう》和歌集』に十首、『風雅《ふうが》和歌集』に六首、『新千載《しんせんざい》和歌集』に一首、『新拾遺《しんしゅうい》和歌集』に一首、『新後拾遺《しんごしゅうい》和歌集』に一首、『新続古今《しんしょくこきん》和歌集』に二首が、入集《にっしゅう》した。

『玉葉和歌集』では、藤原隆信との贈答歌を「資盛」の歌としている点に、注意が必要である。『風雅和歌集』には、平維盛の入水を聞いて詠んだ歌、西国の平資盛に送った歌、建礼門院を大原に訪ねた時の歌などが入っている。

66 奥書《おくがき》

伊尹　一条摂政
義孝　少将
行成　権大納言
行経　参議従三位
伊房　中納言太宰帥
定実　左京大夫
定信　宮内大輔
伊行　宮内権大輔、一切経書、夜鶴抄作
伊経　皇后宮亮
行能
建礼門院右京大夫

右京大夫集以古写本并印本校合畢

［評］　世尊寺家の家系が、一条摂政と称された「伊尹」から、第十代まで、その官位と共に列挙されている。本書の「はじめに」を参照されたい。

「義孝」は、夭折の天才歌人として知られる。

「行成」は、書道の名人。世尊寺家は、書道の家柄である。

「定信」は、一切経を一筆（一人）で書写したことで知られる。

「伊行」は、建礼門院右京大夫の父である。『夜鶴抄《やかくしょう》』（『夜鶴庭訓抄』）は、書道に関する専門書である。伊行が、娘の建礼門院右京大夫に与えたものと、されている。

通常は、行成が「世尊寺家」の初代である。そうすると、建礼門院右京大夫の父である伊行が、第六代となる。

おわりに

『建礼門院右京大夫集』を、66の章に区切って、読み進めてきた。上巻の「題詠」の歌群（「6」）と、下巻の「七夕」の歌群（「59」）を例外として、一つの章の中には、一～六の節が含まれていた。

この章と節を立てることによって、筆を執って言葉を紡ぎ出しつつある作者の「意識の流れ」が、はっきりと見えてきた実感がある。『新訳　建礼門院右京大夫集』を書き下ろしながら、私は右京大夫の心の奥底から、一つ一つの記憶が、相互に繋がりを持って浮かび上がってくるプロセスを、観測できたように思った。

右京大夫は悲しい人生を生きたので、心の奥底には苦しい記憶ばかりが、堆積していた。それらは、永遠に忘却されたまま、作者の死と共に消えてしまうのが、幸福だったかもしれない。

けれども、右京大夫は、悲しい記憶を可能な限り思い出し、それらに言葉を与えた。精神的な痛覚を伴う作業だったことだろう。ところが、記憶を散文で書き綴るだけでなく、「和歌」で歌うことによって、彼女の悲惨な記憶には不思議な力が宿った。大げさに言えば、「世界を変える力」、あるいは「世界を破壊する力」が、宿ったのである。なぜならば、右京大夫には、「悪《あ》しき世界を変えたい」、あるいは「悪しき世界を破壊したい」という強い欲求があったからである。

私は、かつて、長崎で原子爆弾に被爆し、その十三年後から、苛酷な記憶を短歌に歌い始めた竹山広の作品鑑賞を書いたことがある（コレクション日本歌人選、二〇一八年）。その時に、私が竹山短歌を分析するキーワードとして設定したのが、「記憶のリアリティ」だった。読者の心を激しく揺さぶるリアリティは、同時代的なルポルタージュだけでなく、数十年後に記憶の力で紡ぎ出された回想録にも宿ることがある。現実、あるいは事実を直叙した文章には、むろん衝撃的なリアリティがある。ただし、ある場合には、事実と食い違う記憶であったとしても、読者の心には、異様なまでの感動が残る。

記憶は、人間の「思い」の総量である。自分が体験した出来事の意味を、繰り返し繰り返し心の中で反芻《はんすう》してきた「思い」だからこそ、読者の心を激しく揺さぶるエネルギーが宿る。それを、私は「記憶のリアリティ」と呼びたいのである。

永い時間にわたって、心の中に蔵《しま》われていた記憶は、容易には言葉にならない。安易な言葉に置き換えてはならない性格のものである。だからこそ、記憶は、いつか言葉になる日を、待ち望んでいる。

『建礼門院右京大夫集』もまた、記憶のリアリティを、読者に突きつける作品である。空前の全盛期から一瞬にして転落し、滅亡した平家一門を、間近に目撃した女性がいた。彼女は、平家一門の人々や、彼らが支えた天皇・中宮・女院たちと関わった。また、一門の貴公子と結ばれた。彼らの多くは、不幸な最期を迎えた。

右京大夫の記憶の底には、平家一門の男や女たちの人々の「悲しみ」がある。彼らは、自分たち一族を天国から地獄へと突き落とし、滅亡させた歴史に対して、「言葉にならない怒り」を感じている。だが、既に死者であるがゆえに、彼らの悲しみは言葉になれずに、鬱勃とした状態のままで蠢《うごめ》いている。自分は生き永らえたものの、死んでいった者たちの悲しみや怒りを抱え続けた右京大夫は、自分の心と、彼らの心を「同機」させた。そのうえで、自分の記憶を言葉にし、かつ、和歌に歌った。

記憶のリアリティは、「悲しみのリアリティ」であり、「怒りのリアリティ」でもある。

悲しみのリアリティが、読者の心に感動を呼び起こすのは、近松門左衛門の人形浄瑠璃などが、はっきり証明している。怒りのリアリティは、既に読者の共感を勝ち得ている死者たちの無念の思いを、読者へと手渡す。ここから、世界は変わり始める。

人間に不条理の悲劇を強制する世界のあり方に対して、「これでよいのか。いや、よいはずがない」という、世界変革の意思を芽生えさせた読者は、新しい世界を生み出すための道を歩き始める。

『建礼門院右京大夫集』には、それだけの力がある。悲しみと怒りが、世界を根底から崩し始める。記憶のリアリティ、まさに恐るべし。

考えてみれば、『源氏物語』の六条御息所も、大いなる怒りを心に蓄積した女性だった。その怒りは、葵の上を取り殺し、紫の上を不幸にし、女三の宮にも祟った。その怒りのエネルギーは、まことに凄まじい。「物《もの》の怪《け》」「生霊《いきりょう》」「死霊《しりょう》」など、本来は現実味のない現象が、こと六条御息所の場合には、迫真のリアリティがある。ただし、それは「記憶のリアリティ」とは、いささか異なっている。

記憶のリアリティの場合には、記憶する側の女に、「鎮魂」という行為の崇高さがある。「思い出のために生きる」という強い覚悟がある。謡曲の『巴《ともえ》』の場合には、木曾義仲を追慕する巴の心が、モチーフである。巴は、義仲が死んだ後、自分の生前も、死後も、義仲を思い続けた。

右京大夫が、平資盛を追慕する行為も、巴と同じである。ここに、「記憶」と「思い出＝回想」の大切さがある。本書が、全体を66の章と、多くの節に分かって解釈を試みたのも、執筆しつつある右京大夫集の心の動き、つまり、記憶と回想のベクトルを見定めたかったからである。謡曲『巴』が修羅物《しゅらもの》であるのと異なり、『建礼門院右京大夫集』は物狂いにはならなかった。その静かな怒りの大きさを思う。

本書は、平資盛を鎮魂する右京大夫を、さらに鎮魂する意図で書かれた。右京大夫の「記憶」を、現代に継承するためである。資盛を思う右京大夫を顕彰することで、資盛や平家一門も顕彰される。右京大夫は、自分が死んだら、誰が資盛の死の悲しみを弔《とむら》うのだろうか、と危惧していた。

ところが、記憶の継承によって、右京大夫の心配は解消された。それが、記憶のリアリティを持った「文学の力」なのである。

私は、下関市の赤間神宮に詣でたことがある。安徳天皇を祀《まつ》り、鎮魂している神宮である。その境内には、「平家一門之墓」、通称「七盛塚《ななもりづか》」がある。右京大夫の恋人であった平資盛の石塔も、あった。私は、文学史跡を巡礼しながら、その史跡の前で感じた記憶を忘れないように、写真を撮ることにしている。ラフカディオ・ハーンの『怪談』で有名な「耳なし芳一」を祀る芳一堂の写真は、撮った。

だが、七盛塚の前では、なぜか心が震えて、写真が撮れなかった。すぐ隣では日が照っているのに、七盛塚は暗闇の世界だった。この漆黒の闇を、カメラで写し撮ることは不可能だと思ったからである。

また、「鹿ヶ谷の陰謀」の首謀者とされ、備前の国に流された藤原成親の処刑された場所を訪れようとして、二匹の蝮（にしか見えなかった爬虫類）と遭遇した顚末については、本書の「20―3」で触れたとおりである。さらに記憶を遡れば、建礼門院が隠棲した大原の近くにある小野には、『伊勢物語』に登場する悲運の皇子・惟喬《これたか》親王の墓と伝えられる五輪の塔がある。そこへ向かう途中でも、私は蛇を見た。霊感の薄いことを自認している私にも、無念の思いを抱いて死んでいった人の悲しみと怒りが、伝播したのかもしれない。

本書でも、編集では花鳥社の橋本孝氏に、組版ではトム・プライズの江尻智行氏に、多大なお力添えをいただいた。

私が本書で試みた「鎮魂」には、大きな精神的な苦しみが付きまとう。作者の抱いている悲しみや怒りなどの心情に、自分の心を「同機」させなければならないからである。私の心の苦しみを分け合っていただいた橋本氏と江尻氏には、心から感謝する。
私は、これから、いよいよ紫式部、光源氏、紫の上などと、自分の心を同機させる旅に出る。お二人には、これからも、伴走をお願いします。

二〇二三年十月十二日　時雨忌に記す

島内景二

島内景二（しまうち・けいじ）

一九五五年長崎県生
東京大学文学部卒業、東京大学大学院修了。博士（文学）
現在　電気通信大学名誉教授
二〇二〇年四月から二年間、ＮＨＫラジオ第二「古典講読・王朝日記の世界」を担当。二〇二三年四月から再び「古典講読・日記文学をよむ」を担当。

主要著書
『新訳更級日記』『新訳和泉式部日記』『新訳蜻蛉日記　上巻』『王朝日記の魅力』『新訳紫式部日記』（共に、花鳥社）
『新訳うたたね』『新訳　十六夜日記』『和歌の黄昏　短歌の夜明け』（共に、花鳥社）
『塚本邦雄』『竹山広』（コレクション日本歌人選、共に、笠間書院）
『源氏物語の影響史』『柳沢吉保と江戸の夢』『心訳・鳥の空音』（共に、笠間書院）
『北村季吟』『三島由紀夫』（共に、ミネルヴァ書房）
『源氏物語に学ぶ十三の知恵』（ＮＨＫ出版）
『大和魂の精神史』『光源氏の人間関係』（共に、ウェッジ）
『文豪の古典力』『中島敦「山月記伝説」の真実』（共に、文春新書）
『源氏物語ものがたり』（新潮新書）
『御伽草子の精神史』『源氏物語の話型学』『日本文学の眺望』（共に、ぺりかん社）
歌集『夢の遺伝子』（短歌研究社）

新訳　建礼門院右京大夫集

二〇二三年十二月十五日　初版第一刷発行

著者……島内景二
発行者……相川　晋
発行所……株式会社　花鳥社
https://kachosha.com
〒一〇一-〇〇五一　東京都千代田区神田神保町一-五十八-四〇二
電話　〇三-六三〇三-二五〇五
FAX　〇三-六二六〇-五〇五〇

装幀……株式会社モトモト　松本健一／佐藤千祐
組版……江尻智行
印刷・製本……モリモト印刷

ISBN 978-4-909832-82-5 C1095

和歌の黄昏　短歌の夜明け

好評既刊　島内景二 著

歌は、21世紀でも「平和」を作りだすことができるか。
日本の近代を問い直す！

『古今和歌集』から日本文化が始まる」という新常識のもと、千四百年の歴史を誇る和歌・短歌の変遷を丁寧にひもとく。「令和」の時代を迎えた現代が直面する、文化的な難問と向かい合うための戦略を問う。江戸時代中期に興り、本居宣長が大成した国学は、平和と調和を祈る文化的エッセンスである「古今伝授」を真っ向から否定した。『古今和歌集』以来の優美な歌では、外国文化と戦えないという不信感が『万葉集』を復活させたのである。強力な外来文化に立ち向かう武器として『万葉集』や『古事記』を持ち出し、古代を復興した。あまつさえ、天才的な文化戦略家だった宣長は、「パックス・ゲンジーナ」（源氏物語による平和）を反転させ、『源氏物語』を外国文化と戦う最強の武器へと組み換えた。これが本来企図された破壊の力、「もののあはれ」の思想である。だが、宣長の天才的な着眼の真意は、近代歌人には理解されなかった。『源氏物語』を排除して、『万葉集』のみを近代文化の支柱に据えて、欧米文化と渡り合おうとする戦略が主流となったのである。

序章　早わかり「和歌・短歌史」

I　和歌の黄昏

1　和歌は、異文化統合のシステムだった　2　皆殺しの短歌と、「四海兄弟」の和歌　3　中島広足と神風思想　4　三島由紀夫は、和歌文化を護ろうとした　5　蓮田善明の「反近代」、そして「反アララギ」　6　「もののあはれ」という暴力装置　7　赤穂浪士たちの仇敵は、源氏文化だった　8　本居宣長の「大和心」と「大和魂」　9　明治天皇と「大和心」　10　近藤芳樹と『源氏物語』　11　橘守部による和歌の大衆化　12　香川景樹と「原・もののあはれ」　13　江戸の文人大名と『源氏物語』

II　短歌の夜明け

14　現代短歌は、いつから平面化したのか　15　短歌の物語性と批評性の母胎は、漢語である　16　正岡子規と『源氏物語』　17　正岡子規の「歴史」詠　18　短歌と新体詩の距離　19　大和田建樹の新体詩の戦略　20　落合直文は、なぜ「折衷派」なのか　21　樋口一葉は旧派歌人だった　22　森鷗外の和歌と小説　23　翻訳詩の功罪……上田敏の『海潮音』　24　在原業平になりたかった男……与謝野鉄幹　25　「西下り」した女業平……与謝野晶子　26　佐佐木信綱と古典文学　27　佐佐木信綱の『新月』　28　『まひる野』と、窪田空穂の「神」　29　若山牧水のあくがれた「城」と「国」　30　若山牧水と『伊勢物語』　31　若山牧水と古典和歌　32　原阿佐緒の『涙痕』を読む　33　北原白秋と『小倉百人一首』　34　北原白秋『桐の花』と、「もののつれづれ」　35　「もののあはれ」と革命……石川啄木　36　斎藤茂吉『赤光』と「もののあはれ」　37　島木赤彦『切火』と、近代文語　38　伊藤左千夫と日露戦争

終章　「もののあはれ」と日本、そして世界

おわりに……「令和」の祈り

A5判、全348ページ・本体2800円＋税

新訳 十六夜日記

好評新刊　島内景二著　――作者の体温がいきいきと伝わる『新訳』シリーズ

『古事記』以後、明治維新まで「古典文学」が生まれ続けた「古典の時代」の中間点を阿仏尼は生きた。『十六夜日記』以前と以後とで、日本文学や日本文化は異なる様相を呈している。

文学とは何か。日本文学、いや、日本文化の要となっている「和歌」とは何か。そのことを、突き詰めて考えたのが『十六夜日記』である。中世文化は、藤原定家から始まった。……その定家の子（後継者）である藤原為家の側室が、阿仏尼だった。定家を水源として流れ始めた中世文化のながれは、為家の時代で二条家、京極家、冷泉家という三つに分流した。その分流の原因となったのが、阿仏尼にほかならない。その意味でも『十六夜日記』は、日本文化の分水嶺だと言える。

本作は阿仏尼五十五歳の頃の日記。亡夫、為家の遺産を我が子に相続する訴訟のため、都から東海道をくだって鎌倉に下向した旅を描く。苦悩も絶望も、阿仏尼はわたしたち現代人となんと似通っていることか。

はじめに……『十六夜日記』への誘い　Ⅰ 私はなぜ、旅人となったのか　Ⅱ 惜別の賦
Ⅲ 東海道の旅の日録　Ⅳ 鎌倉と都との往復書簡　Ⅴ 勝訴を神に祈る長歌と反歌　Ⅵ
裏書　あとがき

四六判、全310ページ・本体2200円＋税

王朝日記の魅力

好評新刊　島内景二著

本書はこの数年に公刊した『新訳更級日記』『新訳和泉式部日記』、『新訳蜻蛉日記　上巻』の姉妹版です。NHKラジオ放送と連動してそれぞれの全文の現代語訳は果たされたが、放送では話されたものの既刊3冊には含まれていない台本を基にして書き下ろされたものです。

三浦雅士氏評『毎日新聞』2021年10月23日「今週の本棚」掲載　〈古典が現代に蘇るのはなぜか〉

名著である。記述新鮮。冷凍されていた生命が、目の前で解凍され、再び生命を得て動き出す現場に立ち会っている感じだ。道綱の母も孝標《たかすえ》の娘も和泉式部も、生身の女性として眼前に現われ、それぞれの思いをほとんど肉感的な言葉で語り始める。ですます調ではないが、もと放送用に書かれたからかもしれない。だがそれ以上に、著者が女たちに共鳴し、それが読者にまで及ぶからだと思える。

『蜻蛉日記』中巻、『更級日記』、『和泉式部日記』の三部から成る。目次を見て、なぜ『蜻蛉日記』の上巻からではなく中巻から始まるのか、などと訝《いぶか》しく思ってはならない。中巻は『蜻蛉日記』作者の夫・兼家らの策謀によって、醍醐《だいご》帝の皇子で臣籍降下した源高明《たかあきら》失脚の安和《あんな》の変から始まる。藤原一族の外戚政治が決定的になった事件である。この兼家の子が道隆、道綱、道長なのだ。

言うまでもなく、道隆の娘・定子が一条帝に嫁した後宮で清少納言の『枕草子』が書かれ、同じ帝に嫁した道長の娘・彰子の後宮のもとで紫式部の『源氏物語』が書かれた。『源氏物語』が、その心理描写において、いかに『蜻蛉日記』の影響下に書かれたか、言葉遣いはもとより、人間関係の設定そのものに模倣の跡が見られることが、記述に沿って説明されてゆく。しかも、『源氏物語』に死ぬほど憧れたのが『更級日記』の作者・孝標の娘であり、彼女は道綱の母の姪《めい》にほかならなかった。

まるで、ある段階の藤原一族がひとつの文壇、それも世界文学史上まれに見る高度な文壇を形成したようなもの。さらにその孝標の娘が、『夜の寝覚《ねざめ》』『浜松中納言物語』の作者である可能性が高いと著者は言う。読み進むにつれて、それは間違いないと思わせる。『浜松中納言物語』に描かれた輪廻《りんね》転生が三島由紀夫の「豊饒《ほうじょう》の海」四部作まで流れてくるわけだが、日本語の富というほかない。日本文学は、一族が滅ぼしたその相手側の悲劇を深い同情の念をもって描く美質をもっていることに、あらためて感動する。

むろん、すべて周知のことだろうが、これまでは独奏、室内楽として読まれてきた日記や物語が、じつは巨大なオーケストラによる重厚な交響曲の一部にほかならなかったことが明かされてゆくのである。その手際に驚嘆する。

この手法はどこから来たか。著者には、古典現代語訳のほかに、『北村季吟』『三島由紀夫』という評伝があってその背景を窺《うかが》わせるが、とりわけ重要なのは、評伝執筆後、雑誌『日本文学』に発表された評論「本居宣長と対話し、対決するために」である。十年ほど前の作だがネットで読める。季吟、宣長、橘守部《たちばなもりべ》三者の、王朝語に向き合う姿勢を対比して、古代がイデオロギーとして機能してゆくそのダイナミズムを論じたものだが、最後に浮き彫りにされるのは現代あるいは現在というものの重要性というか謎である。

小林秀雄『本居宣長』冒頭は折口信夫との対話の様子から始められるが、印象に残るのは「宣長は源氏ですよ」と別れ際に語った折口の一言。著者の評論は、この小林と折口の対話の焦点を理解するに必須と思えるが、それ以上に、本書『王朝日記の魅力』の淵源《えんげん》を端的に語る。王朝文学が21世紀の現在になぜ生々しく蘇《よみがえ》るのか、その謎の核心に迫るからである。

四六判、全490ページ・本体2400円＋税

新訳蜻蛉日記　上巻

好評既刊　島内景二著　『新訳』シリーズ

『蜻蛉日記』を、『源氏物語』に影響を与えた女性の散文作品として読み進む。『蜻蛉日記』があったからこそ、『源氏物語』の達成が可能だった。作者「右大将道綱の母」は『源氏物語』という名峰の散文作品の扉を開けたパイオニアであり、画期的な文化史的意味を持つ。

はじめに　『蜻蛉日記』への誘い　Ⅰ　序文　Ⅱ　天暦八年（九五四）　十九歳　Ⅲ　天暦九年（九五五）　二十歳　Ⅳ　天暦十年（九五六）　二十一歳　Ⅴ　天暦十一年＝天徳元年（九五七）　二十二歳　Ⅵ　応和二年（九六二）　二十七歳　Ⅶ　応和三年（九六三）　二十八歳　Ⅷ　応和四年＝康保元年（九六四）　二十九歳　Ⅸ　康保二年（九六五）　三十歳　Ⅹ　康保三年（九六六）　三十一歳　Ⅺ　康保四年（九六七）　三十二歳　Ⅻ　康保五年＝安和元年（九六八）　三十三歳　ⅩⅢ　跋文

四六判、全408ページ・本体1800円＋税

新訳更級日記

好評既刊　島内景二著　『新訳』シリーズ

安部龍太郎氏（作家）が紹介――「きっかけは、最近上梓された『新訳更級日記』を手に取ったことです。島内景二さんの訳に圧倒されましてね。原文も併記されていたのですが、自分が古典を原文で読んできていなかったことに気づきました。65年間もできていなかったのに〝今さら〟と言われるかもしれませんが、むしろ〝今こそ〟読むべきだと思ったんです。それも原文に触れてみたい、と」……

『サライ』（小学館）2020年8月号「日本の源流を溯る～古典を知る愉しみ」より

「更級日記」の一文一文には、無限とも言える情報量が込められ、それが極限にまで圧縮されている。だから、本作の現代語訳は「直訳」や「逐語訳」では行間にひそむモノを説明しつくせない。「訳」は言葉の背後に隠された「情報」を拾い上げるものでなければならない。踏み込んだ「意訳」に挑んだ『新訳更級日記』によって、作品の醍醐味と深層を初めて味読できる『新訳』に成功。

第2刷出来　四六判、全412ページ・本体1800円＋税